W0303913

LE RAMEAU BRISÉ

DU MÊME AUTEUR

Double Miroir
Plon, 1994
« Pocket », n° 10016

Terreurs nocturnes
Plon, 1995
« Pocket », n° 10088

La Valse du diable
Plon, 1996

Le Nid de l'araignée
Archipel, 1997

La Clinique
Seuil, 1998
et « Points », n° P636

La Sourde
Seuil, 1999
et « Points », n° P755

Billy Straight
Seuil, 2000
et « Points », n° P834

Le Monstre
Seuil, 2001
et « Points », n° P1003

Dr la Mort
Seuil, 2002
et « Points », n° P1100

Chair et Sang
Seuil, 2003

Jonathan Kellerman

LE RAMEAU BRISÉ

roman

TRADUIT DE L'AMÉRICAIN
PAR FRÉDÉRIC GRELLIER

ÉDITIONS DU SEUIL
27, rue Jacob, Paris VIe

COLLECTION DIRIGÉE PAR ROBERT PÉPIN

Titre original : *When the Bough Breaks*
Éditeur original : Atheneum
ISBN original : 0-689-11519-9
© 1985, by Jonathan Kellerman

ISBN 2-02-055848-3

© Éditions du Seuil, septembre 2003, pour la traduction française

Le Code de la propriété intellectuelle interdit les copies ou reproductions destinées à une utilisation collective. Toute représentation ou reproduction intégrale ou partielle faite par quelque procédé que ce soit, sans le consentement de l'auteur ou de ses ayants cause, est illicite et constitue une contrefaçon sanctionnée par les articles L.335-2 et suivants du Code de la propriété intellectuelle.

www.seuil.com

Pour Faye, Jesse et Rachel

1

La matinée promettait d'être belle. S'il y avait une chose dont je n'avais pas envie d'entendre parler, c'était bien d'un meurtre.

Un courant d'air frais du Pacifique balayait la côte depuis deux jours, repoussant la pollution vers Pasadena. Ma maison est blottie dans les collines juste au nord de Bel Air, au sommet d'une ancienne piste cavalière qui serpente à travers Beverly Glen, où l'opulence cède le pas au pouilleux qui se regarde le nombril. Quartier de vérandas et de coyotes, d'égouts défectueux et de ruisseaux canalisés.

La maison fait cent soixante mètres carrés, tout en bois de séquoia devenu gris, en bardeaux défraîchis et verre fumé. En banlieue, ça passerait pour une cabane, ici dans les collines on appelle ça une « retraite campagnarde » – rien d'exceptionnel mais toutes sortes de terrasses, de balcons, d'angles reposants et de surprises visuelles. L'édifice a été conçu par un artiste hongrois qui s'est retrouvé fauché, les galeries de La Cienega ayant refusé de lui prendre ses gigantesques triangles polychromes. Perte pour l'Art, mais aubaine pour moi *via* le tribunal des saisies de L.A. Les bons jours – comme aujourd'hui –, on a vue sur l'océan, bande céruléenne qui pointe timidement au-dessus de Pacific Palisades.

J'avais dormi seul avec les fenêtres ouvertes – au diable les cambrioleurs et les émules de Charles Manson – et m'étais réveillé à 10 heures, nu, mes draps jetés par terre au cours d'un rêve oublié. Repu et d'humeur paresseuse, je me dressai sur mes coudes, ramassai les draps et contemplai les strates de soleil caramélisé qui filtraient par la porte-fenêtre. Je me décidai enfin à me lever sous les assauts d'une mouche qui tour à tour cherchait des charognes sous mes draps et tombait en piqué sur ma tête.

Je me traînai jusqu'à la salle de bains, où je fis couler un bain, puis me dirigeai vers la cuisine pour grappiller quelque chose, l'insecte à mes trousses. Je préparai du café et partageai un *bagel* à l'oignon avec la mouche. 10 h 20 un lundi matin, libre de rester chez moi et de ne rien faire. Ah, les délices de la décadence !

Presque six mois avaient passé depuis ma retraite anticipée et je n'en revenais toujours pas de la facilité avec laquelle un acharné de la réussite pouvait se transformer en un faignant décomplexé. C'était clairement quelque chose que je portais en moi depuis toujours.

Je retournai dans la salle de bains, m'assis sur le rebord de la baignoire et programmai vaguement ma journée en continuant de grignoter mon *bagel* : une paisible trempette, la lecture distraite du journal, peut-être bien un footing dans le canyon, une douche à mon retour, un petit tour chez...

La sonnette de la porte d'entrée me tira brusquement de ma rêverie.

Je me nouai une serviette autour de la taille et arrivai devant la porte à temps pour voir Milo se glisser à l'intérieur.

– C'était ouvert, dit-il en claquant la porte avant de lancer le *L.A. Times* sur le canapé.

Il me regarda de la tête aux pieds, je resserrai la serviette autour de ma taille.

– Salut, le nudiste.

Je lui fis signe d'entrer.

– Tu devrais fermer ta porte à clé, l'ami. J'ai quelques dossiers au poste qui illustrent joliment ce qui arrive aux gens qui ne le font pas.

– Bonjour, Milo.

Je clopinai jusqu'à la cuisine et nous servis du café. Milo m'emboîta le pas comme une ombre dégingandée, ouvrit le frigo et en sortit une assiette avec une part de pizza dont j'avais complètement oublié l'existence. Il me suivit au salon, se vautra sur mon vieux canapé en cuir – une relique de mon ex-cabinet de Wilshire –, posa l'assiette en équilibre sur ses cuisses et étira les jambes.

J'allai fermer le robinet de la baignoire et revins m'installer en face de lui, dans une ottomane en peau de chameau.

Milo est un costaud – un mètre quatre-vingt-cinq, cent kilos – et comme tout costaud s'affale et s'avachit dès qu'il n'est plus sur ses pieds. Ce matin-là, il avait l'air d'une énorme poupée de chiffon étendue sur les coussins – une poupée au visage large et affable, presque enfantin mis à part son regard fatigué et les cicatrices d'acné saupoudrant sa peau. Ses yeux étaient d'un vert surprenant, cernés de rouge et surmontés d'épais sourcils sombres et d'une tignasse noire à la Kennedy. Nez large et proéminent, lèvres charnues et soyeuses comme celles d'un enfant. Des rouflaquettes passées de mode depuis cinq ans se déployaient sur ses joues abîmées.

Comme à son habitude, il portait une tenue faussement Brooks Brothers : costume en gabardine vert olive, chemise jaune à col anglais, cravate club menthe et or, lunettes d'aviateur rouge sang. Le portrait parfait d'un collégien anglais, genre W.C. Fields en maillot de corps et caleçon rouges.

Sans me prêter la moindre attention, il se concentra sur la pizza.

– Ravi que tu sois passé pour le petit déjeuner.

– Alors, demanda-t-il une fois son assiette terminée, comment ça va ?

– Jusqu'ici, ça allait très bien. Que puis-je faire pour toi, Milo ?

– Qu'est-ce qui te fait dire que j'ai quelque chose à te demander ? me renvoya-t-il en frottant son pantalon pour faire tomber les miettes sur la moquette. Pourquoi ça ne serait pas une simple visite de courtoisie ?

– Quand tu débarques ici sans prévenir avec ton air de limier, ça ne peut pas être une visite de courtoisie.

– Quelle intuition ! s'exclama-t-il en se passant les mains sur le visage comme s'il se débarbouillait sans eau. J'ai un service à te demander.

– Tu peux prendre la voiture. Je n'en ai pas besoin avant la fin d'après-midi.

– Non, cette fois ce n'est pas ça. Je veux faire appel à tes compétences professionnelles.

Voilà qui me prenait de court.

– Tu n'es pas vraiment dans ma catégorie d'âge, lui dis-je. De toute façon, je n'exerce plus.

– Je ne plaisante pas, Alex. J'ai un de tes collègues sur une table à la morgue. Un certain Morton Handler.

Le nom m'était connu, mais impossible de mettre un visage dessus.

– Handler est psychiatre.

– Psychiatre, psychologue. La distinction sémantique n'a plus grande importance. Ce type est surtout mort. La gorge tranchée, avec une touche d'éviscération pour faire bonne mesure. Une amie du monsieur est aussi de la partie. Même sort pour elle, en pire : mutilations sexuelles, nez sectionné. L'endroit où ça s'est passé, à savoir chez lui, tenait de l'équarrissoir.

Équarrissoir. Milo faisant étalage de sa maîtrise de lettres.

Je posai mon café.

– OK, Milo. J'ai perdu l'appétit. Maintenant, tu me dis en quoi ça me concerne.

Il poursuivit, comme s'il ne m'avait pas entendu :

– J'ai été appelé à 5 heures du mat. Depuis, j'ai passé tout mon temps dans le sang et la fange jusqu'aux genoux. Qu'est-ce que ça puait là-dedans ! Les gens sentent mauvais quand ils meurent. Je ne te parle pas de la décomposition, mais de la puanteur qui se dégage avant. Je croyais m'y être habitué. Chaque fois que j'en chope une bouffée, ça me prend là. (Il appuya un doigt sur le ventre.) 5 heures du matin. En plus, j'étais en charmante compagnie... Ça ne lui a pas vraiment fait plaisir. Ma tête est sur le point d'imploser. Des bouts de chair à 5 heures du mat. Putain !

Il se leva et regarda par la fenêtre, au-delà des cimes de pins et d'eucalyptus. De l'endroit où je me trouvais, je distinguais les volutes de fumée indolentes d'une cheminée lointaine.

– C'est charmant ici, Alex, reprit-il. Tu ne t'ennuies jamais d'être au paradis sans rien à faire ?

– Pas un soupçon d'ennui.

– Ouais, bon. J'imagine que non. Je ne vais pas t'embêter davantage avec Handler et cette femme.

– Arrête de me la jouer passif-agressif et crache le morceau, Milo.

Il se retourna et me regarda. Son gros visage moche montrait de nouveaux signes de fatigue.

– Je suis déprimé, Alex. (Il me tendit sa tasse, tel un Oliver Twist monté en graine et aux joues flasques.) C'est même pour ça que je daignerai reprendre de cette lavasse infecte.

Je pris sa tasse et la lui remplis. Il en avala bruyamment une gorgée.

– On tient peut-être un témoin. Une gamine qui habite le même immeuble. Elle est assez perturbée et ne sait pas trop ce qu'elle a vu. J'ai tout de suite pensé à toi. Tu pourrais lui parler, peut-être l'hypnotiser pour raviver ses souvenirs.

– Vous n'avez pas un service des sciences du comportement pour ça ?

Il plongea la main dans la poche de sa veste et en sortit quelques Polaroid.

– Regarde ces bijoux.

Je jetai un rapide coup d'œil aux photos. Ce que je vis me retourna l'estomac. Je m'empressai de les lui rendre.

– Nom de Dieu, tu pourrais t'abstenir de me montrer des trucs pareils !

– Sacré carnage, non ? Du sang et de la charpie. (Il vida sa tasse, l'inclinant fortement pour ne pas en perdre une goutte.) Le service des sciences du comportement se réduit à un seul type qui a déjà fort à faire pour éliminer les cinglés qui cherchent à entrer dans la boîte. Sa deuxième priorité est le soutien psychologique aux cinglés qui passent entre les mailles du filet. Si je fais une demande pour un problème de ce genre, on commencera par me faire remplir un formulaire de requête. Ils n'ont pas envie de s'en occuper. En plus, ils ne connaissent rien aux gamins. Toi, si.

– Je ne connais rien aux homicides.

– T'occupe pas du côté homicide, je m'en charge. Occupe-toi simplement de parler à une gamine de sept ans.

J'hésitai. Il tendit les mains. Ses paumes étaient blanches, bien récurées.

– Hé, je ne m'attends pas à ce que tu fasses ça gratis. Je t'invite à déjeuner. Je connais un resto italien plutôt quelconque, mais leurs gnocchis sont étonnants, pas loin de...

– Pas loin de l'équarrissoir ? dis-je avec une grimace. Non, merci. De toute façon, je ne me laisse pas acheter avec un plat de nouilles.

– Que veux-tu que je t'offre comme pot-de-vin ? Tu as tout : une maison dans les collines, une belle voiture, et les tenues Ralph Lauren et les chaussures de jogging qui vont avec. Merde, t'es retraité à trente-trois ans et bronzé toute l'année. Rien que d'en parler, j'ai les boules.

– Oui, mais suis-je heureux ?

– Je soupçonne que oui.

– Gagné, dis-je en repensant à ces horribles photos. Et je me passe très bien de ton invitation pour le *Grand-Guignol* * [1].

– Tu sais, je suis prêt à parier que derrière cette douce existence se cache un jeune homme qui s'ennuie ferme.

– Foutaises.

– Foutaises, mon œil. Ça fait combien de temps... six mois ?

– Cinq mois et demi.

– Cinq mois et demi, d'accord. Quand je t'ai rencontré... disons plutôt peu de temps après notre rencontre, t'étais un type dynamique, débordant d'énergie, quelqu'un qui avait une opinion sur tout. Tu faisais marcher ta petite cervelle. Maintenant, je ne t'entends plus parler que de bains chauds, que de ton record personnel au *mile*, que

1. Les mots en italique suivis d'un astérisque sont en français dans le texte *(NdT)*.

des différents types de coucher de soleil que monsieur admire de sa terrasse. Franchement, c'est de la régression. Les culottes courtes, le patin à roulettes, faire mumuse dans l'eau. Comme la moitié des habitants de cette ville, tu te comportes comme un gamin de six ans.

J'éclatai de rire.

– Et tu me fais cette proposition... patauger dans le sang et la merde... à titre d'ergothérapie ?

– Alex, casse-toi le cul autant que tu voudras pour atteindre le nirvana par l'inertie, ça ne marchera pas. Comme dit Woody Allen, à force de trop s'adoucir on finit par mûrir et pourrir.

Je me flanquai une tape sur le torse.

– Toujours aucun signe de décomposition, dis-je.

– C'est un truc interne ; ça vient de l'intérieur et ça pète quand on s'y attend le moins.

– Merci, docteur Sturgis.

Il me regarda d'un air écœuré, gagna la cuisine et en revint en croquant une poire à pleines dents.

– Délichieuse.

– Fais comme chez toi.

– C'est bon, Alex. Laisse tomber. J'ai un psychiatre mort et une certaine Gutierrez découpée en morceaux. J'ai une gamine de sept ans qui pense avoir vu ou entendu quelque chose, sauf qu'elle est trop morte de trouille pour comprendre ce qui s'est passé. Je te demande deux heures de ton temps, et du temps, t'en as à perdre, et tu me racontes des conneries.

– Attends. Je n'ai pas dit non. Laisse-moi le temps de digérer tout ça. Je viens à peine de me réveiller et tu débarques pour me coller un double meurtre sur les bras.

Il dégagea vigoureusement son poignet de sa manche de chemise et jeta un coup d'œil à sa Timex.

– 10 h 37. Pauvre chou !

Il me lança un regard noir et mordit dans sa poire, faisant couler du jus sur son menton.

– En tout cas, tu te souviens peut-être que ma dernière expérience avec la police a été traumatisante.

– Hickle, c'était pas de bol. Et tu étais une victime... en quelque sorte. Je ne cherche pas à t'impliquer dans cette histoire. J'aimerais juste que tu parles une heure ou deux avec la gamine. Comme je t'ai dit, avec un petit coup d'hypnose si ça paraît justifié. Après, on se fait ces gnocchis. Je rentre chez moi et j'essaye de reconquérir mon amour, et toi tu es libre de regagner ta citadelle de zombie. Basta. Dans une semaine on se voit pour le plaisir, disons… qu'on va se taper des sushis dans le quartier japonais. Ça marche ?

– Qu'a vu la gamine, au juste ? demandai-je en voyant s'envoler ma paisible journée.

– Des ombres, des voix, deux types, peut-être trois. Mais va savoir. C'est une gamine, elle est complètement traumatisée. Sa mère est aussi terrorisée qu'elle et la dame ne donne pas l'impression d'avoir inventé le fil à couper le beurre. Je ne savais pas comment l'aborder, Alex. J'ai essayé d'être gentil, d'y aller doucement. Ça m'aurait aidé d'avoir sur place quelqu'un de la brigade des mineurs, mais ils ne sont plus très nombreux. On préfère avoir trois douzaines de gratte-papier avec le titre de directeur adjoint. (Il en était arrivé au trognon de la poire.) Des ombres, des voix. C'est tout. C'est bien toi l'expert en langage, non ? Tu sais communiquer avec les petits. Si tu arrives à la faire parler, parfait. Si elle nous suggère la moindre piste, génial. Sinon, tant pis, on aura au moins essayé.

Expert en langage. Ça faisait un bon moment que je n'avais pas utilisé cette expression – depuis le contrecoup de l'affaire Hickle, quand je m'étais senti emporté dans un tourbillon, les visages de Stuart Hickle et de ses jeunes victimes défilant dans ma tête. Milo m'avait emmené boire un verre. Sur le coup de 2 heures du matin, il s'était demandé à voix haute pourquoi les enfants avaient laissé les choses se prolonger aussi longtemps.

– Ils n'ont rien dit parce que personne ne savait écouter, lui avais-je répondu. De toute manière, ils croyaient que c'était de leur faute.

– Ah ouais ? avait-il dit en fixant sur moi ses yeux brumeux et en agrippant sa chope à deux mains. Les nanas de la brigade des mineurs me disent souvent la même chose.

– C'est comme ça qu'on pense quand on est petit, de manière égocentrique. Comme si on était le centre du monde. Maman trébuche et se casse la jambe, tu te crois responsable.

– Et ça dure jusqu'à quel âge ?

– Chez certains, ça ne disparaît jamais. Pour le reste d'entre nous, l'évolution se fait progressivement. Vers huit ou neuf ans, on perçoit les choses plus clairement. Mais un adulte peut manipuler des enfants à tout âge, les convaincre que c'est de leur faute.

– Salopards, avait-il marmonné. Alors, tu t'y prends comment pour leur remettre les idées en place ?

– Il faut savoir comment pensent les enfants à des âges différents.

Connaître les stades de leur développement. Tu parles le même langage qu'eux, tu deviens un expert en langage.

– C'est ce que tu fais ?

– C'est ce que je fais.

– Tu crois que la culpabilité est une mauvaise chose ? m'avait-il demandé quelques minutes plus tard.

– Pas forcément. Ça fait partie de ce qui nous cimente. Mais quand il y en a trop, ça peut handicaper.

– Oui, avait-il dit en hochant la tête, ça me va. Les psy ont toujours l'air de dire que la culpabilité, c'est mal. Ton approche me botte. Que je te dise : une bonne dose de culpabilité nous ferait le plus grand bien. Le monde est plein de tarés.

À ce stade, je ne lui avais plus rien opposé.

Nous avions bavardé encore un peu. L'alcool entamant nos facultés, nous nous étions mis à rire, puis à pleurer. Le barman avait cessé d'essuyer ses verres pour nous dévisager.

J'avais traversé une passe difficile, extrêmement difficile, et n'oubliais pas qui avait été là pour m'aider à la surmonter.

J'observai Milo qui rognait son trognon avec des petites dents étonnamment pointues.

– Deux heures ? demandai-je.

– Maximum.

– Donne-m'en une pour me préparer et régler quelques affaires.

M'avoir convaincu de l'aider ne sembla pas lui remonter le moral. Il acquiesça et expira longuement.

– D'accord. Je vais faire un tour au poste et bosser un peu. (Nouveau coup d'œil à la Timex.) Midi ?

– Parfait.

Il se dirigea vers la porte, l'ouvrit, sortit sur le balcon et balança son trognon de poire par-dessus la rambarde, dans la verdure en contrebas. Il s'engagea dans l'escalier, s'arrêta à mi-palier et leva les yeux vers moi. Le soleil éclatant frappait ses traits défaits, transformant son visage en un masque livide. Je craignis un instant qu'il ne donne dans le sentiment.

Je n'avais pas lieu de m'inquiéter.

– Écoute, Alex... vu que tu restes ici, je peux emprunter la Cadillac ? Ce machin est en train de rendre l'âme, dit-il en me montrant sa vieille Fiat d'un doigt accusateur. Maintenant c'est le démarreur.

– C'est ça ! Dis plutôt que tu adores ma voiture.

Je rentrai dans la maison, pris le deuxième trousseau de clés et le lui lançai.

Il l'attrapa au vol, ouvrit la portière et se glissa à l'intérieur, reculant le siège pour pouvoir déployer ses grandes jambes. Le moteur démarra aussitôt en ronronnant vigoureusement. Avec l'air d'un gamin de seize ans qui se rend à son premier bal dans la voiture de papa, Milo fila vers la vallée.

2

Depuis mon adolescence j'avais vécu à cent à l'heure. Élève brillant, admis dès seize ans à UCLA, jouant de la guitare pour financer mes études, j'avais décroché mon doctorat en psychologie clinique à vingt-quatre ans. Après mon internat au Langley Porter Institute dans le nord de l'État, j'étais revenu à L.A. pour faire mon stage postdoctoral au Western Pediatric Medical Center. Une fois mes études terminées, j'avais rejoint l'équipe de l'hôpital et pris un poste d'enseignant à la fac de médecine associée au Western Pediatric. J'enchaînais les consultations et publiais toutes sortes de travaux.

À vingt-huit ans, j'étais professeur adjoint en pédopsychiatrie et dirigeais un programme de soutien pour enfants malades. J'avais un titre si long que mes secrétaires n'arrivaient pas à s'en souvenir et je n'arrêtais pas de publier, édifiant une tour de papier dans laquelle je me réfugiais : cas d'études, comptes rendus d'expériences, enquêtes, monographies, chapitres de manuels, jusqu'à un opuscule pour initiés – sur les effets psychologiques des maladies chroniques chez l'enfant.

C'était génial question statut social, un peu moins côté fric. J'ai commencé à faire des extras, sous-louant un cabinet à un psychanalyste de Beverly Hills pour y recevoir une clientèle privée. J'avais de plus en plus de patients et faisais des semaines de soixante-dix heures, sans cesse à courir entre l'hôpital et le cabinet comme une fourmi cinglée.

J'avais appris à payer moins d'impôts quand je m'étais rendu compte que, sans dégrèvements ni combines, j'allais verser au percepteur une somme dont je me serais largement satisfait comme revenu annuel. Je changeais de conseiller fiscal tous les quatre matins. J'avais investi dans l'immobilier avant la flambée des prix en Californie, réalisé un profit scandaleux et réinvesti. Voilà que je devenais gérant d'immeubles – cinq à dix heures de boulot supplémentaire par semaine. J'entretenais un bataillon entier d'artisans : jardiniers, plombiers, peintres et électriciens. Je recevais quantité de calendriers au moment des vœux.

À trente-deux ans, je me soumettais à un régime de boulot *non stop* jusqu'à épuisement, grappillant tout juste quelques heures de sommeil agité avant de repartir de plus belle. Je m'étais laissé pousser la barbe pour gagner les cinq minutes de rasage matinal. Quand je songeais à m'alimenter, la nourriture provenait des distributeurs automatiques de l'hôpital et je l'engloutissais en traversant les couloirs au pas de charge, la blouse blanche en bataille, un bloc-notes à la main, comme un maniaque survolté. J'avais un but dans l'existence, même si c'était un but de dingue : réussir.

Ce genre de vie ne laissait que peu de place aux affaires de cœur. J'avais quelques liaisons charnelles, fiévreuses et inconséquentes, avec des infirmières, des étudiantes, des internes et des assistantes sociales. Sans oublier la secrétaire d'une quarantaine d'années, une blonde avec de belles jambes – pas vraiment mon type, si j'avais pris le temps de réfléchir – qui m'avait kidnappé pour vingt minutes d'ébats dans la salle des archives, derrière les rayonnages croulant sous les dossiers de patients.

Pendant la journée, j'avais les réunions, la paperasse et les chamailleries de mes subordonnés à régler, et toujours plus de paperasse. Le soir, je devais faire face au déluge de récriminations parentales auquel s'habitue un pédopsychiatre et réconforter les enfants qui se retrouvaient pris entre deux feux.

Pendant mon temps libre, je réglais les problèmes de mes locataires, lisais le *Wall Street Journal* pour suivre l'état de mon portefeuille et traitais des tonnes de courrier qui m'était surtout adressé par des beaux parleurs au sourire étincelant me proposant la fortune instantanée. On me sélectionnait pour des palmarès de jeunes ayant réussi – dans l'espoir de me vendre à cent dollars un annuaire relié cuir répertoriant les autres lauréats. Parfois, en milieu de journée, je me retrouvais à bout de souffle, mais n'en faisais pas une montagne ; je n'avais pas de temps pour l'introspection.

C'est dans ce tourbillon qu'était apparu Stuart Hickle.

Hickle était un type tranquille, un laborantin à la retraite. Il aurait pu tenir le rôle du voisin sympa dans une série télé – grand, voûté, la cinquantaine, affectionnant les cardigans et les vieilles pipes en bruyère, et portant des lunettes en écaille sur un nez fin et pincé. Yeux au regard aimable et couleur eau de vaisselle. Il avait le sourire bienveillant et des manières paternelles.

Il avait aussi le goût maladif de caresser les parties génitales des jeunes enfants.

En l'arrêtant, la police avait saisi plus de cinq cents photos couleurs montrant Hickle en train d'assouvir ses fantasmes avec toutes sortes de gamins de deux à cinq ans – des filles et des garçons, des Blancs, des Noirs et des Hispaniques. Question race ou chromosome Y, il ne faisait pas la fine bouche. Seuls l'âge et la vulnérabilité lui importaient.

Quand j'avais vu les photos, ce n'est pas tant leur crudité nue qui m'avait fichu un coup, même si c'était franchement répugnant. C'était plutôt le regard des gamins – leur innocence terrifiée mais consciente. Un air qui semblait vouloir dire : « Je sais que c'est mal. Pourquoi me fait-on ça ? » Cette expression se retrouvait sur tous les clichés, même sur le visage de la plus jeune des victimes.

L'expression même du viol.

J'en avais eu des cauchemars.

Hickle avait un accès privilégié aux jeunes enfants. Sa femme, une orpheline coréenne qu'il avait connue à Séoul où il était GI, dirigeait une école maternelle prospère dans le quartier huppé de Brentwood.

Kim's Korner était l'endroit idéal où confier ses enfants quand on voulait travailler, s'amuser ou simplement souffler un peu. L'établissement était ouvert depuis dix ans quand l'affaire avait éclaté et, malgré les preuves, beaucoup avaient refusé de croire que l'école ait pu abriter les agissements d'un pédophile.

D'allure accueillante, elle occupait une grande maison à un étage dans une rue paisible et résidentielle, pas très loin d'UCLA. Plus de quarante enfants y étaient inscrits la dernière année, essentiellement de milieu aisé. La plupart étaient très jeunes, l'établissement étant un des seuls à accepter des enfants pas encore propres.

La maison disposait d'un sous-sol – une rareté dans une zone exposée aux tremblements de terre – et la police s'était longuement attardée dans cette pièce humide et lugubre. Elle y avait trouvé un vieux lit de camp militaire, un réfrigérateur, un évier rouillé et du matériel photographique d'une valeur de cinq mille dollars. Le lit de camp avait fait l'objet d'une attention toute particulière et procuré quantité de traces fascinantes pour la police scientifique : poils, sang, sueur et sperme.

Les médias s'étaient emparés de l'affaire avec tout l'empressement prévisible. C'était du saignant qui jouait sur les peurs primales de chacun, réveillant le souvenir du croquemitaine de la nuit des temps. Au journal télévisé on avait montré Kim Hickle fuyant devant une meute de journalistes, le visage caché dans ses mains. Elle avait protesté de son ignorance. En l'absence de preuve de sa complicité, on s'était contenté de lui retirer son permis et de fermer l'école. Elle avait obtenu le divorce et disparu dans la nature.

Je n'étais pour ma part pas entièrement convaincu de son innocence. J'avais vu suffisamment de cas pour savoir que les épouses de pédophiles jouent souvent un rôle, actif ou clandestin, dans l'accomplissement du forfait. Il s'agit généralement de femmes à qui répugnent le sexe et l'intimité physique, et qui se défilent de leur devoir conjugal en procurant des partenaires de substitution à leur compagnon. On tombe parfois dans la parodie cruelle et impitoyable d'une blague de harem – j'avais eu le cas d'un père de famille qui couchait avec trois de ses filles à tour de rôle, maman dressant le planning.

J'avais du mal à imaginer Kim Hickle en train de jouer aux Lego avec les gamins dans les étages pendant que Stuart en violait d'autres au sous-sol. Malgré tout, on l'avait laissée filer.

Hickle, lui, avait été livré en pâture à la meute. Les caméras de télé n'avaient loupé aucun plan. On avait souvent interrompu les programmes pour diffuser toutes sortes d'émissions spéciales sur le sujet, avec interviews de mes collègues les plus loquaces, et la presse avait publié plusieurs éditoriaux sur les droits de l'enfant.

Le battage avait duré quinze jours, après quoi l'affaire avait perdu de son attrait et cédé la place à d'autres atrocités. Ce ne sont pas les horreurs qui manquent à L.A. Cette ville suinte la laideur comme un insecte prédateur recrachant ses larves assoiffées de sang.

On m'avait consulté sur l'affaire trois semaines après l'arrestation. Le sujet n'avait plus droit qu'à la dernière page des journaux et quelqu'un s'intéressait enfin aux victimes.

Elles en bavaient.

Les enfants se réveillaient en pleine nuit en poussant des hurlements. Ceux qui ne portaient plus de couches recommençaient à faire pipi et caca dans leur culotte. Des gamins bien élevés, jusque-là parfaitement calmes, se mettaient à donner des coups de pied ou à mordre sans y être provoqués. On faisait état de beaucoup de maux de ventre et autres symptômes physiques ambigus, ainsi que des signes classiques de la dépression – perte d'appétit, apathie, repli, dévalorisation de soi.

Les parents étaient tourmentés par la honte et la culpabilité, surprenaient ou s'imaginaient surprendre des regards accusateurs chez la famille et les amis. Maris et femmes s'en prenaient les uns aux autres. Certains chouchoutaient la jeune victime, exacerbant le sentiment d'insécurité du gamin et mécontentant leurs autres enfants. Plusieurs frères et sœurs reconnaissaient regretter de ne pas être victimes de sévices pour bénéficier, eux aussi, d'un traitement de faveur. Des pensées dont ils se sentaient coupables.

Les familles étaient aux abois, leurs souffrances en grande partie éclipsées par la soif de vengeance d'une opinion publique qui réclamait la tête de Hickle. Les familles auraient très bien pu rester pour toujours dans l'obscurité, livrées à leurs doutes, craintes et culpabilité, mais il se trouvait que la grand-tante d'une des victimes siégeait au conseil d'administration du Western Pediatric Medical Center, dont elle était l'un des mécènes. Elle s'était demandé à voix haute ce que fichait l'hôpital, si l'établissement n'avait pas perdu le sens du service public. Le président du conseil d'administration avait fait sa courbette – et flairé l'occasion d'un bon coup de relations publiques. La dernière fois que la presse avait parlé du Western Pediatric avait été pour dénoncer la présence de salmonelle dans le céleri rave de la cantine ; quelques articles positifs seraient les bienvenus.

Le directeur de l'hôpital avait alors annoncé par communiqué de presse le lancement d'un programme de réhabilitation pour les victimes de Stuart Hickle, le thérapeute n'étant autre que moi-même. J'avais appris ma nomination en lisant le *L.A. Times*.

Quand je m'étais présenté le lendemain matin au bureau du directeur, on m'avait fait entrer sur-le-champ. Le directeur, un chirurgien en pédiatrie qui n'avait pas opéré depuis vingt ans et affichait toute la suffisance du bureaucrate repu, était assis, tout sourire, derrière un bureau étincelant de la taille d'un terrain de hockey.

– Qu'est-ce que c'est que cette histoire, Henry ? lui avais-je demandé en brandissant le journal.

– Asseyez-vous, Alex. J'étais sur le point de vous appeler. Le conseil a jugé que vous seriez parfait, plus que parfait, pour ce poste. Il y avait une certaine urgence.

– Je suis flatté.

– Le conseil s'est souvenu du beau travail que vous avez accompli avec les Browning.

– Les Brownell.

– Oui, bon, peu importe.

Les cinq enfants Brownell avaient survécu à l'accident d'un petit avion, accident dans lequel leurs parents avaient péri. Ils avaient subi des traumatismes physiques et psychologiques – surexposition au soleil, malnutrition, amnésie, mutisme. J'avais travaillé deux mois avec eux et la presse en avait eu vent.

– Vous savez, Alex, avait repris le directeur, à force de se focaliser sur la technologie et les exploits qui constituent une grande part de la médecine moderne, on en arrive parfois à perdre de vue le facteur humain.

Très joli discours. J'espérais qu'il s'en souviendrait au moment du budget pour l'année suivante.

Il avait continué à me caresser dans le sens du poil, mettant en avant le besoin pour l'hôpital de se situer « à la pointe du combat humanitaire », puis il s'était penché vers moi avec un sourire.

– Je pense aussi qu'il y a là un grand potentiel sur le plan de la recherche. De quoi publier deux ou trois articles d'ici le mois de juin.

C'était à cette date que ma titularisation devait être prononcée. Et le directeur siégeait à la commission de la faculté de médecine qui en déciderait.

– Henry, j'ai l'impression que vous en appelez à mes instincts les plus bas.

Il avait eu un clin d'œil malicieux.

– Loin de moi cette pensée ! Notre intérêt principal est d'aider ces pauvres, pauvres gamins. (Il avait hoché la tête.) Une affaire vraiment répugnante. On devrait castrer ce type.

La justice selon les chirurgiens.

Je m'étais attelé, avec mon acharnement habituel, à mettre au point le programme thérapeutique. J'avais l'autorisation d'organiser les séances dans mon cabinet privé, à condition que tout le mérite en revienne au Western Pediatric.

Mon but était d'aider les familles à exprimer les sentiments qu'elles réprimaient depuis la découverte des viols et de partager cette expérience pour leur faire comprendre qu'elles n'étaient pas seules. Le programme intensif s'étalait sur six semaines, avec des séances de groupe – mêlant enfants, parents, frères et sœurs de plusieurs familles réunies – aussi bien que des séances individuelles, suivant les besoins. Quatre-vingts pour cent des familles s'étaient inscrites et aucune n'avait abandonné en cours de route. Nous nous réunissions le soir dans mon cabinet de Wilshire, quand l'immeuble était désert et silencieux.

Certains soirs, je sortais de la séance épuisé et vidé psychologiquement, après avoir écouté leurs angoisses se déverser comme le sang d'une plaie. Ne vous fiez pas à ceux qui prétendent le contraire : la psychanalyse est une des activités humaines les plus éprouvantes qui soient. J'ai fait toutes sortes de métiers, récolter des carottes sous un soleil de plomb comme siéger au sein de commissions dans des pièces lambrissées, et rien n'égale le fait d'être confronté pendant des heures entières à la détresse humaine et d'endosser la responsabilité de la soulager en ne se servant que de son cerveau et de sa bouche. Dans les meilleurs moments, c'est totalement exaltant, surtout quand on voit le patient s'ouvrir, respirer et se défaire de sa douleur. Dans les pires, c'est comme de faire du surf dans un cloaque : on a du mal à garder l'équilibre face aux vagues sordides qui déferlent.

Le traitement portait ses fruits. Le regard des enfants retrouvait de l'éclat. Les familles se tendaient la main et se soutenaient. Progressivement, mon rôle s'était réduit à celui d'observateur silencieux.

Quelques jours avant la dernière séance, j'avais reçu un coup de fil d'un journaliste de *National Medical News* – un gratuit pour médecins. Un certain Bill Roberts, de passage à L.A., souhaitait m'interviewer. Il projetait d'écrire un article à l'intention des pédiatres, pour les sensibiliser au problème des enfants victimes de sévices sexuels. La cause m'ayant paru bonne, j'avais accepté de le rencontrer.

Un soir à 19 h 30, j'avais donc quitté le parking de l'hôpital et filé vers l'ouest. Il y avait peu de circulation, à 20 heures j'étais arrivé à la tour noire de verre et granit où j'avais mon cabinet. Je m'étais garé dans le parking souterrain, avais franchi la porte en verre à double battant, traversé le hall d'entrée silencieux mis à part la musique diffusée en fond sonore et pris l'ascenseur jusqu'au cinquième étage. La porte avait coulissé, j'avais longé le couloir et tourné au coin, puis m'étais arrêté net.

Personne ne m'attendait, ce qui avait de quoi m'étonner, les journalistes de ma connaissance étant toujours ponctuels.

En approchant de la porte de mon cabinet, j'avais remarqué un rai de lumière en biais sur le sol. La porte était entrouverte d'un ou deux centimètres. L'équipe de ménage avait peut-être laissé entrer Roberts. Il allait falloir que je touche un mot au gérant de l'immeuble de ce manquement à la sécurité.

Enfin devant la porte, j'avais tout de suite compris que quelque chose clochait. Des éraflures étaient visibles autour de la poignée, de la limaille était répandue sur la moquette. Pourtant, comme guidé par un script, j'étais entré.

– Monsieur Roberts ?

La salle d'attente était vide. J'avais continué vers mon bureau. L'homme allongé sur mon divan n'était pas Bill Roberts. Je ne l'avais jamais rencontré, mais je savais très bien qui c'était.

Stuart Hickle, affaissé sur les coussins moelleux. Sa tête, du moins ce qu'il en restait, était plaquée contre le mur, les yeux fixant obstinément le plafond. Ses jambes étaient écartées en une pose grotesque. Une de ses mains reposait près d'une tache humide au niveau du pubis. Sexe en érection. Les veines de son cou saillaient, formant une sorte de bas-relief. L'autre main pendait devant son torse, un doigt appuyé sur la détente d'un petit pistolet hideux en acier bleuté. L'arme se balançait, la crosse en bas, le canon à trois centimètres de la bouche entrouverte de Hickle. Derrière sa tête, le mur était taché de sang, de bouts d'os et de matière cervicale. Des traînées rouges ornaient le papier peint vert pâle, comme des peintures au doigt faites par un enfant. D'autres filets rouges lui coulaient du nez, des oreilles et de la bouche. Ça sentait la poudre et la merde.

J'avais décroché le téléphone.

Le coroner avait conclu au suicide. Et l'on avait retenu la version des faits suivante : profondément déprimé depuis son arrestation et incapable de faire face à l'humiliation d'un procès, Hickle avait choisi de tirer sa révérence en samouraï. C'était lui qui avait pris rendez-vous avec moi et qui, sous couvert du pseudonyme de Bill Roberts, avait fracturé ma serrure et s'était brûlé la cervelle. La police m'avait fait écouter l'enregistrement de sa confession, et la voix ressemblait effectivement à celle de Roberts – en tout cas suffisamment pour que je ne puisse pas affirmer le contraire.

Quant à savoir pourquoi il avait choisi mon cabinet pour son chant du cygne, messieurs les psy avaient une réponse toute trouvée : mon rôle de thérapeute des victimes faisait de moi une figure paternelle symbolique. Et sa mort était un geste de repentance tout aussi symbolique.

Point final.

Mais même un suicide – surtout lié à un crime – doit faire l'objet d'une enquête pour éclaircir les zones d'ombre, d'où une lutte entre la police de Beverly Hills et le LAPD qui voulaient se refiler le bébé. Beverly Hills reconnaissait volontiers que le suicide était survenu sur son territoire, mais selon elle le dossier était lié aux crimes de Hickle, qui, eux, étaient du ressort de West L.A. Dégagement en touche. West L.A. ne demandait pas mieux que de renvoyer la balle, mais l'affaire intéressait toujours la presse et on se passait bien d'un article dénonçant une dérobade du service.

West L.A. s'était donc retrouvé coincé avec le dossier. Plus précisément, l'inspecteur Milo Bernard Sturgis.

Le contrecoup n'était venu qu'une semaine après la découverte du cadavre de Hickle. Un délai normal, vu que je niais tout en bloc et que j'étais plutôt sonné. Personne ne se souciait de moi – en tant que psychologue j'étais censé savoir réagir à ce genre de situations.

Je tenais bon devant les enfants et les familles, maintenant la façade du praticien calme et fataliste. Je donnais l'impression de contrôler les événements. Au cours des séances, nous parlions de la mort de Hickle, en mettant l'accent sur « eux » et comment « ils » réagissaient.

Pour la dernière séance nous avions fait une fête, et les familles m'avaient remercié, embrassé tendrement et offert une caricature de Bragg – le Psychologue. C'était une fête réussie, on avait bien rigolé et baptisé la moquette, tout le monde se réjouissait d'aller mieux, et aussi un peu de la mort du tortionnaire.

J'étais rentré vers minuit et m'étais glissé sous les draps, me sentant vidé, frigorifié et désemparé, tel l'orphelin sur une route déserte. Les symptômes étaient apparus le lendemain matin.

J'étais de plus en plus fébrile et avais du mal à me concentrer. Mes troubles respiratoires étaient de plus en plus fréquents et violents. J'avais des bouffées d'angoisse, des maux d'estomac en permanence et des prémonitions sur ma propre mort.

Les patients me demandaient si tout allait bien. Autant dire que je devais être sacrément perturbé, car il en faut beaucoup pour détourner l'attention d'un malade de lui-même.

J'avais toutes les connaissances requises pour repérer les symptômes, mais trop peu de perspicacité pour leur donner du sens.

Ce n'était pas la découverte du cadavre en tant que telle – j'étais habitué aux événements traumatisants –, mais cela avait agi comme catalyseur et m'avait plongé dans une véritable crise. Avec le recul, je comprends que le programme de soutien aux victimes m'avait permis de me poser pendant six semaines et qu'à la fin j'avais eu le loisir de me livrer à l'introspection, un passe-temps des plus dangereux. Le constat n'avait rien de plaisant.

Je vivais seul, isolé, sans le moindre ami authentique. Depuis presque dix ans je n'avais de relations qu'avec des patients et par définition le patient prend plus qu'il ne donne.

Le sentiment de solitude me devenait douloureux. Je m'étais encore plus replié sur moi-même et avais sombré dans la dépression. Je m'étais fait mettre en arrêt-maladie, avais annulé tous mes rendez-vous au cabinet et avais passé des journées entières au lit à regarder des *soaps*.

Le son et les images agissaient comme un médicament débilitant qui assomme mais ne guérit pas.

Je mangeais très peu, dormais trop et me sentais lourd, faible et inutile. Je laissais le téléphone décroché et ne quittais pas la maison, sauf pour rentrer les prospectus et le courrier publicitaire avant de me replonger aussitôt dans ma solitude.

Le huitième jour de cette vie d'outre-tombe, Milo était apparu à ma porte pour me poser quelques questions. Il tenait un carnet à la main, comme un psy. Sauf qu'il n'en avait pas du tout l'air : grand et flasque, il avait les cheveux en bataille et les habits froissés.

– Docteur Alex Delaware ? m'avait-il demandé en brandissant son badge.

– Oui.

Il s'était présenté et m'avait dévisagé. Je portais un peignoir jaune miteux. Ma barbe était digne d'un rabbin et mes cheveux ressemblaient à de la paille de fer. Malgré treize heures de sommeil, j'avais l'air endormi.

– J'espère que je ne vous dérange pas, docteur. L'hôpital m'a communiqué votre numéro personnel, mais la ligne est en dérangement.

Je l'avais fait entrer et il s'était assis, parcourant les lieux du regard. La table de la salle à manger était jonchée de piles de courrier que je n'avais pas ouvert. Les rideaux étaient tirés, il faisait sombre et ça sentait le renfermé. La télé diffusait un épisode de *Days of our Lives*. Il avait posé son carnet sur un genou et m'avait expliqué que cet entretien n'était qu'une formalité pour l'enquête du coroner. Puis il m'avait fait décrire par le menu la soirée où j'avais retrouvé le cadavre, m'interrompant par moments pour éclaircir un point, se grattant le front, prenant des notes et me dévisageant. C'était une formalité des plus rébarbatives et je n'arrivais pas à fixer mon attention, à tel point qu'il avait dû poser plusieurs fois certaines questions. Je lui répondais parfois d'une voix si faible qu'il me faisait répéter.

Au bout de vingt minutes, il m'avait demandé :

– Ça va, docteur ?

– Très bien.

Pas vraiment convaincant.

– Ouais...

Il avait hoché la tête, m'avait posé quelques questions supplémentaires, puis avait reposé son crayon et lâché un petit rire nerveux.

– Ça me fait un peu bizarre de demander à un docteur s'il se sent bien.

– Ne vous en faites pas pour ça.

Il avait repris son interrogatoire et, malgré mon état brumeux, j'avais noté qu'il avait une bien curieuse technique. Il sautait d'un sujet à l'autre, apparemment sans le moindre fil conducteur. J'étais désarçonné et d'autant plus méfiant.

– Vous êtes maître de conférences à la faculté de médecine ?

– Professeur adjoint.

– Vous êtes bien jeune pour être professeur adjoint, non ?

– J'ai trente-deux ans. J'ai commencé jeune.

– Bien. Combien d'enfants ont suivi le programme de soutien ?

– Une trentaine.

– Et de parents ?

– Une dizaine de couples, une demi-douzaine de parents célibataires.

– Vous est-il arrivé de parler de M. Hickle au cours des séances ?

– C'est confidentiel.

– Bien entendu, docteur. Vous étiez en charge de ce programme dans le cadre de votre travail au... (il avait consulté ses notes) au Western Pediatric Hospital.

– C'était un travail bénévole en collaboration avec l'hôpital.

– Vous n'avez pas été payé ?

– J'ai continué à toucher mon salaire et l'hôpital m'a déchargé de certaines fonctions.

– Certains pères ont aussi participé à la thérapie ?

– Oui.

N'avais-je pas parlé de « couples » ?

– J'imagine que ces types devaient être sacrément remontés contre M. Hickle.

Monsieur Hickle – il fallait vraiment être flic pour être hypocritement courtois au point de donner du « monsieur » à un pédophile suicidé. Entre eux, ils devaient se lâcher un peu plus. L'obséquiosité n'était là que pour mettre des barrières entre la police et les civils.

– C'est confidentiel, inspecteur.

Il avait souri, l'air de dire : « Vous n'allez pas m'en vouloir de tenter le coup », et avait griffonné quelque chose dans son carnet.

– Pourquoi tant de questions pour un suicide ?

– Juste la routine, m'avait-t-il répondu du tac au tac, sans relever la tête. J'aime faire les choses consciencieusement.

Me fixant d'un air songeur, il m'avait ensuite demandé :

– Vous vous faisiez aider pour les séances de groupe ?

– J'encourageais les familles à participer. Pour qu'elles s'entraident. J'étais le seul thérapeute professionnel.

– Une thérapie entre pairs ?

– Exactement.

– Ça se pratique aussi chez nous.

Dit d'un ton évasif.

– Ils ont donc plus ou moins pris les choses en main.

– Progressivement. J'étais toujours présent.

– L'un d'entre eux avait-il la clé de votre cabinet ?

Tiens, tiens...

– Bien sûr que non. Vous pensez que l'un d'entre eux aurait tué Hickle et maquillé ça en suicide ?

Bien sûr qu'il le pensait. Moi aussi, j'avais eu les mêmes soupçons.

– Je ne tire aucune conclusion hâtive. Je me contente d'enquêter.

Fuyant comme il l'était, ce type aurait pu être psy.

– Je vois.

Brusquement, il s'était levé, avait fermé son carnet et rangé son crayon.

Me levant pour le raccompagner à la porte, je m'étais senti chanceler et m'étais évanoui.

Quand le flou s'était dissipé, la première chose que j'avais vue était son gros visage moche penché au-dessus de moi. J'avais froid et je transpirais. Il tenait un gant de toilette qui me dégoulinait sur la figure.

– Vous avez tourné de l'œil. Vous vous sentez comment ?

– Ça va.

En fait, ça n'allait pas du tout.

– Vous n'avez pas très bonne mine. Je devrais peut-être appeler un médecin, docteur.

– Non.

– Vous êtes sûr ?

– Oui, ce n'est rien. Je me sens un peu grippé depuis quelques jours. J'ai juste besoin d'avaler quelque chose.

Il était allé à la cuisine et en était revenu avec un verre de jus d'orange dont il m'avait fait boire plusieurs gorgées.

Ayant repris quelques forces, j'avais pu m'asseoir et tenir le verre moi-même.

– Merci...

– Au service de la veuve et de l'orphelin.

– Ça va vraiment mieux. Si vous n'avez pas d'autres questions...

– Non. Rien de plus pour l'instant.

Il s'était levé pour ouvrir quelques fenêtres. La lumière m'avait ébloui. Il avait éteint la télé.

– Vous voulez quelque chose à manger avant que je parte ?

Quel type étrange, avec ses airs maternels...

– Non, ça va aller.

– OK, docteur. Prenez bien soin de vous.

J'étais pressé de le voir partir. Mais en entendant s'éloigner sa voiture, je m'étais senti désemparé. Pas déprimé comme avant, mais agité, énervé, pas tranquille. J'avais essayé de regarder la série *As the World Turns*, mais je n'arrivais pas à me concentrer. Les dialogues insipides m'agaçaient. J'avais pris un livre, mais les mots restaient brouillés. J'avais repris du jus d'orange, mais ça m'avait laissé un goût amer dans la bouche et des aigreurs dans la gorge.

J'étais passé sur la terrasse, où j'avais fixé le ciel jusqu'à ce que des taches lumineuses se mettent à danser devant mes yeux. Ma peau me grattait. Le chant des oiseaux m'énervait. Je ne tenais pas en place.

Ça avait duré toute l'après-midi. L'horreur.

Il avait appelé à 4 h 30.

– Docteur Delaware ? Ici Milo Sturgis. L'inspecteur Sturgis.

– Que puis-je faire pour vous, inspecteur ?

– Comment vous sentez-vous ?

– Beaucoup mieux, merci.

– C'est bien.

Silence.

– Docteur, euh... J'ai l'impression de marcher sur des œufs...

– Qu'est-ce qui vous tracasse ?

– Vous savez, je faisais partie du corps médical au Vietnam. On voyait souvent ce qu'on appelle la réaction aiguë au stress. Je me demande si...

– Vous pensez que je fais une réaction de ce genre ?

– Eh bien...

– Quel traitement prescrivait-on au Vietnam ?

– On renvoyait les types au front le plus vite possible. Moins ils se battaient, pire c'était.

– Vous me conseillez de faire pareil ? De replonger dans le bain ?

– Ce n'est pas à moi de le dire, docteur. Je ne suis pas psychologue.

– Vous faites le diagnostic, mais vous ne soignez pas.

– D'accord, docteur. Je voulais juste savoir si...

– Non, attendez. Je m'excuse. C'est très gentil d'appeler.

J'étais perplexe, me demandant quel mobile caché il pouvait bien avoir.

– Ouais, bon. De rien.

– Merci, vraiment. Vous feriez un psy super, inspecteur.

Il avait rigolé.

– Ça fait parfois partie du boulot, docteur.

Après avoir raccroché, je m'étais senti en meilleure forme que depuis bien des jours. Le lendemain matin, je l'avais appelé au commissariat central de West L.A. pour lui proposer de boire un verre.

Nous nous étions retrouvés chez Angela, en face du commissariat de Santa Monica Boulevard. L'arrière-salle du café était enfumée, occupée par plusieurs groupes de costauds à la mine sérieuse. Peu d'entre eux l'avaient salué, ce qui m'avait paru étrange. J'avais toujours imaginé les flics en train de se taper dans le dos et de jurer joyeusement après le boulot. Ces messieurs buvaient sans plaisanter, et en silence.

Milo avait l'étoffe d'un très bon psy. Sirotant son Chivas, calé contre son dossier, il m'avait laissé parler. Finis les interrogatoires. Je m'épanchais et il écoutait.

Mais avant la fin de la soirée lui aussi s'était mis à parler.

Au cours des semaines suivantes, Milo et moi nous étions découvert beaucoup de points communs. Nous avions à peu près le même âge – il a dix mois de plus que moi – et étions originaires de villes de taille moyenne. Comme moi, il venait d'une famille ouvrière ; son père travaillait dans une aciérie, le mien était assembleur d'appareils électriques. Lui aussi avait fait de bonnes études, décrochant une maîtrise avec mention à la fac de Purdue, puis un troisième cycle de lettres à l'université d'Indiana. Il projetait d'enseigner, mais avait été appelé sous les drapeaux. Ses deux années de Vietnam en avaient fait un flic.

Pour lui, son métier n'était pas du tout incompatible avec ses ambitions intellectuelles. Les inspecteurs de la brigade des homicides, m'avait-il appris, sont toujours les intellectuels du commissariat. Enquêter sur un meurtre oblige à faire travailler ses méninges beaucoup plus que ses muscles. Certains de ses confrères chevronnés ne portaient jamais leur arme, au mépris du règlement. Juste une bonne provision de Bic et de crayons. Milo avait toujours son calibre 38 sur lui, mais reconnaissait ne pas en avoir vraiment besoin.

– C'est un boulot de col blanc, Alex, avec beaucoup de paperasse, des décisions à prendre, et une grande attention à porter aux détails.

Il aimait être flic et adorait coffrer des salauds. Il se disait parfois qu'il aimerait bien faire autre chose, sans trop savoir quoi.

Nous avions d'autres centres d'intérêt en commun. Comme la pratique des arts martiaux. Milo avait suivi divers cours de *self-defense* à l'armée. J'avais fait du karaté et de l'escrime pendant mon doctorat. Nous nous étions tous les deux empâtés, nous accrochant à l'illusion de pouvoir retrouver la forme si besoin était. Nous aimions tous les deux la bonne chère, la bonne musique et la solitude.

Nous nous entendions de mieux en mieux.

Environ trois semaines après notre rencontre, il m'avait confié qu'il était homosexuel. Pris de court, je n'avais su quoi dire.

– Je te préviens pour pas que t'ailles croire que je te drague.

Soudain je m'étais senti tout honteux, car ma première pensée avait été exactement celle-là.

Au départ, malgré ma prétendue finesse psychologique, j'avais eu du mal à accepter qu'il soit pédé. Je connaissais toutes les données. Que les homos représentent entre cinq et dix pour cent de pratiquement tout groupe humain. Que la plupart d'entre eux ressemblent parfaitement à vous et moi. Que n'importe qui peut l'être – le boucher, le boulanger, le flic du coin. Que la plupart sont plutôt bien intégrés.

Malgré tout, le cerveau a du mal à se défaire des stéréotypes. On s'attend à ce que ce soient des tantouzes efféminées à la voix haut perchée. Des satyres au crâne rasé, bardés de cuir. Des minets paradant dans leur chemise Lacoste et leur pantalon kaki. Ou des gouines au faciès masculin et aux grosses chaussures de marche.

Milo n'avait pas l'air homosexuel.

Mais il l'était depuis plusieurs années et le vivait bien. Il ne se cachait pas, mais ne s'affichait pas non plus.

Je lui avais demandé si la police était au courant.

– Ouais. Non pas que je l'aie déclaré officiellement. Mais ça se sait.

– Et on te traite comment ?

– Désapprobation à distance... regards froids. Mais, en gros, c'est chacun sa vie. On manque de personnel et je suis bon. Qu'est-ce qu'ils auraient à y gagner ? Un procès avec l'ACLU[1] et perdre un bon inspecteur ? Ed Davis était homophobe. Il n'est plus là et on ne s'en porte pas plus mal.

– Et tes collègues ?

Haussement d'épaules.

– Ils me fichent la paix. On se contente de parler boutique. On ne sort pas ensemble.

Voilà qui expliquait pourquoi les autres flics l'avaient ignoré chez Angela.

Je comprenais aussi un peu mieux son altruisme initial, son souci de me venir en aide. Il savait ce que c'était d'être seul. Être flic et pédé, c'est se retrouver dans les limbes. Au poste, on ne fait jamais partie de la bande, quel que soit le talent qu'on a. Quant à la communauté homosexuelle, elle regarde forcément d'un œil soupçonneux quelqu'un qui a l'air d'un flic, se comporte comme tel et en est pour de bon.

– Je me suis dit qu'il valait mieux te mettre au courant, vu qu'on sympathise.

– Y a pas de quoi en faire un plat, Milo.

– Vraiment ?

– Vraiment.

En fait, ça me mettait plutôt mal à l'aise. Mais je comptais bien apprendre à m'y faire.

Un mois après que Stuart Hickle s'était introduit un calibre 22 dans la bouche et avait répandu sa cervelle sur mon papier peint, j'avais tout chambardé dans ma vie.

J'avais démissionné du Western Pediatric et fermé mon cabinet. J'avais adressé mes patients à un de mes anciens élèves, un excellent

1. ACLU : American Civil Liberties Union *(NdT)*.

thérapeute qui montait son cabinet et avait besoin de se faire une clientèle. L'angoisse de la séparation n'avait pas été trop dure à gérer parce que j'avais pris très peu de nouveaux patients depuis que je m'occupais des groupes de Kim's Korner.

J'avais vendu un immeuble de quarante appartements à Malibu et réalisé un joli profit sur le prix que je l'avais payé sept ans plus tôt. Je m'étais aussi séparé d'un duplex à Santa Monica. J'avais investi une partie de l'argent – le montant qui irait éventuellement au fisc – dans des placements monétaires à haut rendement et le reste dans des obligations municipales défiscalisées. Ces placements ne m'enrichiraient pas, mais m'assureraient une certaine stabilité financière. Les seuls intérêts devaient me permettre de tenir deux ou trois ans, à condition de ne pas faire trop de folies.

J'avais aussi vendu ma vieille Chevrolet pour acheter une Cadillac Seville – un modèle 1979, la dernière année où elles avaient de la gueule. Carrosserie vert sapin, intérieur en cuir basané, confortable et bien insonorisé. Conduisant peu, je me foutais qu'elle soit gourmande. Je m'étais débarrassé de mes anciens habits pour me refaire une garde-robe, privilégiant les matières souples – tricots, velours côtelés, chaussures à semelle de caoutchouc, pulls cachemire, peignoirs, caleçons et sweats.

J'avais fait vidanger le Jacuzzi de jardin dont je ne m'étais jamais servi depuis que j'avais la maison. Je m'étais mis à acheter de la nourriture et à boire du lait. J'avais sorti ma vieille Martin de son étui et avais commencé à gratter des accords sur la terrasse. Désormais j'écoutais des disques et lisais pour mon plaisir, ce qui ne m'était pas arrivé depuis le lycée. J'avais soigné mon bronzage. Je m'étais rasé la barbe et avais découvert que j'avais un visage, et plutôt mignon à vrai dire.

J'étais sorti avec des nanas sympas. J'avais rencontré Robin et les choses avaient commencé à aller mieux.

Au tour d'Alex qu'on s'occupe un peu de lui. La préretraite six mois avant mes trente-trois ans.

Je m'étais bien amusé, mais tout a une fin.

3

Sans compter la morgue, Morton Handler avait eu pour dernière demeure une luxueuse résidence dans Sunset Boulevard, à Pacific Palisades. Construit à flanc de colline, l'ensemble avait été conçu pour ressembler aux alvéoles d'une ruche : une série d'appartements reliés par des corridors apparemment disposés au hasard, mais disséminés de telle sorte que chacun ait pleine vue sur l'océan. La déco donnait dans le pseudo-hispanique – murs en stuc d'un blanc aveuglant, toits de tuiles rouges, fenêtres agrémentées d'une touche de fer forgé. Des azalées et des hibiscus occupaient ici et là un bout de jardin. De gros pots en terre cuite contenaient toutes sortes de plantes – cocotiers, caoutchoucs, fougères arborescentes – qui avaient l'air entreposées là comme si quelqu'un prévoyait de les retirer en pleine nuit.

L'appartement de Handler se trouvait à un niveau intermédiaire. Porte d'entrée condamnée, scellé du « LAPD » collé dessus. Nombreuses traces de pas visibles dans l'allée en granito devant l'entrée.

Je suivis Milo qui traversa une terrasse décorée de pierres polies et de plantes grasses, jusqu'à un bâtiment situé en diagonale par rapport au lieu du meurtre. Des lettres adhésives sur la porte formaient le mot « éception ». Était-ce un *r* ou un *d* qui manquait ?

Milo frappa.

Je remarquai alors que l'endroit était étonnamment silencieux. Il devait y avoir cinquante appartements au bas mot, mais on ne voyait pas âme qui vive. Aucune trace de présence humaine.

Nous attendîmes quelques minutes. Milo venait de relever le poing pour frapper à nouveau lorsque la porte s'ouvrit.

– Désolée. J'étais en train de me laver les cheveux.

Elle pouvait avoir vingt-cinq ans comme quarante. Elle avait le teint pâle et le genre de peau qu'on aurait peur d'effriter en la pinçant. Grands yeux marron surmontés de sourcils épilés. Lèvres fines. Incisives du bas légèrement trop avancées. Une serviette orange était nouée autour de sa tête, laissant entrevoir des cheveux châtains. Elle portait un chemisier en coton délavé aux motifs orange et ocre par-dessus un pantalon rouille en stretch. Tennis bleu foncé aux pieds. Elle dévisagea Milo, puis me décocha un coup d'œil. Elle avait l'air de quelqu'un qui a reçu son lot de coups et refuse de croire que ça ne va pas recommencer d'un instant à l'autre.

– Madame Quinn ? Je vous présente le Dr Alex Delaware. Le psychologue dont je vous ai parlé.

– Enchantée, docteur.

Sa main était menue, froide et moite, et elle la retira vivement.

– Melody est en train de regarder la télé dans sa chambre. Elle n'est pas à l'école, avec toute cette histoire. Je la laisse regarder la télé pour qu'elle n'y pense pas trop.

Nous la suivîmes dans l'appartement.

« Appartement » était un bien grand mot. En fait, il s'agissait plutôt de deux grands placards juxtaposés. Le post-scriptum d'un architecte : « Ed, on a trente-cinq mètres carrés en rab à l'arrière du 142. Et si on flanquait un toit par-dessus avec des murs en préfabriqué et qu'on appelait ça la réception ? On trouvera toujours bien un pauvre bougre pour laver le linge sale des riches contre le privilège d'habiter à Pacific Palisades... »

Le salon était meublé d'un canapé à fleurs, d'une table basse en aggloméré et d'un téléviseur. Au mur, une peinture du mont Rainier tout droit sortie d'un calendrier publicitaire et quelques photos jaunies – des portraits de personnes à la mine sombre et endurcie, qui semblaient dater de la ruée vers l'or.

– Mes grands-parents, dit-elle.

On apercevait une kitchenette d'où s'échappait une odeur de bacon. Un grand paquet de chips goût oignon et crème était posé sur le comptoir, ainsi que six canettes de Dr Pepper.

– Ah oui ?

– Ils sont arrivés de l'Oklahoma en 1902.

Elle semblait presque s'en excuser.

Derrière une porte en bois qui attendait toujours ses finitions retentirent soudain des rires, des applaudissements, des bips et des sonneries. Un jeu télévisé.

– Elle est devant la télé.

– Ne vous en faites pas, madame Quinn. On va la laisser tranquille jusqu'à ce qu'on ait besoin d'elle.

Elle acquiesça d'un hochement de tête.

– Elle a pas trop l'occasion de regarder les émissions dans la journée, vu qu'elle est à l'école. Alors là, elle en profite.

– Ça vous dérange si on s'assoit, madame ?

– Pas du tout, pas du tout.

Elle s'agita autour de la pièce comme une éphémère, tenant la serviette en place sur sa tête. Elle rapporta un cendrier qu'elle posa sur la table basse. Milo et moi nous assîmes sur le canapé pendant qu'elle allait se chercher un fauteuil en vinyle et tubes d'aluminium à la cuisine. Elle avait beau être mince, ses hanches se déployèrent. Elle sortit un paquet de cigarettes, en alluma une et inspira une grande bouffée en creusant les joues.

Milo posa une première question :

– Quel âge a votre fille, madame Quinn ?

– Bonita. Appelez-moi Bonita. Ma fille, c'est Melody. Elle vient d'avoir ses sept ans le mois passé.

Parler de sa fille semblait la rendre particulièrement nerveuse. Elle tira avidement sur sa cigarette et recracha peu de fumée. Elle ne cessait d'ouvrir et de refermer sa main libre.

– Melody est peut-être le seul témoin de ce qui est arrivé hier soir, reprit Milo en m'adressant une grimace écœurée.

Je savais ce qu'il pensait. La résidence devait bien compter entre soixante-dix et cent locataires et nous n'avions qu'une enfant comme témoin.

– J'ai peur pour elle, inspecteur Sturgis. Et si quelqu'un d'autre l'apprenait ?

Bonita Quinn fixait le sol comme si elle pensait pouvoir y découvrir les secrets mystiques de l'Orient.

– Madame Quinn, je peux vous assurer que personne ne sera au courant. Le Dr Delaware a aidé la police à de nombreuses reprises...

Il mentait sans vergogne.

– ... il comprend toute l'importance qu'il y a à bien garder le secret. De toute manière...

Il tendit la main pour lui tapoter l'épaule d'un geste rassurant. Je crus qu'elle allait passer à travers le plafond.

– ... tous les psychologues respectent la confidentialité de leurs patients. N'est-ce pas, docteur Delaware ?

– Absolument.

Inutile de s'embarquer sur le sujet épineux du respect de la vie privée des enfants.

Bonita Quinn émit une sorte de couinement étrange, impossible à interpréter. La seule chose qui s'en rapprochait et que je connaissais était le coassement que poussaient les grenouilles de laboratoire dans le cours de psychophysiologie juste avant qu'on les zigouille en leur plongeant une épingle dans le crâne.

– Ça va lui faire quoi, cette histoire d'hypnose ?

Je pris ma voix de psy – le ton calme et apaisant qui m'était devenu si naturel au fil des ans qu'il s'enclenchait tout seul. Je lui affirmai que l'hypnose n'avait rien de magique, qu'il s'agissait simplement d'une combinaison de concentration ciblée et de profonde relaxation, et que les gens avaient tendance à se souvenir plus clairement des choses quand ils étaient détendus, ce qui expliquait pourquoi la police y recourait avec les témoins. J'ajoutai que les enfants se laissaient plus facilement hypnotiser que les adultes, parce qu'ils étaient moins inhibés et très portés sur l'imaginaire. Et que ça ne faisait pas mal, que la plupart des enfants y prenaient beaucoup de plaisir et qu'on ne pouvait ni y rester coincé, ni être forcé de faire des choses contre son gré.

– Une hypnose est toujours volontaire, conclus-je. Mon rôle est simplement d'aider votre fille à faire quelque chose qui lui sera tout naturel.

Elle n'en comprit sans doute que dix pour cent, mais ça parut la tranquilliser.

– Naturel, comme vous dites. Elle n'arrête pas de rêvasser.

– Exactement. L'hypnose, c'est pareil.

– Les maîtresses se plaignent tout le temps ; elles disent qu'elle est dans la lune, qu'elle fait pas son travail.

Elle semblait s'attendre à ce que j'y fasse quelque chose. Milo intervint :

– Melody vous a-t-elle parlé un peu plus de ce qu'elle a vu, madame Quinn ?

– Non, dit-elle en secouant vigoureusement la tête. On en a pas du tout reparlé.

Milo sortit son carnet et le feuilleta.

– D'après mes notes, Melody n'arrivait pas à dormir et se trouvait dans le salon, la pièce où nous sommes, vers 1 heure du matin.

– Dans ces eaux-là, ouais. Je me suis couchée à 11 h 30 et je me suis relevée à minuit vingt pour fumer une clope. Elle dormait et je l'ai pas entendue se lever le temps que je me rendorme. Je l'aurais entendue. On dort dans la même chambre.

– Oui. Et elle a vu deux hommes. J'ai noté qu'elle a dit : « J'ai vu des grands monsieurs. » Le policier lui a demandé : « Combien, Melody ? » Et elle a répondu : « Deux. Peut-être trois. » Quand il lui a demandé de les décrire, elle a simplement dit qu'ils étaient foncés.

Il s'adressait maintenant à moi :

– On lui a demandé s'ils étaient noirs, latinos, mais rien. Juste foncés.

– Ça peut vouloir dire des ombres, remarquai-je. Venant d'une enfant de sept ans, ça peut vouloir dire tout et son contraire.

– Je sais.

– Deux hommes, ou un seul et son ombre, ou...

– Pas la peine de me le dire.

Ou rien du tout.

– Elle dit pas toujours la vérité.

Nous nous tournâmes tous les deux vers Bonita Quinn, qui avait profité de cet interlude pour éteindre sa cigarette et en allumer une autre.

– Je dis pas que c'est une méchante gamine. Mais elle dit pas toujours la vérité. Je vois pas pourquoi vous voulez vous fier à elle.

– Elle ment souvent ? demandai-je. Sans raisons ? Ou bien juste pour éviter de se faire gronder ?

– C'est ça. Quand je veux lui en flanquer une parce que j'ai retrouvé quelque chose de cassé et que je sais bien que c'est forcément elle, elle me dit : « Non, maman, c'est pas moi. » Alors je lui en flanque une double ration. (Elle chercha une trace de désapprobation dans mon regard.) Parce qu'elle a menti.

– Elle vous pose d'autres problèmes ? demandai-je d'un ton bienveillant.

– C'est une brave gosse, docteur. Y a juste qu'elle est dans la lune et ses problèmes de concentration.

– Ah oui ?

J'avais besoin de comprendre cette enfant si je voulais arriver à l'hypnotiser.

– Elle a du mal à se concentrer.

Rien d'étonnant, dans cette minuscule cellule envahie par la télévision. Ces appartements étaient sans doute destinés à des personnes sans enfants et Melody Quinn tenue de rester discrète. Pour une part non négligeable de la population en Californie du Sud, la vue de quelqu'un de trop jeune ou de trop vieux est insupportable. C'est comme si les gens ne voulaient pas qu'on leur rappelle d'où ils viennent et vers quoi ils se dirigent. Ce genre de déni, accompagné d'un lifting, d'une greffe de cheveux et d'une bonne couche de maquillage, entretient une agréable illusion d'immortalité. Un temps seulement.

J'étais prêt à parier que Melody Quinn passait le plus clair de son temps enfermée chez elle, alors que la résidence comptait trois piscines et une salle de gym parfaitement équipée. Sans parler de l'océan à moins d'un kilomètre. Des loisirs réservés aux adultes.

– Je l'ai emmenée chez le docteur ; à force de recevoir des mots de l'institutrice comme quoi elle tient pas en place, qu'elle arrive pas à fixer son esprit. Il a dit qu'elle est superactive. Ça vient du cerveau.

– Hyperactive ?

– C'est ça. J'ai pas été surprise. Son père, ça allait pas toujours très bien là-dedans, dit-elle en se tapotant le front. Y prenait de la drogue et du vin jusqu'à ce que...

Elle s'arrêta net et fixa Milo d'un air apeuré.

– Ne vous inquiétez pas, madame Quinn. Ce n'est pas ça qui nous intéresse. Nous voulons juste découvrir qui a tué M. Handler et Mlle Gutierrez.

– Ouais, le médecin pour cinglés...

Elle s'interrompit de nouveau, cette fois pour me dévisager, moi.

– Aujourd'hui je sors que des conneries ! reprit-elle avec un sourire forcé.

Je hochai la tête d'un air rassurant et affichai un sourire compréhensif.

– Il était sympa, ce médecin..., enchaîna-t-elle.

J'ai de très bons amis psychanalystes...

– ... Il plaisantait avec moi et je lui demandais s'il en envoyait beaucoup à l'asile.

Elle rit d'une façon bizarre, dévoilant une bouche pleine de dents en grand manque de soins. J'avais affiné mon évaluation pour lui donner environ trente-cinq ans. D'ici dix ans elle ferait vraiment vieille.

– C'est atroce ce qui lui est arrivé.

– Et à Mlle Gutierrez.

– Ouais, à elle aussi. Sauf qu'avec elle j'accrochais moins. Elle était mexicaine, vous savez, mais du genre prêchi-prêcha. D'où je viens, ces gens-là font le ménage et les basses besognes, mais celle-là se trimbalait avec des jolies robes et une voiture de sport. Et elle était prof, je vous prie.

Bonita Quinn, à qui l'on avait toujours expliqué que les Mexicains n'étaient que des bêtes de somme, avait du mal à accepter que certains d'entre eux, dans une grande ville loin des champs de salades, ressemblent à des êtres humains tout à fait normaux alors qu'elle se tapait le boulot pénible.

– Elle vous regardait toujours de haut. Vous lui disiez bonjour et madame détournait la tête, comme si elle n'avait pas de temps à perdre avec quelqu'un comme vous.

Elle tira une nouvelle bouffée de sa cigarette et sourit d'un air espiègle.

– Cette fois, pas de problème.

Nous la regardâmes tous les deux avec étonnement.

– Vous êtes pas mexicains. Là, j'ai pas gaffé.

Elle était ravie et je profitai de sa bonne humeur pour lui poser quelques questions supplémentaires :

– Madame Quinn, votre fille est-elle sous médicaments pour son hyperactivité ?

– Oui, bien sûr. Le docteur m'a filé des cachets à lui donner.

– Vous auriez l'ordonnance sous la main ?

– J'ai le flacon.

Elle se leva et rapporta un flacon à moitié rempli de comprimés.

Je le pris pour lire l'étiquette. De la Ritaline. Du méthylphénidate chlorhydrate. Une super-amphétamine qui a un effet excitant sur l'adulte mais calme l'enfant, l'un des médicaments les plus prescrits aux petits Américains. La Ritaline est un médicament puissant, avec un risque de dépendance et toute une batterie d'effets secondaires, l'un des plus fréquents étant l'insomnie. Ce qui pouvait expliquer que Melody Quinn se soit trouvée à 1 heure du matin dans une pièce toute noire en train de regarder par la fenêtre.

La Ritaline est le médicament vedette pour contrôler les enfants. Ça améliore la concentration et ça réduit la fréquence des incidents chez les hyperactifs – génial, sauf que les symptômes de l'hyperactivité se distinguent difficilement de ceux de l'anxiété, de la dépression, de la névrose post-traumatique, d'une réaction aiguë au stress, voire de l'ennui en classe. J'ai connu des gamins trop intelligents pour leur âge qui donnaient l'impression d'être hyperactifs en classe. *Idem* pour des gamins qui subissaient le drame d'un divorce ou tout autre traumatisme majeur.

Un médecin qui fait consciencieusement son boulot demande une enquête sociale et psychologique approfondie avant de prescrire à un enfant de la Ritaline ou n'importe quel autre médicament qui modifie le comportement. Et les médecins consciencieux sont légion. Mais certains choisissent la facilité et prescrivent les cachets en premier ressort. Ce qui n'est pas à proprement parler une faute professionnelle, mais tout juste.

Je décapsulai le flacon et fis tomber quelques cachets dans ma paume. Ceux-ci étaient ambrés, soit dosés à vingt milligrammes. Je jetai un coup d'œil à l'étiquette – un cachet trois fois par jour. Soixante milligrammes étaient la dose maximale recommandée. Ça faisait costaud pour une gamine de sept ans.

– Vous lui en donnez trois fois par jour ?

– Oui. C'est ça qu'est écrit, non ?

– Oui, c'est ça. Votre médecin a-t-il commencé par quelque chose de plus léger ? Des cachets bleus ou blancs ?

– Ouais. Au début, elle en prenait trois bleus. Ça marchait pas mal, mais l'école se plaignait toujours, alors il a dit d'essayer ceux-là.

– Et ce dosage fonctionne bien pour Melody ?

– Pour moi, ça marche impeccable. Quand la journée va être dure, avec beaucoup de visites... elle va pas trop bien quand y a beaucoup de gens et de va-et-vient... je lui en donne un de plus.

Ni plus ni moins qu'une surdose.

Bonita Quinn remarqua sans doute ma surprise et l'air désapprobateur que je tentai infructueusement de cacher, car elle s'exprima d'un ton indigné :

– Le docteur est d'accord. C'est quelqu'un d'important. Vous savez, les gosses sont pas autorisés ici, et j'ai le droit de rester que parce qu'elle est calme. M & M Properties, les proprios, m'ont prévenue qu'à la première plainte je dégageais.

Voilà qui devait faire des merveilles pour la vie sociale de Melody ! Elle n'avait probablement jamais invité une amie chez elle.

Cruelle ironie que d'imaginer une enfant de sept ans emprisonnée au cœur d'un paradis pour célibataires fêtards, coincée dans un réduit de misère tout en haut d'un nid d'aigle surplombant le Pacifique, et bourrée de Ritaline pour apaiser conjointement le système scolaire de Los Angeles, une mère simplette et M & M Properties !

J'examinai une nouvelle fois l'étiquette du flacon pour voir qui avait prescrit le médicament. Quand je lus le nom, bien des choses s'expliquèrent.

L.W. Towle. Lionel Willard Towle, docteur en médecine. L'un des pédiatres les plus renommés du West Side. Je ne l'avais jamais rencontré, mais le connaissais de réputation. Il avait une consultation au Western Pediatric, ainsi que dans une demi-douzaine d'autres cliniques du West Side. Un grand ponte de l'Académie de pédiatrie. Un conférencier très prisé dans les colloques sur les difficultés d'apprentissage ou les troubles du comportement.

Le Dr Towle était également rémunéré comme consultant par trois groupes pharmaceutiques. Traduction : dealer. Il avait la réputation d'avoir l'ordonnance facile, surtout auprès des jeunes médecins généralement plus restrictifs sur les médicaments. Personne ne le disait trop fort parce que Towle exerçait depuis très longtemps et avait des patients influents et énormément de relations, mais de l'avis général ce n'était qu'un illusionniste. J'aurais été curieux de savoir comment Bonita Quinn avait atterri dans son cabinet. Mais je n'avais aucun moyen de poser la question sans paraître indiscret.

Je lui rendis le flacon et me tournai vers Milo qui avait suivi notre échange en silence.

– J'ai besoin de te parler, lui fis-je.

– Je vous demande une seconde, madame.

Nous sortîmes et je lui dis :

– Je ne peux pas hypnotiser cette gamine. Elle est complètement shootée. Ce serait trop risqué et de toute façon il y a peu de chances d'en tirer quoi que ce soit.

Milo digéra.

– Merde, soupira-t-il en se grattant la tête. Et si elle arrêtait les médicaments quelques jours ?

– C'est une décision médicale. Là, ce n'est plus à nous de jouer. Il nous faut l'accord du médecin traitant. Ce qui fout en l'air la confidentialité.

– C'est qui, son médecin ?

Je lui touchai un mot de Towle.

– Génial ! Mais il acceptera peut-être qu'elle arrête de les prendre quelques jours.

– Peut-être, mais rien ne garantit qu'elle nous apprendra quoi que ce soit. Cette gamine est sous amphétamines depuis un an. Et Mme Q. ? Elle est déjà pas franchement tranquille, si on fait arrêter les cachets à sa fille, elle va se dépêcher de l'enfermer à double tour douze heures par jour. Ici, les gens aiment bien le calme.

Il régnait toujours dans la résidence un silence de mausolée. À 2 heures moins le quart de l'après-midi.

– Tu veux bien au moins jeter un coup d'œil à la gamine ? Peut-être qu'elle n'est pas si chargée que ça.

En face, la porte de l'appartement de Handler était ouverte. J'entraperçus un cadre raffiné sens dessus dessous – des tapis d'Orient, des antiquités et du mobilier moderne tout saccagés et renversés, des murs blancs maculés de sang. Les hommes du laboratoire de police scientifique travaillaient en silence, comme des taupes.

– À l'heure qu'il est, Milo, elle a déjà pris son deuxième cachet.

– Merde ! pesta-t-il en plantant son poing dans sa paume. Je te demande juste de la voir. Donne-moi ton impression. Elle est peut-être tout à fait alerte.

Elle était tout sauf ça.

Sa mère l'amena dans le salon, puis sortit avec Milo. Melody suçait son pouce, le regard fixé au loin. Elle était petite. Si je n'avais pas su son âge, je lui aurais donné cinq ans-cinq ans et demi maximum. Son visage effilé et grave était mangé par de grands yeux marron. Ses cheveux blonds, attachés avec deux barrettes en plastique identiques, lui tombaient droit sur les épaules. Elle portait un jean et un tee-shirt rayé bleu, vert et blanc. Ses pieds étaient nus et sales.

Je la fis asseoir sur une chaise et m'installai en face d'elle dans le canapé.

– Bonjour, Melody. Je suis le Dr Delaware. Je suis psychologue. Tu sais ce que ça veut dire ?

Pas de réponse.

– Je suis un genre de docteur qui ne fait pas de piqûre. Moi, je parle, je joue et je dessine avec les enfants. J'essaye d'aider les enfants qui sont tristes ou en colère, ou ceux qui ont peur.

En entendant le mot « peur », elle me dévisagea un instant, puis fixa de nouveau son regard quelque part derrière moi en suçant son pouce.

– Est-ce que tu sais pourquoi je suis ici ?

Hochement de tête négatif.

– Ce n'est pas parce que tu es malade ou que tu as fait quelque chose de mal. Je sais que tu es une gentille petite fille.

Elle regarda autour de la pièce en m'évitant.

– Je suis ici parce que tu as peut-être vu quelque chose d'important hier soir. Quand tu n'arrivais pas à dormir et que tu regardais par la fenêtre...

Elle resta muette. Je poursuivis :

– Melody, qu'est-ce que tu aimes faire ?

Rien.

– Tu aimes jouer ?

Elle fit oui de la tête.

– Moi aussi, j'aime jouer. J'aime faire du patin à roulettes. Et toi, tu en fais ?

Vague grognement négatif.

Bien sûr que non – les patins font du bruit.

– Et j'aime regarder des films. T'en regardes, des films ?

Elle marmonna quelque chose. Je me penchai vers elle.

– Comment, ma chérie ?

– À la télé.

Un filet de voix tremblotant, un souffle vacillant comme le bruit de la brise dans les feuilles mortes.

– Oui, à la télé. Moi aussi, je regarde la télé. C'est quoi, tes émissions préférées ?

– *Scooby-Doo.*

– C'est une super-émission, *Scooby-Doo*. Quoi d'autre ?

– Maman regarde les *soaps*.

– T'aimes ça ?

Elle fit non de la tête.

– C'est plutôt barbant, hein ?

Un soupçon de sourire, autour du pouce.

– As-tu des jouets, Melody ?

– Dans ma chambre.

– Tu veux bien me les montrer ?

La chambre qu'elle partageait avec sa mère n'était ni celle d'un enfant ni celle d'un adulte. Basse de plafond, mesurant tout au plus six mètres carrés, elle disposait d'une seule fenêtre en hauteur, ce qui lui donnait des airs de donjon. Melody et Bonita partageaient un lit double dépourvu de tête de lit. Le dessus-de-lit en chenille à moitié rabattu laissait entrevoir des draps froissés. D'un côté se trouvait une table de nuit où s'entassaient des flacons, des pots de *cold cream*, du lait protecteur pour les mains, des brosses et des peignes, et un bout de carton avec toutes sortes de barrettes accrochées dessus. De l'autre se dressait un énorme morse en peluche d'un atroce bleu turquoise. La photo d'un bébé constituait la seule décoration sur les murs. Une commode grossière en pin recouverte d'un napperon au crochet et une télévision étaient les seuls autres meubles.

Dans un coin s'entassaient quelques jouets.

Melody s'en approcha d'un pas hésitant. Elle prit un baigneur en plastique tout sale.

– Amanda, dit-elle.

– Elle est très belle.

Elle serra la poupée contre elle et la berça.

– Tu dois bien t'occuper d'elle.

– Oui.

Elle avait dit cela d'un ton défensif. Cette enfant n'était pas habituée à recevoir des compliments.

– Moi, j'en suis sûr, dis-je d'une voix douce. (Je jetai un coup d'œil au morse.) Et lui, c'est qui ?

– Patapouf. C'est mon papa qui me l'a donné.

– Il est mignon.

Elle se dirigea vers la peluche, qui était aussi grande qu'elle, et la caressa résolument.

– Maman veut que je le jette parce qu'il est trop grand. Mais je vais pas la laisser faire.

– Tu tiens beaucoup à Patapouf.

– Ouais.

– C'est papa qui te l'a donné.

Elle opina vigoureusement du chef et sourit. Je venais de réussir mon examen de passage.

Pendant vingt-cinq minutes nous jouâmes par terre.

Quand Milo et la mère revinrent, ils nous trouvèrent de fort bonne humeur. Melody et moi avions construit et détruit plusieurs univers.

– Je vois que ça chahute bien, dit Bonita.

– On s'amuse bien, madame Quinn. Melody est une gentille petite fille.

– C'est bien, dit-elle en s'approchant d'elle et lui posant une main sur la tête. C'est bien, bichette.

Une pointe de tendresse inattendue perça dans son regard, mais disparut aussitôt. Elle se tourna vers moi.

– Comment ça s'est passé pour l'hypnose ?

Elle demandait cela comme elle aurait pu s'enquérir des progrès de sa fille en maths.

– Je ne l'ai pas encore hypnotisée. Melody et moi avons simplement fait connaissance.

J'entraînai la mère à l'écart.

– Madame Quinn... pour pratiquer une hypnose il faut que l'enfant se sente en confiance. En général, j'essaye de passer un peu de temps avec les enfants avant. Melody est pleine de bonne volonté.

– Mais elle vous a rien dit ?

Elle prit une énième cigarette dans la poche de son chemisier. Je la lui allumai, mon geste la surprit.

– Rien d'essentiel. Avec votre permission, j'aimerais revenir demain dans la journée pour passer un peu de temps avec elle.

Elle me dévisagea d'un air soupçonneux, mordilla sa cigarette, puis haussa les épaules.

– C'est vous le médecin.

Nous rejoignîmes Milo et Melody. Un genou à terre, il lui montrait son badge. Elle écarquillait les yeux.

– Melody, si tu veux bien, j'aimerais revenir demain pour jouer encore avec toi.

Elle leva les yeux vers sa mère et se mit de nouveau à sucer son pouce.

– Moi, ça me va, dit sèchement Mme Quinn. Maintenant laisse-nous !

La fillette fila vers sa chambre, s'arrêta sur le pas de la porte et me regarda d'un air hésitant. Je lui fis un geste de la main, elle fit de même, puis disparut. Une seconde plus tard, la télé repartait à plein volume.

– Autre chose, madame Quinn. Avant de la mettre sous hypnose, il faudra que je parle au Dr Towle.

– C'est bon.

– J'ai besoin de votre autorisation pour lui parler. Vous comprenez que lui aussi sera tenu par le secret professionnel ; comme moi il devra garder cette histoire confidentielle.

– C'est bon. Je fais confiance au Dr Towle.

– Et je risque de lui demander que Melody arrête de prendre son médicament pendant un ou deux jours.

– D'accord, d'accord, dit-elle en agitant la main, exaspérée.

– Je vous remercie, madame Quinn.

Nous la laissâmes sur le pas de sa porte à fumer nerveusement, retirer la serviette de sa tête et secouer ses cheveux sous le soleil de la mi-journée.

Je pris le volant de la Seville et me dirigeai lentement vers Sunset Boulevard.

– Arrête de prendre cet air narquois, Milo.

– De quoi parles-tu ?

Il regardait par son carreau baissé, ses mèches battant comme des ailes de canard.

– Tu te doutes bien que j'ai mordu à l'hameçon, hein ? Cette pauvre gamine avec ses yeux qui font penser à un tableau de Keene.

– Si tu préfères abandonner tout de suite, Alex, je ne serai pas ravi, mais je ne t'en empêcherai pas. On a encore le temps d'aller se faire ces gnocchis.

– Au diable les gnocchis ! Allons voir le Dr Towle.

La Cadillac avalait l'essence avec sa gloutonnerie habituelle. Je m'arrêtai dans une station self-service Chevron dans Bundy. Pendant que Milo faisait le plein, j'obtins le numéro de Towle par les renseignements et le composai. Je déclinai mon titre et eus le docteur en trente secondes. Je lui expliquai brièvement pourquoi j'avais besoin de lui parler et proposai de le faire tout de suite par téléphone.

– Non, dit-il. Le cabinet est plein de gamins.

Voix suave et rassurante. Le genre de voix que les parents aiment entendre à 2 heures du matin quand bébé vire au bleu.

– À quel moment serait-il commode de vous rappeler ?

Il ne répondit pas tout de suite. J'entendis de l'agitation en arrière-plan, puis des voix étouffées. Il revint au bout du fil.

– Vous pouvez passer vers 4 heures et demie ? J'ai une accalmie à ce moment-là.

– Merci de m'accorder de votre temps, docteur.

– Je vous en prie.

Il raccrocha.

Je sortis de la cabine. Milo retirait la pompe du réservoir de la Seville, la tenant à bout de bras pour ne pas tacher son costume.

Je m'installai au volant et penchai la tête par la vitre.

– Vous seriez gentil de filer un coup au pare-brise, mon brave.

Il fit une grimace de gargouille – sans trop d'efforts – et m'adressa un bras d'honneur. Puis il s'essuya avec des serviettes en papier.

Il était 14 h 40 et nous n'étions qu'à un quart d'heure du cabinet de Towle. Ça nous laissait plus d'une heure à attendre. Nous n'étions ni l'un ni l'autre d'humeur à faire un bon gueuleton, aussi nous retournâmes dans West L.A. et nous arrêtâmes chez Angela.

Milo commanda une omelette Deluxe à la San Francisco. C'était en fait une monstruosité jaune vif fourrée avec des épinards, des tomates, du bœuf haché, des oignons et des aubergines marinées. Il l'attaqua avec appétit tandis que je me contentais d'un sandwich au rosbif et d'une Coors. Après chaque bouchée, il me parla de l'affaire Handler.

– C'est une énigme, Alex. Tout semble indiquer le maniaque sexuel. Les deux corps ligotés dans la chambre comme des bêtes prêtes pour l'abattoir. La soixantaine de coups portés. La nana aurait pu être victime de Jack l'Éventreur, avec son...

– Épargne-moi ça, dis-je en indiquant mon assiette.

– Désolé. J'oublie que je parle à un civil. On finit par s'habituer quand on baigne là-dedans depuis des années. Il faut bien vivre, alors on apprend à bouffer, à boire et à péter malgré tout. (Il s'essuya la bouche avec sa serviette et but une grande gorgée de bière.) Mais bon... malgré la folie, il n'y a aucun signe d'effraction. La porte d'entrée était ouverte. Ça devrait nous intriguer. Mais comme la victime est un psychiatre, on peut concevoir qu'il ait connu le cinglé et l'ait fait entrer.

– Tu penses à un de ses patients ?

– C'est une piste solide. Les psy fréquentent parfois des dingues, à ce qu'il paraît.

– Je serais le premier surpris si ça se vérifiait, Milo. Je te parie dix contre un que Handler avait un cabinet typique du West Side : des femmes à la quarantaine déprimée, des cadres sup désillusionnés, plus quelques ados en pleine crise identitaire pour faire bonne mesure.

– Monsieur donne dans le cynisme ?

Je haussai les épaules.

– C'est comme ça la plupart du temps. De l'amitié chèrement payée... et je ne dis pas que ce soit inutile, comprends-moi bien. Mais la plupart d'entre nous, psychologues ou psychiatres, ne voyons que très peu de malades mentaux dans nos cabinets. Les vrais fous, ceux qui sont vraiment dingues, sont internés.

– Handler travaillait en hôpital avant de se mettre à son compte. À Encino Oaks.

– Tu dénicheras peut-être quelque chose là-bas, lui dis-je d'un ton dubitatif.

En ayant assez de jouer les rabat-joie, je me gardai de lui dire qu'Encino Oaks était un repère pour riches adolescents suicidaires. Très peu de psychopathes sexuels là-bas.

Il poussa son assiette vide à l'écart et fit signe à la serveuse.

– Bettijean, apporte-moi une belle part de cette tarte aux pommes toute verte, s'il te plaît.

– *À la mode**, Milo ?

Il se tapota la panse et réfléchit.

– Après tout, pourquoi pas ? Plus une boule de glace à la vanille.

– Et vous, monsieur ?

– Juste un café, je vous prie.

Quand elle fut partie, il continua de réfléchir à voix haute sans véritablement s'adresser à moi.

– Quoi qu'il en soit, il semble bien que le Dr Handler ait fait rentrer quelqu'un chez lui entre minuit et 1 heure du matin, et que ça lui ait valu de se faire trucider.

– Et cette Gutierrez ?

– Le cas typique du témoin innocent qui se trouve au mauvais endroit au mauvais moment.

– C'était la copine de Handler ?

Il fit oui de la tête.

– Depuis environ six mois. D'après ce qu'on sait, elle était sa patiente avant de passer du divan au pieu.

L'histoire n'est pas si rare.

– L'ironie, c'est qu'elle a été plus amochée que lui. Handler a eu la gorge tranchée et a dû mourir relativement vite. Il a reçu d'autres coups, mais rien de mortel. Avec elle, on dirait que le tueur a pris son temps. Ce qui paraît logique si c'est un truc sexuel.

Sentant mon système digestif se figer, je changeai de sujet :

– Parle-moi de ton nouvel amour.

La part de tarte arriva. Milo sourit à la serveuse et entama la pâtisserie. La garniture était verte, d'un vert quasiment fluorescent. En cuisine quelqu'un devait s'amuser avec des colorants alimentaires. Je réprimai un frisson en pensant à ce que ça pourrait donner avec un plat plus compliqué, une pizza par exemple. Le résultat ressemblerait sans doute à la palette d'un peintre fou.

– C'est un médecin. Juif. Le rêve de toutes les mères ! dit-il en levant les yeux au ciel.

– Larry a disparu de la circulation ?

– Il est parti chercher fortune à San Francisco.

Larry était un régisseur noir qui avait entretenu avec Milo une liaison épisodique de deux ans. Leurs six derniers mois avaient été tristement platoniques.

– Il a décroché un boulot pour une émission sponsorisée par une grosse boîte. Quelque chose de très olé olé pour la télévision éducative, du genre « Le patrimoine de notre agriculture : notre amie la charrue ». Passionnant !

– Ce que tu peux être mauvaise langue !

– Non, je lui souhaite vraiment de réussir. Sous ses dehors névrosés, il a un vrai talent.

– Comment as-tu rencontré ton médecin ?

– Il travaille aux urgences à Cedars. Un chirurgien, je te prie. J'étais là pour le suivi d'une agression qui s'est soldée en homicide, il réquisitionnait les cathéters et nos regards se sont croisés. Parce que c'était lui, parce que c'était moi !

Je m'esclaffai et avalai mon café de travers.

– Ça fait environ deux ans qu'il a fait son *coming out*. Marié depuis la fac de médecine, divorce pas jojo, rejet de la famille. La totale. C'est un type génial, il faudra que je te le présente.

– Quand tu veux.

– Donne-moi quelques jours pour me plonger dans la vie de Morton Handler et on se fait une soirée à quatre.

– Parfait.

Il était 4 heures moins cinq. Je laissai la police de Los Angeles m'inviter à déjeuner. En bon flic, Milo laissa un énorme pourboire. Au passage, il tapota les fesses de Bettijean dont le rire nous accompagna jusque sur le trottoir.

Ça roulait de plus en plus mal dans Santa Monica Boulevard et il faisait lourd. Je remontai les vitres de la Seville et mis la climatisation. J'introduisis une cassette de Joe Pass et Stéphane Grappelli dans l'autoradio. Les notes d'*Only a Paper Moon*, jouées avec tout le swing des années quarante, emplirent la voiture. La musique me détendit. Milo piqua un somme en ronflant bruyamment. Je manœuvrai tranquillement la Seville dans le flot de la circulation et pris la direction de Brentwood.

4

Le cabinet de Towle était situé dans une petite rue donnant dans San Vicente Boulevard, pas très loin du supermarché Brentwood Country Mart – l'un des rares quartiers où une vedette de cinéma peut faire ses courses sans être importunée. Le bâtiment datait du début des années cinquante, époque où étaient en vogue la brique beige, les toits plats et les murs incrustés de cubes de verre. Quelques asparagus et bougainvillées atténuaient en partie la nudité des lieux, l'ensemble n'en restant pas moins un peu sévère.

Le nom de Towle, l'unique occupant du bâtiment, s'inscrivait en lettres dorées à l'or fin sur la porte en verre. Le parking était un refuge pour breaks à carrosserie imitation bois. Nous nous garâmes à côté d'une Lincoln bleue avec un autocollant « Défendons nos enfants » sur le pare-chocs – sans doute la voiture du bon docteur en personne.

La déco intérieure avait de quoi surprendre. C'était comme si le décorateur avait cherché à compenser l'austérité extérieure de l'immeuble en remplissant la salle d'attente d'un tas de mièvreries. Mobilier en bois d'érable de style dix-huitième, avec coussins en tissu grossier. Aux murs étaient accrochées des tapisseries au point de croix et des gravures nunuches représentant des garçonnets en train de pêcher et des fillettes portant les chaussures et le chapeau de maman minaudant devant la glace. La salle était pleine d'enfants et de mères aux traits tirés, et le sol jonché de livres, de magazines et de jouets. Une odeur de couches sales flottait dans l'air. Si c'était ça que Towle appelait une « accalmie », je préférais ne pas être là au moment du coup de feu.

Nous entrâmes, deux hommes sans enfant, les mères présentes nous dévisageant avec insistance. Nous pensions que Towle serait plus réceptif avec un collègue, aussi Milo trouva-t-il à se serrer entre deux marmots de cinq ans tandis que je m'approchais de la réception vitrée. Derrière la paroi se trouvait une sympathique jeune femme avec coupe à la Farrah Fawcett et minois presque aussi joli que celui de son idole. Elle était vêtue de blanc et s'appelait Sandi d'après son badge.

– Bonjour. Je suis le Dr Delaware. J'ai rendez-vous avec le Dr Towle.

J'eus droit à un sourire plein de jolies dents blanches.

– Les rendez-vous ne sont pas vraiment respectés, cette après-midi. Mais vous pouvez entrer, il va être à vous dans un instant.

Je franchis la porte, fusillé du regard par plusieurs paires d'yeux maternels. Certaines de ces femmes attendaient sans doute depuis plus d'une heure. Je me demandai pourquoi Towle ne recrutait pas un collaborateur.

Sandi m'escorta dans le cabinet de consultation, une pièce d'environ douze mètres carrés aux boiseries sombres.

– C'est bien au sujet de la petite Quinn ?

– Tout à fait.

– Je vais sortir le dossier.

Elle revint avec une chemise cartonnée qu'elle posa sur le bureau de Towle. Le dossier portait une étiquette rouge. Sandi s'aperçut que je l'avais remarquée.

– Rouge, c'est pour les hyperactifs. On a un code couleurs. Jaune pour les maladies chroniques. Bleu pour ceux qu'on réfère à un spécialiste.

– Très efficace.

– Vous n'avez pas idée ! dit-elle en pouffant et posant une main sur sa jolie hanche. (Elle se pencha un peu vers moi, quelques senteurs parfumées venant aussitôt me chatouiller les narines.) Entre nous, cette pauvre gamine n'est pas avantagée, avec une mère pareille.

– Je vois de quoi vous parlez.

J'opinai du bonnet, ne voyant pas du tout à quoi elle faisait allusion mais espérant qu'elle allait m'éclairer – ce que les gens se pressent en général de faire quand on ne s'intéresse pas à ce qu'ils racontent.

– Je veux dire... ce que sa mère peut être étourdie ! Chaque fois qu'elle vient ici, elle oublie ou perd quelque chose. Une fois, c'était son sac. Une autre, elle a fermé sa voiture en laissant les clés à l'intérieur. Elle est complètement paumée.

J'eus un claquement de langue compatissant.

– Cela dit, elle n'a pas eu une vie facile... elle a travaillé très jeune dans les champs, épousé ce type qui a fini en pris...

– Sandi.

Nous nous retournâmes en même temps et aperçûmes une petite femme d'une soixantaine d'années, coiffée d'un casque de cheveux gris acier. Elle se tenait dans l'embrasure de la porte, les bras croisés sur la poitrine. Ses lunettes pendaient à une chaîne autour de son cou. Elle aussi était habillée de blanc, mais sur elle ça faisait uniforme. Edna, d'après son badge.

Je compris tout de suite à qui j'avais affaire. La fidèle assistante du docteur. Elle était probablement avec lui depuis le premier jour, et sans doute avec le même salaire qu'à ses débuts. Mais peu importait, le lucre n'était pas ce qui la motivait. Elle était secrètement amoureuse du grand homme. J'étais prêt à parier quelques actions bien cotées qu'elle l'appelait « docteur ». Pas de nom, juste « docteur ». Comme si lui seul existait.

– Il y a des dossiers à mettre à jour, dit-elle.

– D'accord, Edna.

Sandi se tourna vers moi, m'adressa un regard complice qui voulait dire : « Pas drôle la vieille sorcière, hein ? », et s'en alla d'un pas déhanché.

– Puis-je faire quelque chose pour vous ? me demanda Edna sans décroiser les bras.

– Non, merci.

– Bien. Le docteur ne va pas tarder.

– Merci.

Abattre l'adversaire à force de courtoisie.

Son expression indiquait clairement qu'elle désapprouvait ma présence. Tout ce qui perturbait la routine du « docteur » constituait une violation du sanctuaire. Elle finit tout de même par me laisser seul.

Je parcourus la pièce du regard. Le bureau en acajou était tout esquinté. Dessus s'entassaient des dossiers, des revues médicales, des livres, le courrier, des échantillons de médicaments et un pot rempli de trombones. Le fauteuil du docteur et celui sur lequel j'étais assis, des articles en cuir qui avaient dû être chics en leur temps, étaient maintenant craquelés et usés.

Deux murs tapissés de diplômes, pas mal d'entre eux de guingois ou se chevauchant. On aurait dit que la pièce venait d'être secouée par un léger tremblement de terre – rien de cassé, seulement un peu de désordre.

Je jetai un coup d'œil aux diplômes. Lionel W. Towle avait accumulé un nombre impressionnant de titres au fil des ans. Titres universitaires, diplôme d'internat, plaque en noyer ornée d'un marteau de juge et commémorant la présidence d'une commission quelconque, médailles de membre honoraire à qui mieux mieux, brevet de spécialisation, citation pour son travail de bienfaisance au Good Ship Hope, certificat attestant son rôle de consultant auprès de la sous-commission de la protection de l'enfance au Sénat de Californie. *Et caetera, et caetera.*

Sur un autre mur étaient exposées des photos. De Towle, pour la plupart. Towle en tenue de pêcheur – dans une rivière avec de l'eau jusqu'aux genoux et brandissant une poignée de truites *steelheads.* Towle avec un marlin de la taille d'une Buick. Towle en compagnie du maire et d'un petit type trapu avec un regard à la Peter Lorre – tout le monde se serrant la main et tout sourire.

Une seule exception à cet apparent nombrilisme : au centre du mur se trouvait la photo couleurs d'une jeune femme portant un enfant dans ses bras. Les couleurs étaient passées et, à en juger par le style des vêtements, le cliché devait remonter à une trentaine d'années. Le léger flou indiquait qu'il s'agissait sans doute d'un agrandissement. Les tons avaient presque un côté pastel.

La femme était jolie et ses traits pleins de fraîcheur – quelques taches de rousseur sur le nez, yeux foncés et cheveux châtains mi-longs avec un joli mouvement naturel. Elle portait une robe légère à manches courtes, en coton à pois. Ses bras fins et gracieux enlaçaient l'enfant, un garçon âgé de deux ans tout au plus. C'était un bel enfant. Blond, joues roses, bouche en forme de cœur et yeux verts. Vêtu d'une tenue de marin blanche, il était ravi de se trouver dans les bras de sa maman. Les montagnes et le lac en arrière-plan n'avaient pas du tout l'air factices.

– Très belle photo, n'est-ce pas ? dit la voix que j'avais eue au téléphone.

L'homme était grand – près d'un mètre quatre-vingt-dix – et svelte, avec des traits qu'on qualifie de « ciselés » dans les mauvais romans. J'avais rarement vu un aussi bel homme d'âge mûr. Il avait un visage d'aristocrate – menton puissant avec une fossette au milieu, nez de sénateur romain, yeux pétillants d'un bleu azur. Son épaisse chevelure blanche lui tombait sur le front à la Carl Sandburg[1]. Ses sourcils formaient deux nuages blancs.

Il portait une blouse blanche par-dessus une chemise Oxford bleue,

1. Poète américain, grand spécialiste de Lincoln *(NdT).*

une cravate bordeaux et un pantalon gris foncé à carreaux très discrets. Comme chaussures il avait des mocassins noirs en veau. Tenue très convenable et du meilleur goût. Mais ce n'était pas l'habit qui faisait le moine. Même en tricot, il devait avoir l'air patricien.

– Docteur Delaware ? Will Towle.

– Appelez-moi Alex.

Je me levai et nous nous serrâmes la main. Sa poigne était ferme, ses doigts énormes et secs, et on devinait derrière eux une force prodigieuse.

– Asseyez-vous, je vous prie.

Il prit place dans son fauteuil, l'inclina en arrière et posa les pieds sur le bureau, sur une pile de *Journal of Pediatrics.*

Je répondis enfin à sa question :

– La photo est magnifique, oui. Elle n'aurait pas été prise quelque part dans le Nord-Ouest ?

– Dans l'État de Washington. La forêt nationale d'Olympic. Nous y passions nos vacances en 1951. J'étais interne. C'est ma femme et mon fils. Je les ai perdus le mois suivant. Un accident de voiture.

– Je suis navré.

– Oui.

Son regard se fit distant, comme endormi ; il mit un moment avant d'en sortir.

– Je vous connais de réputation, Alex. C'est un plaisir de faire votre connaissance.

– Pareil pour moi.

– J'ai suivi vos travaux parce que je m'intéresse à la pédiatrie comportementale. Notamment votre programme avec les victimes de Stuart Hickle. Quelques-uns sont mes patients. Les parents m'en ont dit beaucoup de bien.

– Merci.

J'avais le sentiment qu'on attendait que j'en dise davantage, mais je n'avais pas l'intention d'aborder le sujet.

– Je me souviens effectivement de vous avoir adressé plusieurs demandes d'autorisation, ajoutai-je.

– Oui, oui. Ravi d'avoir pu coopérer.

Nous restâmes silencieux un instant avant de reprendre la parole en même temps :

– Ce que je...

– Que puis-je...

Bouillie de mots. Nous rîmes de bon cœur, tels de vieux camarades de fac. Je lui accordai la préséance. Sous ses dehors affables, je sentais un ego puissant à l'œuvre derrière la tignasse blanche.

– Vous êtes ici pour la petite Quinn. Que puis-je faire pour vous ?

Je lui communiquai le moins de détails possible, mettant l'accent sur l'importance du témoignage de la fillette et la nature bénigne de l'hypnose envisagée. Je conclus en demandant l'autorisation que Melody Quinn cesse de prendre sa Ritaline pendant une semaine.

– Vous croyez vraiment que cette enfant va vous fournir des indications substantielles ?

– Je ne sais pas. J'ai posé la même question à la police, mais celle-ci n'a qu'elle.

– Et quel est votre rôle dans tout ça ?

Je m'inventai rapidement un titre.

– Je suis consultant pour la police. Ils font appel à moi quand des enfants sont impliqués.

– Je vois.

Il jouait avec ses mains, construisant et détruisant des araignées à dix pattes.

– Je ne sais pas trop, Alex. Quand on interrompt ce qui a été déterminé comme la posologie optimale, ça peut bouleverser l'ensemble des réactions biochimiques.

– Vous estimez qu'elle doit rester sous médicament en permanence ?

– Bien sûr. Sinon pourquoi l'aurais-je prescrit ?

Il n'était ni vexé ni en colère. Il affichait un sourire calme et plein d'indulgence. Le sens était clair : seul un imbécile pouvait mettre en doute son jugement.

– Il est impossible de réduire les doses ?

– C'est tout à fait possible, mais ça provoque le même genre de problèmes. Je n'aime pas toucher à un traitement qui marche.

– Je vois...

Je marquai une hésitation avant de poursuivre :

– Elle devait poser de sacrés problèmes pour mériter soixante milligrammes.

Il chaussa une paire de lunettes sur le bout de son nez, prit le dossier et se mit à le feuilleter.

– Voyons... Ah, oui... « Mère se plaint de graves troubles du comportement... » (Il tourna plusieurs pages.) « ... Les enseignants indiquent que l'enfant ne mène pas ses travaux à leur terme. Peine à fixer son attention au-delà d'un court délai... » Ah, voici une annotation plus récente : « L'enfant a frappé sa mère après une dispute sur le rangement de la chambre. » J'ai aussi noté : « Relations très médiocres avec les enfants de son âge, peu d'amis. »

J'étais certain que la dispute était survenue parce que sa mère voulait jeter Patapouf, le morse géant. Le cadeau de papa. Quant à se faire des amis, il paraissait évident que M & M Properties ne pouvaient tolérer une telle aberration.

– Ça m'a l'air assez grave, vous ne pensez pas ?

Pour ma part, je pensais que tout ça n'était que foutaises. Aucune évaluation psychologique approfondie n'avait été pratiquée. Rien, si ce n'était prendre les affirmations de la mère pour argent comptant. J'avais en face de moi un charlatan. Un charlatan élégant avec des cheveux blancs, des relations et tous les diplômes voulus au mur. Je mourais d'envie de lui sortir ses quatre vérités, mais personne n'y aurait trouvé son compte, ni Melody ni Milo. Je me contentai donc d'esquiver :

– Je ne sais pas, c'est vous son médecin.

Feindre un sourire confraternel fut un exercice de maîtrise de soi.

– C'est exact, Alex. C'est moi son médecin, dit-il en s'inclinant dans son fauteuil et en plaçant les mains derrière la tête. Je sais ce que vous pensez. Will Towle a le comprimé facile. Filer des amphétamines aux gamins est criminel.

– Je ne dirais pas ça.

Il balaya mon objection d'un revers de la main.

– Non, non, je sais. Je ne vous en tiens pas rigueur. Vous avez été formé dans les sciences comportementales, vous voyez les choses sous cet angle. On fait tous ça ; on prend les œillères de sa spécialité. Les chirurgiens ont toujours envie de charcuter, nous prescrivons des médicaments et vous autres, vous analysez à tout bout de champ.

Ça virait au sermon.

– Certes, les médicaments présentent des risques. Il suffit d'évaluer les coûts et les risques. Prenons cette gamine. Elle démarre avec quoi ? Des gènes inférieurs et deux parents plutôt limités sur le plan intellectuel.

Dans sa bouche, « limités » avait une consonance très cynique.

– Gènes minables, pauvreté, parents divorcés. Un père absent... quoique... dans certains cas ces enfants aient tout avantage à ne pas profiter de l'exemple paternel. De mauvais gènes, un mauvais environnement. Cette gosse part déjà avec un carton jaune avant de quitter le ventre de sa mère. Comment s'étonner de voir apparaître très tôt tous les signes qui ne trompent pas ? Le comportement antisocial, l'insubordination, l'échec scolaire, les pulsions incontrôlées.

L'envie me démangeait de défendre la petite Melody. Son brave médecin était en train de me la décrire comme une espèce d'inadaptée sociale caractérisée. Je gardai le silence.

– Cela étant, reprit-il en refermant le dossier et retirant ses lunettes, ce genre d'enfant a besoin de réussir relativement bien à l'école pour s'assurer une existence un tant soit peu digne. Sinon, c'est encore une génération de PPC.

Protoplasme Pauvre à Chier. L'une des expressions fleuries imaginées par la profession médicale pour désigner les patients particulièrement déshérités.

Je connaissais des façons plus sympathiques de passer une après-midi que de jouer les faire-valoir de Towle. Mais j'avais l'intuition que c'était une sorte de rituel, et que si je prenais mon mal en patience et me soumettais docilement, il m'accorderait peut-être ce pour quoi j'étais venu.

– Mais une enfant comme ça ne peut pas réussir, pas avec ses gènes et son environnement qui jouent contre elle. Pas sans aide. C'est ici qu'intervient la stimulation médicamenteuse. Grâce à ces cachets, elle arrive à tenir en place un certain temps et à fixer son attention pour apprendre quelque chose. Son comportement est régulé pour qu'elle n'irrite pas tout le monde autour d'elle.

– J'ai l'impression que la mère utilise les médicaments de manière un peu fantaisiste... Elle lui donne un cachet supplémentaire quand elle a beaucoup de passage à la loge.

– Je vérifierai.

Ça ne semblait pas l'inquiéter.

– N'oubliez pas, Alex, que cette enfant ne vit pas dans une bulle. Il existe un contexte social. Si la mère et la fille se retrouvaient à la rue, ça n'aurait rien de franchement thérapeutique, hein ?

J'écoutai, certain qu'il n'en avait pas terminé. Gagné.

– Vous allez sans doute me dire : et la psychothérapie ? l'apprentissage de nouveaux comportements ? Ma réponse sera la suivante : mais encore ? Il n'y a aucune chance que la mère en question puisse développer les capacités d'auto-analyse qui lui permettraient de profiter d'une thérapie. Pour un travail sur le comportement, encore faudrait-il qu'elle puisse se soumettre à un système de règles et de normes stables. En revanche, elle est tout à fait capable de donner trois comprimés par jour à sa fille. Des comprimés qui agissent. Et je vous le dis tout net, je les prescris sans honte parce que je pense que c'est le seul espoir de cette enfant.

Une conclusion en beauté. Qui devait lui valoir un joli succès aux goûters-conférences des dames patronnesses du Western Pediatric. En gros, c'était quand même un tissu de conneries. Du charabia pseudo-scientifique agrémenté de pas mal de mépris fascisant. On dope les *Untermenschen* pour en faire de bons citoyens.

Après s'être laissé un peu emporter, il avait retrouvé tout son calme, plus que jamais élégant et maître de lui.

– Je ne vous ai pas convaincu, n'est-ce pas ? dit-il avec un sourire.

– Le problème n'est pas là. Vous avez soulevé des points intéressants. Je vais y réfléchir.

– C'est toujours une bonne idée de réfléchir aux choses. (Il se frotta les mains.) Bien, revenons au but de votre visite. Excusez ma petite diatribe. Vous pensez vraiment que, en lui faisant arrêter ses médicaments, cette gamine sera plus réceptive à l'hypnose ?

– Oui.

– Alors que cela diminuera sa concentration ?

– Oui, malgré tout. J'ai des méthodes inductives spécialement conçues pour les enfants qui ont du mal à fixer leur attention.

Les sourcils neigeux se haussèrent.

– Vraiment ? Il faudrait que je me penche là-dessus. Vous savez, moi aussi j'ai pratiqué l'hypnose. Dans l'armée, pour contrôler la douleur. C'est efficace.

– Je vous adresserai des publications récentes.

– Merci, Alex.

Il se leva, signe que l'entretien était terminé.

– Ravi d'avoir fait votre connaissance, Alex.

Nouvelle poignée de main.

– Tout le plaisir est pour moi, Will.

Ça devenait franchement écœurant.

La question qui n'avait pas été posée planait dans l'air. Will l'attrapa au vol.

– Je vais vous dire ce que je vais faire, dit-il avec un sourire des plus infimes.

– Oui ?

– Moi aussi, je vais y réfléchir.

– Je vois.

– Oui. Je vais y réfléchir. Appelez-moi dans deux jours.

– Très bien, Will.

Et puisses-tu perdre tes dents et tes cheveux pendant la nuit, petit con prétentieux !

En sortant, j'eus droit à un regard noir d'Edna et à un sourire de Sandi. Je les ignorai l'une et l'autre, et secourus Milo que trois garnements escaladaient comme un équipement de square. Nous traversâmes le troupeau de mères et de marmots maintenant en effervescence et parvînmes à regagner la voiture indemnes.

5

Je rapportai à Milo mon entretien avec Towle pendant que nous rentrions chez moi.

– Trip de pouvoir, dit-il.

Son front se plissa et ses joues se gonflèrent comme des cerises.

– Y a de ça... plus autre chose que je n'arrive pas bien à comprendre. C'est un type bizarre. Il se montre très courtois, presque obséquieux, et puis tu te rends compte qu'il joue un jeu.

– Dans ce cas, pourquoi t'a-t-il fait venir d'aussi loin ?

– Je ne sais pas.

Qu'il s'interrompe au milieu d'une après-midi chargée pour une petite causerie constituait une énigme. Un coup de fil de cinq minutes aurait suffi à notre conversation.

– C'est peut-être comme ça qu'il se détend, repris-je. En ayant le dernier mot avec un collègue.

– Tu parles d'un passe-temps pour un type débordé !

– Ouais, mais c'est l'ego qui prime. J'ai déjà rencontré des types comme lui. Ils ont toujours besoin d'avoir le dessus, d'être le patron. Pas mal d'entre eux finissent chefs de service, recteurs ou présidents de commission.

– Ou capitaines, commissaires et patrons de la police.

– C'est ça...

– Tu comptes le rappeler ?

Il avait l'air abattu.

– Bien sûr, mais sans trop d'illusions.

– Ouais.

Milo récupéra sa Fiat, qui voulut bien démarrer après quelques prières et quelques tours de la clé de contact. Il se pencha par la fenêtre et me regarda avec lassitude.

– Merci, Alex. Je vais rentrer à la maison et me mettre au plumard. Le manque de sommeil commence à se faire sentir...

– Tu veux piquer un somme ici avant de repartir ?

– Non, merci. Je devrais arriver à rentrer si cette épave ne me lâche pas, dit-il en flanquant une tape à la portière cabossée. Merci quand même.

– Je repasserai voir Melody.

– Génial. Je t'appelle demain.

Il démarra, mais je le rappelai. Il fit marche arrière.

– Quoi ?

– Ça n'a sans doute pas grande importance, mais je préfère te le dire : l'infirmière de Towle m'a appris que le père de Melody est en prison.

Il hocha la tête, l'air d'un somnambule.

– Comme la moitié du comté. C'est comme ça dès que l'économie va mal. Merci.

Il repartit.

Il était 18 h 15 et il faisait déjà nuit. Je m'allongeai sur mon lit pour souffler quelques minutes, et me réveillai après 21 heures. Je me levai, me passai un peu d'eau sur le visage et appelai Robin. Personne ne décrocha.

Je me rasai rapidement, enfilai un coupe-vent et pris la voiture pour aller chez Hakata, à Santa Monica. J'y bus du saké et grignotai des sushis pendant une heure en bavardant avec le cuisinier qui se trouvait être titulaire d'un troisième cycle de psychologie de l'université de Tokyo.

Je rentrai, me mis à poil et pris un bain chaud en essayant de bannir de mes pensées Morton Handler, Melody Quinn et L.W. Towle, docteur en médecine. Je recourus à l'auto-hypnose et m'imaginai en train de faire l'amour avec Robin en haut d'une montagne au cœur d'une forêt tropicale. Dévoré de passion, je sortis du bain pour la rappeler. Elle décrocha au bout de dix sonneries, bafouillant, déboussolée, à moitié endormie.

Je m'excusai de l'avoir réveillée, lui dis que je l'aimais et raccrochai. Trente secondes plus tard, elle rappela.

– C'était toi, Alex ?

Elle avait l'air d'être dans un rêve.

– Oui, ma chérie. Désolé de te réveiller.

– Non, ça va... Quelle heure est-il ?

– 11 heures et demie.

– J'ai dû m'effondrer. Comment ça va, mon ange ?

– Bien. Je t'ai appelée vers 9 heures.

– J'étais sortie toute la journée, pour acheter du bois. Un vieux luthier de Simi Valley qui prend sa retraite. J'ai passé six heures à choisir des outils, de l'érable et de l'ébène. Désolée de t'avoir raté.

Elle paraissait épuisée.

– Moi aussi, je suis désolé, mais recouche-toi. Dors. Je t'appellerai demain.

– Si tu veux venir, tu peux.

Je réfléchis. Mais j'étais trop énervé pour être de bonne compagnie.

– Non, ma biche. Repose-toi. Ça te dit qu'on dîne ensemble demain ? Tu n'as qu'à choisir le resto.

– D'accord, chéri, dit-elle avec un bâillement doux et délicieux. Je t'aime.

– Je t'aime moi aussi.

Je mis un certain temps à m'endormir et quand j'y arrivai enfin, mon sommeil fut agité, ponctué de rêves en noir et blanc avec du mouvement dans tous les sens. Je ne m'en souviens pas précisément, seulement que les dialogues y étaient laborieux et embrouillés, comme si tout le monde parlait avec les lèvres paralysées et la bouche pleine de sable.

Je me levai au milieu de la nuit pour vérifier que la porte et les fenêtres étaient bien verrouillées.

6

Le lendemain matin je me réveillai à 6 heures, débordant d'énergie mais sans but précis. Je ne m'étais pas senti comme ça depuis plus de cinq mois. Un peu de tension ne me faisait pas de mal dans la mesure où ça me donnait de la motivation, mais à 7 heures cela avait pris une telle ampleur que j'arpentais la maison comme un jaguar à l'affût.

À 7 h 30, je décidai que j'avais assez attendu. Je composai le numéro de Bonita Quinn. Elle était tout à fait réveillée et j'eus l'impression qu'elle attendait mon coup de fil.

– Bonjour, docteur.

– Bonjour. Je viendrais bien passer quelques heures avec Melody.

– Pourquoi pas ? Elle n'a rien d'autre à faire. Vous savez, dit-elle en baissant la voix, je crois qu'elle vous aime bien. Elle a reparlé des jeux que vous avez faits avec elle.

– C'est bien. On va en faire d'autres aujourd'hui. Je serai chez vous dans une demi-heure.

Quand j'arrivai, Melody était habillée et prête à partir. Sa mère lui avait fait mettre une robe bain de soleil jaune pâle, qui dévoilait ses maigres épaules blanches et ses bras filiformes. Ses cheveux, coiffés en queue-de-cheval, étaient attachés avec un ruban jaune. Elle agrippait un tout petit sac à main en cuir. Je m'étais dit qu'on passerait un peu de temps dans sa chambre, puis que je l'emmènerais déjeuner quelque part, mais manifestement elle s'était faite toute belle pour une sortie.

– Bonjour, Melody.

Elle détourna le regard et se mit à sucer son pouce.

– Tu es ravissante, ce matin.

Elle sourit timidement.

– Je me disais qu'on pourrait faire un tour en voiture... pour aller se promener dans un parc. Ça te va ?

– OK.

Voix tremblante.

– Génial.

Je passai la tête à la porte. Bonita Quinn poussait un aspirateur comme s'il s'agissait d'une carriole de péchés, un foulard bleu sur la tête et une cigarette au bec. La télé était allumée – une émission religieuse –, mais l'image était neigeuse et le bruit de l'aspirateur étouffait la chorale.

Je lui effleurai l'épaule. Elle sursauta.

– Je l'emmène, d'accord ?

Je devais crier pour me faire entendre. Quand elle me répondit, sa cigarette se mit à faire des bulles comme un appât à truite dans un torrent.

– D'accord.

Elle reprit son ménage, penchée sur l'appareil rugissant qu'elle poussait laborieusement. Je rejoignis Melody.

– On y va.

Elle se mit en marche à côté de moi. À mi-chemin du parking, une petite main vint se glisser dans la mienne.

Après quelques demi-tours en haut des collines et plusieurs détours bien inspirés, je parvins à rejoindre Ocean Avenue. Je pris vers le sud, en direction de Santa Monica, jusqu'au parc situé en haut d'une falaise qui surplombe le Pacific Coast Highway. Il était 8 h 30. Le ciel était dégagé, tacheté seulement de quelques rares nuages qui semblaient aussi éloignés qu'Hawaï. Je trouvai une place où me garer, juste en face de Camera Obscura et du centre de loisirs pour le troisième âge.

Malgré l'heure matinale, il y avait foule. Quantité de personnes âgées occupaient les bancs et le terrain de palets. Certains papotaient entre eux, d'autres radotaient tout seuls. Quelques-uns fixaient silencieusement le boulevard, comme en transe. Des jeunes femmes aux jambes effilées et vêtues de hauts riquiquis et de shorts satinés qui dissimulaient à peine un dixième de leur fessier passaient en patins à roulettes, transformant les allées bordées de palmiers en pistes pour bolides dénudés. Certaines étaient coiffées d'un baladeur, filles de l'espace dont les visages parfaits de Californiennes étaient figés en une expression de béatitude.

Des touristes japonais mitraillaient, échangeaient des coups de coude, pointaient du doigt et s'esclaffaient. Des clochards aux cheveux longs se tenaient appuyés contre le garde-fou séparant la falaise instable du vide. Ils fumaient dans le creux de leurs mains et fixaient le monde extérieur d'un regard méfiant et craintif. J'étais étonné de voir tant de jeunes parmi eux. Tous semblaient s'être échappés à quatre pattes d'une mine profonde et sombre aux filons épuisés.

On voyait des étudiants en train de lire, des couples allongés dans l'herbe, des petits garçons qui couraient entre les arbres et quelques conciliabules furtifs qui ressemblaient fort à de la revente de drogue.

Nous fîmes le tour du parc, main dans la main, sans trop parler. Je proposai à Melody de lui acheter un bretzel chaud à un vendeur ambulant, mais elle répondit qu'elle n'avait pas faim. Je me souvins que la perte d'appétit était un des effets secondaires de la Ritaline. À moins qu'elle n'ait pris un petit déjeuner copieux.

Nous arrivâmes à l'allée qui conduisait à la jetée.

– Es-tu déjà montée sur un manège ? lui demandai-je.

– Oui. J'ai été avec ma classe à Magic Mountain. J'avais peur sur les montagnes russes, mais j'ai aimé le manège.

– Viens, lui dis-je en montrant la jetée du doigt. Y en a un là-bas. On va voir si on peut faire un tour.

Contrairement au parc, la jetée était quasiment déserte. Quelques hommes pêchaient ici ou là, surtout des Noirs et des Asiatiques d'un certain âge, mais tous faisaient grise mine et leurs seaux étaient vides. Des écailles séchées s'étaient incrustées dans les vieilles planches du ponton qui paraissait couvert de paillettes sous le soleil matinal. Plusieurs lattes fissurées laissaient entrevoir l'eau qui clapotait contre les piliers en dessous avec des crissements contrariés. Dans les entrailles ténébreuses de la jetée, l'eau semblait d'un noir verdâtre. Une puissante odeur de sel et de créosote flottait dans l'air, effluves amers de la solitude et du temps perdu.

La salle de billard où je me cachais quand je séchais mes cours avait fermé, remplacée par une salle de jeux vidéo. Le seul joueur était un jeune Chicano qui manipulait d'un air concentré la manette d'une console aux couleurs criardes. Un flot de crépitements et de sonneries électroniques se faisait entendre.

Le manège occupait une espèce de grange caverneuse qui menaçait de s'effondrer à la prochaine marée haute. Le forain était un tout petit homme avec une bedaine en forme de melon et des oreilles pelées. Assis sur un tabouret, il était occupé à lire un formulaire de tiercé et faisait mine de ne pas nous avoir vus.

– On aimerait faire un tour de manège.

Il releva la tête et nous jaugea d'un rapide coup d'œil. Melody regardait les vieilles affiches accrochées aux murs. Buffalo Bill. Angelots et guirlandes.

– Vingt-cinq *cents* le tour.

Je lui tendis deux billets.

– Faites-le tourner un bon moment.

– D'accord.

Je hissai Melody sur un grand cheval blanc et doré, avec un panache rose en guise de queue. Le montant cuivré sur lequel il était empalé était orné de rayures diagonales. On allait monter et descendre fort, c'était couru. Je me tins à côté d'elle.

Le petit homme s'était replongé dans sa lecture. Il tendit la main, appuya sur un des boutons d'un tableau de bord rouillé, actionna un levier et *Le Beau Danube bleu* se mit à grésiller par une douzaine de haut-parleurs dissimulés. Le manège s'ébranla lentement, puis se mit à tourner pour de bon. Les chevaux, les singes et les carrosses prirent vie, leur déplacement vertical offrant un contrepoint aux révolutions du manège.

Les yeux fixés droit devant elle, Melody se tenait agrippée au cou de sa monture. Progressivement, elle relâcha son étreinte et regarda autour d'elle. Au bout de vingt tours, elle se dandinait au rythme de la musique, les yeux fermés et la bouche ouverte, riant en silence.

Quand la musique s'arrêta enfin, je l'aidai à descendre et elle avança d'un pas étourdi sur le sol en ciment sale. Elle pouffait et balançait joyeusement son sac, en cadence avec la valse interrompue.

Nous sortîmes de la grange et nous rendîmes au bout de la jetée. Melody observa avec fascination les énormes réservoirs d'appâts grouillants d'anchois frétillants, le casier de rascasses que déchargeaient trois pêcheurs barbus et musclés. Amas de chairs rougeâtres, sans vie. À cause de la brusque remontée, la vésicule aérienne de certains poissons avait explosé et leur sortait de la gueule. Des crabes gros comme des abeilles se déplaçaient parmi les corps immobiles. Les mouettes piquaient pour grappiller des morceaux, mais les mains calleuses et brunes des pêcheurs les faisaient fuir. L'un d'entre eux, un gamin d'à peine dix-huit ans, remarqua que Melody les observait.

– Dégueu, hein ?

– Ouais.

– Dis à ton papa de t'emmener dans des coins plus sympas, les jours où il bosse pas ! lui lança-t-il en éclatant de rire.

Melody sourit. Elle ne le détrompa pas.

Quelque part on faisait frire des crevettes. Je vis Melody retrousser les narines.

– Tu as faim ?

– Un peu.

Elle avait l'air mal à l'aise.

– Y a un problème ?

– Maman m'a dit de pas réclamer.

– Ne t'en fais pas. Je dirai à ta maman que tu as été très gentille. As-tu mangé au petit déjeuner ?

– Oui, un peu.

– Quoi ?

– Du jus de fruit. Un bout de *doughnut*. Ceux avec du sucre tout fin dessus.

– C'est tout ?

– Oui.

Elle me regarda comme si elle s'attendait à être punie. J'adoucis le ton :

– C'est simplement que tu n'avais pas très faim.

– Oui.

Autant pour la théorie du petit déjeuner copieux.

– En tout cas, moi, j'ai assez faim. (Ce qui était vrai. Je n'avais pris qu'un café.) Si on allait grignoter quelque chose ?

– Merci, docteur Del...

Elle buta sur mon nom.

– Tu peux m'appeler Alex.

– Merci, Alex.

Nous identifiâmes d'où provenaient les odeurs de cuisine – une gargote coincée entre un magasin de souvenirs et une boutique d'articles de pêche. Derrière le comptoir se trouvait une femme obèse au teint terreux. Des colonnes de fumée et de vapeur s'échappaient de part et d'autre de son visage lunaire, lui faisant comme une auréole scintillante. Derrière elle la friture grésillait.

J'achetai un grand sac tout gras rempli de bonnes choses : des crevettes et du cabillaud enveloppés dans du papier d'alu, un cornet de frites grosses comme des matraques, du ketchup et de la sauce tartare dans des petits pots avec un couvercle en plastique, des échantillons de sel, deux canettes de Coca.

– N'oubliez pas ça, dit la grosse femme en me tendant une poignée de serviettes en papier.

– Merci.

– On sait ce que c'est, les enfants ! dit-elle en regardant Melody. Amuse-toi bien, ma chérie.

Nous quittâmes la jetée et trouvâmes un coin tranquille sur la plage, à côté d'un institut de remise en forme. Nous mangeâmes nos graillons en regardant des messieurs essayer de faire un footing autour du pâté de maisons, avec pour seules calories le repas draconien qu'on leur servait à l'institut.

Melody mangea avec la voracité d'un camionneur. Il était presque midi, l'heure où normalement elle prenait son deuxième cachet d'amphétamine. Sa mère ne m'avait pas proposé d'emporter le médicament et – comme par hasard – je n'avais pas pensé à le demander.

Son comportement s'altéra au cours du déjeuner, le changement se faisant de plus en plus marqué au fil des minutes.

Elle s'agitait. Elle était plus alerte. Son visage était plus expressif. Elle gigotait beaucoup, comme quelqu'un qui se réveille en état de confusion après un long sommeil. Elle regardait partout autour d'elle et semblait découvrir le monde qui l'entourait.

– Regarde-les ! s'exclama-t-elle.

Elle pointait du doigt un groupe de surfeurs en combinaison, qui négociaient les vagues au large.

– On dirait des phoques, hein ?

Elle rigola.

– Je peux aller dans l'eau, Alex ?

– Retire tes chaussures et reste près du bord, là où les vagues arrivent sur le sable. Essaye de ne pas mouiller ta robe.

Je gobai une crevette, m'allongeai et la regardai courir le long de l'eau, ses petites jambes pataugeant gaiement. À un moment donné, elle se retourna vers moi et me fit coucou de la main. Après l'avoir observée une vingtaine de minutes, je retroussai mon pantalon, retirai mes chaussures et mes chaussettes, et la rejoignis.

Nous courûmes ensemble. Elle était de plus en plus à l'aise sur ses jambes ; elle ne tarda pas à galoper comme une gazelle. Elle criait, m'éclaboussait et se dépensa sans compter jusqu'à ce que nous soyons à bout de souffle tous les deux. Nous regagnâmes l'endroit où nous avions pique-niqué et nous effondrâmes sur le sable. Comme elle avait les cheveux tout emmêlés, je défis sa queue-de-cheval pour la recoiffer. Sa petite poitrine était toute haletante. Ses pieds étaient couverts de grumeaux de sable jusqu'aux chevilles. Quand elle eut enfin repris son souffle, elle me demanda :

– Je… J'ai été gentille, dis ?

– Super.

Elle n'avait l'air qu'à moitié convaincue.

– Tu ne trouves pas ?

– Je ne sais pas. Des fois, je pense que je suis gentille et maman se fâche quand même, ou Mme Brookhouse me dit que je suis vilaine.

– Tu es toujours une gentille petite fille. Même si quelqu'un pense que tu as fait quelque chose de mal. Tu comprends ça ?

– Oui, je crois.

– Tu n'es pas sûre ?

– Je… Des fois, c'est pas très clair dans ma tête.

– Ça arrive à tout le monde. Aux enfants, aux mamans et aux papas. Même aux docteurs.

– Au Dr Towle aussi ?

– Même au Dr Towle.

Elle prit le temps de digérer la nouvelle. Ses grands yeux foncés se déplaçaient sans cesse, fixant tour à tour la mer, mon visage, le ciel, moi de nouveau.

– Maman a dit que t'allais m'hypnotiser.

Elle prononçait « hyp-mo-tiser ».

– Seulement si tu es d'accord. Est-ce que tu comprends pourquoi on pense que ça pourrait être utile ?

– Un peu. Pour que je réfléchisse mieux ?

– Non. Tu réfléchis déjà très bien. Ta petite tête marche parfaitement, dis-je en lui tapotant la main. On veut tenter l'hypnose… de t'hypnotiser… pour que tu nous rendes un service. Pour que tu te souviennes de quelque chose.

– Quand on a fait mal à l'autre docteur ?

J'hésitai. J'ai pour habitude d'être honnête avec les enfants, mais si elle ne savait pas encore que Handler et Gutierrez étaient morts, ce n'était pas à moi de le lui apprendre. D'autant que je ne serais pas là pour recoller les morceaux.

– Oui. C'est ça.

– J'ai dit au policier que je me souviens de rien. Il faisait tout noir.

– Parfois les gens se souviennent mieux quand on les hypnotise.

Elle me dévisagea d'un air craintif.

– Ça te fait peur d'être hypnotisée ?

– Oui.

– Tu as le droit. On a le droit d'avoir peur des choses inconnues.

Mais il n'y a vraiment aucune raison d'avoir peur. En fait, c'est assez drôle de se faire hypnotiser. Est-ce que tu as déjà vu quelqu'un en train de se faire hypnotiser ?

– Non.

– Jamais ? Même dans un dessin animé ?

Son regard s'illumina.

– Si ! Quand le monsieur avec un chapeau pointu a hypnotisé Popeye, même qu'il avait des ondes qui lui sortaient des mains et que Popeye est sorti par la fenêtre et qu'il est même pas tombé !

– Tout à fait. Je l'ai vu, moi aussi. Le type avec le chapeau pointu obligeait Popeye à faire toutes sortes de choses bizarres.

– Oui.

– Ça fait rire pour un dessin animé, mais quand on est hypnotisé pour de vrai, ça n'est pas du tout comme ça.

Je lui fis le même exposé qu'à sa mère, adapté à son âge. Elle sembla me croire parce que sa peur se mua en fascination.

– On peut pas le faire tout de suite ?

J'hésitai. La plage était déserte, les conditions d'intimité satisfaisantes. Et c'était le bon moment. Au diable Towle...

– Si, pourquoi pas ? On va commencer par se mettre bien à l'aise.

Je lui demandai de fixer un petit caillou tout lisse et reluisant qu'elle tenait dans sa main. Au bout de quelques instants, elle répondit à mes suggestions en clignant des yeux. Sa respiration devint plus lente et régulière. Je lui dis de fermer les yeux et d'écouter le clapotis des vagues sur la plage. Je lui demandai ensuite de s'imaginer en train de descendre un escalier pour franchir une très jolie porte et se retrouver dans son endroit préféré.

– Je ne sais pas où est cet endroit, ce qu'on y trouve, mais c'est un endroit qui compte pour toi. Tu n'es pas obligée de me dire où c'est, mais tu t'y sens si bien, si heureuse, si calme...

Je poursuivis un peu, elle fut bientôt plongée dans un profond état d'hypnose.

– Maintenant tu entends ma voix sans faire l'effort d'écouter. Continue de profiter de ton endroit préféré, passes-y un très bon moment.

Je lui accordai cinq minutes de plus. Son petit visage fin affichait une expression paisible, angélique. Une brise légère agitait ses cheveux. Qu'elle avait l'air petite, assise dans le sable, les mains posées sur ses genoux !

Je lui suggérai de remonter dans le temps et la ramenai au soir du meurtre. Elle se tendit un instant, puis sa respiration redevint profonde et régulière.

– Tu te sens toujours très détendue, Melody. Tu es bien à l'aise, parfaitement calme. Mais maintenant tu peux te regarder, comme si tu étais une vedette à la télé. Tu te vois en train de sortir de ton lit...

Elle écarta les lèvres, passa le bout de sa langue dessus.

– ... Tu t'approches de la fenêtre, tu t'assois devant et tu regardes dehors. Que vois-tu ?

– Nuit.

Le mot était à peine audible.

– Oui, il fait nuit. Est-ce que tu vois autre chose ?

– Non.

– OK. On va rester assis là un peu.

Quelques minutes plus tard :

– Est-ce que tu vois quelque chose dans le noir, Melody ?

– Non. Juste la nuit.

Je fis quelques tentatives supplémentaires, puis abandonnai. Soit elle n'avait rien vu, et l'histoire des deux ou trois hommes n'était que de la fabulation, soit elle faisait blocage. Dans un cas comme dans l'autre, je n'allais rien obtenir.

Je la laissai profiter de son endroit préféré un peu plus longtemps, lui fis quelques suggestions pour se maîtriser, rester calme et se sentir heureuse et bien dans sa peau, puis je la fis ressortir doucement de son hypnose. Elle en revint avec le sourire.

– C'était bien !

– Je suis content que ça t'ait plu. Ton endroit préféré a l'air très chouette.

– Tu as dit que j'étais pas obligée de te le dire !

– C'est vrai. Tu n'es pas du tout obligée.

– Et si je veux quand même ? dit-elle en faisant la moue.

– Alors tu peux.

– Voyons... (Elle savoura un instant son pouvoir.) Oui, j'ai envie de te le dire. C'était sur le manège. Quand ça tournait de plus en plus vite.

– C'est un très bon choix.

– À chaque tour j'étais de plus en plus heureuse. On pourra y retourner une autre fois ?

– Bien sûr.

Content, Alex ? Tu viens de te mettre dans une situation dont tu auras du mal à te dépêtrer. Une dose de papa instantané, à diluer dans un peu de culpabilité.

De retour dans la voiture, elle se tourna vers moi.

– Alex, tu m'as bien dit qu'être hypnotisé, ça permet de mieux se souvenir ?

– Quelquefois.

– Je pourrais m'en servir pour me souvenir de mon papa ?

– Quand l'as-tu vu pour la dernière fois ?

– Je ne l'ai jamais vu. Il est parti quand j'étais bébé. Lui et maman n'habitent plus ensemble.

– Il ne te rend jamais visite ?

– Non. Il habite loin. Une fois il m'a appelée, avant Noël, mais comme je dormais, maman m'a pas réveillée. J'étais fâchée.

– Je peux comprendre.

– Je l'ai tapée.

– Tu devais être vraiment très en colère.

– Ouais... (Elle se mordilla la lèvre.) Des fois, il m'envoie des cadeaux.

– Comme Patapouf ?

– Oui, et d'autres trucs.

Elle fouilla dans son sac et en sortit une sorte de gros noyau ou de grosse graine séchée. L'objet était sculpté en forme de visage – un visage grimaçant –, avec des yeux en strass et des bouts de fibre acrylique pour les cheveux. Une tête miniature. Le genre de pacotille hideuse qu'on peut acheter dans n'importe quelle échoppe de souvenirs à Tijuana. À voir le soin avec lequel elle le tenait, ç'aurait pu être les bijoux de la couronne de Kwashiorkor[1].

– C'est très joli.

J'inspectai l'objet noueux et le lui rendis.

– J'aimerais le voir, mais maman dit qu'elle sait pas où il habite. Si j'étais hypnotisée, ça pourrait m'aider à me souvenir de lui ?

– Ce ne serait pas facile, Melody, parce que tu ne l'as pas vu depuis très longtemps. Mais on pourrait essayer. Tu as quelque chose pour te souvenir de lui ? Une photo ?

– Oui.

Elle fouilla de nouveau dans son sac et en sortit une photo toute froissée et abîmée, aux couleurs passées. Elle avait dû la triturer comme un rosaire. Je repensai au cliché accroché dans le cabinet de Towle. C'était la semaine des photos-souvenirs. Monsieur Eastman, si seulement vous pouviez voir comment votre petite boîte noire sert à préserver le passé comme un fœtus dans un bocal de formol !

1. Capitale du royaume achanti du Ghana, célèbre pour ses trésors *(NdT)*.

Un homme et une femme posaient sur la photo. La femme était Bonita Quinn, plus jeune à l'époque mais pas franchement plus belle. Même à vingt ans, elle arborait un visage triste qui annonçait un avenir impitoyable. Sa robe dévoilait trop généreusement des cuisses faméliques. Elle avait les cheveux longs et raides, avec la raie au milieu. Son compagnon et elle se tenaient devant ce qui ressemblait à un bar de campagne, le genre d'établissement qui surgit de nulle part au détour d'un virage. Les murs étaient faits de troncs équarris. Une enseigne Budweiser était accrochée à la fenêtre.

Bonita tenait l'homme par la taille, et celui-ci lui passait un bras autour de l'épaule. Il portait un tee-shirt, un jean et des bottes en caoutchouc. L'arrière d'une moto était visible à côté de lui.

Un drôle d'oiseau que ce type-là ! Il avait tout le côté gauche affaissé, et plus d'un signe trahissait une atrophie s'étendant de la tête aux pieds. Il avait l'air tout tordu, comme un fruit qu'on aurait coupé en deux et recollé sans trop de précision. Abstraction faite de l'asymétrie, il n'était pas vilain – grand, svelte, une belle tignasse blonde à hauteur d'épaules et une épaisse moustache.

Son air de petit malin contrastait avec la mine grave de Bonita. Le genre d'expression que prennent les péquenauds quand on met les pieds dans la taverne d'un bled paumé en espérant se rafraîchir tranquillement. Le genre d'expression qu'on a soin d'éviter, parce que ça annonce forcément des ennuis.

Je n'étais pas surpris que l'intéressé ait fini derrière les barreaux.

– Tiens, dis-je.

Je lui rendis la photo qu'elle rangea soigneusement dans son sac.

– Ça te dit de retourner courir ?

– Non. Je suis un peu fatiguée.

– Tu veux rentrer ?

– Oui.

Pendant le trajet du retour, elle resta silencieuse, comme de nouveau sous l'emprise des médicaments. J'étais mal à l'aise, j'avais le sentiment d'avoir agi à la légère avec cette enfant, de l'avoir stimulée à outrance pour me contenter de la rendre à son triste quotidien.

Étais-je prêt à jouer les bonnes âmes de façon régulière ?

Je me souvins des ultimes conseils que nous avait délivrés un éminent professeur, à moi et quelques autres psychothérapeutes en devenir, juste avant l'obtention de notre doctorat : « Quand on choisit de gagner sa vie en aidant ceux qui souffrent moralement, on fait aussi le choix de les porter un temps sur son dos. Au diable tous les discours sur la prise de responsabilité et l'affirmation de soi. Ce ne sont que des conneries. Vous serez confrontés au désarroi tous les jours de votre vie. Vos patients vous seront aussi attachés que l'oison qui suit la première créature qu'il aperçoit en sortant la tête de l'œuf. Si vous n'êtes pas capables de supporter ça, devenez comptables. »

Pour le coup, je n'aurais pas été mécontent de me trouver face à un livre de comptes rempli de colonnes de chiffres.

7

À 7 heures et demie je gagnai l'atelier de Robin en voiture. Ça faisait plusieurs jours que je ne l'avais pas vue et elle me manquait. Quand elle vint m'ouvrir, elle portait une robe blanche transparente qui mettait en valeur son teint olive. Ses cheveux n'étaient pas attachés et elle avait aux oreilles des créoles dorées.

Elle me tendit les bras et nous nous étreignîmes longuement. Puis nous entrâmes, toujours enlacés.

Elle s'était installée dans une vieille boutique de Pacific Avenue, à Venice. Comme beaucoup d'autres ateliers du quartier, l'endroit n'était signalé d'aucune façon et les fenêtres masquées à la peinture blanche.

Je la suivis à l'avant du local, son coin-travail, avec ses outils électriques – scie à lame fixe, scie à ruban, perceuse à colonne –, du bois empilé, des moules à instruments, des ciseaux, des calibres et des gabarits. Comme d'habitude, la pièce sentait la colle et la sciure. Le sol était jonché de copeaux.

Elle poussa une porte battante et nous pénétrâmes dans le coin-habitation – salon, cuisine, chambre et bain en mezzanine, petit bureau. Contrairement à l'atelier, son domaine personnel était dépouillé – mobilier en feuillu massif, simple et élégant, qu'elle s'était en grande partie fabriqué elle-même.

Elle me fit asseoir sur un canapé en coton. Du café et une tarte étaient disposés sur un plateau, ainsi que des serviettes, des assiettes et des fourchettes. Elle se glissa à côté de moi. Je pris son visage entre mes mains et l'embrassai.

– Bonjour, mon chéri.

Elle m'enlaça. Sous la fine étoffe, je sentis son dos, fermeté lovée dans des courbes souples et douces. Elle avait un métier manuel et j'étais toujours étonné de trouver chez elle un mélange de force musculaire et de sensualité féminine. Qu'il s'agisse de manipuler une grosse pièce de bois de rose sous les dents voraces d'une scie à ruban ou simplement de marcher, ses gestes étaient toujours empreints de grâce et de confiance. Rencontrer Robin était la meilleure chose qui me soit jamais arrivée. Ça justifiait amplement d'avoir tout plaqué.

Je flânais chez McCabe, un magasin de guitares de Santa Monica, feuilletant de vieilles partitions, essayant les instruments accrochés aux murs. J'avais repéré une guitare en particulier, semblable à ma Martin mais de meilleure facture. Admirant la finesse du travail – c'était du sur-mesure –, j'avais laissé courir mes doigts sur les cordes, qui vibraient avec une tenue et un équilibre parfaits. Je l'avais décrochée pour jouer quelques notes. Elle avait un son aussi beau que ses lignes, pur comme du cristal.

– Elle vous plaît ?

Voix féminine appartenant à une ravissante créature de vingt-cinq et quelques années. Elle se tenait à côté de moi – je n'aurais su dire depuis combien de temps, trop absorbé que j'étais par la musique. Son visage en forme de cœur était surmonté d'une folle chevelure aux boucles rousses. Ses yeux en amande, bien écartés, avaient la couleur du vieil acajou. Elle était petite, un mètre soixante tout au plus, avec des poignets graciles et des mains délicates que prolongeaient de longs doigts effilés. Quand elle souriait, on découvrait l'ivoire éclatant des deux incisives du haut, plus grosses que ses autres dents.

– Oui. Je la trouve géniale.

– Elle n'est pas si super que ça.

Elle avait posé les mains sur ses hanches – de sacrées hanches. La salopette qu'elle avait enfilée par-dessus un col roulé ne dissimulait en rien sa taille de guêpe, sa poitrine généreuse et son tour de reins.

– Ah bon ? Vraiment ?

– Vraiment.

Elle m'avait pris la guitare des mains.

– Elle a été trop poncée juste ici, avait-elle précisé en tapotant la table d'harmonie. Et l'équilibre entre le manche et la caisse n'est pas parfait. (Elle avait gratté quelques accords.) Globalement, je lui mettrais 8 sur 10.

– Vous m'avez l'air bien experte.

– Y a intérêt, c'est moi qui l'ai fabriquée.

Cette après-midi-là, elle m'avait emmené dans son atelier et m'y avait montré une guitare en cours de fabrication.

– Celle-ci méritera un 10. Celle du magasin est une des premières que j'ai faites. On se fait la main petit à petit.

Quelques semaines plus tard, elle m'avait avoué que c'était sa façon à elle de me draguer, sa version du « Tu veux monter voir mes gravures ? ».

– J'ai aimé comment tu jouais. Avec beaucoup de sensibilité.

Après, nous nous étions revus régulièrement. J'avais appris qu'elle était fille unique, l'enfant chérie d'un ébéniste d'art qui lui avait transmis tout son savoir-faire – comment transformer le bois brut en objets précieux. Elle avait fréquenté l'université, optant pour le design, mais n'avait supporté ni l'embrigadement, ni les profs et leurs connaissances livresques – ils en savaient moins sur la forme et la fonction que son père avec son savoir intuitif. À sa mort, elle avait abandonné ses études et investi son héritage dans un atelier à San Luis Obispo. Elle s'était liée avec quelques musiciens de la région qui lui confiaient leurs instruments à réparer. Au départ ce n'était qu'un à-côté, car elle tentait de gagner sa vie en concevant et fabriquant du mobilier sur mesure. De fil en aiguille, elle s'était piquée d'intérêt pour les guitares, les banjos et les mandolines qui arrivaient sur son établi. Elle avait lu quelques ouvrages sur la lutherie, s'était rendu compte qu'elle possédait tout le savoir-faire requis et avait fabriqué sa première guitare. Un instrument au son superbe, qu'elle avait vendu cinq cents dollars. Elle avait attrapé le virus. Quinze jours plus tard, elle emménageait à L.A., là où se trouvent les musiciens, et y avait ouvert son atelier.

Quand je l'avais rencontrée, elle fabriquait deux instruments par mois, en plus des réparations. Elle avait eu de bons articles dans la presse professionnelle et avait une liste d'attente de quatre mois. Elle commençait à pouvoir en vivre.

Je suis sans doute tombé amoureux dès le premier jour, mais j'ai mis quinze jours à m'en apercevoir.

Au bout de trois mois, nous envisagions de vivre ensemble, mais ça ne s'est pas fait. Ni elle ni moi n'avions la moindre objection de principe, mais son atelier était trop petit pour deux et ma maison n'avait aucun endroit où elle aurait pu travailler. Il peut paraître peu romantique de s'arrêter à des considérations matérielles comme le confort ou la place, mais rien ne nous poussait vraiment à faire le changement tellement nous passions de bons moments ensemble tout en gardant chacun notre vie privée. Elle passait souvent la nuit chez moi, d'autres fois je m'endormais sur sa mezzanine. D'autres soirs, c'était chacun chez soi.

L'arrangement n'était pas désagréable.

Je bus une gorgée de café et jetai un coup d'œil à la tarte.

– Prends-en une part, mon amour.

– Je préfère ne pas me bâfrer avant le dîner.

– Je ne sais pas si on va sortir dîner, dit-elle en me caressant le cou. Comme tu es tendu ! (Elle se mit à me masser le haut du dos.) Ça fait longtemps que je ne t'ai pas senti comme ça.

– Il y a une bonne raison.

Je lui parlai de la visite matinale de Milo, du meurtre, de Melody et de Towle.

Quand j'eus terminé, elle posa les mains sur mes épaules.

– Alex, tu veux vraiment aller te fourrer là-dedans ?

– Est-ce que j'ai le choix ? Je vois les yeux de cette gamine dans mes rêves. J'ai été bête de me laisser embarquer, mais maintenant je suis coincé.

Elle me dévisagea. Un sourire lui vint aux lèvres.

– Ce que tu peux être bonne pâte ! Et adorable.

Elle me titilla le menton du bout du nez. Je l'attirai contre moi et enfouis mon visage dans ses cheveux. Ils sentaient le citron, le miel et le bois de rose.

– Je t'aime vraiment.

– Moi aussi je t'aime, Alex.

Nous nous déshabillâmes l'un l'autre et, une fois nus, je la portai dans l'escalier jusqu'à la mezzanine. Ne voulant pas être séparé d'elle ne serait-ce qu'une seconde, je gardai ma bouche collée à la sienne tout en me glissant sur elle. Elle s'agrippa à moi, ses bras et ses jambes m'enlaçant comme des vrilles. Nous fusionnâmes, j'étais comblé.

8

Après avoir dormi jusqu'à 10 heures du soir, nous nous réveillâmes avec une faim de loup. Je descendis à la cuisine, préparai des sandwichs avec du salami italien, du gruyère et du pain de seigle, trouvai une bouteille de bourgogne et remontai le tout pour un dîner tardif au lit. Nous échangeâmes des bisous à l'ail, mîmes plein de miettes dans le lit, nous câlinâmes et finîmes par nous rendormir.

Le téléphone nous réveilla en sursaut.

Robin décrocha.

– Oui, Milo, il est ici. Non, ça va. Je te le passe.

Elle me tendit le combiné et se blottit sous les couvertures.

– Salut, Milo. Quelle heure est-il ?

– 3 heures.

Je me relevai et me frottai les yeux. Les cieux étaient noirs derrière la lucarne.

– Qu'est-ce qui se passe ?

– C'est la gamine. Melody Quinn. Elle a fait une crise et s'est réveillée en hurlant au milieu de la nuit. Bonita a prévenu Towle qui m'a appelé. Il exige que tu ailles là-bas. Il a l'air en pétard.

– Qu'il aille se faire foutre ! Je ne suis pas son garçon de courses.

– Tu veux que je lui transmette ? Il est à côté de moi.

– Tu es chez la gamine ?

– Bien sûr. Ni la pluie, ni la grêle, ni les ténèbres ne sauraient décourager le preux chevalier, et patati et patata. On se fait une petite fête. Le docteur, Bonita et moi. La petite dort. Towle lui a fait une piqûre.

– Ça ne m'étonne pas de lui.

– La gamine a mis sa mère au courant pour l'hypnose. Towle veut que tu sois ici au cas où elle se réveillerait à nouveau... pour la réhypnotiser ou je ne sais quoi.

– Quel connard ! L'hypnose n'y est pour rien. Cette gamine a des troubles du sommeil à cause de toutes les saloperies qu'il lui fait prendre.

J'étais loin d'en être convaincu. La séance sur la plage l'avait effectivement perturbée.

– Je suis certain que tu as raison, Alex. Je voulais simplement te mettre au courant et te donner le choix de venir ou pas. Si tu veux que j'envoie promener Towle, pas de problème.

– Attends un instant... (Je secouai vigoureusement la tête pour m'éclaircir les idées.) A-t-elle a dit quelque chose en se réveillant ? Quelque chose de cohérent ?

– Je suis arrivé sur la fin. Ils m'ont dit que c'était la quatrième fois de la soirée. Elle criait qu'elle voulait son père. « Papa ! Papa ! » Comme ça, mais très fort. Ça m'a l'air assez sérieux, Alex.

– J'arrive le plus vite possible.

J'embrassai sur les fesses la momie endormie à côté de moi, me levai et enfilai mes habits.

Je pris le Pacific Coast Highway et filai en direction du nord. Les rues étaient désertes et glissantes à cause de la brume de mer. Les feux au bout de la jetée n'étaient que des petits points lointains. Quelques chalutiers s'étaient immobilisés à l'horizon. À cette heure, les requins et autres prédateurs nocturnes devaient rôder dans les grands fonds océaniques. Je me demandai quels carnages cachait la peau noire et reluisante de la mer ; et combien d'autres monstres nocturnes étaient tapis sur la terre ferme, dissimulés dans des impasses, derrière des poubelles, fondus dans le feuillage de la verdure urbaine, le regard fou, le souffle haletant.

Tout en conduisant, j'échafaudai une nouvelle théorie de l'évolution. Le Mal était soumis à ses propres règles de métamorphose : les requins et les serpents aux crocs tranchants, toutes les bestioles hideuses et venimeuses qui se planquent dans la vase n'avaient pas cédé la place de façon ordonnée aux amphibiens, reptiles, oiseaux et mammifères. Le Mal était passé de la mer à la terre en un seul bond prodigieux. Du requin au violeur, de l'anguille à l'égorgeur, de la limace empoisonnée au tortionnaire, l'instinct sanguinaire inscrit au cœur de l'hélice.

Les ténèbres semblaient se presser contre moi, fétides et insistantes. Je donnai un coup d'accélérateur pour forcer le passage.

À la résidence, Milo m'attendait devant la porte de Mme Quinn.

– Elle vient de recommencer...

J'entendis Melody avant même d'arriver dans la chambre.

L'éclairage était faible. Elle était assise dans son lit, le corps tendu, les yeux écarquillés mais le regard flou. Bonita avait pris place à côté d'elle. Towle, en tenue décontractée, se tenait de l'autre côté.

L'enfant sanglotait, comme un animal blessé. Elle gémissait, geignait, se balançait. Puis les gémissements s'amplifièrent graduellement, comme une sirène, jusqu'à ce qu'elle hurle pour de bon, sa voix perçante déchirant le silence :

– Papa ! Papa ! Papa !

Ses cheveux trempés de sueur lui collaient au front. Bonita essaya de la prendre dans ses bras, mais elle se débattit et lui donna des coups. La mère ne savait quoi faire.

Les cris se poursuivirent pendant ce qui me parut une éternité, puis cela s'arrêta et elle se remit à gémir.

– Docteur, implora Bonita. Ça va recommencer. Faites quelque chose !

Towle m'aperçut.

– Le Dr Delaware va peut-être pouvoir nous aider.

Le ton était désagréable.

– Non ! Non ! Je ne veux surtout pas qu'il s'approche d'elle ! C'est lui qui a causé tout ça !

Towle ne chercha pas à discuter. J'aurais juré qu'il affichait un air suffisant.

– Madame Quinn, commençai-je.

– Non ! Ne vous en mêlez pas ! Sortez d'ici !

Les cris de sa mère déclenchèrent une nouvelle crise chez Melody, qui recommença à demander son père.

– Arrête !

Bonita se précipita sur elle, lui plaqua une main sur la bouche, la secoua.

Towle et moi réagîmes en même temps pour la retenir. Il la tira à l'écart et lui dit quelque chose qui la calma.

Je m'approchai de Melody. Elle respirait violemment. Ses pupilles étaient dilatées. À mon contact, elle se crispa.

– Melody, murmurai-je, c'est Alex. N'aie pas peur. Tout va bien.

Tandis que je lui parlais, elle se calma. Je continuai à lui susurrer des choses, sachant que les mots importaient beaucoup moins que la manière de les dire. Je m'en tins à une intonation douce et rythmée, détendue, rassurante. Hypnotisante.

Bientôt elle se laissa aller. Je l'aidai à s'allonger. Elle desserra les poings. Je continuai à lui parler d'un ton rassurant. Ses muscles se détendirent, sa respiration ralentit et redevint régulière. Je lui dis de fermer les yeux, elle le fit. Tout en parlant, je lui caressais l'épaule, lui assurant que tout allait bien et qu'elle était parfaitement en sécurité.

Elle se blottit en position fœtale, ramena les draps sur elle et prit son pouce.

– Éteignez la lumière, dis-je. (La chambre fut plongée dans l'obscurité.) On va la laisser seule.

Les trois autres quittèrent la pièce.

– Maintenant, tu vas dormir, Melody, et tu vas passer une nuit calme et reposante, et faire des rêves agréables. Quand tu te réveilleras demain matin, tu te sentiras très bien, très reposée.

Je l'entendis ronfler légèrement.

– Bonne nuit, Melody.

Je me penchai pour lui faire un bisou sur la joue. Elle marmonna un seul mot :

– Pa... pa.

Je refermai la porte de la chambre. Bonita était dans la cuisine et se tordait nerveusement les mains. Elle portait un peignoir d'homme défraîchi. Ses cheveux relevés en chignon disparaissaient sous un foulard. Je la regardai s'occuper en faisant un peu de rangement ; elle était plus pâle que dans mon souvenir.

Towle se pencha vers sa sacoche noire. Il la ferma, se redressa et se passa une main dans les cheveux. En me voyant, il se redressa au maximum et me toisa du regard, prêt à me faire la leçon une nouvelle fois.

– J'espère que vous êtes satisfait, dit-il.

– Ne commencez pas, lui renvoyai-je en guise d'avertissement. Vous pouvez garder vos sermons.

– Vous comprenez pourquoi je n'étais pas trop disposé à ce qu'on triture l'esprit de cette enfant.

– Personne n'a trituré quoi que ce soit.

Je sentais la tension me prendre aux tripes. Ce type était la figure même de l'autorité bourrée d'hypocrisie que j'avais toujours détestée.

Il secoua la tête d'un air condescendant.

– De toute évidence, vous avez besoin qu'on vous rafraîchisse la mémoire, reprit-il.

– De toute évidence, vous n'êtes qu'un connard prétentieux.

Un éclair d'indignation passa dans ses yeux bleus. Il pinça les lèvres.

– Et si je vous dénonçais à la commission d'éthique de l'Ordre des médecins ?

– Libre à vous, docteur.

– J'envisage sérieusement de le faire.

Il avait l'air d'un pasteur calviniste sévère, coincé et suffisant.

– Faites ça et on aura une petite discussion sur l'utilisation convenable des médicaments stimulants chez l'enfant.

Il sourit.

– Ce n'est pas vous qui ternirez ma réputation.

– Je veux bien le croire, dis-je en serrant les poings. Vous avez des cohortes de fidèles partisans. Comme cette femme, ajoutai-je en pointant le doigt vers la cuisine. Ils vous amènent leurs gosses et vous les bidouillez comme des bagnoles en leur filant quelques cachets après une rapide révision. Vous les réglez à la demande. Pour en faire des gamins calmes et sages, soumis et obéissants. Des petits zombies comateux. Quel héros !

– Je ne suis pas obligé de vous écouter, dit-il en s'avançant.

– Bien sûr que non, monsieur le héros ! Mais je vous suggère d'aller dire à cette femme ce que vous pensez vraiment d'elle. Un « protoplasme pauvre à chier »... et voyons, que je me souvienne... des gènes « inférieurs »... « limitée » sur le plan intellectuel.

Il s'arrêta net.

– Du calme, Alex, dit prudemment Milo, qui se tenait à l'écart.

Bonita sortit de la cuisine.

– Qu'est-ce qui se passe ? demanda-t-elle.

Towle et moi nous faisions face comme deux boxeurs après la cloche.

Il changea d'attitude et lui sourit aimablement.

– Rien, chère madame. Simple discussion professionnelle. Le Dr Delaware et moi discutions de ce qui vaut mieux pour Melody.

– Ce qui vaut mieux, c'est qu'on l'hypnotise plus. Vous me l'avez dit vous-même.

– Oui, dit Towle en tapotant du pied et s'efforçant de ne pas avoir l'air mal à l'aise. C'était mon avis de professionnel. Et ça l'est toujours.

Professionnel, il n'avait que ce mot à la bouche.

Alors expliquez ça à monsieur, dit-elle en me montrant du doigt.

- Nous étions en train d'en parler, chère madame.

Ses manières devaient être un peu trop mielleuses car Bonita se renfrogna et prit un air soupçonneux.

– Y a pas besoin d'en parler, dit-elle. Je veux les revoir ici ni l'un ni l'autre ! (Le deuxième geste visa Milo, puis elle se tourna vers nous.) On cherche à jouer les bons Samaritains en aidant les flics et on se fait entuber ! Maintenant la petite fait sa crise ; elle hurle et je vais perdre ma place. C'est forcé !

Elle était décomposée. Elle se prit le visage dans les mains et se mit à pleurer. Towle s'approcha, tel un gigolo de Beverly Hills, la prit dans ses bras et la consola en répétant : « Voyons, voyons... »

Puis il l'amena au canapé, la fit s'asseoir et resta à côté d'elle pour lui tapoter l'épaule.

– Je vais perdre ma place, gémit-elle, le visage toujours enfoui dans ses mains. Ils aiment pas qu'on fasse du bruit, ici.

Elle écarta ses mains et fixa Towle de ses yeux larmoyants.

– Allons, allons, tout va s'arranger. J'y veillerai, dit-il.

– Et les crises ?

– Ça aussi, je m'en occupe.

Il me décocha un regard plein d'hostilité – et un peu craintif, je l'aurais juré.

Elle renifla et s'essuya le nez sur sa manche.

– Je ne comprends pas pourquoi il faut qu'elle se réveille en hurlant : « Papa ! Papa ! » Ce salaud n'a jamais été là et il m'a jamais filé un rond de pension ! Il ne l'aime pas. Pourquoi pleure-t-elle après ce type, docteur Towle ?

Elle leva les yeux vers lui, telle une novice implorant le pape.

– Voyons, voyons...

– Ce Ronnie Lee est cinglé ! Regardez...

Elle arracha son foulard, secoua ses cheveux et pencha la tête pour nous montrer le sommet de son crâne. Avec un gémissement, elle écarta les mèches du milieu.

– Regardez !

C'était vilain. Une épaisse cicatrice rougeâtre de la taille d'un gros ver. Un ver qui s'était tapi sous le cuir chevelu pour n'en plus sortir. La peau tout autour était livide et bourrelée suite à une intervention chirurgicale bâclée. Les cheveux n'avaient pas repoussé.

– Maintenant vous savez pourquoi j'ai toujours un foulard ! s'emporta-t-elle. C'est lui qui m'a fait ça ! Avec une chaîne ! Ronnie Lee Quinn ! cracha-t-elle. Un salopard, un dingue, un sadique ! Son papa chéri qu'elle appelle en hurlant ! Un vaurien !

– Allons, allons, dit Towle en se tournant vers nous. Ces messieurs ont-ils d'autres questions à poser à Mme Quinn ?

– Non, docteur, dit Milo en se retournant pour partir.

Il me prit par le bras pour me faire sortir. Mais je n'avais pas dit mon dernier mot.

– Expliquez-lui, docteur. Expliquez-lui que ces crises ne sont que des angoisses nocturnes qui cesseront si on prend le temps de la calmer. Dites-lui qu'on n'a besoin ni de phénobarbital, ni de Dilantin, ni de Tofranil.

Towle tapotait toujours l'épaule de Bonita Quinn.

– Merci de votre avis professionnel, docteur. Je gère ce cas comme bon me semble.

J'étais figé sur place.

– Allez, Alex, dit Milo en me poussant doucement vers la porte.

Dans le parking de la résidence s'entassaient les Mercedes, les Porsche, les Alfa Romeo et les Datsun Z. La Fiat de Milo, garée devant une pompe à incendie, faisait peine à voir ; on aurait dit un unijambiste à une réunion d'athlétisme. Je m'assis un instant avec lui à l'intérieur. L'humeur était morose.

– Quel merdier ! s'exclama-t-il.

– Le salaud.

– J'ai cru un instant que t'allais lui en mettre une, pouffa-t-il.

– C'était tentant. Quel con !

– On aurait dit qu'il te cherchait. Et moi qui croyais que les médecins se serraient les coudes !

– À condition de jouer son jeu. Sur le plan purement intellectuel, c'est resté très cordial. Mais quand les choses ont dérapé, il s'est cherché un bouc émissaire. Ce type est un égocentrique. Monsieur est omnipotent. Monsieur peut tout guérir. Tu as vu comment elle le vénère, son Sauveur ? Elle serait fichue d'entailler les poignets de sa gamine s'il le lui demandait.

– Tu te fais du souci pour la petite ?

– Je ne te le fais pas dire ! Tu te doutes bien de ce qu'il va faire, non ? Augmenter la dose. D'ici deux jours elle planera complètement.

Milo se mordilla la lèvre.

– Oui, dit-il au bout de quelques minutes, mais on ne peut rien y faire. Je suis désolé de t'avoir embarqué là-dedans.

– Laisse tomber. Tu n'y es pour rien.

– Bien sûr que si ! J'ai été paresseux, j'ai cherché un coup miraculeux pour débrouiller cette histoire. J'ai voulu préserver mes semelles. M'épargner la peine d'aller interroger les collègues de Handler. De dresser un listing informatique de tous les types enclins à manier le rasoir. D'éplucher les dossiers de Handler. C'était foireux dès le départ... une gamine de sept ans.

– Elle aurait pu s'avérer utile comme témoin.

– Tu crois que c'est jamais aussi simple ? (À la troisième tentative, le moteur démarra.) Désolé d'avoir gâché ta nuit.

– Ce n'est pas toi, c'est lui.

– Oublie-le, Alex. Les connards, c'est comme les mauvaises herbes : c'est la galère pour s'en débarrasser et quand tu y arrives, ça repousse au même endroit. Je ne fais que ça depuis huit ans : mettre du désherbant à tour de bras pour les voir repousser plus vite que je peux les arracher.

Sa voix était lasse et il avait pris un coup de vieux.

Je descendis et me penchai par sa vitre.

– À demain.

– Quoi ?

– Les dossiers. Il faut éplucher les dossiers de Handler. J'irai plus vite que toi pour identifier les dangereux.

– Tu plaisantes ?

– Pas du tout. Je me trimballe un sacré Zeigarnik.

– Un quoi ?

– Zeigarnik. C'est une psychologue russe qui a mis en évidence le stress qu'ont les gens à cause du travail inachevé. Ça porte son nom. L'effet Zeigarnik. Comme chez la plupart des mecs brillants, le mien est assez développé.

Il me regarda comme si je disais des âneries.

– Ouais, ouais. Bon. Et ton Zeigarnik te travaille au point de laisser tomber la belle vie ?

– Que diable ! dis-je en lui flanquant une tape dans le dos, la belle vie commençait à être ennuyeuse.

– À toi de voir, fit-il en haussant les épaules. Mes amitiés à Robin.

– Et à ton médecin.

– S'il est toujours là quand je rentre. Ces réveils en pleine nuit mettent notre relation à rude épreuve.

Il se gratta le coin de l'œil et son regard se rembrunit.

– Je suis sûr qu'il va se faire une raison, Milo.

– Ah ouais ? Et pourquoi ?

– S'il a été assez givré pour entamer une relation avec toi, c'est qu'il est assez givré pour rester avec toi.

– Très réconfortant, ça. Tu es un vrai pote !

Il enclencha la première et démarra en trombe.

9

Au moment de son assassinat, cela faisait un peu moins de quinze ans que Morton Handler exerçait comme psychiatre. Au cours de cette période, il avait suivi ou évalué plus de deux mille patients. Les dossiers étaient classés dans des chemises cartonnées, elles-mêmes rangées par cent cinquante dans des cartons scellés avec du Scotch et marqués au sceau du LAPD.

Milo apporta les cartons chez moi, avec l'aide de l'inspecteur Delano Hardy, un Noir fluet à la calvitie naissante. Essoufflés et pantelants, ils empilèrent les cartons dans ma salle à manger. On aurait dit que j'étais en plein déménagement.

– C'est moins pire que c'en a l'air, dit Milo en cherchant à me rassurer. Tu ne seras pas obligé de tous les éplucher. N'est-ce pas, Del ?

Hardy alluma une cigarette et opina du chef.

– On a fait un tri préliminaire, dit-il. On a éliminé tous ceux qui sont décédés. On s'est dit que c'étaient des suspects à faible probabilité.

Tous deux s'esclaffèrent. Un rire grave d'inspecteurs.

– Et d'après le rapport du coroner, poursuivit-il, Handler et sa nana ont été serinés par quelqu'un de très musclé. Lui a eu la gorge tranchée jusqu'à la colonne du premier coup.

– Ce qui veut dire, l'interrompis-je, un homme.

– Ça pourrait être une dame, mais vachement costaude, plaisanta Hardy. Mais nous, on parie sur un mec.

– Il y a six cents patients masculins, précisa Milo. Ces quatre cartons là-bas.

– Et on vous a apporté un petit cadeau, ajouta Hardy.

Il me remit un petit paquet emballé dans du papier cadeau vert et rouge, avec des motifs de clairons et de couronnes de Noël, et ficelé avec du ruban rouge.

– Je n'ai pas trouvé d'autre papier, dit-il.

– On espère que ça te fera plaisir, précisa Milo.

J'avais le sentiment d'être la victime choisie dans le public par un tandem de comiques burlesques. Un curieux changement s'était produit chez Milo. En présence d'un collègue, il prenait ses distances avec moi et adoptait la faconde vantarde du vieux flic.

Je défis l'emballage et ouvris la boîte. Dedans, posé sur du coton, se trouvait un badge plastifié du LAPD. La photo d'identité était la même que sur mon permis de conduire, avec cet étrange aspect figé que semblent toujours avoir les visages sur les papiers officiels. Dessous figuraient ma signature, identique elle aussi à celle de mon permis, mes nom et prénom, ma qualification universitaire et le titre de « consultant spécial ». Plus vrai que nature...

– Je suis touché.

– Mets-le, dit Milo. Prends officiellement tes fonctions.

Le badge était assez semblable à celui que je portais au Western Pediatric. Il était muni d'une pince. Je l'attachai au col de ma chemise.

– Très élégant, plaisanta Hardy. Mais ça suffira pas pour passer un coup de fil gratis dans une station-service. (Il glissa la main dans la poche intérieure de son veston et en sortit une feuille pliée.) Maintenant, si vous voulez bien lire ceci et me le signer.

Il me tendit un stylo.

Je lus le document imprimé en petits caractères.

– Il est écrit ici que vous n'avez pas besoin de me payer.

– Exact, soupira Hardy avec un dépit feint. Et si vous vous coupez avec une feuille en lisant les dossiers, vous ne pourrez pas réclamer des dommages-intérêts à l'administration de la police.

– C'est pour rassurer les chefs, Alex, précisa Milo.

Je haussai les épaules et signai.

– Maintenant, déclara Hardy, vous êtes officiellement consultant spécial de la police de Los Angeles. (Il plia la feuille et la remit dans sa poche.) Ça me rappelle l'histoire du coq qui se tape toutes les poules du poulailler. On décide de le castrer pour en faire un consultant.

– Très flatteur, Del.

– Qu'est-ce que je ferais pas pour un ami de Milo...

Milo avait commencé à ouvrir les cartons avec un couteau suisse. Il en sortait des dizaines de dossiers et en faisait de jolies petites piles qui recouvrirent toute la table de la salle à manger.

– Je te les mets par ordre alphabétique, Alex. Tu n'as plus qu'à sélectionner les maboules.

Quand il eut terminé, Hardy et lui se préparèrent à partir.

– Del et moi allons interroger les mecs qui figurent au fichier du NCIC[1].

– On risque pas de s'ennuyer, maugréa Hardy.

Il fit craquer ses poings et chercha un endroit où écraser sa cigarette, qu'il avait fumée jusqu'au filtre.

– Vous pouvez la balancer dans l'évier.

Il sortit.

– J'apprécie vraiment, me dit Milo quand nous fûmes seuls. Ne te surmène pas. Pas besoin de tout écluser aujourd'hui.

– Je vais en faire le maximum avant que mes yeux se mettent à voir flou.

– Bien. On t'appellera une ou deux fois dans la journée. Au cas où t'aurais quelque chose qu'on puisse exploiter sur le terrain.

Hardy revint en rajustant sa cravate. Il était très élégant avec son costume trois pièces en laine peignée bleu marine, sa chemise blanche, sa cravate rouge sang et ses mocassins reluisants en veau noir. À côté de lui, Milo faisait plus débraillé que jamais avec son pantalon avachi et sa veste informe en tweed.

– Tu es prêt, mon pote ? lui demanda Hardy.

– Prêt.

– En route.

Après leur départ, je mis un disque de Linda Ronstadt sur la platine. Et, au son de *Poor, Poor, Pitiful Me*, je commençai à « consulter ».

Quatre-vingts pour cent des patients de ces dossiers appartenaient à une des deux catégories suivantes : les riches cadres supérieurs adressés par leur généraliste à cause de divers symptômes liés au stress – angines, impuissance, maux de ventre, migraines chroniques, insomnie, éruptions cutanées – et les dépressifs de tous âges. Je les passai en revue et mis de côté les vingt pour cent restants pour une lecture plus détaillée.

En commençant, je n'avais aucune idée du genre de psychiatre qu'était Morton Handler, mais après avoir étudié ses dossiers

1. National Crime Information Center – fichier de recherches criminelles dépendant du FBI *(NdT)*.

quelques heures, je commençai à mieux cerner le personnage – et il n'avait rien d'un saint.

Les notes qu'il prenait au cours des séances de thérapie étaient brouillonnes, bâclées, tellement floues qu'elles n'avaient aucun sens. À leur lecture, il était impossible de savoir ce qu'il avait fait pendant ces innombrables tranches de trois quarts d'heure. C'est à peine si on y trouvait des pronostics, des programmes de traitement ou des historiques de manifestation du stress – bref, tout ce qui pouvait être pertinent sur le plan médical ou psychologique. Ce laisser-aller s'accentuait dans les notes qu'il avait prises au cours des cinq ou six dernières années de sa vie.

Ses comptes, en revanche, étaient scrupuleusement tenus et détaillés. Il prenait cher et ne mâchait pas ses mots dans les lettres de rappel adressées à ses débiteurs.

Même si au cours des dernières années il s'était mis à moins discuter et à prescrire plus, il ne recourait pas aux médicaments de façon excessive. Contrairement à Towle, il n'avait pas l'air d'un dealer en blouse blanche. Mais il ne valait pas grand-chose non plus en tant que thérapeute.

Ce qui me dérangeait vraiment, c'étaient les commentaires sournois dont il parsemait ses notes, tendance qui, elle aussi, s'était aggravée au fil des ans. Ce n'était ni plus ni moins que des sarcasmes sur le dos de ses patients, et même pas enrobés de jargon. « Se complaît tour à tour à geindre et à minauder », écrivait-il sur un homme d'un certain âge atteint de cyclothymie. « Peu de chances d'arriver à quoi que ce soit de constructif », décrétait-il pour un autre patient. « S'imagine que la thérapie va combler une vie ennuyeuse et vide de sens... Un vrai raté... » Et ainsi de suite.

En fin d'après-midi, j'en avais terminé avec mon autopsie psychologique de Handler. C'était un surmené, une de ces innombrables fourmis laborieuses qui en viennent à détester le métier qu'elles ont choisi. Peut-être s'était-il investi à une époque – les dossiers du début, sans faire preuve de génie, étaient sérieux –, mais ce n'était plus le cas à la fin. Malgré tout, il avait continué, jour après jour, séance après séance, ne souhaitant laisser filer ni le salaire à six chiffres ni les avantages d'une existence dorée.

Je me demandai comment il passait le temps pendant que ses patients lui confiaient leur désarroi. Rêvassait-il ? Se livrait-il à des fantasmes ? Sexuels, sadiques, pourquoi pas financiers... Composait-il le menu du soir ? Faisait-il du calcul mental ? Comptait-il les moutons ? Calculait-il combien de maniaco-dépressifs on peut faire entrer dans une cabine téléphonique ?

En tout cas, il n'écoutait pas les gens qui s'allongeaient sur son divan et s'imaginaient trouver en lui une oreille attentive.

Ce qui me rappela une vieille blague, celle des deux psy qui se croisent dans l'ascenseur en fin de journée. Le plus jeune, qui débute dans la profession, a l'air franchement dépenaillé – la cravate de travers, les cheveux en bataille, les traits creusés. En se retournant, il remarque que son confrère, un professionnel aguerri, affiche une parfaite sérénité – bronzé, élancé, impeccablement coiffé, un œillet à la boutonnière.

– Comment faites-vous, docteur ? demande le plus jeune. Je vous en conjure, dites-moi comment vous faites.

– Comment je fais quoi, mon jeune ami ?

– Heure après heure, jour après jour, écouter les problèmes des autres sans que ça vous atteigne.

– Qui vous parle d'écouter ? répond le vieux.

Très drôle. Sauf pour qui déboursait quatre-vingt-dix dollars de l'heure à Morton Handler et ne recevait pour son argent que l'appréciation de geignard minaudant.

L'une des victimes de cette prose fielleuse avait-elle découvert l'imposture et assassiné Handler ? Difficile d'imaginer quelqu'un en train de trucider sauvagement le psy et sa copine pour se venger de ce genre d'affronts. Mais on ne savait jamais. La colère n'est pas quelque chose de simple et peut rester endormie pendant des années et se déclencher subitement sous l'effet d'une stimulation apparemment anodine. Des gens se sont fait massacrer pour avoir effleuré un pare-chocs.

J'avais tout de même du mal à imaginer les dépressifs et autres somatisants dont je venais de survoler les dossiers dans le rôle du rôdeur nocturne. Je rechignais surtout à l'idée d'avoir deux mille suspects à passer en revue.

Il était presque 5 heures. Je pris une Coors dans le frigo, sortis sur le balcon et m'allongeai sur une chaise longue, les pieds sur la rambarde. Je sirotai ma bière en regardant le soleil s'enfoncer derrière la cime des arbres. On entendait de la musique punk quelque part dans le quartier. Bizarrement, ça ne me cassait pas les oreilles.

Robin appela à 5 heures et demie.

– Salut, chéri ! Tu veux passer ? Il y a *Key Largo* ce soir à la télé.

– D'accord, dis-je. Tu veux que je prenne quelque chose à manger ?

Elle réfléchit un instant.

– Des hot dogs au chili, ça te dit ? Avec de la bière.

– J'ai pris de l'avance pour ce qui est de la bière.

Trois canettes écrasées traînaient sur le comptoir.

– Laisse-moi le temps de te rattraper, mon amour. Viens vers 7 heures.

Je n'avais pas de nouvelles de Milo depuis 1 h 30. Il m'avait appelé de Bellflower, où il s'apprêtait à interroger un type qui avait agressé sept femmes à coups de tournevis. Pas grand-chose à voir avec l'affaire Handler, mais il fallait faire avec ce qu'on avait.

J'appelai la West L.A. Division et laissai un message à son intention, expliquant que je passais la soirée dehors. Puis je composai le numéro de Bonita Quinn. Je raccrochai au bout de cinq sonneries.

Humphrey et Lauren furent géniaux, comme d'habitude. Les hot dogs au chili nous firent roter, mais c'était un régal. Enlacés, nous passâmes un peu de temps à écouter Tal Farlow et Wes Montgomery. Ensuite je m'emparai d'une des guitares qui traînaient dans l'atelier et jouai pour Robin. Elle m'écouta, les yeux fermés, un léger sourire aux lèvres, puis elle détacha mes mains de l'instrument et m'attira contre elle.

J'avais prévu de passer la nuit sur place, mais vers 11 heures je me sentis gagné par une certaine tension.

– Il y a un problème, Alex ?

– Non. Juste mon Zeigarnik qui me démange.

– C'est cette affaire, hein ?

Je gardai le silence.

– Je commence à me faire du souci pour toi, mon ange. (Elle posa sa tête sur ma poitrine, une charge bien agréable.) Tu es sur les nerfs depuis que Milo t'a embarqué là-dedans. Je ne t'ai pas connu avant, mais d'après ce que tu m'en as dit, tu as l'air d'être revenu à tes vieux démons.

– L'Alex d'avant n'était pas si affreux que ça, protestai-je.

Elle eut le bon sens de ne rien dire.

– En fait si, me repris-je. L'Alex d'avant était un type rasoir. Je te promets qu'il ne reviendra jamais, d'accord ?

– D'accord.

Elle me déposa un baiser sur le menton.

– Laisse-moi juste le temps de régler ça.

– OK.

Mais tandis que je me rhabillais, elle me regarda avec un mélange d'inquiétude, de peine et de perplexité. J'ouvris la bouche pour dire quelque chose, mais elle me tourna le dos. Je m'assis au bord du lit et la pris dans mes bras. Je la berçai jusqu'à ce qu'elle passe ses bras autour de mon cou.

– Je t'aime, dis-je. Donne-moi un peu de temps.

Elle susurra tendrement et me serra plus fort.

Quand je partis, elle dormait, ses paupières frémissant dans le premier rêve de la nuit.

Je m'attaquai aux cent vingt dossiers que j'avais mis de côté, travaillant jusqu'au petit matin. Pour la plupart, ces archives étaient elles aussi d'un intérêt quelconque. Quatre-vingt-onze de ces chemises concernaient des patients du Cedars-Sinai Hospital et remontaient à l'époque où Handler faisait partie de l'équipe psychiatrique. Vingt autres avaient été diagnostiqués comme schizophrènes, mais il s'agissait en fait de personnes séniles (moyenne d'âge : soixante-seize ans) hospitalisées dans une maison de convalescence où il avait travaillé un an.

Les neuf individus restants présentaient de l'intérêt. Handler avait diagnostiqué chez eux des troubles psychopathiques de la personnalité. Le diagnostic était sujet à caution, car son jugement m'inspirait peu confiance. Néanmoins, ces dossiers méritaient qu'on y regarde de plus près.

Ces patients avaient entre seize et trente-deux ans. La plupart avaient été adressés à Handler par un organisme – le service des libérations conditionnelles, la protection de l'enfance, une Église. Deux d'entre eux avaient eu maille à partir avec la justice. Au moins trois étaient considérés comme violents. Le premier avait passé son père à tabac, le deuxième poignardé un camarade de classe et le troisième foncé en voiture sur quelqu'un après une altercation.

Des petits anges.

Aucun d'entre eux n'était en thérapie depuis très longtemps, ce qui n'avait rien de surprenant. Une psychothérapie n'a pas grand-chose à offrir à une personne sans conscience ni morale, et le plus souvent sans aucun désir de changer. D'ailleurs, le psychopathe représente, de par sa nature, un affront pour la psychologie moderne, avec la philosophie égalitaire et optimiste qui la caractérise.

On choisit de devenir thérapeute parce qu'on est convaincu au fond de soi que les gens sont bons et ont la capacité de changer pour le meilleur. L'idée qu'il puisse exister des êtres tout bonnement maléfiques – des gens mauvais –, et qu'on ne puisse l'expliquer par une quelconque combinaison d'inné et d'acquis, heurte la sensibilité du thérapeute. Le psychopathe représente pour le psychologue ou le psychiatre ce que le cancéreux en phase terminale représente pour le généraliste : la preuve vivante, ambulante, que tout a échoué et qu'aucun espoir n'est permis.

Moi, je sais qu'il existe des êtres maléfiques. J'avais eu la chance de ne pas en croiser un trop grand nombre – essentiellement des ados, mais aussi quelques jeunes enfants. Je me souviens particulièrement d'un garçon qui, âgé d'à peine douze ans, avait un visage cynique, endurci, au rictus cruel, que n'aurait pas désavoué un condamné à perpette de San Quentin. Il m'avait tendu sa carte de visite, un rectangle de papier rose vif sur lequel figurait son nom, suivi du seul terme « Entreprises ».

Entreprenant, le gamin l'était effectivement. Encouragé par la confidentialité de notre entretien, il m'avait parlé sans vergogne des dizaines de vélos qu'il avait volés, de ses cambriolages et des gamines qu'il avait séduites. Il n'en était pas peu fier.

Ayant perdu ses parents dans un accident d'avion à l'âge de quatre ans, il avait été élevé par une grand-mère complètement dépassée, qui cherchait à convaincre tout le monde – elle-même y compris – que le garçon avait un bon fond. Mais ce n'était pas le cas. Ce garçon avait un mauvais fond. Quand je lui avais demandé s'il se souvenait de sa mère, il avait pris un air lubrique et répondu qu'elle semblait un bon coup sur les photos qu'il avait vues d'elle. Ce n'était pas de la fanfaronnade. C'était vraiment lui.

Plus je passais de temps avec lui, plus j'étais découragé. C'était comme d'éplucher un oignon pour découvrir que chaque couche est plus pourrie que la précédente. Son fond était mauvais, irrémédiablement. Et selon toute probabilité, ça ne pouvait qu'empirer.

Et je ne pouvais rien y faire. Il se destinait certainement à faire carrière dans le crime. Si la société avait de la chance, cela se limiterait à des arnaques en tout genre. Sinon, beaucoup de sang allait couler. Le bon sens aurait été de l'enfermer, de l'empêcher de nuire, de l'emprisonner pour notre protection. Mais la démocratie en décide autrement et, tout bien pesé, je reconnais que c'est mieux ainsi.

Malgré tout, certaines nuits je repense à ce gamin de douze ans et me demande si un jour je ne lirai pas son nom dans le journal.

Je mis à l'écart les neuf dossiers.

Milo avait du pain sur la planche.

10

Après avoir usé ses semelles pendant trois jours, Milo était épuisé.

– On a fait chou blanc avec le fichier informatique, se lamenta-t-il en se laissant tomber sur mon canapé en cuir. Tous ces salauds sont de nouveau au trou ou morts, ou ils ont un alibi. Le rapport du légiste n'a rien donné de miraculeux. Juste six pages et demie de détails sanguinolents, qui nous apprennent ce qu'on savait déjà en voyant les cadavres : Handler et Gutierrez ont été réduits en chair à saucisse.

Je lui apportai une bière, qu'il vida en deux gorgées. J'allai lui en chercher une autre.

– Et Handler ? lui demandai-je. Tu as trouvé quelque chose sur lui ?

– Oui, ton impression initiale était la bonne. Ce type n'était pas étouffé par les principes. Mais la piste ne mène nulle part.

– De quoi veux-tu parler ?

– Il y a six ans, à l'époque où il consultait en hôpital, il y a eu comme un scandale. Une escroquerie à l'assurance. Handler et quelques collègues avaient mis sur pied une combine. Ils passaient voir un patient dans sa chambre, juste le temps de lui dire bonjour, et facturaient ça comme une visite normale, qui, je crois, doit durer quarante-cinq ou cinquante minutes. Ils facturaient aussi comme une visite le fait de noter quelque chose dans le dossier ou de parler à l'infirmière ou au médecin. Et ainsi de suite. C'était juteux ; le même type arrivait à facturer trente ou quarante visites par jour, à soixante-dix ou quatre-vingts dollars la visite. Je te laisse faire le calcul.

– Rien de surprenant. C'est très courant.

– Je n'en doute pas. Quoi qu'il en soit, tout a éclaté parce que le fils d'un des patients était médecin et a trouvé louches toutes ces visites de psychiatre. Surtout que son vieux était sans connaissance depuis trois mois. Il s'est plaint au directeur qui a mis Handler et les autres sur la sellette. On a bien voulu passer l'affaire sous silence à condition que les psy véreux quittent l'établissement.

Six ans auparavant. Ça correspondait à l'époque où les notes de Handler devenaient négligées et sarcastiques. Pas facile de passer de quatre cent mille dollars par an à cent mille... un salaire de misère. Et qu'il fallait gagner à la sueur de son front. De quoi devenir franchement amer...

– Et tu n'y vois aucune piste ?

– Tu penses à quoi ? Une vengeance ? Mais contre qui ? Les seules victimes étaient les compagnies d'assurances. C'est pour ça qu'ils ont pu tenir très longtemps. Ils ne facturaient jamais les patients, juste les mutuelles. (Il but une gorgée de bière.) J'ai entendu dire beaucoup de mal des mutuelles, camarade, mais je les vois mal envoyer Jack l'Éventreur chez quelqu'un pour venger leur honneur.

– Je comprends ce que tu veux dire.

Il se leva et commença à faire les cent pas.

– Quelle affaire merdique ! Ça fait une semaine qu'on y est et je n'ai toujours rien ! Le capitaine a compris que ça n'allait nulle part. Il a retiré Del du dossier et m'a laissé seul avec ce merdier. Les coups foireux, c'est pour le pédé !

– Une autre bière ?

Je lui en tendis une.

– Oui, pourquoi pas ?... Autant noyer ça dans la mousse. (Il pivota sur les talons.) Je vais te dire, Alex, j'aurais mieux fait d'être prof. Le Vietnam m'a laissé un gros trou dans le psychisme, tu sais ? Tous ces morts pour rien. Je croyais que devenir flic me permettrait de boucher ce trou et de retrouver un peu de sens en coffrant des méchants. Nom de Dieu, ce que je pouvais me gourer !

Il me prit la canette, l'inclina au-dessus de sa bouche et se fit gicler un peu de mousse sur le menton.

– Les trucs que je vois... les monstruosités qu'on se fait entre nous alors qu'on est soi-disant des êtres humains ! Toute cette merde à laquelle je me suis habitué ! Parfois ça me donne envie de vomir.

Il but quelques minutes en silence.

– Tu es vraiment doué pour écouter, Alex, reprit-il. Tu n'as pas fait toutes ces études pour rien.

– Je ne fais que te renvoyer la balle, l'ami.

– Oui. Maintenant que tu le dis, l'affaire Hickle était aussi un beau merdier. Je n'ai jamais pu me convaincre que c'était un suicide. Ça puait.

– Tu ne m'avais jamais dit ça.

– Que voulais-tu que je te dise ? Je n'ai aucune preuve. C'est juste une intuition. Les intuitions, ça me connaît. Certaines me turlupinent et m'empêchent de dormir. Comme dit souvent Del, si on me donnait dix *cents* pour chacune de mes intuitions... (Il écrasa sa canette vide entre le pouce et l'index, comme un vulgaire moucheron.) L'affaire Hickle ne sentait pas bon du tout, mais je n'avais aucune preuve. Alors je l'ai passée par pertes et profits. Comme une créance douteuse. Personne n'y a trouvé à redire, tout le monde s'en fichait, et ce sera pareil quand on rayera Handler et Gutierrez des archives. Je vais te torcher un dossier irréprochable, le boucler vite fait, bien fait, et basta !

Sept autres bières plus tard, après une demi-heure de rodomontades et d'autoflagellation, il était ivre mort. Il s'effondra sur le canapé en cuir, comme un B-52 criblé de shrapnels.

Je lui retirai ses chaussures et les posai par terre à côté de lui. J'étais sur le point de m'éclipser quand je m'aperçus qu'il faisait presque nuit.

J'appelai chez lui. Une voix masculine, riche et profonde, me répondit.

– Allô ?

– Bonjour, je suis Alex Delaware, le copain de Milo.

– Oui ?

Réticence.

– Le psychologue.

– Oui. Milo m'a parlé de vous. Rick Silverman.

Le médecin, le gendre idéal, avait maintenant un nom.

– J'appelle juste pour vous dire que Milo est passé chez moi après le boulot pour discuter d'une affaire et que... disons qu'il a un peu trop bu.

– Je vois.

J'éprouvai le besoin absurde d'expliquer à mon interlocuteur qu'il n'y avait rien entre Milo et moi, que nous étions simplement de bons amis. Je me retins.

– En fait, il s'est pinté sérieusement. Il s'est enfilé onze bières. Là il dort. Je voulais simplement vous prévenir.

– Je vois. C'est très attentionné de votre part, dit Silverman d'un ton acide.

– Je veux bien le réveiller, si vous voulez.

– Non, ça ira. Milo est un grand garçon. Il est libre de faire ce qu'il veut. Il n'a pas besoin de prévenir.

J'aurais voulu lui répondre : « Écoute, petit con, tu me gonfles avec tes états d'âme d'enfant gâté ! J'ai juste appelé pour être sympa, pour que tu sois tranquille. Épargne-moi ton indignation distinguée. » Au lieu de quoi je tentai la flatterie :

– Bien. J'ai juste appelé pour vous prévenir, Rick. Je sais que Milo tient beaucoup à vous et qu'il m'aurait demandé de le faire.

– Euh... merci. Je vous en suis très reconnaissant...

Tilt.

– ... Je vous demande pardon, je sors moi-même d'une garde de vingt-quatre heures.

– Pas de problème.

J'avais dû le réveiller, le pauvre.

– Écoutez, on devrait sortir tous ensemble un soir, vous, Milo, ma copine et moi.

– J'en serais ravi, Alex. D'accord. Renvoyez le gros porc à la maison quand il se réveillera et on organisera ça.

– Parfait. Je suis content de vous avoir parlé.

– Moi de même, dit-il avec un soupir. Bonne nuit.

Milo se réveilla à 21 h 30, avec une mine de déterré. Il se mit à gémir en tournant la tête dans tous les sens. Dans un grand verre je mélangeai du jus de tomate, un œuf cru, du poivre et du tabasco, puis j'aidai l'ivrogne à se redresser et lui fis ingurgiter le breuvage. Il s'étrangla, bafouilla et ouvrit soudain les yeux comme si un éclair venait de lui foudroyer l'arrière-train.

Quarante minutes plus tard, il faisait toujours aussi triste mine mais était douloureusement sobre. Je le reconduisis à la porte et lui glissai sous le bras les dossiers des neuf psychopathes.

– De quoi lire au lit, Milo.

Il descendit les marches en trébuchant, lâcha un juron, se dirigea vers la Fiat, en agrippa la poignée et plongea à l'intérieur. Aidé par la pente, il démarra.

Enfin seul, je me mis au lit pour lire le *L.A. Times* et regarder un peu la télé – je serais bien en peine de vous dire quoi, sauf que c'était bourré de dialogues plats, de rires à gorge très déployée et de flics avec des têtes de mannequins. Je profitai de ma solitude pendant deux heures et finis par m'endormir, le lucre, la mort violente et les dangereux pervers n'occupant que très peu mes pensées.

11

– Bien, dit Milo.

Nous étions assis dans une salle d'interrogatoire au commissariat de West L.A. Des murs vert anglais munis de glaces sans tain, un micro pendant du plafond. Le mobilier se limitait à une table en métal et trois chaises pliantes. Dans l'air flottaient des relents de sueur, de mensonges et de peur, la puanteur de la dignité humaine avilie.

Milo avait déployé les dossiers en éventail sur la table et s'empara du premier d'un geste théâtral.

– Voici comment ça se présente pour tes neuf lascars. Numéro un : Rex Allen Camblin, incarcéré à Soledad pour coups et blessures...

Il laissa tomber le dossier.

– Numéro deux : Peter Lewis Jefferson, employé dans un ranch du Wyoming. Présence confirmée.

– Une pensée pour ce pauvre bétail.

– Effectivement, il avait l'air d'un bon candidat. Numéro trois : Darwin Ward. Tu ne le croiras jamais, étudiant en droit à la Pennsylvania State University.

– Un avocat psychopathe... En fait, ça n'a rien d'exceptionnel.

Milo gloussa et prit le dossier suivant.

– *Número cuatro* : euh... Leonard Jay Helsinger. Travaille sur le chantier de l'oléoduc d'Alaska. Présence également confirmée par la police de Juneau. Cinq : Michael Penn, étudiant à Cal State Northridge. Celui-là, on va lui causer.

Il mit le dossier de côté.

– Six : Lance Arthur Shattuck, cuisinier sur l'*Helena*, un paquebot de la Cunard. Les gardes-côtes certifient qu'il navigue quelque part en mer Égée depuis six semaines. Sept : Maurice Bruno, représentant de commerce pour Presto Instant Print à Burbank. Lui aussi, on va l'interroger.

Le dossier de Bruno rejoignit celui de Penn.

– Huit : Roy Longstreth, pharmacien pour la chaîne Thrifty, magasin de Beverly Hills. *Idem*. Et, dernier mais non des moindres : Gerard Paul Mendenhall, caporal dans l'armée américaine, basé à Tyler dans le Texas, présence vérifiée.

Beverly Hills étant plus proche que Northridge ou Burbank, nous nous rendîmes chez Thrifty. Le magasin occupait un cube de brique et de verre dans Canon Drive, juste au nord de Wilshire. Le drugstore partageait le pâté de maisons avec des boutiques chics et un Häagen Dazs.

Milo montra discrètement son badge à la vendeuse du rayon alcool et le gérant, un Noir d'âge mûr à la peau très claire, fut là en un éclair. Visiblement inquiet, il demanda si Longstreth avait fait quelque chose de répréhensible. En bon flic, Milo esquiva :

– On souhaite simplement lui poser quelques questions.

En entendant ça, j'eus beaucoup de mal à garder mon sérieux, mais le gérant parut se satisfaire de ce poncif.

– Il n'est pas là. Il prend son service à 14 h 30. Il fait partie de l'équipe du soir.

– On reviendra. Soyez gentil, ne lui dites pas qu'on est passés.

Milo lui remit une carte de visite, que le gérant examina comme la carte d'un trésor caché pendant que nous repartions.

Rejoindre Northridge fut l'affaire d'une demi-heure par l'autoroute Ventura, direction ouest. Arrivés au campus de Cal State, nous nous rendîmes directement au service de la scolarité. Milo obtint l'emploi du temps de Michael Penn. Munis de ce document et de la photo du dossier, nous le repérâmes au bout de vingt minutes – il traversait une vaste pelouse triangulaire en compagnie d'une jeune fille.

– Monsieur Penn ?

– Oui ?

Il était beau garçon, large d'épaules et de taille moyenne, avec de grandes jambes. Cheveux châtain clair coupés très court. Il portait une chemise Lacoste bleu ciel, un jean et des mocassins sans chaussettes. Je savais d'après son dossier qu'il avait vingt-six ans, mais il en paraissait cinq de moins. Il avait le visage rayonnant du beau gosse américain. Pas du tout une tête à essayer de renverser quelqu'un au volant d'une Pontiac Firebird.

– Police, dit Milo en sortant son badge. On aimerait vous parler un instant.

– À quel sujet ?

Ses yeux noisette se plissèrent et sa bouche se crispa.

– On préférerait vous parler en privé.

Penn jeta un coup d'œil à la fille. Elle était jeune, dix-neuf ans maximum, petite et mate de peau, avec une coupe à la Dorothy Hamill[1].

– Laisse-moi une seconde, Julie, dit-il en lui tapotant le menton.

– Mike...

– Juste une minute...

Nous l'abandonnâmes pour nous diriger vers un parvis bétonné, où étaient disposées des chaises et des tables en pierre. Les étudiants défilaient comme sur un tapis roulant. Peu d'entre eux prenaient le temps de se poser. Ce campus n'était qu'une zone de transit. Une bonne partie des étudiants avaient un emploi et y glissaient leurs heures de cours dès qu'ils avaient un moment de libre. C'était le bon endroit pour étudier l'informatique ou la gestion, décrocher un diplôme de sciences de l'éducation ou un troisième cycle en comptabilité. Pas pour s'amuser ou discuter philosophie à l'ombre d'un chêne entouré de lierre.

Michael Penn avait l'air furieux, mais s'efforçait de le cacher.

– Qu'est-ce que vous voulez ?

– Quand avez-vous vu le Dr Morton Handler pour la dernière fois ?

Penn jeta la tête en arrière et éclata de rire. Un rire creux, très déconcertant.

– Ce connard ? J'ai lu qu'il était mort. C'est pas une perte !

– Quand l'avez-vous vu pour la dernière fois ?

Il affichait maintenant un petit air malin.

– Ça fait des années, monsieur le policier. (Son ton était insultant.) Quand j'étais en thérapie.

– J'ai comme l'impression que vous ne l'aimiez pas beaucoup.

– Handler ? C'était un psy.

Comme si ça expliquait tout.

– Vous avez quelque chose contre les psychiatres ?

Penn tendit les mains, paumes en l'air.

– Écoutez, toute cette histoire n'était qu'une grosse erreur. J'ai perdu le contrôle de ma voiture et un imbécile parano a prétendu que j'avais voulu l'écraser. On m'a arrêté, fichu en taule et proposé

1. Patineuse américaine médaillée d'or aux Jeux olympiques d'Innsbruck en 1976 *(NdT)*.

une mise à l'épreuve à condition de voir un psy. Il m'a fait passer plein de tests à la con.

Parmi ces « tests à la con », on trouvait le *Minnesota Multiphasic Personality Inventory* et une batterie de tests projectifs. Sans être parfaits, loin s'en faut, ils étaient tout à fait fiables pour quelqu'un comme Penn. J'avais lu son profil psychologique dressé à partir des résultats du MMPI et tout indiquait une personnalité psychopathe.

– Vous n'aimiez pas le Dr Handler ?

– Ne me faites pas dire ce que je n'ai pas dit, lui renvoya Penn en baissant la voix.

Son regard nerveux, agité, trahissait sa fébrilité. Derrière le visage charmeur on devinait quelque chose de sombre et de dangereux. Pour ce patient, Handler ne s'était pas trompé de diagnostic.

– Alors mettons que vous le trouviez sympathique, dit Milo en le titillant comme une raie avec une perche.

– Ni l'un ni l'autre. Je me serais très bien passé de ses services. Je ne suis pas taré et ce n'est pas moi qui l'ai tué.

– Vous pouvez justifier de votre emploi du temps la nuit du meurtre ?

– C'était quand ?

Milo lui indiqua le jour et l'heure.

Penn fit craquer ses doigts et fixa son regard derrière nous, comme sur une cible lointaine.

– Bien sûr. Toute cette nuit-là j'étais avec ma copine.

– Julie ?

Penn s'esclaffa.

– Elle ? Non, je vous parle d'une vraie femme, inspecteur. Une femme avec des moyens. (Il plissa le front et perdit son air suffisant.) Vous allez être obligés de lui parler, hein ?

Milo acquiesça d'un signe de tête.

– Ça va tout me foutre en l'air.

– Quelle guigne, Mike !

Penn lui jeta un regard plein de haine, qui se métamorphosa aussitôt en une candeur mielleuse. Il jouait avec son visage comme avec un paquet de cartes qu'on bat avec dextérité, en dissimulant la carte du dessous dans le creux de sa paume et enchaînant les tours de passe-passe.

– Écoutez, inspecteur, cet incident est derrière moi. J'ai un boulot, je fais des études. Dans six mois j'aurai mon diplôme. J'ai pas envie que tout soit gâché parce que mon nom se trouve dans les dossiers de Handler.

On aurait cru entendre Wally dans *Leave it to Beaver* – la parfaite innocence. Ça alors, Beave...

– On va devoir vérifier votre alibi, Mike.

– OK, OK. Allez-y. Mais ne lui en dites pas trop, d'accord ? Pas besoin d'entrer dans les détails.

Pas besoin d'entrer dans les détails pour me permettre de concocter un petit mensonge. On voyait les rouages s'enclencher derrière son grand front bronzé.

– C'est ça, Mike.

Milo sortit son crayon et le tapota sur ses lèvres.

– Sonya Magary. Elle possède la boutique Puff'n'Stuff à Encino, un magasin de fringues pour enfants sur la Plaza de Oro.

– Vous n'auriez pas le numéro sous la main ? demanda Milo.

Penn serra les mâchoires, mais lui communiqua le numéro.

– On va l'appeler, Mike. Inutile de la prévenir, hein ? On est très attachés à la spontanéité.

Milo rangea son crayon et referma son calepin.

– Bonne journée.

Penn nous regarda tour à tour, puis me fixa comme pour se trouver un allié. Il se leva et s'éloigna à longues enjambées musclées.

– Hé... Mike ! le rappela Milo.

Il se retourna.

– Vous faites quoi comme études ?

– Marketing.

En quittant le campus, nous le vîmes marcher avec Julie. Elle avait la tête appuyée contre son épaule et lui la tenait par la taille. Il la regardait en souriant et parlait précipitamment.

– T'en penses quoi ? me demanda Milo en s'installant au volant.

– Je pense qu'il est innocent pour cette affaire, mais je te parie qu'il trame quelque chose de louche. Il a été très soulagé en apprenant pourquoi on était là.

Milo acquiesça d'un hochement de tête.

– Je suis d'accord. Mais peu importe, on va pas se casser le bonnet avec ça.

Nous reprîmes l'autoroute en direction de l'est. Nous sortîmes à Sherman Oaks et déjeunâmes dans un petit resto français dans Ventura, près de Woodman. Milo gagna la cabine téléphonique pour appeler Sonya Magary. Il revint à notre table en hochant la tête.

– Elle a le béguin. « Le pauvre garçon, j'espère que mon chéri n'a pas d'ennuis ? » (Il avait pris un accent hongrois très prononcé.) Elle confirme qu'ils étaient ensemble le soir du crime. Elle en avait l'air très fière. J'ai cru qu'elle allait me décrire leurs ébats en technicolor.

Il hocha de nouveau la tête et s'attaqua à son assiette de moules.

Nous accostâmes Roy Longstreth au moment où il descendait de sa Toyota dans le parking de Thrifty. Petit et chétif, il avait des yeux d'un bleu délavé et le menton décharné. Prématurément dégarni, il conservait quelques longues mèches qui lui recouvraient les oreilles. On aurait dit un moine qui s'est un peu trop abandonné à la méditation et en a oublié de prendre soin de lui. Une fine moustache brune lui barrait la lèvre supérieure. Il n'avait pas du tout le côté bravache de Penn, mais son regard avait la même nervosité.

Il jeta un coup d'œil à sa montre.

– Oui, qu'est-ce que vous voulez ? dit-il d'une voix couinante après que Milo eut sorti son badge avec le laïus habituel.

Milo lui expliqua et Longstreth parut sur le point de pleurer. Pareille anxiété était peu caractéristique chez un prétendu psychopathe. À moins qu'il ne joue la comédie. On ne savait jamais de quoi pouvait être capable ce genre de type.

– Quand j'ai lu ça dans le journal, j'ai su que vous en auriez après moi.

Sa maigre moustache tremblait comme une brindille dans l'orage.

– Pourquoi ça, Roy ?

– À cause des trucs qu'il a dits sur moi. Il a dit à ma mère que j'étais un psychopathe. Il lui a dit de pas me faire confiance. Je dois être sur une liste de cinglés, c'est ça ?

– Pouvez-vous justifier de votre emploi du temps le soir du meurtre ?

– Oui. C'est la première chose que j'ai pensée en lisant le journal : on va me poser des questions. J'ai fait gaffe de m'en souvenir. Même que j'ai tout écrit. Juste pour moi. Roy, tu étais à l'église ce soir-là. Quand on viendra te le demander, tu sauras dire où t'étais...

Lancé comme il l'était, il en avait pour deux jours, mais Milo l'interrompit :

– À l'église ? Vous êtes croyant, Roy ?

Longstreth eut un rire étranglé par l'angoisse.

– Non, non. Pas pour prier. L'association des célibataires du West

Side, à l'église presbytérienne de Bel Air. Ronald Reagan y venait lui aussi.

– À l'association des célibataires ?

– Non, non, non. À l'église. C'est là qu'il venait au culte avant d'être élu et...

– OK, Roy. Vous étiez à cette réunion de quelle heure à quelle heure ?

Il devint encore plus nerveux en voyant Milo prendre des notes. Il se mit à sautiller sur place, tel un pantin manipulé par un marionnettiste aux mains tremblantes.

– De 9 heures du soir à 1 heure et demie du matin. Je suis resté jusqu'à la fin. J'ai aidé à ranger. Je peux vous dire ce qu'on a servi à manger. Du guacamole avec des chips, du vin de table Gallo et des crevettes à la mayonnaise...

– Bien entendu, beaucoup de gens ont dû vous voir.

– Bien sûr, commença-t-il à dire. Je... je n'ai pas vraiment parlé avec les gens. J'ai donné un coup de main au buffet. J'ai vu beaucoup de monde, mais je ne sais pas si... si quelqu'un se souviendra de moi.

Sa voix n'était plus qu'un murmure.

– Ça risque de poser un problème, Roy.

– À moins que... non... si... Mme Heatherington. C'est une femme d'un certain âge. Elle fait du bénévolat à l'église. Elle aussi était là pour le rangement, et pour servir. J'ai beaucoup discuté avec elle. Je peux même vous dire de quoi. On a parlé de collections. Elle collectionne les dessins de Norman Rockwell, moi ceux d'Icart.

– Icart ?

– Vous savez... les illustrations Art déco.

Les œuvres de Louis Icart avaient une sacrée cote. Je me demandai comment un laborantin avait les moyens de s'en offrir.

– Maman m'en a offert un pour mes seize ans et... (il chercha le mot juste) ça m'a fasciné. Elle m'en offre toujours pour mon anniversaire et j'en achète, moi aussi, quelques-uns. Vous savez, le Dr Handler les collectionnait, lui aussi. Ce...

Il ne termina pas sa phrase.

– Vraiment ? Il vous a montré sa collection ?

Longstreth hocha vigoureusement la tête.

– Non. Il en avait un dans son cabinet. Je l'ai remarqué et on s'est mis à en parler. Plus tard il s'en est servi contre moi.

– C'est-à-dire ?

- Après l'évaluation... vous savez que c'est le tribunal qui m'a envoyé chez lui après... (il jeta un coup d'œil nerveux en direction du drugstore) une histoire de vol dans un magasin. (Ses yeux s'emplirent de larmes.) Putain, je me suis fait pincer en train de piquer un tube de mastic chez Sears ! J'ai cru que maman allait mourir de honte. Et j'avais la trouille qu'on prévienne la fac de pharmacie. C'était horrible !

– Comment s'est-il servi de votre intérêt pour Icart contre vous ? lui demanda patiemment Milo.

– Il a plus ou moins laissé entendre sans jamais le dire franchement, mais c'était dit pour qu'on comprenne très bien ce qu'il voulait dire sans pouvoir l'accuser.

– Laissé entendre quoi, Roy ?

– Qu'il voulait bien se laisser acheter. Que si j'acceptais de lui graisser la patte avec un ou deux Icart... il m'a même dit lesquels l'intéressaient... alors il rédigerait un rapport favorable.

– Vous avez accepté ?

– Quoi ? Lui filer un pot-de-vin ? Jamais de la vie ! Ç'aurait été malhonnête !

– Et il a insisté ?

Longstreth se tritura les ongles.

– Comme j'ai dit, il a fait ça sans trop se mouiller. Il m'a juste dit que j'étais un cas limite, que j'avais une personnalité à tendance psychopathe ou quelque chose de moins stigmatisant... des poussées d'angoisse ou un truc de ce genre. Que je pouvais basculer d'un côté comme de l'autre. Au bout du compte, il a dit à ma mère que j'étais quand même un psychopathe. (La colère déforma son visage blême.) Je suis content qu'il soit mort ! Voilà, je l'ai dit ! C'est la première chose que j'ai pensée en apprenant ça dans le journal.

– Mais ce n'est pas vous qui avez fait le coup...

– Bien sûr que non. Je ne pourrais pas. Je fuis le mal, je ne m'y adonne pas !

– Roy, nous allons interroger Mme Heatherington.

– C'est ça, parlez-lui du guacamole et du vin... Je crois que c'était du Gallo Hearty Burgundy. Il y avait aussi du punch, avec des morceaux d'orange qui flottaient dedans. Dans un saladier en verre taillé. Et une femme a vomi par terre à la fin. J'ai aidé à essuyer...

– Merci, Roy. Vous pouvez disposer.

– C'est ça. J'y vais.

Il se retourna comme un robot, frêle silhouette en blouse bleue, et entra dans le drugstore.

– Ce type a la responsabilité de délivrer des médicaments ? demandai-je, incrédule.

– Si son nom ne figure pas sur une liste de cinglés, c'est un oubli ! dit Milo en remettant son calepin dans sa poche et en regagnant la voiture. Tu trouves qu'il a l'air d'un psychopathe ?

– Non, sauf si c'est le meilleur acteur du monde. Personnalité schizoïde, introvertie. Tout au plus préschizophrène.

– Dangereux ?

– Qui sait ? En situation de stress, il pourrait péter les plombs. Mais je le vois plutôt parti pour finir ermite, se recroqueviller dans son lit, se caresser, se laisser dépérir pendant dix ou vingt ans avec maman chérie pour lui remettre ses oreillers en place.

– Si cette histoire d'Icart est vraie, ça nous éclaire davantage sur notre regrettée victime.

– Handler ? Un vrai docteur Schweitzer.

– Ouais. Le genre de type qu'on peut avoir envie de zigouiller.

Nous traversâmes Coldwater Canyon avant les embouteillages des sorties de bureau, pour arriver à Burbank vers 16 h 30.

Presto Instant Print se trouvait dans une zone industrielle à proximité de l'aéroport de Burbank, bâtiment gris parmi tant d'autres aux allures de pierres tombales géantes. Une odeur toxique traînait dans l'air et le rugissement flatulent des avions à réaction déchirait le ciel à intervalles réguliers. Je me demandai quelle était l'espérance de vie de ceux qui passaient leurs journées dans cet endroit.

Maurice Bruno avait pris du galon depuis que Handler avait rempli son dossier. Il avait désormais le titre de vice-président, chargé des ventes. Et il n'était pas en mesure de nous recevoir, nous informa sa secrétaire, une petite brunette aux sourcils incurvés et à la bouche faite pour dire non.

– Alors trouvez-moi son patron ! aboya Milo en lui flanquant son badge sous le nez.

Nous étions tous les deux en nage, fatigués et découragés. Burbank était le dernier endroit où nous avions envie de lanterner.

– Au-dessus de lui, il n'y a que M. Gershman, dit-elle d'un air ébahi.

– C'est donc à M. Gershman que je veux parler.

– Je vous demande juste une seconde.

Elle s'éloigna en se dandinant et revint avec son clone coiffé d'une perruque blonde.

– Je suis la secrétaire de M. Gershman, déclara le clone.

Je mis ça sur le compte des gaz toxiques qui empoisonnaient l'air. Ça devait atteindre le cerveau, attaquer le cortex à tel point que l'information la plus banale prenait des apparences de grande profondeur.

Milo inspira profondément.

– Nous souhaitons parler à M. Gershman.

– Puis-je vous demander à quel sujet ?

– Non. Maintenant dépêchez-vous de nous conduire à lui.

– Bien, monsieur.

Les deux secrétaires se dévisagèrent. Puis la brunette appuya sur un bouton et nous suivîmes la blonde au-delà d'une porte en verre à double battant, dans un vaste atelier rempli de machines qui mâchaient, tamponnaient, mordaient, grognaient et barbouillaient. Quelques personnes se tenaient à l'écart de ces monstres voraces, l'œil éteint et la mâchoire flasque, inhalant des vapeurs qui empestaient l'alcool et l'acétone. Le vacarme à lui seul avait de quoi vous achever.

La blondinette tourna subitement à gauche, espérant sans doute nous voir disparaître dans la gueule d'un des monstres, mais nous tînmes bon, suivant son arrière-train ondulant jusqu'à une autre porte à double battant, qu'elle poussa et relâcha aussitôt, obligeant Milo à faire un bond pour la retenir. Petit couloir, troisième porte à double battant, nous nous retrouvâmes dans un silence tellement absolu qu'il en était saisissant.

Les bureaux de la direction de Presto Instant Print auraient tout aussi bien pu se trouver sur une autre planète. Épaisse moquette prune qui ne vous rendait vos chevilles qu'après force négociations, boiseries en noyer massif, portes en ronce de noyer avec noms en lettres de cuivre élégamment disposées au centre du bois. Et le silence.

La blonde s'arrêta au bout du couloir, devant une porte particulièrement imposante ornée de lettres dorées du meilleur goût qui annonçaient « Arthur M. Gershman, Président ». Elle nous fit entrer dans une salle d'attente de la taille d'un appartement et nous invita d'un geste à nous asseoir dans des fauteuils qui ressemblaient à de la pâte à pain, à l'œil comme au toucher. S'installant à son bureau, une chose en Plexiglas et bois de rose qui offrait un point de vue imprenable sur ses jambes, elle enfonça un bouton sur un tableau de bord digne de la NASA, murmura quelque chose du bout des lèvres, opina du chef et se releva.

– M. Gershman va vous recevoir.

Le Saint des saints était conforme à ce qu'on pouvait en attendre – de la taille d'une cathédrale, avec une déco digne d'*Architectural Digest*, un éclairage tamisé et un mobilier confortable, avec juste assez de fermeté dans les contours pour ne pas s'assoupir – mais l'homme installé derrière le bureau avait de quoi surprendre.

Son pantalon kaki et sa chemisette blanche auraient eu besoin d'un bon coup de fer. Ses pieds étaient chaussés de Hush Puppies, dont on ne pouvait que remarquer les semelles trouées étant donné qu'elles étaient posées sur le bureau. Chauve et bedonnant, âgé d'environ soixante-quinze ans, il portait des lunettes dont une branche était rafistolée avec du Scotch.

Il était au téléphone.

– ... Reste en ligne, Lenny... (Il releva la tête.) Merci, Denise. (La blonde s'éclipsa.) Je vous demande une seconde, messieurs. Asseyez-vous, servez-vous quelque chose. (Il indiqua un bar parfaitement achalandé qui occupait la moitié d'un mur.) C'est bon, Lenny. J'ai des flics avec moi, va falloir que je te laisse... Ouais, des flics... Non, tu veux leur demander toi-même ?... Ha ! Ha ! Je vais leur transmettre, vieille canaille ! Je vais pas me priver de leur dire ce que t'as fait la dernière fois qu'on était à Palm Springs... Ouais... OK. Le kit Sahara par lots de trois cent mille, avec dessous de verre et allumettes, en étui pas en boîte. Pigé. Je te livre sous quinzaine... Tu plaisantes ou quoi ? (Il nous adressa un clin d'œil.) Vas-y, passe par quelqu'un de là-bas, pour ce que ça me fait. Je n'en ai plus que pour un ou deux mois avant que ce boulot m'achève, alors si tu t'imagines que je vais crever pour une misérable commande ! Tout ça finira dans la poche de l'Oncle Sam, de Shirley et de mon charmant fiston qui conduit une bagnole allemande... Non, une BM. Avec mon fric... Eh oui ! Que veux-tu ? Tout fout le camp... Dix jours ? (Il fit mine de se masturber avec sa main libre et nous adressa un large sourire.) Et tu veux peut-être que je te branle en prime, Lenny ? Deux semaines maxi. OK ?... Va pour douze. Bon. Faut que je te laisse, les cosaques vont m'embarquer d'une minute à l'autre. Salut.

Il raccrocha violemment et bondit comme un ressort.

– Artie Gershman.

Il tendit une main tachée d'encre. Milo la serra, puis moi. Elle était calleuse et dure comme du granit.

Il se rassit et remit les pieds sur son bureau.

– Désolé de vous avoir fait attendre. (Il avait la jovialité de celui dont la tranquillité est préservée par une armée d'automates du genre de Denise.) Quand on traite avec les casinos, ils s'imaginent qu'ils peuvent avoir tout tout de suite. C'est ça, la mafia... Pourquoi je vous emmerde avec ça, vous êtes bien placés pour le savoir, vu que vous êtes flics. Bien. Que puis-je faire pour vous, messieurs ? Je sais, y a des problèmes avec le parking. Si c'est mon voisin de Chemco qui se plaint, cette enflure peut aller se faire voir parce que ses Mexicaines se garent tout le temps sur mes places... D'ailleurs, vous feriez bien de vérifier combien d'entre elles sont en règle. Si monsieur veut me faire des coups bas, il va trouver à qui répondre.

Il se tut pour reprendre son souffle.

– Ça n'a rien à voir avec le parking.

– Non ? C'est quoi, alors ?

– Nous souhaitons parler à Maurice Bruno.

– Morry ? Morry est à Vegas. On fait beaucoup de business là-bas avec les casinos, les motels et les hôtels. Tenez.

Il ouvrit un tiroir et nous balança quelques boîtes d'allumettes. La plupart des grands noms de l'hôtellerie étaient représentés. Milo en empocha quelques-unes.

– Quand rentre-t-il ?

– D'ici quelques jours. Ça fait quinze jours qu'il est en déplacement, d'abord à Tahoe, puis Reno et Vegas... Il doit s'amuser un peu au passage aux frais de la société, mais on s'en fiche, c'est un vendeur formidable.

– Je croyais qu'il était vice-président ?

– Vice-président chargé des ventes. C'est un vendeur avec un titre ronflant, un plus gros salaire et un bureau plus agréable... Vous les trouvez comment, nos locaux ? On dirait que la déco a été faite par un pédé, n'est-ce pas ?

Je cherchai une réaction sur le visage de Milo, mais celui-ci resta impassible.

– Mon épouse... Elle a tout fait toute seule. Avant c'était sympa. De la paperasse partout, quelques fauteuils, des murs blancs. Des murs normaux, qui permettaient d'entendre le boucan de l'atelier, histoire de savoir qu'il se passait quelque chose. Là, vous savez, on a l'impression d'être mort. Ça m'apprendra à prendre une deuxième épouse. La première vous fout la paix, la deuxième veut vous transformer en quelqu'un d'autre.

– Vous êtes certain que M. Bruno se trouve à Las Vegas ?

– Et pourquoi j'en serais pas certain ? Vous voulez qu'il soit où ?

– Depuis combien de temps M. Bruno est-il employé chez vous, monsieur Gershman ?

– Hé, qu'est-ce que c'est... C'est une histoire de pension alimentaire ?

– Non. Nous souhaitons simplement l'interroger dans le cadre d'une enquête pour homicide.

– Pour homicide ! s'exclama Gershman en bondissant de son fauteuil. Un meurtre ? Morry Bruno ? Vous plaisantez ou quoi ? Ce type est une perle !

Une perle très douée pour les chèques en bois.

– Depuis combien de temps travaille-t-il chez vous, monsieur Gershman ?

– Voyons... Un an et demi, peut-être deux.

– Et vous n'avez eu aucun problème avec lui ?

– Des problèmes ? Je vous dis que Morry est une perle. Il ne connaissait rien à notre métier, mais je l'ai embauché sur une intuition. C'est un vendeur du feu de Dieu ! En quatre mois il a dépassé tous les autres, même les vieux renards. Un type fiable, sympathique. Jamais le moindre problème.

– Vous parliez de pension alimentaire. M. Bruno est divorcé ?

– Divorcé, soupira tristement Gershman. Comme tout le monde. Les gens abandonnent trop facilement la partie, de nos jours.

– Sa famille habite à Los Angeles ?

– Non, l'épouse et les gosses... y en a trois, je crois... sont repartis dans l'Est. Pittsburgh. Ou peut-être bien Cleveland. Quelque part où y a pas la mer. Ils lui manquent, Morry parle souvent d'eux. C'est pour ça qu'il fait du bénévolat à la Casa.

– La Casa ?

– Un foyer pour gamins, à Malibu. Morry y a passé plusieurs week-ends pour s'occuper des gosses. On lui a remis un beau diplôme. Venez, je vais vous montrer.

Le bureau de Bruno faisait le quart de celui de Gershman, mais était décoré avec la même élégance éclectique. L'endroit était parfaitement ordonné, ce qui ne surprenait pas dans la mesure où Bruno passait le gros de son temps en déplacements.

Gershman indiqua une plaque encadrée qui se partageait un mur avec une demi-douzaine de certificats de meilleur vendeur.

– Regardez... Remis à Maurice Bruno en reconnaissance de son action auprès des enfants déshérités de la Casa de los Niños... Et patati et patata. Je vous dis... Morry est une perle.

Le document était signé par le maire et par le directeur du foyer, un certain révérend Augustus J. McCaffrey. Charmante calligraphie avec toutes sortes de fioritures. Épatant.

– Très bien, dit Milo. Savez-vous dans quel hôtel M. Bruno est descendu ?

– Il avait ses habitudes au MGM, mais depuis l'incendie je ne sais pas. Retournons à mon bureau, on va se renseigner.

De retour dans son beau royaume, Gershman décrocha le téléphone et appuya sur le bouton de l'interphone.

– Denise, aboya-t-il dans l'appareil, à quel hôtel Morry est-il descendu à Vegas ? C'est ça, fais vite.

Trente secondes plus tard l'interphone sonna.

– Ouais ? Parfait. Merci, t'es un ange. (Il se tourna vers nous.) Au Palace.

– Le Caesar's Palace ?

– Oui. Vous voulez que j'appelle pour qu'on lui parle ?

– Si ça ne vous dérange pas, monsieur Gershman. L'appel vous sera remboursé par la police.

– Pas la peine ! dit Gershman en balayant la suggestion d'un geste de la main. C'est pour moi. Denise, appelle le Caesar's Palace, mets-moi Morry en ligne. S'il n'est pas là, laisse-lui le message de rappeler...

– L'inspecteur Sturgis. West L.A. Division.

Gershman compléta les instructions.

– Vous ne soupçonnez tout de même pas Morry ? demanda-t-il après avoir raccroché. C'est juste une histoire de témoignage, non ?

Milo resta d'une parfaite discrétion.

– Nous ne sommes pas en mesure d'en discuter, monsieur Gershman.

– Je ne peux pas y croire, dit Gershman en se frappant le front. Vous soupçonnez Morry d'être un assassin ! Un gars qui passe ses week-ends à s'occuper de gamins, qui n'a jamais eu un mot de travers avec personne ici... Allez demander aux employés, je vous donne l'autorisation. Si vous trouvez quelqu'un pour vous dire du mal de Maurice Bruno, je veux bien bouffer ce bureau !

Il fut interrompu par la sonnerie de l'interphone.

– Oui, Denise... Comment ? T'es sûre ? Y a peut-être une erreur. Rappelle pour vérifier, et puis appelle l'Aladdin, le Sands. Il a peut-être changé d'avis.

Le vieil homme raccrocha, l'air soucieux.

– Il n'est pas au Caesar's Palace, dit-il avec la tristesse et la crainte de celui qui va être arraché au confort douillet de ses certitudes.

Maurice Bruno n'était pas non plus descendu au Sands, ni à l'Aladdin, ni dans aucun autre palace de Las Vegas. D'autres coups de fil révélèrent qu'aucune compagnie aérienne ne retrouvait sa trace sur un vol entre L.A. et Vegas.

– J'aimerais l'adresse de son domicile et un numéro de téléphone, s'il vous plaît.

– Denise va vous les communiquer.

Nous l'abandonnâmes, seul dans son vaste bureau, son menton grisonnant appuyé sur ses deux mains, l'air d'un vieux bison enfermé au zoo depuis trop d'années.

Bruno habitait à Glendale, à dix minutes de Presto en temps normal, mais il était 18 heures, un accident s'était produit juste à l'ouest de l'échangeur Hollywood-Golden State, et l'autoroute était embouteillée de Burbank à Pasadena. Le temps d'arriver à Brand, il faisait nuit et nous étions tous les deux de sale humeur.

Milo prit vers le nord, en direction des montagnes. La maison de Bruno était située dans Armelita, une ruelle à un kilomètre de l'endroit où le boulevard s'interrompait. Coincée au fond d'un cul-de-sac, c'était une petite bâtisse de plain-pied dans le style Tudor, avec un carré de gazon propret sur le devant, agrémenté de haies d'ifs et de massifs de genévriers. Deux thuyas flanquaient la porte d'entrée. Ce n'était pas le genre d'endroit où j'imaginais trouver un célibataire aimant se faire des virées à Vegas. Je me souvins alors du divorce auquel Gershman avait fait allusion. C'était vraisemblablement ce domicile qu'avaient fui sa femme et ses enfants.

Milo essaya la sonnette à deux reprises, puis frappa vigoureusement. Personne ne venant ouvrir, il retourna à la voiture et prévint la police de Glendale. Dix minutes plus tard, un véhicule de patrouille arriva et deux officiers en tenue en descendirent. Solides gaillards aux cheveux blond-roux et épaisse moustache de gros crin. Ils s'approchèrent avec la démarche chaloupée propre aux flics et aux ivrognes qui s'efforcent d'avoir l'air sobre et s'entretinrent avec Milo. Puis ils lancèrent un appel radio.

La rue était calme et on n'apercevait aucune autre habitation. L'arrivée de trois nouveaux véhicules de police et d'une Dodge banalisée, qui se garèrent à proximité, n'y changea rien. On se consulta brièvement en se regroupant à la manière de joueurs de football américain, puis chacun dégaina son arme. Milo sonna une nouvelle fois, attendit une minute, puis enfonça la porte d'un coup de pied. L'assaut était lancé.

J'attendis dehors et observai. Des vomissements et des haut-le-cœur se firent entendre. Puis des flics sortirent de la maison en courant et se précipitèrent sur la pelouse en se bouchant le nez – scène d'action en marche arrière. Un agent particulièrement robuste dégobilla dans les genévriers. Quand il devint évident que tout le monde avait battu en retraite, Milo apparut sur le seuil, un mouchoir plaqué sur le nez et la bouche. Son regard croisa le mien – Milo me laissait le choix.

En dépit du bon sens, je sortis mon propre mouchoir, me masquai le bas du visage et entrai à mon tour.

La fine épaisseur de coton était une piètre défense contre la puanteur torride qui m'agressa au moment où je franchis le seuil. Un mélange d'eaux usagées et de remugles de marigot, une fange bouillonnante qu'on aurait vaporisée dans l'atmosphère.

Les yeux larmoyants, je luttai contre l'envie de vomir et suivis la silhouette de Milo jusque dans la cuisine.

Il était là, assis devant une table en Formica. La partie inférieure du corps, celle qui portait des vêtements, ressemblait encore à quelque chose d'humain. Costume bleu ciel de représentant de commerce, chemise jaune paille et foulard en soie bleue. Quelques touches d'élégance – une pochette, des mocassins à glands, une gourmette en or autour d'un poignet grouillant de vers.

À partir du cou et au-dessus, ça ressemblait à ce qu'un légiste jette d'office. On aurait dit qu'il avait été attaqué à coups de pince-monseigneur. Toute la partie avant de ce qui avait été son visage était enfoncée. Mais dans un état de décomposition si avancé qu'il était impossible de savoir quel traitement avait subi la masse sanguinolente et boursouflée attachée à ses épaules.

Milo ouvrit les fenêtres en grand et je me rendis compte qu'il faisait à l'intérieur une chaleur de haut-fourneau – les hydrocarbures libérés par la matière organique en décomposition. Une solution rapide à la crise de l'énergie : zigouillez un pote, économisez les kilowatts...

C'était insoutenable. N'arrivant plus à respirer, je me précipitai vers la porte, sortis, balançai mon mouchoir et inspirai goulûment l'air frais de la nuit. J'avais les mains qui tremblaient.

Une grande animation régnait désormais dans le quartier. Les voisins – hommes, femmes et enfants – étaient sortis de leurs citadelles, délaissant le journal télévisé du soir, interrompant leurs festins décongelés pour se planter bêtement devant les voitures de police avec leurs gyrophares et leurs radios crachotantes, ou la camionnette du coroner garée devant la maison avec l'impérieuse autorité d'un despote en parade. Quelques gamins allaient et venaient à vélo. Le murmure des voix grondait comme un nuage de sauterelles. Un chien aboyait. Bienvenue en banlieue.

Je me demandai où était tout ce petit monde quand quelqu'un s'était introduit chez Bruno, l'avait réduit en bouillie et laissé pourrir, toutes fenêtres fermées. Milo sortit enfin – il était vert. Il s'assit sur le perron et plaqua son visage contre ses genoux. Puis il se releva et appela les assistants du coroner. Ils étaient venus équipés de masques à gaz et de gants en caoutchouc. Ils entrèrent avec un brancard vide et ressortirent avec quelque chose emballé dans une housse noire.

– Beurk ! lança une adolescente à sa copine. C'est dégueu !

Une manière aussi éloquente qu'une autre de dire les choses.

12

Trois jours après la découverte du cadavre sauvagement mutilé de Bruno, Milo me demanda s'il pouvait passer dans la matinée pour éplucher le dossier psychiatrique du représentant. Je lui dis que l'après-midi m'arrangeait mieux. Poussé par je ne sais trop quel instinct, j'appelai André Jaroslav à son Académie de West Hollywood et lui demandai s'il était disponible pour m'aider à me remettre au karaté.

– Docteur, dit-il avec son accent épais comme du goulasch, ça fait longtemps que je ne vous ai pas vu.

– Je sais bien, André. Trop longtemps. Je me suis laissé aller. Mais j'espère que vous allez pouvoir me donner un coup de main.

Il gloussa.

– Tst, tst... J'ai un cours niveau moyen à 11 heures, et des cours particuliers à midi. Après je pars pour Hawaï, docteur. Pour chorégraphier des scènes de combat dans une nouvelle série télé. Une policière qui pratique le judo et arrête des violeurs. Vous en pensez quoi ?

– Très original.

– *Ja.* Je vais travailler avec une jolie rouquine. Shandra Layne. Pour lui apprendre à balancer les types costauds. Comme Wonder Woman, *ja* ?

– *Ja.* Vous avez un peu de temps avant 11 heures ?

– Pour vous, docteur, certainement. Pour vous remettre en forme. Passez à 9 heures, on aura deux heures.

L'Académie des arts martiaux était située à Doheny, sur Santa Monica Boulevard, juste à côté du night-club Le Troubadour. Véritable institution à L.A., elle avait vu le jour quinze ans avant la vogue du kung-fu. Jaroslav, un Juif tchèque aux jambes arquées, avait fui son pays dans les années cinquante. Il était affublé d'une petite voix suraiguë, soi-disant à cause d'une balle nazie qu'il aurait reçue dans la gorge. En vérité, il était né avec le registre vocal d'un chapon hystérique. Juif avec une voix de fausset, il n'avait pas eu la vie facile dans le Prague de l'après-guerre. Mais il avait su faire face. Dès son plus jeune âge, il s'était adonné à la culture physique, à l'haltérophilie et l'art de la *self-defense*. À vingt ans, il maîtrisait tous les arts martiaux, depuis le iaïdo jusqu'au wun-hop-kuen-do, et bien des voyous en avaient été pour leurs frais.

Il m'accueillit à la porte, le torse nu et un bouquet de jonquilles à la main. Le trottoir était encombré par une faune d'androgynes anorexiques qui s'agrippaient à leurs étuis de guitare comme à des bouées de sauvetage, tiraient avidement sur leurs cigarettes et contemplaient la circulation avec une mine craintive de zombies.

– Une audition, expliqua Jaroslav de sa voix fluette en indiquant la porte du Troubadour d'un air méprisant. Les artisans d'un nouvel âge, docteur.

Nous entrâmes dans le dojo qui était désert. Il mit les fleurs dans un vase. La salle d'entraînement avait un parquet en chêne et des murs blanchis à la chaux. Toutes sortes de photos étaient exposées, dédicacées par des célébrités et des pseudo-célébrités. Je gagnai le vestiaire avec la tenue rêche et blanche qu'il me remit et en ressortis avec l'allure d'un figurant dans un film de Bruce Lee.

Jaroslav resta silencieux, laissant parler son corps et ses mains. Il me laissa prendre place au centre de la salle et me fit face. Il esquissa un sourire, nous nous saluâmes et il me soumit à un échauffement qui fit grincer mes articulations. Ça faisait longtemps.

Une fois les *katas* préliminaires terminés, nous nous saluâmes de nouveau. Il sourit, puis m'aida à éponger le parquet. Au bout d'une heure, j'avais l'impression d'être passé dans un broyeur à ordures. Toutes mes fibres musculaires souffraient, toutes mes synapses palpitaient avec une douleur exquise.

Il continua de plus belle, souriant et saluant, lâchant par moments un cri aigu parfaitement contrôlé, me balançant de droite et de gauche comme un sac de haricots. Au bout de deux heures, la douleur n'était plus gênante – elle était devenue un mode de vie, un état de conscience. À la fin, j'eus la sensation de maîtriser de nouveau mon corps. Ça respirait dur, ça s'étirait et ça grimaçait. Mes yeux me piquaient à cause de la transpiration. À voir Jaroslav, on aurait dit qu'il venait de lire tranquillement le journal.

– Prenez un bain chaud, docteur. Trouvez-vous une jolie nana pour vous faire un massage, avec de l'hamamélis. Et n'oubliez pas : il faut s'entraîner, s'entraîner et s'entraîner.

– Je n'y manquerai pas, André.

– Appelez-moi quand je rentrerai, dans une semaine. Je vous raconterai pour Shandra Layne et on verra comment vous vous êtes entraîné.

Il me planta l'index dans le ventre, affectueusement.

– D'accord.

Il me tendit la main. Je lui tendis la mienne, mais me crispai subitement, ne sachant s'il allait me faire voltiger une nouvelle fois.

– *Ja*, bien, dit-il.

Sur ce il rigola et me laissa partir.

Endolori de partout, j'étais d'humeur vertueuse et ascétique. Je déjeunai dans un restaurant tenu par une des multiples communautés pseudo-hindouistes qui se sentent mieux à L.A. qu'à Calcutta. Une jeune femme au regard absent et au sourire figé, emmaillotée dans une tunique blanche et un burnous, prit ma commande. Elle avait le visage d'une gosse de riche et des manières de bonne sœur, et son sourire ne la quittait jamais, qu'elle soit en train de parler, d'écrire ou de s'éloigner. Je me demandai si ça lui faisait mal aux mâchoires.

Je vins à bout de ma *Tartine sacrée* – un *chapati* copieusement garni de laitue, de graines et de pousses de soja, et de fromage de chèvre fondu – et l'accompagnai de deux verres d'un cocktail ananas-coco-goyave importé du désert sacré du Mojave. L'addition s'éleva à dix dollars et trente-neuf *cents*. Voilà qui expliquait le sourire.

J'arrivai à la maison en même temps que Milo, qui était au volant d'une Matador bronze banalisée.

– La Fiat a enfin rendu l'âme, m'expliqua-t-il. Je vais la faire incinérer et répandre les cendres sur les plates-formes *off-shore* de Long Beach.

– Toutes mes condoléances, lui renvoyai-je en prenant le dossier de Bruno.

– Ni fleurs ni couronnes, mais j'accepte les dons pour l'acompte sur mon prochain tas de ferraille.

– Tu n'as qu'à demander au Dr Silverman de te l'offrir.

– J'y travaille.

Il me laissa lire quelques minutes, puis me demanda :

– Alors, t'en penses quoi ?

– Rien de très bouleversant. Bruno a été adressé à Handler par le contrôleur judiciaire après son histoire de chèques sans provision. Handler l'a vu une douzaine de fois en quatre mois. Le traitement a pris fin en même temps que la période de mise à l'épreuve. Un point que j'ai noté : les commentaires de Handler sont relativement anodins. Bruno était un des patients les plus récents. Quand il a entamé sa thérapie, Handler était au plus fort de sa méchanceté, et pourtant on ne trouve aucune vacherie sur lui. Ici, au début, il le traite de « bel escroc »... (Je feuilletai le dossier.) Quelques semaines plus tard, il note que Bruno sourit comme le chat du Cheshire[1].

– Comme s'ils étaient devenus potes ?

– Pourquoi dis-tu ça ?

Milo me tendit quelques feuilles.

– Tiens, dit-il. Regarde ça.

C'était un listing de la compagnie du téléphone.

– Voici le numéro de Handler, dit-il en me montrant un numéro à sept chiffres entouré d'un rond. Son numéro personnel, pas au cabinet. Et là, c'est celui de Bruno.

On avait tracé des traits les reliant, comme le lacet d'une chaussure montante. Il y avait eu beaucoup d'appels au cours des six derniers mois.

– Intéressant, non ?

– Très.

– Et ce n'est pas tout. Officiellement, le coroner dit qu'il est impossible de déterminer la date du décès de Bruno. La chaleur dans la baraque fout en l'air les tables de décomposition... Avec toutes les critiques qu'ils se sont prises récemment, il refuse de se mouiller. Mais j'ai demandé à un de ses assistants de me faire une évaluation approximative, et il aboutit à dix ou douze jours.

– Donc, à peu près au même moment que les meurtres de Handler et Gutierrez.

– Soit juste avant, soit juste après.

– Pourtant, la méthode employée n'est pas du tout la même...

– Tu crois que les gens sont toujours cohérents, Alex ? Pour être franc, ce n'est pas la seule différence. Dans le cas de Bruno, on a des signes d'effraction. Des buissons piétinés devant une des fenêtres donnant sur l'arrière et des marques de ciseau sur le carreau... une

1. Allusion à l'un des personnages d'*Alice au pays des merveilles (NdT).*

ancienne chambre d'enfant. La police de Glendale pense aussi avoir retrouvé deux séries d'empreintes de talons.

– Deux ? Melody a peut-être vraiment vu quelque chose.

Des hommes foncés. Deux, peut-être trois.

– Peut-être. Mais j'ai laissé tomber cet angle d'attaque. La gamine ne sera jamais un témoin fiable. En tout cas, malgré les différences, j'ai l'impression qu'on a mis le doigt sur quelque chose. Quoi, je n'en sais rien. Un patient et son médecin, la preuve qu'ils sont restés en contact après la fin du traitement, tous les deux trucidés à peu près au même moment. Ça fait trop pour être une simple coïncidence.

Il parcourut ses notes avec un sérieux d'érudit. J'étais plongé dans mes réflexions quand une idée me frappa soudain.

– Milo, on s'est mis des œillères à cause des rôles sociaux.

– Qu'est-ce que tu racontes ?

– Les rôles. Les rôles sociaux. Un ensemble de comportements prescrits. Le couple médecin-patient ou psychiatre-psychopathe. Quelles sont les caractéristiques d'un psychopathe ?

– L'absence de conscience.

– Exact. Et l'incapacité d'avoir des relations avec autrui sauf pour l'exploiter. Les plus doués ont des airs lisses et désinvoltes. Physique charmeur et intelligence supérieure à la moyenne. Sur le plan sexuel, ce sont des manipulateurs. Ils ont une prédilection pour le chantage, les coups fourrés et les escroqueries.

Milo écarquilla les yeux.

– Handler.

– Mais oui ! On n'a pas arrêté de penser à lui comme médecin, en présumant qu'il était psychologiquement dans la norme... Son rôle le protégeait à nos yeux. Mais regarde de plus près. Que sait-on de lui ? Qu'il a trempé dans une escroquerie à l'assurance. Qu'il a voulu faire chanter Roy Longstreth en abusant de son pouvoir de thérapeute. Qu'il a séduit au moins une de ses patientes, Elaine Gutierrez. Et qui sait combien d'autres ? Et ces annotations dans la marge de ses dossiers : au début j'y ai vu un signe d'usure, mais je ne sais plus trop. Il était odieux de faire semblant d'écouter ces gens, de leur prendre leur argent et de leur cracher dessus. Ses notes étaient confidentielles, il ne s'imaginait pas qu'on les lirait. Il pouvait y aller franco, se montrer sous son vrai jour. Milo, je te dis que ce type a toutes les caractéristiques du psychopathe.

– Le docteur diabolique.

– Ce ne sont pas des oiseaux rares, non ? On a bien eu un Mengele, il doit y avoir quantité de Morton Handler. Quelle meilleure façade pour un psychopathe intelligent que celle de médecin ? Ça procure une crédibilité et un prestige instantanés.

– Le médecin psychopathe et son patient psychopathe, dit Milo d'un air pensif. Pas des potes mais des associés dans le crime.

– Tout à fait. Un psychopathe n'a pas d'amis, juste des victimes et des complices. Handler a dû voir ses rêves se réaliser en rencontrant Bruno, s'il mijotait effectivement quelque chose et avait besoin d'un complice de son espèce. Je te parie que leurs premières séances devaient valoir le déplacement ! Deux hyènes affamées en train de se jauger et de surveiller leurs arrières tout en reniflant le sol.

– Pourquoi Bruno en particulier ? Handler a soigné d'autres psychopathes.

– Ils étaient trop frustes. Un cuistot, un cow-boy, un ouvrier, tu parles ! Handler avait besoin de quelqu'un de plus policé. En plus, on ne sait pas combien d'entre eux ont été diagnostiqués à tort, comme Longstreth.

– Je vais me faire l'avocat du diable une seconde... Et celui qu'est en fac de droit ?

Je réfléchis un instant.

– Trop jeune. Un petit con inexpérimenté, aux yeux de Handler. D'ici quelques années, avec un diplôme en poche et un vernis de sophistication, peut-être. Pour son coup, Handler avait besoin de quelqu'un du genre homme d'affaires. Quelqu'un avec du bagou. Et apparemment Bruno était l'homme de la situation. Il a bien embobiné Gershman, qui n'est pas idiot.

Milo se leva et se mit à arpenter la pièce, s'ébouriffant les cheveux à force de se passer la main dedans.

– C'est très séduisant. Le psy et son patient qui montent une arnaque.

Il paraissait s'en amuser.

– Ce ne serait pas une première, Milo. Y a bien eu un gars sur la côte Est, il y a de cela plusieurs années, un type avec les meilleures références. Il s'est marié avec une fille de bonne famille et a ouvert une clinique pour « délinquants juvéniles », à l'époque où on les appelait encore comme ça. Grâce aux relations de sa belle-famille, il organisait des soirées de collectes de fonds pour la clinique. Et pendant que le champagne coulait, les gamins cambriolaient les demeures des convives. On a fini par l'arrêter. Il stockait l'argenterie, le cristal, les tapis et les fourrures dans un entrepôt. Il n'en avait même pas besoin.

Il faisait ça pour le sport. On l'a enfermé dans un de ces établissements discrets comme on en trouve dans les collines du Maryland. Je ne serais pas surpris d'apprendre qu'il en a pris les rênes. Ça n'est jamais sorti dans la presse. J'en ai eu vent par le téléphone arabe entre collègues. Des cancans de congrès.

Milo sortit un crayon et se mit à prendre des notes en réfléchissant à voix haute :

– Direction les couloirs de marbre de la haute finance. Comptes bancaires, relevés de courtage, affaires montées sous pseudonyme. Vérifier ce qui reste dans les coffres après les basses œuvres du fisc. Consulter les registres du comté pour d'éventuels investissements immobiliers. Les sinistres déclarés aux assurances par le cabinet de Handler... (Il s'interrompit.) J'espère que tout ça va déboucher sur quelque chose, Alex. Ce putain de dossier n'a pas amélioré ma position au sein de la police. Le capitaine vise une promotion, il lui faut plus d'arrestations. Handler et Gutierrez n'étaient pas du ghetto, il ne peut pas se permettre de laisser couler. Il a la trouille que Glendale élucide le dossier Bruno en premier, ce qui nous ferait passer pour des abrutis. Tu te souviens de Bianchi ?

Je fis oui de la tête. Le chef de la police de Bellingham, un trou de l'État de Washington, avait arrêté l'étrangleur de Hillside – ce que la machine de guerre du LAPD avait été incapable de faire.

Il se leva, alla dans la cuisine et dévora un demi-poulet froid, debout devant l'évier. Il avala aussi un litre de jus d'orange pour faire passer, puis revint en s'essuyant la bouche.

– Je me demande pourquoi je me retiens de piquer un fou rire. J'ai des cadavres plein les bras, je fais du surplace, mais il y a tout de même de quoi rigoler. Handler et Bruno. T'envoies un type chez le psy pour le soigner, sauf que le médecin est aussi givré que lui et le pervertit bien consciencieusement.

Dit comme ça, ce n'était pas si drôle. Il rit quand même.

– Et la nana ? demanda-t-il.

– Gutierrez ? Quoi donc ?

– Je pense à ton histoire de rôle social. Depuis le début, nous la tenons pour un tiers innocent. Mais si Handler a pu s'acoquiner avec un patient, pourquoi pas avec deux ?

– Ce n'est pas impossible. Mais pour Bruno, nous savons qu'il était psychopathe. On a des éléments semblables sur elle ?

– Non, reconnut-il. On a cherché son dossier chez Handler, mais on ne l'a pas trouvé. Il l'a peut-être détruit quand leur relation a changé. Vous avez l'habitude de faire ça ?

– Je n'en sais rien. Je n'ai jamais couché avec mes patients... ni avec leurs mères.

– Ne sois pas susceptible. J'ai essayé d'interroger sa famille. Une vieille *mamma* bien en chair, deux frères, dont un avec le regard mauvais du macho. Pas de père, il est mort il y a dix ans. Ils habitent tous les trois dans une petite baraque à Echo Park. Quand je me suis pointé, ils étaient en plein deuil. Il y avait des photos d'elle partout, des autels à sa mémoire. Plein de bougies, des paniers de fruits, des voisins en pleurs. Les frères faisaient la gueule. La *mama* parle à peine anglais. J'ai fait un gros effort pour ménager les sensibilités, pour respecter leur culture et tout et tout. Je m'étais adjoint Sanchez de Ramparts Division pour faire l'interprète. On a apporté à manger et on s'est fait discrets. J'ai obtenu *nada*. Pas question pour eux de s'en mêler. Honnêtement, je crois qu'ils ne savaient pas grand-chose de la vie d'Elena. Pour eux, West L.A., c'est l'Atlantide. De toute façon, ils n'avaient pas l'intention de me dire quoi que ce soit.

– Même pas pour aider à retrouver son assassin ?

Il me regarda d'un air las.

– Alex, ces gens-là ne croient pas que la police puisse les aider. Pour eux, la *policía* est une bande de salopards qui brutalisent leurs *cholos* et insultent leurs filles, mais ne sont jamais là quand les gangs font des virées nocturnes à moto et tirent à la carabine sur les fenêtres des chambres. Au fait, j'ai parlé à une des copines d'Elena. Une collègue enseignante, avec qui elle partageait un appart. Celle-là a été franchement hostile. Elle m'a clairement fait comprendre qu'elle ne voulait pas me voir. Son frère a été tué il y a cinq ans dans une fusillade entre gangs et la police n'a rien fait à l'époque ; bref, je pouvais aller me faire voir. (Il se leva et se mit à tourner en rond comme un lion fatigué.) En clair, Elaine Gutierrez est une énigme. Mais jusqu'à preuve du contraire, elle était peut-être blanche comme neige.

Il avait l'air désemparé, gagné par le doute.

– C'est une affaire compliquée, Milo. Ne sois pas aussi dur avec toi-même.

– Ça fait bizarre de t'entendre dire ça. Ma mère me disait la même chose. « Détends-toi, Milo Bernard. Sois pas aussi *préfectionniste...* » Elle prononçait comme ça. Dans la famille, on était habitués à avoir de très petites ambitions. Quitter l'école en seconde, trouver un boulot à la fonderie, vivoter avec ses assiettes en plastique, sa télé, les pique-niques paroissiaux et la paille de fer incrustée dans la peau. Au bout de trente ans, une pension de retraite ou d'invalidité pour les plus chanceux, de quoi s'offrir un week-end dans les monts Ozark de temps en temps. Mon père a fait ça, et son père avant lui, tout comme mes deux frères. Le plan de carrière à la Sturgis. Mais pas celui du *préfectionniste*. D'abord, ce plan marche mieux quand on se marie et je suis attiré par les garçons depuis l'âge de neuf ans. Deuzio, et c'est le point le plus important, je me trouvais trop intelligent pour faire la même chose que ces péquenauds. Alors je suis sorti du moule et je les ai tous épatés. Et le mec brillant que tout le monde s'attendait à voir devenir avocat ou professeur, ou au minimum expert-comptable, finit dans la flicaille ! Pas mal, hein, pour quelqu'un qui a écrit une putain de thèse sur la transcendance dans la poésie de Walt Whitman ?

Il me tourna le dos et contempla le mur. Il broyait du noir. Je l'avais déjà vu dans cet état. La meilleure thérapie était de ne rien dire. Je l'ignorai et fis quelques exercices d'assouplissement.

– J'emmerde Jack LaLanne[1] ! marmonna-t-il.

Il mit dix minutes à en sortir, à force de serrer et d'ouvrir ses gros poings. Comme d'habitude, il finit par afficher un sourire penaud et la mine contrite du chien battu.

– Combien pour la consultation, docteur ?

Je réfléchis une minute.

– Un dîner. Dans un bon resto. Pas un boui-boui.

Il s'étira et grogna comme un ours.

– Des sushis, ça te dit ? Ce soir, je me sens d'humeur barbare. Je vais te bouffer ces poissons vivants !

Nous nous rendîmes chez Oomasa, dans Little Tokyo. L'endroit était bondé, principalement de Japonais. Ce n'était pas un lieu branché avec d'élégants paravents et des comptoirs en pin ciré. La déco se résumait à du Skaï rouge, des chaises à dossier rigide et des murs blanchis à la chaux agrémentés de quelques calendriers Nikon. L'unique effet de style était un grand aquarium, parfaitement visible du bar à sushis, où des poissons insolites luttaient pour avancer dans une eau bouillonnante et cristalline. Ils s'agitaient et respiraient fébrilement, mutants peu aptes à survivre sauf dans une captivité choyée, fruit de plusieurs siècles de manipulation de la nature par les Orientaux – têtes-de-lion affublées d'excroissances rose vif, télescopes aux yeux exorbités, lorgnettes-de-ciel aux yeux figés vers les cieux, ryukins

1. Animateur d'une célèbre émission de télé, surnommé « le Gourou de la *fitness* » *(NdT)*.

trop surchargés de nageoires pour avancer. Nous les observâmes en sirotant du Chivas.

– La nana, dit Milo, la copine... J'ai eu l'impression qu'elle aurait pu m'aider. Qu'elle savait quelque chose du style de vie d'Elaine, peut-être de sa relation avec Handler. Mais elle est restée fermée comme une huître, la garce.

Il termina son verre et fit signe qu'on lui en apporte un autre. Dès qu'il l'eut en main, il en vida la moitié. Une serveuse s'approcha à petits pas de geisha et nous présenta des serviettes chaudes. Nous nous les passâmes sur le visage et les mains. Je sentis mes pores qui s'ouvraient, avides d'air.

– Tu dois t'y connaître pour parler aux instits, non ? Ça devait t'arriver assez souvent quand tu gagnais honnêtement ta vie.

– Certains enseignants ne supportent pas les psychologues, Milo. Ils nous considèrent comme des dilettantes qui dispensent leur théorie pendant qu'eux se tapent le sale boulot.

– Hum...

Le reste du scotch disparut dans son gosier.

– Mais peu importe. Je veux bien lui parler pour toi. Je peux la trouver où ?

– Elle enseigne au même endroit que Gutierrez. Une école de West L.A., pas loin de chez toi. (Il nota l'adresse sur une serviette en papier qu'il me tendit.) Elle s'appelle Raquel Ochoa... (Il épela, sa voix pâteuse écorchant les mots.) Sers-toi de ton badge.

Il me flanqua une tape dans le dos.

Un cliquetis se fit entendre au-dessus de nos têtes. Tout sourire, le chef affûtait ses couteaux à sushis.

Nous passâmes notre commande. Le poisson était très frais et le riz avait un léger goût sucré. La sauce *wasabe* au raifort me déboucha les narines. Nous mangeâmes en silence, avec les conversations en japonais et la musique de *shamisen* [1] en fond sonore.

1. Luth à trois cordes utilisé dans la musique traditionnelle japonaise *(NdT)*.

13

Je me réveillai tout raide, comme amidonné ; mon pas de deux avec Jaroslav m'avait laissé complètement cassé. Je combattis le mal par un footing de quatre kilomètres, le temps d'un aller-retour au bas du canyon. Puis je révisai quelques mouvements de karaté sur la terrasse de derrière, suscitant les commentaires amusés d'un couple de moqueurs qui interrompirent leur querelle domestique pour m'observer et m'adresser ce qui devait tenir lieu de huées chez l'espèce volatile.

– Approchez un peu, mes salauds ! maugréai-je. On va voir qui sait se battre.

Ils me répondirent par des cris hilares.

La journée promettait d'être rude pour les bronches : des doigts crasseux de pollution se déployaient par-dessus les montagnes pour étrangler le ciel. Un voile sulfureux cachait l'océan. Mes poumons souffrant en chœur avec mes articulations, à 10 heures je jetai l'éponge.

Je prévoyais de passer à l'école de Raquel Ochoa pendant l'heure du déjeuner, espérant qu'elle serait disponible. Ça me laissa le temps de prendre un long bain chaud suivi d'une douche froide, et de me concocter un petit déjeuner avec œufs aux champignons, toasts de pain au levain, tomates sautées et café.

Je mis une tenue décontractée – pantalon marron, veste sport en velours côtelé beige, chemise à carreaux et cravate en laine marron. Avant de partir, je composai un numéro de téléphone qui m'était maintenant familier. Bonita Quinn décrocha.

– Oui ?

– Madame Quinn, c'est le Dr Delaware. J'appelais juste pour prendre des nouvelles de Melody.

– Elle va bien.

Ton à givrer un verre.
– Tant mieux...
Avant que je puisse ajouter quoi que ce soit, elle raccrocha.

L'école était située dans un quartier bourgeois, mais aurait pu se trouver n'importe où. Les lieux se présentaient comme toutes les citadelles du savoir à travers la ville : des bâtiments couleur chair disposés comme une prison, entourés d'un désert d'asphalte noir et protégés par un grillage haut de six mètres. Quelqu'un avait cherché à égayer le tout en peignant une fresque sur un des murs – des enfants qui jouaient –, mais c'était une piètre compensation. Ce qui mettait un peu plus de vie, c'était de voir et d'entendre de vrais enfants en train de jouer – courir, sauter, trébucher, se poursuivre, crier comme des farfadets, lancer des ballons, hurler avec la conviction de vrais martyrs (« Maîtresse ! Il m'a frappé ! »), faire la ronde, lever les bras au ciel. Un petit groupe d'enseignants observait à l'écart, l'air de s'ennuyer.

Je gravis les marches du perron et trouvai le secrétariat sans grande peine. La disposition intérieure des écoles était aussi prévisible que leur extérieur était terne.

Je me suis longtemps demandé pourquoi toutes les écoles que je connaissais étaient d'une laideur aussi désolante, d'un lugubre aussi oppressant. Et puis un jour j'ai connu une infirmière dont le père était un des principaux architectes du cabinet qui construit les écoles pour le compte de la ville depuis plus de cinquante ans. Elle avait des sentiments contradictoires envers lui et m'en parlait beaucoup. Ivrogne, mélancolique, cet homme détestait sa femme, méprisait encore plus ses enfants et voyait le monde sous la couleur du désespoir, en plus ou moins foncé. Un disciple de Franck Lloyd Wright[1].

Le bureau empestait l'encre à ronéo. Son unique occupante, une Noire d'une quarantaine d'années à la mine sévère, se tenait à l'abri derrière une forteresse esquintée en chêne blond. Je lui montrai mon badge, ce qui ne l'intéressa pas, et demandai à parler à Raquel Ochoa. Le nom n'éveilla pas plus d'intérêt.

– Elle est institutrice, ajoutai-je. En neuvième.

– C'est l'heure du déjeuner. Essayez le réfectoire des enseignants.

La pièce était confinée : six mètres sur quatre mètres cinquante, où l'on avait entassé des tables et des chaises pliantes. Une douzaine d'hommes et de femmes y rigolaient, fumaient et mastiquaient,

1. Architecte américain (1867-1959) *(NdT)*.

penchés sur leurs cafés et leurs casse-croûte. Toute activité cessa au moment où j'entrai dans la pièce.

– Je cherche Mlle Ochoa.

– C'est pas ici que tu vas la trouver, mon chou ! déclara une femme corpulente aux cheveux blond platine.

Plusieurs de ses collègues s'esclaffèrent. Je restai planté là quelques instants.

– Probablement en salle 304, finit par me dire un type avec des yeux vieillis dans un visage jeune.

– Merci.

Je sortis. J'eus le temps de parcourir la moitié du couloir avant que les conversations reprennent.

La porte de la salle 304 était entrouverte. J'entrai. Des tables d'écolier occupaient chaque mètre carré disponible, à l'exception d'un petit espace à l'avant de la classe où l'on avait gardé de la place pour le bureau du maître, un rectangle métallique derrière lequel était assise une femme en plein travail. Elle ne fit aucun signe indiquant qu'elle m'avait entendu et continua à lire, à corriger et noter. Un sac en papier kraft était posé à côté de son coude – son déjeuner, auquel elle n'avait manifestement pas touché. Des rais de lumière, saturés de particules dansantes, s'infiltraient par les fenêtres poussiéreuses. Douce luminosité à la Vermeer qui contrastait avec la sévérité fonctionnelle de la salle : murs blancs et nus, tableau noir recouvert d'une patine de craie, drapeau américain taché.

– Mademoiselle Ochoa ?

Le visage qui me regarda semblait sortir d'une fresque de Diego Rivera. La peau était d'un brun rougeâtre et tendue sur des os saillants mais délicats. Lèvres charnues et yeux noirs attendrissants, surmontés d'épais sourcils marron. Cheveux longs et luisants, avec la raie au milieu et lui tombant dans le dos. Des origines en partie aztèques, en partie hispaniques et en partie indéterminées.

– Oui ?

La voix était douce par le volume, mais d'un timbre sec, sur la défensive. L'hostilité décrite par Milo était immédiatement perceptible. Je me demandai si elle faisait partie de ces gens chez qui la vigilance psychologique devient tout un art.

Je m'approchai, me présentai et lui tendis mon badge. Elle l'examina.

– En quoi le doctorat ?
– En psychologie.
Elle me lança un regard dédaigneux.
– La police n'obtient pas satisfaction, alors on dépêche le psy ?
– Ce n'est pas aussi simple.
– Épargnez-moi les détails.
Elle se pencha de nouveau sur ses corrections.
– Je souhaite simplement vous parler quelques minutes. Au sujet de votre amie.
– J'ai dit tout ce que je sais à ce gros flic.
– C'est juste pour vérifier qu'il n'a rien oublié.
– Comme vous êtes consciencieux !
Elle prit son crayon rouge et se mit à corriger un devoir. J'étais désolé pour l'élève dont le travail subissait son examen critique.
– Je ne suis pas ici pour vous interroger en tant que psychologue, si c'est ce qui vous inquiète. Je...
– Je ne suis pas inquiète. J'ai déjà tout dit.
– L'inspecteur n'en est pas convaincu.
Elle posa rageusement son crayon. La mine se cassa.
– Dites tout de suite que je suis une menteuse, monsieur le docteur en psychologie !
Sa diction était précise et tranchée, mais on y percevait toujours une trace d'accent hispanique.
Je haussai les épaules.
– Peu importent les étiquettes. Ce qui compte, c'est d'apprendre le maximum de choses sur Elaine Gutierrez.
– *Elena*, dit-elle sèchement. Il n'y a rien à dire. Que la police fasse son boulot plutôt que d'envoyer des fouineurs diplômés pour harceler des gens déjà bien assez occupés.
– Trop occupés pour aider à retrouver l'assassin de leur meilleure amie ?
Elle redressa vivement la tête, remit rageusement en place une mèche rebelle.
– Je vous demande de partir, dit-elle en desserrant à peine les mâchoires. J'ai du travail.
– Oui, je sais. Vous ne prenez même pas le temps de déjeuner avec vos collègues. Vous êtes travailleuse et très sérieuse, c'est ce qui vous a permis d'échapper au *barrio* et ça vous met au-dessus des règles habituelles de la courtoisie.
Elle se dressa et me toisa du haut de son mètre cinquante. Elle

ramena sa main en arrière et je crus qu'elle allait me gifler. Mais elle se retint et continua de me fixer. Je sentis comme une chaleur corrosive fondre sur moi, mais je soutins son regard. Jaroslav aurait été fier.

– J'ai beaucoup de travail, finit-elle par dire.

Mais son ton avait quelque chose d'implorant, comme si elle cherchait à s'en convaincre elle-même.

– Je ne vous demande pas de partir en croisière, je veux simplement vous poser quelques questions sur Elena.

Elle se rassit.

– Vous êtes quel genre de psychologue ? Vous ne parlez pas du tout comme eux.

Je lui expliquai succinctement, en restant délibérément vague, comment j'étais devenu impliqué dans l'affaire. Elle écouta et j'eus l'impression qu'elle se décrispait.

– Un psychologue pour enfants. Vous ne seriez pas de trop chez nous.

Je parcourus la salle du regard et comptai quarante-six pupitres dans un espace prévu pour vingt-huit.

– Je ne sais pas ce que je pourrais faire... vous aider à les attacher ?

Elle rigola, mais s'arrêta net dès qu'elle en prit conscience.

– Inutile de parler d'Elena, dit-elle. Elle a eu... des ennuis, seulement parce qu'elle avait une liaison avec ce...

Elle ne termina pas sa phrase.

– Je sais que Handler était un connard. L'inspecteur Sturgis... le « gros » flic... est aussi au courant. Et vous avez probablement raison. Elle n'est sans doute qu'une victime innocente. Mais autant s'en assurer, d'accord ?

Elle éluda ma question.

– Vous faites ça souvent ? Travailler pour la police ?

– Non. Je suis à la retraite.

Elle me regarda d'un air incrédule.

– À votre âge ?

– J'étais au bout du rouleau.

Là je fis mouche. Elle baissa le masque et laissa entrevoir un peu d'humanité.

– Moi aussi, j'aimerais avoir les moyens de m'arrêter.

– Je vous comprends. Ça doit rendre fou de bosser pour une bureaucratie pareille.

L'appât de l'empathie – les administrateurs sont les têtes de Turcs de tous les enseignants. Si elle ne mordait pas, je ne voyais pas comment j'allais m'y prendre pour créer une complicité.

Elle me dévisagea d'un air soupçonneux, cherchant à voir si je ne la prenais pas de haut.

– Vous ne travaillez pas du tout ?

– Je boursicote. Ça suffit largement à m'occuper.

Nous discutâmes quelques instants des vicissitudes du système scolaire. Elle prit soin de ne rien livrer de personnel, s'en tenant à de la sociologie basique – les parents qui refusent de s'impliquer psychologiquement ou intellectuellement, la difficulté d'enseigner à des classes où la moitié des enfants ont des parents séparés et sont trop perturbés pour se concentrer, la frustration de devoir composer avec des administrateurs qui n'espèrent plus rien de la vie et n'attendent plus que l'heure de la retraite, la colère de débuter avec un salaire inférieur à celui d'un éboueur. Âgée de vingt-neuf ans, elle avait perdu le peu d'idéalisme qu'elle avait conservé après la transition entre East L.A. et le monde de la bourgeoisie blanche.

Une fois qu'elle se mettait à parler, on ne l'arrêtait plus, avec ses yeux sombres qui s'enflammaient, ses mains qui gesticulaient et fendaient l'air comme deux moineaux bruns.

Je l'écoutai sagement, tel le chouchou de la maîtresse, lui donnant ce qu'attend toute personne qui déballe son sac : de l'empathie, des gestes compréhensifs. C'était en partie un calcul de ma part – je tenais à établir un lien avec elle pour en apprendre davantage sur Elena Gutierrez –, mais c'était aussi mon ancienne personnalité de thérapeute qui s'exprimait avec une parfaite sincérité.

J'étais en train de me dire que la partie était gagnée quand la cloche retentit. Elle redevint aussitôt l'enseignante, l'arbitre entre le bien et le mal.

– Il faut que vous partiez. Les enfants vont revenir.

Je me levai et me penchai en m'appuyant sur son bureau.

– On peut se revoir ? Pour parler d'Elena ?

Elle hésita, se mordant la lèvre. Un bruit de cavalcade se fit entendre, d'abord un simple grondement, puis un vacarme puissant. Les cris se rapprochaient.

– D'accord. Je termine à 2 heures et demie.

Lui proposer de boire un verre aurait été une erreur. Rester sur le terrain professionnel.

– Merci. Je vous attendrai devant le portail.

– Non. Attendez-moi plutôt dans le parking des enseignants. Du côté sud du bâtiment.

Loin des regards indiscrets.

Sa voiture était une Vega blanche toute poussiéreuse. Elle s'en approcha, les bras chargés d'une pile de manuels et de cahiers qui lui arrivait au menton.

– Vous voulez un coup de main ?

Elle me tendit le tout, qui devait peser presque dix kilos, et mit quelques instants à trouver ses clés. Je remarquai qu'elle s'était un peu maquillée – de l'ombre à paupières qui accentuait la profondeur de ses orbites. On lui aurait donné dix-huit ans.

– Je n'ai pas encore déjeuné, dit-elle.

C'était plus un grief qu'une perche tendue pour se faire inviter.

– Et le sac en papier ?

– Je l'ai jeté. Mes casse-croûte ne sont pas fameux. Certains jours, c'est franchement immangeable. Il y a un grill sur Wilshire Boulevard.

– Vous voulez qu'on y aille avec ma voiture ?

Elle jeta un coup d'œil à la Vega.

– Oui, pourquoi pas ? En plus, je n'ai plus beaucoup d'essence. Vous n'avez qu'à poser ça sur le siège avant.

Je me débarrassai de la pile et elle verrouilla les portières.

– Mais c'est moi qui paye mon déjeuner.

Nous sortîmes de l'enceinte de l'école. Elle écarquilla les yeux en découvrant la Seville.

– Vous devez être doué pour la finance.

– J'ai un peu de chance de temps en temps.

Elle se cala contre le cuir souple et soupira. Je m'installai au volant et mis le contact.

– J'ai changé d'avis, dit-elle. Vous pouvez m'inviter à déjeuner.

Elle mangeait avec des gestes méticuleux, découpant son steak en morceaux, les piquant un par un sur sa fourchette pour les mettre dans sa bouche, s'essuyant avec sa serviette toutes les trois bouchées. J'étais prêt à parier qu'elle notait sévèrement ses élèves.

– C'était ma meilleure amie, dit-elle en posant sa fourchette pour prendre son verre d'eau. On a grandi ensemble à East L.A. Ses frères, Rafael et Andy, jouaient avec le mien.

L'évocation de son frère défunt embua son regard qui devint aussi dur que de l'obsidienne. Elle repoussa son assiette, elle n'avait presque rien mangé.

Quand on a déménagé à Echo Park, les Gutierrez nous ont

suivis. Les garçons faisaient des bêtises... rien de grave, des plaisanteries. Elena et moi, nous étions sages. Des petites saintes, à vrai dire. Les bonnes sœurs nous adoraient. (Elle sourit.) On était proches comme des sœurs. Et comme des sœurs, il y avait beaucoup de rivalité entre nous. Elle était beaucoup plus jolie.

Elle lut le doute sur mon visage.

– Je vous assure. J'étais maigrelette. Je me suis développée assez tard. Elena était... voluptueuse, caressante. Les garçons lui tournaient autour, la langue pendante. Même quand elle n'avait que onze ou douze ans. Tenez.

Elle plongea la main dans son sac et en sortit une photo. Une fois encore, des souvenirs sur papier glacé.

– C'est Elena et moi. Au lycée.

Deux filles adossées à un mur plein de graffitis. Elles portaient un uniforme d'école catholique – chemisier blanc à manches courtes, jupe grise, chaussettes blanches et souliers en cuir à lacets. L'une était menue, avec des traits et des cheveux sombres. L'autre, qui mesurait une tête de plus, avait des rondeurs que son uniforme ne parvenait pas à dissimuler et un teint d'une pâleur étonnante.

– Elle était blonde ?

– Surprenant, hein ? Sans doute un violeur allemand il y a quelques générations. Plus tard, elle se les est même éclaircis, pour vraiment correspondre à l'Américaine typique. Elle est devenue sophistiquée, s'est fait appeler Elaine, s'est mise à dépenser beaucoup d'argent pour les fringues, pour sa voiture... (Elle s'aperçut qu'elle était en train de critiquer la morte et se reprit aussitôt.) Mais, derrière ces apparences, c'était quelqu'un de profond. Elle était très douée comme enseignante, on n'en a pas beaucoup comme elle. Vous savez, elle enseignait dans des classes DA.

Les classes « difficultés d'apprentissage » étaient réservées aux enfants qui, sans être handicapés à proprement parler, avaient de grosses difficultés sur le plan scolaire. La catégorie comprenait aussi bien des gamins intelligents avec un problème spécifique de perception que des enfants freinés dans l'apprentissage de la lecture et de l'écriture par des troubles psychiques. Enseigner en DA était dur. Pour l'enseignant, cela pouvait être une frustration permanente aussi bien qu'un défi stimulant, selon sa motivation, son énergie et son talent.

– Elena savait vraiment les aider à s'ouvrir... des gamins que personne d'autre ne savait prendre. Elle était patiente. Ce qui ne se devinait pas en la voyant. Elle était... du genre tape-à-l'œil. Elle se maquillait beaucoup, s'habillait pour accrocher le regard. Des fois, on avait l'impression qu'elle était fringuée pour sortir en boîte. Mais elle n'avait pas peur de se mettre à quatre pattes avec les enfants et de se salir les mains. Elle était dans leur tête, elle leur était entièrement dévouée. Les gamins l'adoraient. Regardez.

Une autre photo. Elena Gutierrez entourée d'un groupe d'enfants souriants. Elle était accroupie et les gamins lui montaient dessus, lui tirant la jupe, posant la tête sur ses cuisses. Une grande femme, bien bâtie, jolie plutôt que belle, avec une expression simple et ouverte, un visage ovale encadré par une épaisse tignasse blonde qui contrastait avec ses traits hispaniques. À l'exception de ces derniers, elle avait tout de la Californienne typique. Le genre à s'allonger sur le ventre dans le sable de Malibu, le haut du bikini défait pour exposer au soleil un dos lisse et bronzé. Les filles qu'on voit dans les pubs Coca-Cola, les salons automobiles ou qu'on croise au supermarché en short et en débardeur, un pack de bières sous le bras. Elle n'aurait pas dû terminer en amas de chair inerte et mutilée dans un tiroir réfrigéré à la morgue.

Raquel Ochoa me prit la photo des mains et je crus déceler de la jalousie sur son visage.

– Elle est morte, dit-elle en rangeant le cliché dans son sac, le front plissé, comme si j'avais commis quelque hérésie.

– On dirait que les enfants l'adoraient.

– Oui. À sa place, on leur a flanqué une vieille peau qui n'en a rien à faire. Maintenant qu'Elena est... partie.

Elle se mit à pleurer, dissimulant son visage dans une serviette en papier. Ses épaules menues étaient secouées de spasmes. Elle se rétracta contre la banquette, sanglotant, cherchant à disparaître.

Je me levai, me glissai à côté d'elle et la pris dans mes bras. Elle semblait fragile comme une toile d'araignée.

– Non, non. Ça ira...

Mais elle se colla contre moi et s'enfouit le visage dans les plis de ma veste comme une bête qui cherche un terrier pour le long et rigoureux hiver.

La serrer contre moi n'était pas une sensation désagréable. Elle sentait bon. Elle était très féminine et avait un corps étonnamment moelleux. Je m'imaginai en train de la prendre dans mes bras, toute légère et vulnérable, et de l'emmener au lit pour calmer ses cris de douleur avec la plus efficace des panacées : l'orgasme. Fantasme idiot

– la baise ne suffirait pas à régler ses problèmes. Stupide, parce que cet entretien avait un tout autre but. Ça commençait à chauffer et à me démanger sous la ceinture. L'érection pointait au moment le moins approprié. Malgré tout, je la réconfortai jusqu'à ce que ses sanglots cessent et que sa respiration devienne plus régulière. Songeant à Robin, je m'en séparai enfin pour regagner ma place.

Évitant mon regard, elle prit un poudrier dans son sac et refit son maquillage.

– Je suis vraiment sotte.

– Pas du tout. C'est à ça que servent les éloges funèbres.

Après un temps de réflexion, elle eut un léger sourire.

– Oui, j'imagine que vous avez raison. (Elle tendit sa petite main par-dessus la table et la posa sur la mienne.) Merci. Elle me manque beaucoup.

– Je comprends.

– Vous croyez ?

Elle retira sa main et se rembrunit.

– Non, sans doute que non. Je n'ai jamais perdu quelqu'un d'aussi proche. Acceptez-vous ma sincère empathie ?

– Je suis désolée. J'ai été désagréable depuis que vous êtes entré dans la classe. C'est dur. Toutes ces émotions, la tristesse, l'absence et la colère contre le monstre qui a fait ça... C'est forcément un monstre, n'est-ce pas ?

– Oui.

– Vous allez le retrouver, vous et ce gros inspecteur ?

– C'est un type très compétent, Raquel. Très talentueux, à sa façon. Mais il a très peu de cartes en main.

– Oui. J'imagine que je devrais vous aider, hein ?

– Ce serait bien.

Elle trouva une cigarette dans son sac et l'alluma d'une main tremblante. Elle tira une longue bouffée et la recracha.

– Que voulez-vous savoir ?

– Commençons par le vieux cliché : avait-elle des ennemis ?

– Je vous fais la réponse cliché : non. Elle était sociable et les gens s'entendaient bien avec elle. De toute façon, c'est forcément un inconnu qui lui a fait ça : on ne connaît personne qui en serait capable.

Elle eut un frisson, confrontée à sa propre vulnérabilité.

– Elle sortait avec beaucoup d'hommes différents ?

– Toujours les mêmes questions, soupira-t-elle. Elle est sortie avec quelques types avant de le rencontrer. Après, c'était elle et lui pour la vie.

– Quand a-t-elle commencé à le fréquenter ?

– Elle a d'abord été sa patiente, il y a presque un an de ça. Difficile de dire quand elle a commencé à coucher avec lui. Elle ne me parlait pas de ce genre de choses.

Je n'avais aucune peine à imaginer que la sexualité ait pu être un sujet tabou entre les deux amies. Avec leur éducation, elles devaient porter en elles bien des conflits. Et avec ce que je voyais de Raquel et ce que j'entendais d'Elena, j'étais presque certain que chacune s'en était accommodée de façon différente. L'une avait croqué la vie, était devenue une séductrice. L'autre, bien que mignonne, était en guerre contre le reste du monde. Je regardai le visage sombre et sérieux en face de moi et songeai que le lit de cette jeune femme devait être encerclé de ronces.

– Elle vous a parlé de leur liaison ?

– Liaison ? On dirait quelque chose de léger et d'enjoué. Il a violé son éthique professionnelle et elle s'est laissé embobiner. (Elle tira sur sa cigarette.) Elle a minaudé pendant une semaine environ, puis elle m'a sorti que c'était un type formidable. J'ai compris ce que ça voulait dire. Un mois plus tard, il est passé la prendre à notre appartement. Ils ne s'en cachaient plus.

– Il était comment ?

– Vous l'avez dit tout à l'heure : un connard. Trop bien habillé, avec veste en velours, pantalon de couturier, bronzage aux UV et chemise déboutonnée pour laisser voir son torse poilu... des poils gris bouclés. Il était tout sourire et a eu des familiarités avec moi. Quand il m'a serré la main, il l'a gardée un peu trop longtemps. En me disant au revoir, un baiser un peu trop appuyé... Rien qui permette de vraiment l'épingler.

Roy Longstreth avait employé presque les mêmes mots.

– Un beau parleur ?

– Exactement. Carrément fourbe. Elle était déjà sortie avec ce genre de mecs. Ça me dépassait... Elle qui avait si bon cœur et les pieds bien sur terre ! Je me disais que ça devait être lié au fait d'avoir perdu son père si jeune. Il lui manquait une figure paternelle. Ça vous semble plausible ?

– Bien sûr.

La vie n'est jamais aussi simple que dans les manuels de psycho, mais les gens se sentent mieux avec une explication.

– Il a eu une mauvaise influence sur elle. Quand elle s'est mise à sortir avec lui, elle s'est fait une couleur, a changé de prénom et s'est acheté toutes sortes de fringues. Elle a même changé de voiture... elle s'est payé une Datsun Z Turbo.

– Où a-t-elle trouvé l'argent ?

Cette voiture coûtait plus que le salaire annuel de la plupart des enseignants.

– Vous vous demandez si c'est lui qui l'a payée, mais pas du tout. Elle l'a achetée à crédit. C'était un autre trait d'Elena : elle n'avait aucune notion de l'argent. Ça lui filait entre les doigts. Elle disait toujours en plaisantant qu'elle se trouverait un type riche pour assouvir ses goûts.

– Ils se voyaient souvent ?

– Au début, une ou deux fois par semaine. À la fin, elle aurait tout aussi bien pu s'installer chez lui. Je la voyais rarement. Elle passait prendre quelques affaires et me proposait de sortir avec eux.

– Vous acceptiez ?

Cette question la surprit.

– Vous plaisantez ? Je ne pouvais pas le sentir. Et j'ai ma vie à moi. Je me passais très bien de leur tenir la chandelle.

Une vie, subodorai-je, de corrections de cahiers jusqu'à 10 heures du soir, avant de se mettre au lit, la chemise de nuit sagement boutonnée, avec un roman gothique et une tasse de chocolat chaud.

– Ils avaient des amis ? D'autres couples qu'ils fréquentaient ?

– Je n'en ai pas la moindre idée. C'est ce que j'essaye de vous dire... Je suis restée à l'écart.

De la tension filtrant dans sa voix, je fis marche arrière :

– Elle était sa patiente. Vous avez une idée de ce qui l'a poussée à consulter un psychiatre ?

– Elle m'a dit qu'elle était déprimée.

– Vous n'y croyez pas ?

– Chez certaines personnes, c'est difficile à dire. Moi, quand je déprime, tout le monde est au courant. Je m'isole, je ne veux plus voir personne. C'est comme si je me recroquevillais pour me réfugier en moi-même. Avec Elena, comment savoir ? Elle n'avait ni insomnie ni problème d'appétit. Elle devenait juste un peu calme.

– Mais elle a dit qu'elle était déprimée ?

– Un jour, elle m'a annoncé qu'elle consultait Handler... et je lui ai demandé pourquoi. Elle m'a expliqué qu'elle se sentait cafardeuse, que le travail lui pesait. Je lui ai proposé mon aide, mais elle m'a dit que ça ne suffisait pas. Je n'ai jamais été très partisan des psychiatres et des psychologues. (Elle eut un sourire désolé.) Les amis et la famille, ça devrait suffire pour s'en sortir.

– Si ça peut suffire, tant mieux. Mais des fois, c'est comme elle dit, Raquel. Il y a besoin de plus.

Elle éteignit sa cigarette.

– Eh bien, tant mieux pour vous que la plupart des gens soient de cet avis.

– Oui, sans doute.

Il y eut un silence embarrassé. Je le rompis :

– Il lui a prescrit des médicaments ?

– Pas que je sache. Il lui parlait, juste ça. Au début, elle avait une séance par semaine, puis deux après la mort d'un de ses élèves. Là, elle a déprimé pour de bon. Elle a pleuré pendant des jours.

– Ça s'est passé quand ?

– Voyons... C'est arrivé peu de temps après qu'elle a commencé à voir Handler, peut-être qu'ils sortaient déjà ensemble... je ne sais pas, il y a environ huit mois.

– C'est arrivé comment ?

– Un accident de la circulation. Le chauffard a pris la fuite. Le pauvre gosse s'est fait renverser de nuit, en marchant le long d'une rue mal éclairée. Elena a été très secouée. Ça faisait des mois qu'elle travaillait avec lui. C'était un de ses miraculés. Un gamin que tout le monde croyait muet. Elle avait réussi à le faire parler. (Elle secoua la tête.) Un miracle. Tout ça fichu en l'air bêtement. Complètement absurde.

– Les parents devaient être effondrés.

– Non. Il n'avait pas de parents. C'était un orphelin. Il venait de la Casa.

– La Casa de los Niños ? À Malibu Canyon ?

– C'est ça. Pourquoi vous prenez cet air surpris ? Ils ont un accord avec nous pour dispenser un enseignement adapté à certains de leurs enfants. Ils travaillent avec plusieurs écoles du coin. Ça fait partie d'un projet financé par l'État ou quelque chose du genre. Pour intégrer les enfants qui n'ont pas de famille.

– Je ne suis pas surpris, lui répondis-je en mentant. Je trouve seulement très triste qu'une chose pareille arrive à un orphelin.

– Oui. La vie est injuste.

Cette conclusion parut la satisfaire. Elle consulta sa montre.

– Autre chose ? Je dois rentrer...

– Juste une question : vous vous souvenez du nom de cet élève ?

– Nemeth. Cary ou Corey... quelque chose comme ça.

– Merci de m'avoir donné de votre temps. Vous m'avez beaucoup aidé.

– Ah bon ? Je ne vois pas en quoi. Tant mieux si ça vous permet d'arrêter ce monstre.

Elle se faisait une vision précise de l'assassin que Milo lui aurait enviée.

Nous retournâmes à l'école et je l'accompagnai jusqu'à sa voiture.

– Bon, dit-elle.

– Merci encore.

– De rien. Si vous avez d'autres questions, vous n'avez qu'à repasser.

Le plus grand pas dont elle était capable – l'équivalent pour elle de m'inviter à monter chez elle. Je fus triste de penser que je ne pouvais rien faire pour elle.

– Je n'y manquerai pas.

Elle sourit et me tendit la main. Je la serrai, veillant à ne pas la garder trop longtemps.

14

Je n'ai jamais cru aux coïncidences. L'idée d'une vie gouvernée par le mouvement aléatoire des molécules dans l'espace doit heurter l'essence même de ma vocation professionnelle. Après tout, pourquoi faire des années d'études pour aider les gens à évoluer si le changement délibéré est illusoire ? Même si j'étais disposé à reconnaître un rôle au Destin, il m'était difficile de voir une coïncidence dans le fait que Cary ou Corey Nemeth (décédé), élève d'Elena Gutierrez (décédée), avait été pensionnaire dans l'institution où Maurice Bruno (décédé) était bénévole.

Le moment était venu d'en apprendre davantage sur la Casa de los Niños.

Je rentrai à la maison, fouillai dans les cartons entassés au garage depuis ma retraite et finis par dénicher mon ancien répertoire. J'y trouvai le numéro d'Olivia Brickerman aux services sociaux et le composai. Assistante sociale depuis trente ans, Olivia connaissait tous les établissements mieux que quiconque.

Une bande enregistrée m'informa que les services sociaux avaient changé de numéro. Je composai le nouveau numéro et une autre bande me demanda de patienter. Une chanson de Barry Manilow me parvint dans l'écouteur. Je me demandai si la ville lui versait des droits. Un peu de musique en attendant votre assistante sociale.

– Services sociaux, bonjour.

– Mme Brickerman, s'il vous plaît.

– Un instant, je vous prie.

Deux minutes supplémentaires de Manilow.

– Elle ne travaille plus chez nous.

– Pourriez-vous me dire où je peux la joindre ?

– Un instant...

Une fois encore, le bellâtre me fit savoir qu'il écrivait de la musique qui faisait chanter le monde entier.

– Mme Brickerman travaille maintenant pour la clinique médico-psychiatrique Santa Monica.

Ainsi donc elle s'était enfin décidée à quitter le service public.

– Vous auriez le numéro ?

– Un instant...

– Merci.

Je raccrochai et trouvai le numéro dans les Pages jaunes, à la rubrique « Cliniques et hôpitaux psychiatriques ». La clinique était située dans Broadway, à la limite entre Santa Monica et Venice, pas loin de l'atelier de Robin. Je composai le numéro.

– Clinique Santa Monica, bonjour.

– Mme Brickerman, s'il vous plaît.

– De la part de qui ?

– Le Dr Delaware.

– Un instant.

L'attente fut silencieuse. Apparemment la clinique ne jugeait pas utile de vous déverser de la musiquette pour patienter.

– Alex ! Comment vas-tu ?

– Bien. Et toi, Olivia ?

– Super, super. Je te croyais quelque part dans l'Himalaya.

– Pourquoi donc ?

– Ce n'est pas là que vont les gens qui se cherchent ? Un endroit sans oxygène, où on se les pèle, au sommet d'une montagne, avec un vieillard barbu qui mâchonne des racines et lit *People* ?

– Tu veux parler des années soixante, Olivia. Dans les années quatre-vingt, on reste chez soi et on paresse dans un bain chaud.

– Ha ! Ha !

– Comment va Al ?

– Égal à lui-même, toujours aussi extraverti. Je l'ai abandonné ce matin penché au-dessus de son échiquier, en train de marmonner quelque chose sur l'ouverture pakistanaise ou je ne sais quel *naarishkeit*[1] !

Son mari, Albert D. Brickerman, tenait la rubrique « Échecs » du *L.A. Times*. Depuis cinq ans que je le connaissais, je ne l'avais jamais entendu prononcer douze mots d'affilée. Il était difficile d'imaginer ce que lui et Olivia, championne toutes catégories de la sociabilité, avaient en commun. Pourtant ils étaient mariés depuis trente-sept ans, avaient eu quatre enfants et semblaient heureux ensemble.

– Alors, tu as enfin quitté les services sociaux ?

1. « Ânerie » en yiddish *(NdT)*.

– Eh oui ! Incroyable, hein ? Même une bernique arrive à se déplacer !

– Tu as pris ta décision sur un coup de tête ?

– Tu sais, Alex, je serais bien restée. D'accord, le système est pourri, mais quel système ne l'est pas ? C'est comme les verrues, on s'y habitue. Je pense que je faisais encore du bon boulot... même si les histoires étaient de plus en plus tristes et compliquées, j'aime mieux te le dire. Quelle misère ! Et avec toutes les coupes budgétaires, les gens reçoivent de moins en moins et sont de plus en plus en colère. Et c'est à l'assistante sociale qu'ils s'en prennent. J'ai une collègue dans un bureau du centre-ville qui s'est pris un coup de couteau. Maintenant, ils ont mis un vigile armé dans chaque centre. Mais que diable, pour une New-Yorkaise comme moi ! Et puis mon neveu Steve, le fils de ma sœur, a terminé ses études de psychiatrie. Tu t'imagines ? Un deuxième membre de la famille dans le secteur ! Son père est chirurgien. Pour lui, c'était la façon la plus raisonnable de se rebeller. Quoi qu'il en soit, il a toujours été très proche de moi et on le plaisantait toujours en disant que dès qu'il aurait son cabinet, il embaucherait tatie Livvy pour la sauver des services sociaux. Crois-moi si tu veux, il nous a pris au mot. Il m'a écrit pour m'annoncer qu'il venait travailler dans une clinique psychiatrique en Californie, qu'on y recrutait une assistante sociale pour les admissions et le suivi à court terme, et me demander si ça m'intéressait. Et me voilà avec vue sur la mer, à travailler pour le petit Stevie... Bien sûr, je ne l'appelle pas comme ça devant les autres.

– C'est génial, Olivia. Tu as l'air heureuse.

– Et comment ! Je déjeune sur la plage et je bouquine en bronzant. Après vingt-deux ans, j'ai enfin l'impression d'habiter en Californie ! Je vais peut-être me mettre au patin à roulettes.

Je pouffai en imaginant Olivia, avec son physique à la Hitchcock, en train de foncer sur des patins.

– Vas-y, rigole, mais tu ne perds pas pour attendre ! gloussa-t-elle. Bien, trêve de biographie. Qu'est-ce que je peux faire pour toi ?

– J'ai besoin de renseignements sur un établissement. La Casa de los Niños, à Malibu.

– Le centre de McCaffrey ? Tu envisages d'y envoyer quelqu'un ?

– Non. C'est long à expliquer.

– Écoute, si c'est aussi long que ça, pourquoi ne pas me laisser le temps de chercher dans mes dossiers ? Passe ce soir à la maison et je te dirai tout de vive voix. Je cuisinerai pendant qu'Albert méditera devant son échiquier. Ça fait longtemps qu'on ne t'a pas vu.

– Tu cuisines quoi ?
– Un strudel, des pirojkis et des brownies.
– Je ne vais pas rater ça. Quelle heure ?
– Vers 8 heures. Tu te rappelles comment venir ?
– Ça ne fait pas si longtemps que ça, Olivia.
– Tu rigoles, ça fait une éternité ! Écoute, je veux pas jouer les *yente*[1], mais si tu n'as pas de copine, il y a une jeune femme, psychologue comme toi, qui vient d'arriver chez nous. Très mignonne. À vous deux, vous auriez des enfants très intelligents.
– Merci, mais j'ai quelqu'un.
– Génial ! Viens avec elle.

Les Brickerman habitaient dans Hayworth Avenue, pas loin du Fairfax District, dans une petite maison en stuc beige avec un toit de tuiles à l'espagnole. L'énorme Chrysler d'Olivia était garée dans l'allée cochère.

– Je me demande bien ce que je fais ici, soupira Robin alors que nous arrivions devant la porte d'entrée.
– Tu aimes les échecs ?
– Je ne sais même pas y jouer.
– Ne t'en fais pas. Ici, pas besoin d'angoisser si tu n'as rien à dire. Tu auras de la chance si tu peux en placer une. Tu vas manger des brownies et passer un bon moment.

Je l'embrassai, puis je sonnai.

Olivia vint ouvrir. À part quelques kilos en plus, elle n'avait pas changé, avec ses cheveux frisés teints au henné, son visage ouvert et ses joues roses. Elle portait une robe-fourreau aux motifs hawaïens qui se plissa quand elle se mit à rire. Elle ouvrit les bras et m'attira contre une poitrine de la taille et de la consistance d'un petit canapé.

– Alex ! s'exclama-t-elle en s'écartant de moi sans me relâcher. Tu t'es rasé la barbe... Avant tu ressemblais à D.H. Lawrence. Maintenant, on dirait un thésard.

Elle se tourna vers Robin et lui sourit. Je fis les présentations.

– Ravie de faire votre connaissance. Vous avez de la chance, c'est un garçon charmant.

Robin rougit.

– Allons, entrez.

Une agréable odeur de pâtisserie se répandait dans la maison. Al

1 Mot yiddish signifiant « mégère » *(NdT)*.

Brickerman, avec sa barbe et ses cheveux blancs de prophète, était dans le salon, penché sur un échiquier en ébène et en érable. Autour de lui, c'était le fouillis – des livres sur des étagères et par terre, des photos des enfants et petits-enfants, des *menorah*[1], des souvenirs, des meubles débordant de bric-à-brac, un vieux peignoir et des pantoufles.

– Al, Alex et son amie sont arrivés.

– Hmm..., grogna-t-il en esquissant un geste de la main mais sans détacher les yeux des pièces disposées sur l'échiquier.

– Content de te revoir, Al.

– Hmm...

– Un vrai autiste, confia Olivia à Robin. Mais au lit, c'est une sacrée bombe.

Elle nous guida vers la cuisine. La pièce n'avait pas changé depuis la construction de la maison, quarante ans plus tôt : du carrelage jaune bordé d'un liséré marron, un petit évier en émail, des pots de fleurs sur le rebord des fenêtres. Le réfrigérateur et le four étaient d'authentiques Kenmore. Une plaque en céramique était accrochée au-dessus de la porte conduisant à la véranda, sur laquelle était écrit : « Comment voler comme un aigle quand on est cerné de pigeons ? »

Olivia vit que je l'avais remarquée.

– Mon cadeau d'adieu quand j'ai quitté les services sociaux. Cadeau que je me suis fait à moi-même.

Elle apporta un plat de brownies encore tièdes.

– Tenez, goûtez-y avant que je les termine. Je deviens obèse, dit-elle en se tapotant l'arrière-train.

– Ça en fait plus pour l'amour, dis-je.

Elle me pinça gentiment la joue.

– Miam, dit Robin. C'est délicieux.

– Une femme de goût. Allons, asseyez-vous.

Nous prîmes des chaises pour nous installer à la table de la cuisine et Olivia posa le plat devant nous. Elle jeta un coup d'œil à ce qui cuisait dans le four, puis vint se joindre à nous.

– Dans une dizaine de minutes vous aurez du strudel. Aux pommes et aux raisins. Et aux figues, une touche personnalisée pour Albert... (Elle pointa le pouce en direction du salon.) Il a parfois la tuyauterie qui se bouche. Bon. Tu veux en savoir plus sur la Casa de los Niños. Ça ne me regarde pas, mais tu peux me dire pourquoi ?

– C'est pour un travail que m'a confié la police.

1. Mot hébreu qui désigne les chandeliers à sept branches *(NdT)*.

– La police ? Toi ?

Je lui résumai l'affaire, laissant de côté les détails scabreux. Elle avait déjà rencontré Milo – ils s'étaient entendus à merveille –, mais ne savait pas que nous étions devenus très amis.

– C'est un gentil garçon. Tu devrais lui trouver une jeune fille aussi charmante que la tienne.

Elle sourit à Robin et lui tendit un autre brownie.

– Je ne crois pas que ça marcherait, Olivia. Il est homosexuel.

Elle ne s'en trouva pas démontée, tout juste un peu freinée.

– Et alors ? Trouve-lui un charmant jeune homme.

– Il en a un.

– Tant mieux. Ne m'en veux pas trop, Robin. J'ai tendance à être bavarde. C'est à force de passer des heures à écouter les patients en hochant la tête et en disant : « Mmm... Mmm... » Et quand je rentre à la maison, tu peux t'imaginer l'intensité de mes conversations avec le Prince Albert. Bien, Alex. Ces questions sur la Casa, c'est Milo qui t'a demandé de me les poser ?

– Pas exactement. Je suis mes propres pistes.

Elle regarda Robin.

– Il se prend pour Philip Marlowe ?

Robin afficha un air d'impuissance.

– C'est dangereux, Alex ?

– Non. Je veux simplement vérifier certaines choses.

– Tu vas être prudent, j'espère ? me dit Olivia en m'attrapant le biceps avec une poigne de videur. Ma chérie, veille bien à ce qu'il reste sur ses gardes.

– J'essayerai, Olivia. Je n'arrive pas à le contrôler.

– Je sais. Ces psychologues, ils ont tellement l'habitude d'être dans une position d'autorité qu'ils n'acceptent pas les conseils. Laisse-moi te parler un peu de ce beau mec. La première fois que je l'ai rencontré, il était interne et faisait un stage de trois semaines aux services sociaux, pour apprendre comment vivent les gens qui n'ont pas d'argent. Au début, il faisait un peu le malin, mais j'ai senti quelqu'un de pas commun. Je n'avais jamais vu rien d'aussi intelligent sur deux pattes. Et il avait de la compassion. Son gros problème, c'est qu'il était trop dur avec lui-même, qu'il se soumettait à un rythme de dingue. Il bossait deux fois plus que tout le monde, mais il avait l'impression de ne pas en ficher une. Je n'ai pas été surprise de le voir décoller comme une fusée, avec le titre ronflant, les bouquins et tout le bazar. Mais j'avais peur qu'il y laisse toutes ses forces.

– Tu avais vu juste, Olivia, reconnus-je.

– Je croyais qu'il était parti dans l'Himalaya ou un coin de ce genre, reprit-elle avec un fou rire en s'adressant toujours à Robin. Pour bien se cailler, histoire d'apprécier la Californie en rentrant ! Vous reprendrez bien un petit brownie, tous les deux ?

– Je suis calée, dit Robin en touchant son ventre plat.

– Tu as sans doute raison. Autant garder la ligne quand on l'a. Moi, j'ai toujours eu l'air d'un tonneau... rien à préserver. Dis-moi, ma chérie, tu es amoureuse ?

Robin me regarda. Elle me passa son bras autour du cou.

– Oui.

– Parfait. Je vous déclare unis par les liens du mariage. On se passe de son avis, hein ? (Elle se leva et alla jeter un coup d'œil par la vitre du four.) Encore quelques minutes. Je crois que les figues sont plus longues à cuire.

– Olivia, pour en revenir à la Casa de los Niños...

Elle soupira, de toute sa poitrine.

– OK. Je vois que tu tiens absolument à jouer les policiers. (Elle se rassit.) Après ton coup de fil, j'ai fouillé dans mes anciens dossiers et j'ai sorti tout ce que j'ai pu trouver. Vous voulez un café ?

– Oui, merci, dit Robin.

– Moi aussi.

Elle revint avec trois tasses fumantes, du lait et du sucre sur un plateau en porcelaine où l'on avait sérigraphié une vue de Yellowstone Park.

– Il est délicieux, Olivia, dit Robin après une première gorgée.

– C'est du café Kona. Ça vient d'Hawaï. Cette robe aussi. Gabriel, mon plus jeune fils, y habite. Il est dans l'import-export. Une très belle situation.

– Olivia...

– Oui, oui. OK. La Casa de los Niños. Un foyer pour enfants. Ouvert en 1974 par le révérend père Augustus McCaffrey pour offrir un refuge à des enfants sans foyer. Tout ça se trouve dans leur brochure.

– Tu l'as ici ?

– Non, elle est au bureau. Tu veux que je t'en envoie une photocopie ?

– Pas la peine. Quel genre de gamins y accueille-t-on ?

– Des enfants battus et maltraités, des orphelins, quelques fugueurs... Ceux-là, avant on les mettait en prison ou dans des foyers pour jeunes délinquants, mais il n'y a plus de place avec tous les meurtriers, violeurs et cambrioleurs de quatorze ans, alors on essaye de les mettre dans des familles d'accueil ou des centres comme la Casa. En général, ce genre d'établissement récupère les gamins dont personne ne veut, ceux qu'on n'arrive pas à faire adopter ou à placer dans une famille d'accueil. Ils ont souvent un handicap et des problèmes psychologiques. Cécité, surdité, handicap moteur ou mental. Ou bien ils sont trop âgés pour qu'on ait envie de les adopter. Il y a aussi les enfants dont la mère est en prison, principalement des droguées ou des alcooliques. On fait ce qu'on peut pour leur trouver une famille, mais souvent les gens n'en veulent pas. Pour résumer, mon chou : ceux dont le juge des tutelles ne sait pas quoi faire.

– Comment est financé ce genre de centre ?

– Alex, les choses sont organisées de telle façon au niveau fédéral et au niveau de l'État qu'un organisme peut récupérer jusqu'à mille dollars par mois pour chaque enfant, à condition de savoir facturer. Les gamins handicapés rapportent plus parce qu'on touche pour les soins spécialisés. Et je me suis laissé dire que McCaffrey est vachement bon pour lever des fonds privés. Il a des relations. Y a qu'à voir le site où ils sont : dix hectares à Malibu, qui appartenaient au gouvernement. Pendant la Seconde Guerre mondiale, c'était un camp d'internement pour Japonais. Après, on en a fait un camp de travail pour des condamnés à une première peine : des escrocs, des politiciens véreux, ce genre-là. Il a obtenu que le comté lui cède le terrain avec un bail à long terme. Quatre-vingt-dix-neuf ans avec un loyer symbolique.

– Il doit avoir un sacré bagou.

– Ça ! Et des relations. Avant, il était missionnaire au Mexique. J'ai appris qu'il y dirigeait un établissement semblable.

– Pourquoi est-il rentré ?

– Qui sait ? Peut-être qu'il s'est lassé de ne pas pouvoir boire l'eau du robinet. Ou que les Kentucky Fried Chicken lui manquaient... mais je crois qu'ils en ont ouvert là-bas.

– Et son établissement ? Il a bonne réputation ?

– Aucun de ces centres n'est paradisiaque, Alex. L'idéal serait un pavillon en banlieue avec une jolie clôture blanche, des rideaux vichy, un jardinet, papa, maman et toutou. La réalité, c'est plus de dix-sept mille gamins sur les registres du tribunal des tutelles, et rien que pour le comté de L.A. Dix-sept mille marmots dont personne ne veut ! Et ils arrivent dans le système plus vite qu'on ne peut les... quel mot horrible... les traiter.

– C'est insensé, murmura Robin, l'air contrarié.

– Notre société déteste les enfants, ma chérie. De plus en plus de maltraitance et de sévices. Les gens font des gosses et puis ils changent d'avis. Les parents ne veulent plus en avoir la responsabilité et s'en défaussent sur le gouvernement. Pas mal comme discours de la part d'une vieille gauchiste, hein, Alex ? Sans compter l'avortement. J'espère que je ne vous choque pas... Je suis pour la libération de la femme autant qu'une autre. Je me battais pour l'égalité des salaires quand Gloria Steinem[1] était encore au biberon. Mais pourquoi se voiler la face ? Ces avortements en veux-tu, en voilà, ce n'est ni plus ni moins que de la contraception, une manière pour les parents de fuir leurs responsabilités. Et ça revient à tuer des gamins, du moins d'une certaine façon, non ? Ça vaut peut-être mieux que de les faire et d'essayer de s'en débarrasser après, je ne sais pas... (Avec une serviette en papier, elle essuya la sueur sur son front et se tamponna la lèvre supérieure.) Excusez-moi de vous ennuyer avec ces polémiques.

Elle se leva et défroissa sa robe.

– Voyons ce strudel...

Elle rapporta un plateau fumant.

– Soufflez dessus, c'est brûlant...

Robin et moi échangeâmes un regard.

– Quel air sérieux ! Je vous ai gâché l'appétit avec mes diatribes, c'est ça ?

– Mais non, Olivia, dis-je en me servant une part de strudel et en y goûtant. C'est délicieux, et je suis d'accord avec toi.

Robin affichait un air grave. Nous avions souvent discuté de la question de l'avortement, sans jamais tomber d'accord.

– Pour répondre à ta question sur la qualité de l'établissement, je peux seulement te dire que nous n'avons reçu aucune plainte du temps où j'étais aux services sociaux. On y trouve le confort essentiel, ça a l'air propre, le cadre est sympathique... la plupart de ces gamins n'ont jamais vu la montagne sauf à la télé. Ceux qui ont des besoins spécifiques vont en car dans les écoles publiques. Autrement, l'enseignement se fait sur place. Je doute qu'on les aide à faire leurs devoirs... ce n'est pas *Father Knows Best*[2], mais McCaffrey tient bien sa baraque et se bat pour impliquer la communauté. D'où une certaine notoriété. Pourquoi tant d'intérêt ? Tu penses que la mort de ce gamin est suspecte ?

1. Célèbre féministe américaine des années soixante *(NdT)*.
2. Célèbre série télé des années cinquante *(NdT)*.

– Non. Il n'y a aucune raison de suspecter quoi que ce soit... Je vais à la pêche, ajoutai-je après un temps de réflexion.

– Eh bien, fais attention de ne pas remonter un requin, mon chou !

Nous grignotâmes du strudel. Olivia se tourna vers le salon et lança :

– Tu veux du strudel, Al ? Aux figues ?

Je n'entendis aucune réponse, mais elle servit une part dans une assiette et la lui apporta.

– Elle est gentille, dit Robin.

– Je n'en connais qu'une comme elle. Et elle a du cran.

– Et de la jugeote. Tu devrais l'écouter quand elle te dit de faire attention. Je t'en supplie, Alex, laisse Milo se charger de cette enquête.

– Ne t'en fais pas, je prendrai soin de moi.

Je lui pris la main, mais elle me la retira. J'étais sur le point de dire quelque chose quand Olivia revint dans la cuisine.

– Celui qui est mort... le représentant... tu dis qu'il était bénévole à la Casa ?

– Oui. Il avait un diplôme dans son bureau.

– Il faisait sans doute partie de la Brigade des gentlemen. C'est une invention de McCaffrey pour impliquer les milieux d'affaires dans son établissement. Il demande aux sociétés de convaincre leurs cadres de s'occuper bénévolement des enfants le week-end. Quant à dire si ces gentlemen font ça volontairement ou par obligation vis-à-vis du patron, je n'en sais rien. McCaffrey leur remet un blazer, un pin's à la boutonnière et un certificat signé par le maire. Et ils se font bien voir du patron. Espérons que les gamins en retirent aussi quelque chose.

Je songeai à ce psychopathe de Bruno en train de s'occuper de gamins déshérités.

– Ils contrôlent les candidatures ?

– La procédure habituelle. Un entretien, quelques tests. Tu es bien placé, mon cher garçon, pour savoir ce que ça vaut.

J'acquiesçai d'un hochement de tête.

– Mais comme je t'ai dit, on n'a jamais eu la moindre plainte. Je mettrais un 13 sur 20 à cet établissement, Alex. Le problème principal, c'est que dans un centre aussi grand les gamins ne reçoivent aucune attention particulière. Une bonne famille d'accueil vaut mieux que de rassembler quatre ou cinq cents gamins au même endroit. Ils sont aussi nombreux que ça à la Casa. À part ça, ce foyer en vaut un autre.

– Je suis ravi de te l'entendre dire.

Mais quelque part j'étais déçu. J'aurais éprouvé un plaisir pervers à apprendre qu'il s'agissait d'un lieu infernal. Quelque chose qui établisse un lien avec les trois meurtres. Ce qui, évidemment, aurait signifié un sort misérable pour quatre cents enfants. Faisais-je partie des gens qui détestent les enfants, dont avait parlé Olivia ? Soudain, le strudel prit un goût de carton-pâte et la cuisine me parut d'une chaleur oppressante.

– Bien. Veux-tu savoir autre chose ? me demanda Olivia.

– Non. C'est bon.

– Parfait, dit-elle en se tournant vers Robin. Maintenant, ma chérie, tu vas me parler un peu de vous et me raconter comment tu as rencontré ce garçon impétueux...

Nous partîmes une heure plus tard. Je pris Robin par la taille ; elle ne retira pas mon bras, mais resta de marbre. Nous nous dirigeâmes vers la voiture en silence, j'étais aussi mal à l'aise que si j'avais enfilé les chaussures d'un autre.

– Qu'est-ce qu'il y a ? demandai-je quand nous fûmes installés.

– Pourquoi m'as-tu fait venir ici ce soir ?

– Je pensais que ce serait sympa de...

– Sympa de parler de meurtres et de gamins maltraités ? Alex, ce n'est pas ce que j'appelle une soirée entre amis !

N'ayant rien à dire, je mis le contact et démarrai.

– Je me fais un sang d'encre pour toi, poursuivit-elle. Tu parlais de choses monstrueuses. Elle n'avait pas tort de te mettre en garde contre les requins. Tu es comme un petit garçon perdu au milieu de l'océan sur son matelas pneumatique. Inconscient de ce qui se passe autour de toi.

– Je sais ce que je fais.

– C'est ça, dit-elle en se tournant vers sa vitre.

– Je n'ai pas le droit de m'intéresser à autre chose qu'au footing et à mon Jacuzzi de jardin ?

– Ce n'est pas ce que je dis. Mais tu ne pourrais pas trouver quelque chose de moins dangereux que de jouer les Sherlock Holmes ? Quelque chose où tu t'y connaisses ?

– J'apprends vite.

Elle m'ignora. Nous parcourions des rues désertes et sombres. Un fin crachin tachetait le pare-brise.

– Ça ne m'amuse pas d'entendre parler de quelqu'un qui s'est fait mettre le visage en charpie, reprit-elle. Ou d'un gamin qui se fait renverser par un chauffard.

– Ça fait partie du monde qui nous entoure, lui renvoyai-je en lui montrant la nuit noire.

– Eh bien, je préfère rester à l'écart !

– Ce que tu es en train de me dire, c'est que tu veux bien être de la partie tant que ça baigne.

– Oh, Alex ! Arrête ton mélodrame ! On dirait un dialogue de *soap opera*.

– Mais c'est la vérité, non ?

– Non, pas du tout. Et n'essaye pas de me mettre sur la défensive. Je veux l'homme que j'ai connu au départ... Quelqu'un qui est bien dans sa peau, pas un type bouffé par le doute, un type qui ne tient plus en place et a besoin de se prouver quelque chose. C'est ce qui m'a séduite. Maintenant, tu es... comme possédé. Depuis que tu te mêles de tes intrigues, je n'existe plus. Quand je te parle, tu as la tête ailleurs. Comme je te l'ai déjà dit, tu retournes à tes vieux démons.

Il y avait du vrai là-dedans. Depuis quelques jours, je me réveillais de bonne heure avec un puissant sentiment d'urgence et la vieille obsession de me remettre au boulot avec acharnement. Bizarrement, je n'avais pas envie de m'en défaire.

– Je te promets d'être prudent.

Elle secoua la tête avec agacement, se pencha et mit la radio. Très fort.

Devant sa porte, elle me déposa un bisou chaste sur la joue.

– Je peux entrer ?

Elle me dévisagea longuement, puis sourit d'un air résigné.

– Après tout... Pourquoi pas ?

En haut sur la mezzanine, je la regardai se déshabiller à la lumière du faible rayon de lune qui filtrait par la lucarne. En équilibre sur un pied, elle défaisait sa sandale, ses seins piquant vers le bas. Pivotant dans un rai de lumière, elle m'apparut d'abord blanche, puis grise, avant de disparaître sous les draps. Excité, je tendis la main pour prendre la sienne, la poser sur mon corps. Elle m'effleura, puis retira ses doigts et les fit glisser jusqu'à mon cou. Je m'enfouis dans le sanctuaire entre son épaule et la douceur incurvée sous son menton.

Nous nous endormîmes dans cette position.

Au matin, sa place était vide. J'entendis des grondements et des grincements et compris qu'elle était en bas, dans l'atelier.

Je m'habillai et descendis l'étroit escalier pour la rejoindre. Elle était vêtue d'une salopette et d'une blouse d'homme. Un bandana lui couvrait la bouche et elle portait des lunettes protectrices. L'air était chargé de sciure.

– Je t'appellerai plus tard ! criai-je pour me faire entendre par-dessus le bruit de la scie.

Elle s'interrompit un instant, me fit un signe de la main, puis reprit son travail. Je la laissai à son art, parmi ses outils et ses machines.

15

J'appelai Milo au commissariat et lui rapportai en détail mon entretien avec Raquel Ochoa, et ce qu'Olivia m'avait appris sur la Casa de los Niños.

– Je suis épaté, dit-il. Tu as raté ta vocation.

– Alors, qu'en penses-tu ? Tu ne crois pas qu'il faudrait enquêter sur ce McCaffrey ?

– Du calme, l'ami. Cet homme s'occupe de quatre cents gamins et l'un d'entre eux a été victime d'un accident. Ce n'est pas le scandale du siècle !

– Mais ce gamin était un élève d'Elena Gutierrez. Ce qui veut dire qu'elle en a probablement parlé à Handler. Et peu de temps après la mort du gamin, voilà que Bruno se met à faire du bénévolat là-bas. Simple coïncidence ?

– Sans doute pas. Mais tu ne comprends pas comment ça marche ici. Je suis dans les choux avec ce dossier. Pour l'instant, les extraits de comptes ne donnent rien ni pour l'un ni pour l'autre... tout a l'air comme il faut. Je n'ai pas encore fini de les éplucher, mais tout seul, ça prend du temps. Tous les matins, le capitaine me dévisage, l'air de dire : « Toujours rien, Sturgis ? » J'ai l'impression d'être un gamin qui n'a pas fait ses devoirs. Je m'attends à ce qu'il me retire l'affaire d'un instant à l'autre pour me refiler un dossier de merde.

– Si ça piétine autant, je suis étonné que la perspective d'une nouvelle piste ne te fasse pas sauter de joie.

– Une piste, je dis pas. Mais là, tu me sors des conjectures, une série de rapprochements plutôt minces.

– Je ne les trouve pas si minces que ça.

– Réfléchis un peu : si je me mets à fouiner dans les affaires de ce McCaffrey, qui a des relations de Malibu jusqu'ici, il passe quelques coups de fil à des amis bien placés... personne ne peut l'accuser d'interférer dans une enquête parce que je n'ai aucune raison légitime d'enquêter sur lui… et j'ai pas le temps de dire ouf qu'on me retire le dossier.

– D'accord. Mais… et l'épisode mexicain ? Ce type y passe plusieurs années, puis tout d'un coup il plie bagage et refait surface à L.A. où il devient une sommité…

– La promotion sociale n'est pas un crime et un cigare n'est pas toujours un symbole phallique, docteur Freud.

– Eh merde ! Je ne supporte pas quand tu fais le malin.

– Alex, je t'en prie. Ma vie est déjà loin d'être rose. Je n'ai pas besoin que tu t'y mettes par-dessus le marché.

Je me découvrais un certain talent pour exaspérer mes proches. Je n'avais toujours pas rappelé Robin pour savoir si la nuit lui avait porté conseil.

– Désolé. Il faut croire que je me suis trop impliqué.

Il ne me contredit pas.

– Tu as fait du bon boulot. Tu m'as filé un sacré coup de main. Parfois, ça ne suffit pas pour que tout s'enclenche.

– Alors, tu comptes faire quoi ? Laisser tomber ?

– Non. Je vais m'intéresser au passé de McCaffrey… discrètement. Surtout à son séjour au Mexique. Je vais continuer à éplucher les comptes de Bruno et Handler, et ceux de Gutierrez, tant qu'on y est. Je vais même contacter le shérif de Malibu pour obtenir une copie du rapport d'accident. Le gamin s'appelle comment, déjà ?

– Nemeth.

– Bien. Voilà qui ne devrait pas être trop dur.

– Je peux faire autre chose pour toi ?

– Quoi ?… Oh, non ! Rien. Tu as fait du super-boulot, Alex. Crois-moi, c'est sincère. Je prends la suite. Tu n'as qu'à te reposer un peu.

– Bon, dis-je sans enthousiasme. Mais tiens-moi au courant.

– Je n'y manquerai pas. Salut.

La voix féminine au bout du fil était très professionnelle. Accueil chantonnant digne d'une publicité pour lessive – jovialité à la limite de l'obscène.

– La Casa ! Bonjour !

– Bonjour. J'aimerais des renseignements pour devenir membre de la Brigade des gentlemen.

– Juste une petite minute, cher monsieur !

Au bout de vingt secondes une voix masculine se fit entendre au bout du fil.

– Tim Kruger à l'appareil. Que puis-je faire pour vous ?

– J'aimerais faire partie de la Brigade des gentlemen.

– D'accord, cher monsieur. À quelle société appartenez-vous ?

– Aucune. Je me présente à titre personnel.

– Ah bon. Je vois.

La voix avait perdu un peu de sa courtoisie. Certaines personnes réagissent ainsi quand on contrarie leur routine : être désarçonnés les rend méfiants.

– Et vous êtes monsieur... ?

– Je suis le Dr Alexander Delaware.

Sans doute à cause du titre, il fit immédiatement marche arrière.

– Enchanté, docteur. Comment allez-vous ?

– Très bien, merci.

– Génial. Et quelle est votre spécialité, si je puis me permettre ?

Tu peux, mon neveu...

– Pédopsychologue. À la retraite.

– Parfait. Très peu de nos bénévoles exercent dans le domaine de la santé. Moi-même je suis MFCC[1], chargé à la Casa du soutien psychologique et de la sélection des bénévoles.

– J'imagine que les médecins auraient l'impression de faire des heures sup. Comme j'ai décroché depuis quelque temps, l'idée de retravailler avec des enfants me tente.

– Merveilleux. Et qu'est-ce qui vous a fait choisir la Casa ?

– Votre réputation. J'ai entendu dire que vous faites du bon boulot. Que votre centre est bien géré.

– Eh bien, merci, docteur. Ça, nous essayons de faire le maximum pour nos enfants !

– J'en suis certain.

– Nous organisons des visites de groupe pour nos aspirants gentlemen. La prochaine est prévue vendredi en huit.

– Laissez-moi vérifier dans mon agenda.

Je posai le combiné, restai quelques instants à regarder par la fenêtre, me dégourdis les jambes, puis je repris l'appareil.

– Je suis désolé, monsieur Kruger. Ça me sera difficile ce jour-là. La suivante a lieu quand ?

1. *Marriage, family and child conselor :* conseiller matrimonial et pédagogique *(NdT).*

– Trois semaines plus tard.

– Ça fait long. J'espérais commencer plus tôt.

Je m'efforçai de paraître déçu, un rien impatient.

– Hmm... Écoutez, docteur, si vous acceptez quelque chose de plus impromptu que la présentation de groupe, je veux bien vous faire une visite personnalisée. Je n'aurai pas le temps de vous préparer le montage vidéo, mais de toute manière vous êtes déjà bien au fait en tant que psychologue.

– Ça m'irait tout à fait.

– D'ailleurs, si vous étiez libre cette après-midi, je peux vous recevoir. Le révérend Gus... il tient à rencontrer tous les candidats... est ici aujourd'hui, ce qui n'est pas toujours le cas... avec ses déplacements. Il doit passer au *Merv Griffin Show* cette semaine et ensuite il prend l'avion pour New York où il doit être interviewé pour *Good Morning America.*

Il m'annonçait les passages de McCaffrey à la télévision avec la solennité d'un croisé dévoilant le saint Graal.

– Aujourd'hui, c'est parfait.

– Génial. Vers 15 heures ?

– Va pour 15 heures.

– Vous savez où nous sommes ?

– Pas exactement. À Malibu ?

– Malibu Canyon. (Il me donna les indications.) Vous en profiterez pour remplir les questionnaires. Une formalité dans votre cas, docteur, mais on fera comme si. Je doute fort que les tests psychologiques soient très pertinents pour évaluer les psychologues, non ?

– Effectivement. C'est nous qui les mettons au point, nous pouvons les détourner...

Il eut un rire qui se voulait confraternel.

– D'autres questions ?

– Je ne pense pas.

– Parfait. Je vous attends à 15 heures.

Malibu est autant un fantasme qu'un lieu réel. Un fantasme diffusé par la télévision dans les salons de toute l'Amérique, étalé sur grand écran, gravé sur microsillon, exhibé sur les couvertures des romans de gare. Les plages de sable fin à perte de vue. Les corps bronzés, luisant d'huile solaire. Le *beach-volley.* Les cheveux blondis par le soleil. L'amour sous une couverture, le coït épousant la cadence du va-et-vient de la marée. Les maisons à plusieurs millions de dollars, bringuebalant sur des piliers enfoncés dans une terre pas très ferme et qui se déhanchent après une grosse averse. Les corvettes, les algues et la coke.

Tout cela est juste. Mais restrictif.

Il existe un autre Malibu, un Malibu qui s'étend jusqu'aux canyons, aux routes non goudronnées qui franchissent péniblement les montagnes de Santa Monica. Un Malibu sans océan. L'eau s'y présente sous la forme de ruisselets qui s'écoulent dans des goulets ombragés et disparaissent dès que la température commence à grimper. On y trouve quelques habitations à proximité de la route principale du canyon, mais il y reste des kilomètres et des kilomètres de terre sauvage. Des pumas en traversent encore les coins les plus reculés. Des meutes de coyotes y chassent la nuit, emportant poules, opossums ou gros crapauds. Certains bosquets ombragés pullulent tellement de grenouilles arboricoles qu'on marche dessus en croyant poser le pied sur la terre grise et souple... avant que ça se mette à bouger. On trouve toutes sortes de serpents dans ce Malibu – des serpents-rois de Californie, des couleuvres, des serpents à sonnette. Et des ranchs isolés dont les habitants vivent avec l'illusion que le temps s'est arrêté au début du vingtième siècle. Pistes cavalières parsemées de crottin fumant. Chèvres. Tarentules.

Toutes sortes de rumeurs circulent sur ce Malibu sans plages. On parle de meurtres rituels perpétrés par des sectes sataniques. De cadavres qui ne sont jamais retrouvés. De randonneurs disparus et jamais revus. Récits d'épouvante que tout cela, mais peut-être aussi fondés que dans *Beach Blanket Bingo*[1].

Je quittai le Pacific Coast Highway, empruntai la Rambla Pacifica et franchis la frontière séparant les deux Malibu. La Seville gravit sans peine la pente fortement inclinée. J'avais mis une cassette de Django Reinhardt et la musique du Gitan collait bien avec le paysage désertique qui se déployait devant mon pare-brise – le ruban serpentin de la route tour à tour battu par le soleil implacable du Pacifique et plongé dans l'ombre des eucalyptus géants. D'un côté un ravin asséché, de l'autre une falaise à pic. Une route qui poussait le voyageur fatigué à poursuivre un peu plus loin, qui vous faisait des promesses sans jamais les tenir.

J'avais passé une nuit agitée, préoccupé par ma dispute avec Robin. J'y avais vu défiler des visages d'enfants – Melody Quinn, les innombrables patients que j'avais soignés depuis dix ans, le cadavre du jeune

1. Un des plus célèbres films de plage, en vogue dans les années soixante, où il est question d'un kidnapping *(NdT)*.

Nemeth, qui était mort à quelques kilomètres de là, sur cette même route. Je me demandai quelle avait été son ultime vision, quelle impulsion avait franchi une synapse au dernier instant, juste avant qu'un monstre mécanique surgi de nulle part ne fonde sur lui en rugissant... Et pour quelle raison marchait-il le long de cette route déserte en pleine nuit ?

Entretenue par la monotonie du trajet, la fatigue s'emparait progressivement de ma colonne vertébrale, lentement mais inexorablement, et je luttais pour ne pas m'assoupir. Je mis la musique plus fort et baissai toutes les vitres. L'air était pur, mais avec une légère odeur de brûlé... Aurais-je brûlé mon dernier pont ?

Trop occupé à garder les idées claires, je faillis ne pas voir le panneau installé par le comté, qui annonçait la Casa de los Niños à trois kilomètres.

Situé à quelques centaines de mètres d'un virage en épingle à cheveux, l'embranchement était facile à louper. C'était une route étroite, où on avait à peine la place de se croiser et plongée dans l'ombre des arbres qui la bordaient. Une côte bien raide de huit cents mètres propre à décourager les marcheurs les moins motivés. Visiblement, ce site n'avait pas été conçu pour attirer les visites impromptues. Idéal pour un camp de travail, une ferme de rééducation, un centre de détention ou toute autre activité devant rester à l'abri des regards indiscrets.

La voie d'accès s'arrêtait devant une grille haute de trois mètres cinquante. L'inscription « La Casa de los Niños » était portée en lettres d'aluminium d'un mètre vingt. Sur la droite s'élevait un panneau peint à la main – deux énormes mains tenant quatre enfants, un blanc, un noir, un marron et un jaune. Le poste de garde se trouvait de l'autre côté de la grille, à trois mètres. Notant ma présence, son occupant en uniforme me parla par l'entremise d'un interphone fixé à la grille.

– Je peux vous aider ?

La voix avait un son métallique et mécanique, comme les paroles hachées en bits et recrachées par un ordinateur.

– Je suis le Dr Delaware. J'ai rendez-vous avec M. Kruger à 15 heures.

La grille coulissa.

La Seville eut brièvement le droit d'avancer avant d'être arrêtée par un bras mécanique rayé orange et blanc.

– Bonjour, docteur.

Jeune et moustachu, le vigile avait la mine solennelle. L'uniforme gris sombre était assorti à ses yeux. Son sourire soudain ne m'abusa pas. Il m'observait attentivement.

– Vous allez retrouver Tim au bâtiment administratif. Tout droit, puis à gauche. Vous n'avez qu'à vous garer dans le parking visiteurs.

– Merci.

– Au plaisir, docteur.

Il appuya sur un bouton et le bras rayé se leva comme pour me saluer.

Le bâtiment administratif avait dû avoir la même fonction à l'époque du camp d'internement pour Japonais. Il avait l'air méchant et ramassé propre à l'architecture militaire. Mais il ne faisait aucun doute que les fresques murales – un ciel bleu layette et des nuages cotonneux – étaient une création contemporaine.

Décorée de boiseries bas de gamme imitation chêne, la réception était tenue par une petite grand-mère vêtue d'une blouse en coton de couleur indéterminée.

Je me présentai et fus gratifié d'un sourire vénérable.

– Tim ne va pas tarder. Asseyez-vous et mettez-vous à l'aise, je vous en prie.

Il n'y avait pas grand-chose d'intéressant à regarder. Les tableaux accrochés aux murs auraient pu être dérobés dans un motel. La fenêtre donnait sur le parking. Une épaisse forêt était visible au loin – des eucalyptus, des cyprès et des cèdres. Mais d'où j'étais assis je n'en voyais que les troncs, masse d'un gris marronnasse. Je fis mine de m'intéresser à un numéro de *California Highways* datant d'il y avait deux ans.

L'attente ne fut pas longue.

J'étais assis depuis une minute quand la porte s'ouvrit et un jeune homme se présenta.

– Docteur Delaware ?

Je me levai.

– Tim Kruger.

Nous nous serrâmes la main.

Petit, entre vingt-cinq et trente ans, il avait une carrure de lutteur, un corps ferme et noueux avec la musculature développée juste ce qu'il faut aux endroits stratégiques. Visage bien dessiné mais trop flegmatique, comme celui d'une poupée Ken pas assez cuite. Menton puissant, petites oreilles, nez droit et proéminent, dont la forme présageait qu'il épaissirait avec l'âge, hâle de celui qui passe du temps dehors, yeux marron tirant sur le jaune et surmontés d'épais sourcils, front bas presque entièrement dissimulé sous une épaisse tignasse blonde. Il portait un pantalon jaune clair, une chemisette bleu pâle et une cravate marron et bleu. Sur le badge accroché par une pince à son col était inscrit « T. Kruger, MA, MFCC, responsable du soutien psychologique ».

– Je m'attendais à quelqu'un de nettement plus âgé, docteur. Vous m'avez dit que vous étiez à la retraite.

– Je le suis. Je trouve qu'il faut s'arrêter jeune pour avoir le temps d'en profiter.

Il rigola de bon cœur.

– Ça se défend ! J'imagine que vous avez trouvé sans difficultés ?

– Aucune. Vos indications étaient parfaites.

– Tant mieux. Nous allons commencer la visite, si vous voulez bien. Le révérend Gus est quelque part dans la résidence. Il devrait nous rejoindre d'ici 4 heures.

Il me tint la porte.

Nous traversâmes le parking et nous engageâmes dans une allée gravillonnée, où il entama son laïus :

– La Casa occupe un site d'une dizaine d'hectares. Arrêtons-nous ici, nous aurons une bonne vue de l'ensemble.

Nous étions en haut d'une butte surplombant des bâtiments, une aire de jeux, un entrelacs de chemins avec un rideau de montagnes à l'arrière-plan.

– Seuls trois hectares sont véritablement aménagés. Le reste forme un vaste espace naturel, ce qui nous semble merveilleux pour les enfants qui viennent pour la plupart de quartiers défavorisés.

Je distinguai des silhouettes d'enfants, qui se déplaçaient en groupe, jouaient au ballon ou étaient assis seuls dans l'herbe.

– Au nord, dit-il en indiquant un grand champ, vous avez ce qu'on appelle « le Pré ». Pour l'instant, c'est surtout de la luzerne et des mauvaises herbes, mais on prévoit d'y commencer un potager cet été. Et au sud vous avez « le Bois ». (Il pointa le doigt vers la forêt que j'avais aperçue de la réception.) C'est une forêt protégée, idéale pour des randonnées. On trouve ici une faune et une flore d'une variété surprenante. Étant moi-même originaire du Nord-Ouest, avant de venir m'installer ici je m'imaginais que la seule faune de L.A. se trouvait dans Sunset Strip !

Je souris.

– Là-bas, ce sont les dortoirs...

Il pivota et me montra un ensemble de dix baraquements en tôle. Comme pour le bâtiment administratif, on avait flanqué de généreux coups de peinture aux cloisons de tôle ondulée, des motifs aux couleurs de l'arc-en-ciel d'un curieux optimisme.

Il pivota dans l'autre sens et je suivis son bras du regard.

– Ici se trouve notre piscine olympique, un don de Majestic Oil.

La piscine était d'un vert reluisant – un trou rempli de gelée au citron vert. Un nageur solitaire y fendait l'eau, laissant une traînée blanche derrière lui.

– Et ici nous avons l'infirmerie et l'école.

Je remarquai aussi des bâtiments en parpaings de l'autre côté du campus, où le périmètre de la zone centrale rejoignait la bordure du Bois. Il ne m'en parla pas.

– Allons voir les dortoirs.

Je dévalai la pente derrière lui, admirant ce panorama idyllique. Le site était bien entretenu, l'endroit grouillait d'activité tout en dégageant une impression d'organisation.

Kruger se déplaçait à grandes enjambées vigoureuses, débitant les statistiques et les données, et décrivant la philosophie de l'établissement comme « un mélange d'ordre et de routine rassurante dans un environnement créatif, susceptible d'assurer un développement équilibré ».

Il était d'un optimisme résolu – sur la Casa, son métier, le révérend Gus et les enfants. La seule exception fut quand il se lamenta sur les difficultés pour concilier les « soins optimaux » et la gestion financière au quotidien d'un tel centre. Mais il s'empressa d'ajouter qu'il comprenait la réalité économique des années quatre-vingt et loua le système de la libre entreprise. Il était bien formé.

L'intérieur du baraquement rose bonbon était froid – murs blancs et plancher sombre. Le dortoir était désert et nos pas y faisaient écho. Une odeur métallique flottait dans l'air. Les enfants dormaient dans des lits superposés en métal, disposés perpendiculairement au mur comme dans une caserne. Des étagères et des casiers étaient également fixés aux parois en tôle. On avait vaguement tenté de décorer les lieux – certains enfants avaient accroché des posters de super-héros, de sportifs et de personnages de *Sesame Street* – mais l'absence de photos de famille ou de tout autre signe de liens affectifs était frappante.

Je comptai cinquante lits.

– Comment faites-vous pour canaliser autant de gamins ?

– C'est un défi, reconnut-il, mais on s'en sort plutôt bien. Nous faisons appel à des bénévoles pour l'encadrement. Des étudiants d'UCLA, de Northridge et d'autres universités. Ça leur est validé comme une UV d'introduction à la psychologie et nous bénéficions d'une main-d'œuvre gratuite. On aimerait pouvoir rémunérer une équipe à plein temps, mais c'est exclu pour des raisons fiscales. Nous avons deux surveillants par dortoir et nous les formons aux techniques béhavioristes... J'espère que vous n'avez rien contre ?

– Pas si on s'en sert convenablement.

– Tout à fait. Je ne peux qu'abonder dans votre sens. Nous limitons le plus possible les stimuli aversifs ; nous avons mis en place un système de jetons[1] et privilégions le renforcement positif. Il faut superviser tout ça et c'est ici que j'interviens.

– Vous m'avez l'air de bien contrôler la situation.

– J'essaye... (Il eut une mimique fataliste.) J'aurais bien passé un doctorat, mais je n'avais pas les moyens.

– Vous avez fait vos études où ?

– À l'université d'Oregon. J'y ai passé un DEA en psychologie éducative. Avant, j'avais fait ma maîtrise à Jedson College.

– Je pensais qu'à Jedson on ne trouvait que des étudiants friqués.

Cette petite université de la région de Seattle avait la réputation d'être un repère de fils à papa.

– C'est presque vrai, dit-il avec un sourire. On se serait cru dans un *country club* ! J'y suis entré avec une bourse sportive. Athlétisme et base-ball. Je me suis déchiré des ligaments en troisième année et tout d'un coup je suis devenu *persona non grata.* (Son regard s'assombrit momentanément, consumé par le souvenir presque enfoui de cette injustice.) Quoi qu'il en soit, j'aime ce que je fais... Beaucoup de responsabilités et de prises de décision.

Un froissement se fit entendre à l'autre bout de la salle. Nous nous retournâmes en même temps et aperçûmes du mouvement sous les couvertures d'un des lits inférieurs.

– C'est toi, Rodney ?

Kruger se dirigea vers le lit et tapota une forme qui gigotait. Un garçon s'assit, ramenant les draps jusqu'à son menton. Noir et grassouillet, il semblait avoir une douzaine d'années, mais il était difficile de lui donner un âge précis car son visage portait les marques caracté-

1 Technique d'éducation béhavioriste, fondée sur la récompense *(NdT).*

ristiques de la trisomie 21 : crâne allongé, traits écrasés, oreilles basses, langue protubérante. Et l'air ahuri typique des handicapés mentaux.

– Bonjour, Rodney, dit Kruger d'une voix douce. Qu'est-ce que tu fais là ?

Je l'avais suivi et le garçon me dévisageait avec étonnement.

– Ne sois pas inquiet, Rodney. C'est un ami. Maintenant, dis-moi ce qui ne va pas ?

– Rodney malade.

Le garçon parlait d'une voix traînante.

– Où as-tu mal ?

– Bobo au ventre.

– Mmm... On va demander au docteur de t'examiner quand il passera.

– Non ! s'écria le garçon. Pas deucteu !

– Voyons, Rodney, dit Kruger patiemment. Si tu es malade, tu dois voir le médecin.

– Pas deucteu !

– D'accord, Rodney, d'accord, le rassura Kruger.

Il tendit la main et lui caressa doucement la tête. Rodney devint hystérique. Il avait les yeux exorbités et le menton qui tremblait. Il cria et se jeta en arrière, si vivement que sa tête heurta le montant métallique. Se cachant sous les draps, il poussa une plainte inintelligible.

Kruger se tourna vers moi et soupira. Il attendit que l'enfant se calme avant de s'adresser à lui de nouveau :

– On reparlera plus tard du médecin, Rodney. Où devrais-tu être en ce moment ? Où est ton groupe ?

– Goûter.

– Tu n'as pas faim ?

Le garçon fit non de la tête.

– Bobo au ventre.

– Eh bien, tu ne peux pas rester ici tout seul. Soit tu viens à l'infirmerie et on demande à quelqu'un de t'examiner, soit tu rejoins ton groupe pour le goûter.

– Pas deucteu !

– OK. Pas de docteur. Maintenant lève-toi.

Le gamin sortit péniblement de son lit, du côté opposé. En fait, il était plus âgé que je le croyais. Il avait au moins seize ans, et du duvet sur les joues. Il me fixait, les yeux écarquillés de peur.

– C'est un ami, Rodney. M. Delaware.

– Bonjour, Rodney.

Je lui tendis la main. Il la regarda, puis il hocha la tête.

– Sois aimable, Rodney. N'oublie pas, c'est comme ça qu'on obtient des bons points.

Nouveau signe de refus.

– Allons, Rodney. Serre la main de monsieur.

Mais l'enfant s'entêta. Voyant Kruger s'approcher, il se recroquevilla et protégea son visage derrière ses mains. Cela dura plusieurs minutes, véritable face-à-face entre deux volontés. Kruger finit par céder :

– OK, Rodney, dit-il calmement. Pour aujourd'hui on passera sur les règles de vie en société parce que tu es malade. Maintenant file rejoindre ton groupe.

Passant bien à l'écart du lit, le garçon s'éloigna de nous à reculons, en hochant toujours la tête et en tenant ses mains devant lui à la manière d'un boxeur. Arrivé près de la porte, il fit volte-face et détala en se dandinant pour disparaître dans la lumière éblouissante.

Kruger se tourna vers moi et eut un sourire mitigé.

– Un de nos cas les plus difficiles. Il a dix-sept ans et se comporte comme s'il en avait trois.

– Il a l'air d'avoir très peur des docteurs.

– Il a peur de beaucoup de choses. Comme la plupart des trisomiques, il a eu pas mal d'ennuis de santé... problèmes cardiaques, infections, complications dentaires. Ajoutez-y un petit cerveau qui pense de travers et tout ça prend de sacrées proportions. Vous avez eu beaucoup d'expériences avec les handicapés mentaux ?

– Un peu.

– J'ai travaillé avec des centaines de gamins dans le même cas et je n'en ai jamais vu un qui n'ait pas de problèmes psychiques. Vous savez, les gens s'imaginent qu'ils sont comme des enfants normaux, juste plus lents. Mais pas du tout.

Une pointe d'irritation s'était immiscée dans sa voix. J'attribuai cela au fait d'avoir perdu sa partie de poker mental avec le trisomique.

– Rodney a fait de gros progrès, reprit-il. Quand il est arrivé ici, il n'était même pas propre. Après être passé par treize familles d'accueil. (Il secoua la tête.) C'est vraiment consternant. Le comté confie des gamins à des gens qui ne seraient même pas capables d'élever un chien, sans parler d'un enfant.

Il semblait sur le point d'entamer une tirade, mais se reprit et afficha de nouveau son sourire.

– On reçoit ici beaucoup d'enfants qui ont peu de chances d'être adoptés. Des handicapés, des anormaux, des métis... des gosses qui sont trimballés d'une famille d'accueil à une autre, ou dont les parents se débarrassent. Quand ils arrivent ici, ils ne savent rien du comportement en société, de l'hygiène et des gestes usuels du quotidien. Souvent, on doit repartir de zéro. On est content quand on voit les progrès. Un de nos étudiants va publier une étude sur nos résultats.

– C'est une excellente façon de collecter des données.

– Oui. Et, très franchement, ça nous aide à récupérer des fonds. Ce qui est souvent le maître mot, docteur, quand on veut maintenir en activité un lieu aussi merveilleux que la Casa. Allons visiter le reste de l'établissement, dit-il en me prenant par le bras.

Nous nous dirigeâmes vers la piscine.

– D'après ce que j'ai entendu, dis-je, le révérend McCaffrey s'y prend très bien pour collecter les dons.

Kruger me jeta un regard en coin, soupesant le sens caché de cette remarque.

– En effet. C'est quelqu'un de remarquable et ça se voit. Il y passe le plus clair de son temps. Mais ça reste difficile. Vous savez, avant, nous avions un autre foyer au Mexique, mais nous avons dû fermer. Le gouvernement ne nous apportait aucun soutien, et là-bas le secteur privé se contente de laisser les pauvres crever de faim.

Nous étions arrivés devant la piscine. L'eau reflétait la forêt, du vert sombre tacheté d'émeraude. Il régnait une puissante odeur de chlore mêlé de sueur. Le nageur solitaire était toujours en train de faire ses longueurs – en papillon, avec beaucoup de tonicité.

– Hé, Jimbo ! lança Kruger.

Arrivé à l'autre bout, le nageur sortit la tête de l'eau et vit Kruger qui lui faisait signe de la main. Il glissa vers nous sans effort et se hissa hors de l'eau jusqu'à la taille. Âgé d'une petite quarantaine, il était barbu et trapu. Son corps était entièrement recouvert de poils mouillés.

– Salut, Tim.

– Docteur Delaware, je vous présente Jim Halstead, notre entraîneur en chef. Jim, voici le Dr Alexander Delaware.

– En fait, je suis l'unique prof de gym, dit Halstead d'une voix profonde qui venait de l'abdomen. Je veux bien vous serrer la main, mais les miennes sont toutes mouillées.

– C'est bon, dis-je en souriant.

– Le Dr Delaware est psychologue pour enfants, Jim. Il visite la Casa parce qu'il envisage de rejoindre la Brigade des gentlemen.

– Ravi de faire votre connaissance, docteur, et j'espère que vous serez des nôtres. L'endroit est magnifique, non ?

Il tendit un long bras bronzé vers le ciel de Malibu.

– Superbe.

– Avant, Jim travaillait dans les quartiers difficiles, expliqua Kruger. À Manual Arts High. Il a fini par comprendre.

Halstead rigola.

– J'ai mis trop de temps. Je suis plutôt bon enfant dans mon genre, mais quand une espèce de gros singe m'a menacé avec un couteau parce que je lui demandais de faire des pompes, la coupe a été pleine.

– Je suis sûr que ça ne vous arrive pas ici, dis-je.

– Ça, c'est sûr, tonna-t-il. Les petits sont super...

– Ce qui me fait penser, Jim..., l'interrompit Kruger. Il faut que je te parle de Rodney Broussard. On doit mettre au point un programme pour améliorer sa confiance en lui.

– Tu as raison.

– À plus tard, Jim.

– C'est ça. Au plaisir, docteur.

Le corps velu pénétra dans l'eau telle une torpille effilée, et nagea avec l'aisance d'une loutre.

Nous parcourûmes quatre cents mètres à la périphérie de l'établissement. Kruger me montra l'infirmerie, une salle plutôt petite mais d'un blanc immaculé, avec une table d'examen et un lit. Tout y rutilait et embaumait le désinfectant. Personne ne s'y trouvait.

– On a une infirmière à mi-temps le matin. Pour des raisons évidentes, nous n'avons pas les moyens d'embaucher un médecin.

Je trouvai étonnant que Majestic Oil ou un autre bienfaiteur n'ait pas fait le don d'un salaire de médecin à mi-temps.

– Mais nous avons la chance d'avoir une équipe de médecins bénévoles, parmi les meilleurs de la région, qui assurent une rotation.

Tout en marchant, nous croisions des groupes d'enfants accompagnés par des conseillers d'éducation. Kruger les saluait d'un geste de la main et ils faisaient de même. La plupart du temps, les enfants ne manifestaient aucune réaction. Comme Olivia me l'avait prédit et Kruger confirmé, une bonne partie d'entre eux souffraient manifestement d'un handicap physique ou mental. Les garçons semblaient trois fois plus nombreux que les filles et la majorité des enfants étaient noirs ou hispaniques.

Kruger me fit entrer dans le réfectoire, une salle haute de plafond avec des murs en stuc et d'une propreté impeccable. Des Mexicaines attendaient en silence derrière des parois vitrées, leurs couverts de service à la main. C'était de la nourriture typique de cantine – ragoût, viande hachée sous toutes ses formes, gelée fruitée comme dessert, légumes trop cuits baignant dans la sauce.

Nous prîmes place à une table du genre aire de pique-nique et Kruger disparut dans une arrière-salle derrière le comptoir. Il en revint avec des viennoiseries et un pot de café sur un plateau. Les viennoiseries avaient l'air appétissantes. Je n'avais rien vu de semblable sur les présentoirs.

Installés à une table de l'autre côté de la salle, des enfants mangeaient et buvaient sous la surveillance de deux étudiants. En fait, il serait plus juste de dire qu'ils *essayaient* de manger. Même de loin, je voyais qu'ils étaient atteints de paralysie motrice centrale, certains étant figés dans une rigidité spasmodique, d'autres agitant involontairement la tête et les membres, tous ayant le plus grand mal à amener la nourriture jusqu'à la bouche. Les surveillants observaient et prodiguaient quelques encouragements. Mais ils laissaient faire et beaucoup de gelée et de crème dessert finissaient par terre.

Kruger mordit avec gourmandise dans un pain au chocolat. Je pris un petit pain à la cannelle et le tâtai négligemment. Il nous servit du café et me demanda si j'avais des questions.

– Non. Je suis impressionné.

– Parfait. Alors je vais vous parler de la Brigade des gentlemen.

Il me brossa rapidement l'histoire de l'organisation bénévole, mettant l'accent sur le coup de génie du révérend Gus qui avait trouvé là le moyen d'impliquer les entreprises de la région.

– Les gentlemen sont des individus d'âge mûr, qui ont réussi socialement. Pour nos enfants, c'est l'unique chance de côtoyer une figure masculine stable. Les gentlemen sont hautement compétents, la crème de notre société, ce qui donne à nos enfants une rare occasion de voir ce qu'est la réussite. Ça leur apprend que la réussite existe bel et bien. Les gentlemen passent du temps avec les enfants ici même, à la Casa, et aussi en dehors du campus, pour assister à des manifestations sportives, les emmener au cinéma, au théâtre ou à Disneyland, ou encore chez eux pour un dîner en famille. Les enfants ont accès à un mode de vie qu'ils n'ont jamais connu. Et les bénévoles y trouvent eux aussi une satisfaction. Nous demandons un engagement de six mois, et soixante pour cent des gentlemen s'inscrivent pour un deuxième et parfois même un troisième semestre.

– Et les enfants ne risquent pas d'être frustrés en goûtant à la belle vie qui leur est inaccessible ? demandai-je.

Il était prêt à parer cette objection.

– C'est une bonne question, docteur. Mais nous soutenons que rien n'est inaccessible à nos enfants. Nous tenons à leur faire comprendre que leur manque de motivation est leur seule limite. Qu'ils doivent se prendre en charge. Qu'ils peuvent déplacer des montagnes... C'est le titre d'un livre que le révérend Gus a écrit à l'intention des enfants : *Déplacer les montagnes*. On y trouve des bandes dessinées, des jeux et du coloriage. Ça leur enseigne un message positif.

C'était du Norman Vincent Peale[1] assaisonné d'un peu de jargon psycho-humaniste. Je jetai un coup d'œil aux gamins handicapés qui s'escrimaient avec leur nourriture. On aurait beau les mettre en présence des membres de la classe privilégiée, ils ne seraient jamais admis au yacht-club, invités au bal des débutantes de la bonne société de San Marino, et n'auraient jamais une Mercedes dans leur garage.

La méthode du renforcement positif avait ses limites.

Mais Kruger avait un script et s'y tenait. Et il était bon, je devais le reconnaître. Il avait lu toutes les bonnes revues et débitait les statistiques avec l'aisance d'un petit génie matheux de la Rand Corporation[2]. C'était le genre de baratin destiné à vous faire sortir le portefeuille.

– Vous prendrez autre chose ? me demanda-t-il après avoir englouti une deuxième viennoiserie.

Je n'avais pas touché à la première.

– Non, merci.

– Alors, on va y aller. Il est presque 4 heures.

Nous traversâmes rapidement le reste du centre. Il y avait un poulailler où deux douzaines de poules s'attaquaient aux barreaux comme les pigeons de Skinner[3], une chèvre attachée au bout d'une longue corde et qui mangeait des épluchures, des hamsters qui couraient inlassablement dans leur roue en plastique et un basset qui aboyait sans trop d'entrain en direction d'un ciel de plus en plus sombre.

1. Pasteur américain (1898-1993), célèbre pour avoir associé la religion et la psychiatrie *(NdT)*.

2. Très influent centre de recherches privé en matière de stratégie et d'organisation militaire *(NdT)*.

3. Psychologue béhavioriste (1904-1990), connu notamment pour ses expériences sur les pigeons *(NdT)*.

J'appris que la salle de classe était une ancienne caserne, le gymnase un ancien entrepôt de la Seconde Guerre mondiale. Les deux bâtiments avaient été rénovés avec goût et imagination, sans grands moyens, par quelqu'un qui s'y connaissait en camouflage. Je me montrai admiratif.

– C'est l'œuvre du révérend Gus. Chaque centimètre carré de notre établissement porte sa marque. Un homme remarquable.

Alors que nous nous dirigions vers le bureau de McCaffrey, je remarquai une nouvelle fois les bâtiments en parpaings au bord de la forêt. De plus près, je pus distinguer quatre édifices au toit en ciment, sans fenêtres et à moitié enfoncés dans le sol comme des bunkers, avec des rampes – presque des tunnels – qui descendaient jusqu'à des portes en métal. Kruger ne manifestant aucune intention de m'expliquer ce que c'était, je lui posai la question. Il jeta un coup d'œil par-dessus son épaule.

– Ce sont des entrepôts, dit-il l'air de rien. Allons, il est temps de rentrer.

Nous avions fait une boucle et étions de retour devant le bâtiment administratif décoré de cumulus. Kruger y entra avec moi, me serra la main, dit qu'il espérait me revoir et qu'il déposerait les tests pendant que je serais avec le révérend. Puis il me confia aux bons soins de Mère-Grand la réceptionniste, qui s'arracha à son Olivetti et me pria gentiment d'attendre le Grand Homme un instant.

Je pris un exemplaire de *Fortune* et tentai vaillamment de m'intéresser à un article sur l'avenir des microprocesseurs dans l'industrie des pièces micro-usinées, mais les mots devenaient flous et se fondaient en une bouillie grisâtre. La futur-langue a cet effet sur moi.

J'eus à peine le temps de décroiser les jambes que la porte s'ouvrait. Ici, on ne rigolait pas avec la ponctualité. Je me sentais de plus en plus comme un bloc de matière première – peu importe laquelle – qui défilait sur une chaîne d'assemblage et qu'on avait balancé, fondu, moulé, tripatouillé, resserré et inspecté.

– Le révérend Gus va vous recevoir, annonça Mère-Grand.

Le moment était sans doute venu de l'ultime polissage.

16

Dehors, il m'aurait caché le soleil.

Il mesurait un mètre quatre-vingt-quinze et pesait plus de cent vingt-cinq kilos. Une montagne de chair pâle en forme de poire, vêtue d'un costume fauve, d'une chemise blanche et d'une cravate en soie noire de la taille d'un bavoir. Ses richelieus beiges étaient longs comme des petits voiliers et ses mains ressemblaient à deux sacs de sable. Il remplissait entièrement l'encadrement de la porte. Une paire de lunettes à épaisse monture noire était posée sur un nez en patate qui divisait un visage aussi grumeleux que de la bouillie de tapioca. Kystes, grains de beauté et pores élargis émaillaient ses bajoues. Il avait quelque chose d'africain avec son nez aplati, ses lèvres charnues aussi sombres et humides que du foie cru et ses cheveux crépus couleur tuyau rouillé. Ses yeux étaient pâles, presque incolores. J'en avais déjà vu de semblables – ceux d'un mulet conservé dans la glace.

– Docteur Delaware ? Augustus McCaffrey.

Sa main dévora la mienne, puis la relâcha. Sa voix était d'une douceur étonnante. Vu sa taille, je m'attendais à quelque chose du genre corne de brume. Ce que j'entendis était d'un lyrisme déconcertant, un baryton léger, adouci par la cadence paresseuse du Sud profond – j'aurais parié pour la Louisiane.

– Entrez, je vous prie.

Je le suivis dans son bureau, tel un cornac derrière un éléphant.

La pièce était vaste, avec de grandes fenêtres, mais pas plus chic que la salle d'attente. Les murs étaient revêtus de la même imitation chêne et dépourvus de décoration à l'exception d'un imposant crucifix en bois au-dessus du bureau en Formica et acier ayant tout l'air d'un surplus de l'administration. Un plafond bas, avec des carrés blancs perforés retenus par une grille en aluminium. Une deuxième porte derrière le bureau.

Je m'assis sur une des trois chaises recouvertes de vinyle. Il s'installa dans un fauteuil qui protesta en gémissant, puis il croisa les doigts et se pencha par-dessus le bureau qui avait maintenant l'air d'un meuble d'enfant.

– Tim vous a donc fait faire une visite détaillée. J'espère qu'il a répondu à toutes vos questions.

– Il a été très aimable.

– Bien, roucoula-t-il en conférant deux syllabes à ce mot. C'est un jeune homme très capable. Je choisis personnellement chacun de nos employés. (Il cligna des yeux.) De même que je choisis chacun de nos bénévoles. Nous voulons ce qu'il y a de mieux pour nos enfants. (Il se cala contre son dossier et posa les mains sur son ventre.) Je suis ravi qu'un homme de votre calibre envisage de nous rejoindre, docteur. Nous n'avons jamais eu de psychologue pour enfants à la Brigade des gentlemen. Tim m'a dit que vous étiez retraité...

Il me fixa d'un air jovial. On attendait clairement que je fournisse une explication.

– C'est exact.

– Hmmm...

Il se gratta derrière l'oreille, toujours souriant. Attendant la suite. Je souris à mon tour.

– Vous savez, finit-il par dire, quand Tim m'a parlé de votre visite, votre nom m'a dit quelque chose. Mais je n'arrivais pas à mettre le doigt dessus. Et puis ça m'est revenu il y a quelques instants. Vous vous êtes occupé des jeunes victimes du scandale de l'école maternelle, c'est bien ça ?

– Oui.

– Travail admirable. Comment vont-ils, ces enfants ?

– Plutôt bien.

– Vous... vous avez pris votre retraite peu de temps après la fin du programme ?

– Oui.

L'énorme tête hocha tristement.

– Une affaire tragique. L'homme s'est tué, si je me souviens bien.

– En effet.

– Une double tragédie. Ces petits qui ont subi des sévices et la vie d'un homme gâchée avant qu'il puisse trouver son salut. Ou, dit-il en souriant, pour employer un terme plus séculier, qu'il puisse se réhabiliter. Le salut et la réhabilitation sont une seule et même chose, vous ne croyez pas, docteur ?

– Je vois des similitudes dans les deux concepts.

– Certainement. Ça dépend du point de vue qu'on adopte. Je dois confesser, soupira-t-il, que j'ai parfois du mal à me défaire de ma formation religieuse quand j'envisage les relations humaines. Je dois pourtant m'y évertuer, car notre société ne supporte pas la moindre interférence entre l'Église et l'État.

Il ne s'en plaignait pas. Son large visage débordait d'une quiétude nourrie des fruits d'un long martyre. Il avait l'air en paix avec lui-même, aussi comblé qu'un hippopotame paressant dans la vase.

– Croyez-vous que cet homme, celui qui s'est tué, aurait pu se réhabiliter ? me demanda-t-il.

– C'est difficile à dire. Je ne le connaissais pas. Les statistiques ne sont pas encourageantes pour ceux qui ont été pédophiles toute leur vie.

– Les statistiques...

Il joua avec le mot, le faisant rouler sur sa langue. Il aimait le son de sa propre voix.

– Les statistiques ne sont jamais que des chiffres, non ? poursuivit-il. Qui ne tiennent pas compte de l'individu. Et si j'en crois Tim, sur le plan mathématique les statistiques ne sont pas pertinentes pour un seul individu. C'est exact ?

– Oui, c'est vrai.

– Quand on me parle de statistiques, ça me rappelle toujours une histoire drôle. Ça se passe chez les ploucs de l'Oklahoma – ce genre de blagues était à la mode à une époque. Une femme qui avait eu dix enfants sans trop d'états d'âme se met à paniquer quand elle apprend qu'elle attend son onzième. Son médecin lui demande pourquoi elle se met dans cet état alors qu'elle a déjà connu à dix reprises l'épreuve de la grossesse et de l'accouchement. Elle lui répond qu'elle a lu quelque part que le onzième des enfants nés en Oklahoma était indien et qu'elle n'avait fichtre pas l'intention d'élever un Peau-Rouge !

Il s'esclaffa, le ventre secoué de spasmes, les yeux réduits à deux fentes noires. Ses lunettes glissèrent sur son nez et il les releva.

– Voilà qui vous résume ce que je pense des statistiques, docteur ! Vous savez, la plupart des enfants de la Casa étaient des statistiques avant d'arriver ici. Le matricule d'un médecin dans leur dossier au tribunal des tutelles, un code permettant aux assistantes sociales de faire leurs classements, les résultats de leur QI. Ces chiffres disaient que l'espoir n'était pas permis. Ces enfants, nous, nous les accueillons et nous nous acharnons à transformer ces chiffres en de petits individus. Je me moque du QI d'un enfant, je veux l'aider à conquérir ses droits inaliénables d'être humain : l'égalité des chances, la santé et de quoi vivre, et si vous me permettez une incartade cléricale, l'âme. Parce qu'il se trouve une âme chez chacun de ces enfants, même ceux qui en sont au stade végétatif.

– Je suis d'accord, il ne faut pas s'en tenir aux chiffres.

Kruger savait se servir des statistiques quand elles allaient dans son sens et j'étais prêt à parier que la Casa comptait un ou deux ordinateurs capables de cracher les chiffres adéquats.

– Notre travail consiste à changer les choses. De l'alchimie en quelque sorte. C'est pourquoi je suis toujours profondément attristé par un suicide. Par tout suicide. Parce que tous les hommes peuvent être sauvés. Cet homme a choisi l'ultime capitulation. Il est vrai, dit-il en baissant la voix, que capituler est devenu l'essence même de l'homme moderne, n'est-ce pas, docteur ? La mode, c'est de baisser les bras après des efforts de rien du tout. Aujourd'hui, les gens veulent des solutions faciles et rapides.

Y compris, à n'en pas douter, ceux qui prenaient leur retraite à trente-deux ans.

– Des miracles se produisent quotidiennement ici même. Des enfants laissés-pour-compte apprennent à se voir autrement. Un enfant incontinent apprend à maîtriser ses intestins. (Il s'interrompit, tel l'homme politique après une formule faite pour déclencher les applaudissements.) Des enfants prétendument débiles apprennent à lire et à écrire. Modestes miracles, sans doute, si on les compare à l'homme qui marche sur la Lune. Et encore. (Il haussa les sourcils et entrouvrit les lèvres, révélant des dents espacées comme celles d'un cheval.) Naturellement, docteur, si le terme « miracle » vous semble trop connoté, on peut y substituer celui de « réussite ». Voilà un mot que peut comprendre l'Américain moyen : la réussite.

Dans la bouche d'un autre, cela aurait pu donner un sermon à deux sous digne d'un bonimenteur du dimanche matin. Mais McCaffrey était doué et ses paroles portaient toute la conviction de celui qui a été ordonné pour une mission sacrée.

– Puis-je vous demander pourquoi vous avez pris votre retraite ? enchaîna-t-il d'un ton plaisant.

– Je voulais changer de rythme, révérend. Avoir du temps pour faire le point.

– Je comprends. La réflexion peut être profondément bénéfique.

J'imagine que vous ne comptez pas rester éloigné de votre profession trop longtemps. Nous avons besoin de gens de qualité dans votre domaine.

Le prêche n'était pas terminé, mais s'y ajoutait maintenant un petit massage de mon ego. Je comprenais pourquoi il faisait un tabac auprès des chefs d'entreprise.

– Justement, le travail avec les enfants commence à me manquer et c'est pour ça que je vous ai contacté.

– Parfait, parfait. La psychologie y a perdu, mais nous allons y gagner. Vous avez travaillé au Western Pediatric, non ? Je crois avoir lu ça dans le journal.

– Oui, et j'avais aussi mon cabinet.

– Un hôpital remarquable. Nous y envoyons beaucoup de nos enfants quand un suivi médical est nécessaire. J'y connais certains médecins et beaucoup se montrent très généreux, y compris de leur temps.

– Ce sont des hommes très occupés, révérend. Vous devez être très convaincant.

– Pas tant que ça. Cela dit, je reconnais chez l'homme un besoin fondamental de donner, une pulsion altruiste si vous préférez. Je sais que cela va à l'encontre de la psychologie moderne qui ne reconnaît que des pulsions égoïstes, mais je suis convaincu d'avoir raison. L'altruisme est aussi primordial que la faim et la soif. Prenons votre cas par exemple : vous satisfaisiez vos élans altruistes grâce à votre métier. Mais quand vous avez arrêté de travailler, la faim est revenue. Et vous voilà ! dit-il en écartant les bras.

Il ouvrit un tiroir du bureau et en sortit une brochure qu'il me tendit. Présentation soignée sur papier glacé... on aurait dit les comptes trimestriels d'un conglomérat.

– Vous trouverez en page six la liste de quelques membres de notre conseil d'administration.

J'ouvris à la page en question. Quoique incomplète, la liste était déjà bien longue, occupant la totalité de la page en tout petits caractères. Et impressionnante. Y figuraient deux superviseurs des élections, un conseiller municipal, le maire, des magistrats, des mécènes, des noms du show-business, des avocats, des hommes d'affaires et beaucoup de médecins, dont certains m'étaient connus. Comme L. Willard Towle.

– Toutes ces personnes ont des emplois du temps très chargés, docteur. Pourtant, elles trouvent du temps à consacrer à nos enfants.

Parce que nous savons puiser au fond d'elles-mêmes, à la source de leur altruisme.

Je feuilletai la brochure. On y trouvait une lettre de soutien du gouverneur de l'État, beaucoup de photos d'enfants en train de s'amuser et encore plus de photos de McCaffrey. Son imposante personne apparaissait en costume rayé sur un plateau de télé, en smoking à un concert de charité, en survêtement avec certaines de ses ouailles sur une ligne d'arrivée aux Jeux paralympiques. McCaffrey aux côtés de stars du petit écran, de défenseurs des droits civiques, de chanteurs *country* et de présidents de banque.

Vers le milieu de la brochure, je tombai sur une photo de McCaffrey dans un amphithéâtre qui m'était familier : celui du Western Pediatric. Il était flanqué de Towle, avec son étincelante chevelure blanche, et d'un petit homme trapu aux airs de grenouille et à la mine sinistre malgré son sourire. Le type avec des yeux à la Peter Lorre dont j'avais vu la photo dans le bureau de Towle. La légende l'identifiait comme l'honorable Edwin G. Hayden, président du tribunal des tutelles. Tous trois étaient réunis pour une conférence de McCaffrey : « La protection de l'enfance, passé, présent et avenir ».

– Le Dr Towle s'implique beaucoup à la Casa ? demandai-je.

– Il est membre du conseil et fait partie des médecins qui assurent la rotation. Vous le connaissez ?

– Nous nous sommes croisés. Je le connais de réputation.

– Oui. Il fait autorité en pédiatrie comportementaliste. Il nous rend des services inestimables.

– Je n'en doute pas.

Il passa ensuite un quart d'heure à me montrer son livre, un volume à couverture souple imprimé dans la région, un ramassis de clichés édulcorés avec un superbe graphisme. Je lui en pris un exemplaire – pour quinze dollars –, après qu'il m'eut débité un appel au portefeuille plus subtil que celui de Kruger. Il régnait dans son bureau une ambiance de braderie discount qui rendait son laïus tout à fait crédible. De toute manière, j'avais eu ma dose d'optimisme forcené et ce n'était pas trop cher payé pour un répit.

Il prit mes trois billets de cinq dollars, les plia et les plaça cérémonieusement dans un tronc posé sur le bureau. Le réceptacle était décoré avec le dessin d'un visage, un enfant à la mine grave dont les yeux rappelaient ceux de Melody Quinn par la taille et la luminosité, et la douleur intérieure qu'ils exprimaient.

Il se leva, me remercia d'être passé et prit ma main dans les siennes.

– J'espère que nous allons vous revoir, docteur. Bientôt.

Ce fut à mon tour de sourire.

– Vous pouvez y compter, révérend.

Dans la salle d'attente, Mère-Grand m'attendait de pied ferme avec une pile de documents agrafés et deux crayons HB bien taillés.

– Vous n'avez qu'à les remplir ici, docteur Delaware, dit-elle d'un ton charmant.

Je consultai ma montre.

– Zut... Il est beaucoup plus tard que je ne pensais. Je vais devoir faire ça à un autre moment.

– Mais..., dit-elle, visiblement décontenancée.

– Et si je les emmenais chez moi ? Je les remplis et je vous les renvoie.

– Non, je ne peux pas faire ça. Ce sont des tests psychologiques ! dit-elle en les serrant contre sa poitrine. La règle, c'est que vous devez les remplir ici.

– Dans ce cas il faudra que je repasse, dis-je en faisant mine de m'en aller.

– Attendez ! Je vais poser la question. Je vais demander au révérend Gus si...

– Il m'a dit qu'il se retirait pour méditer. Je ne pense pas qu'il veuille être dérangé.

– Ah... (Elle était perdue.) Il faut bien que je demande à quelqu'un. Attendez-moi ici, docteur, je vais chercher Tim.

– D'accord.

Dès qu'elle fut partie, je sortis discrètement par la porte.

Le soleil était presque couché. On était dans la phase transitoire où la palette diurne se nettoie progressivement, où les couleurs disparaissent pour laisser place à du gris délavé, à l'heure entre chien et loup où tout prend des contours un peu flous.

Je me dirigeai vers ma voiture, indécis. Je venais de passer trois heures à la Casa sans apprendre grand-chose, si ce n'est que le révérend Augustus McCaffrey était un vieux renard avec les glandes du charisme hypertrophiées. Il avait pris le temps de se renseigner sur mon compte et avait tenu à me le faire savoir. Mais il fallait être parano pour y voir un signe inquiétant. Il roulait les mécaniques et m'avait montré qu'il était bien informé et préparé. Pareil quand il se vantait d'avoir tant d'amis haut placés. Tout ça n'était que de l'épate psychologique. Le pouvoir respecte le pouvoir, les puissants gravitent les uns autour des autres. Plus McCaffrey étalerait ses relations et plus il s'en ferait. Et c'était là le moyen de ramasser beaucoup de fric. Sans compter les troncs avec de jeunes visages au regard triste.

J'introduisis la clé dans la serrure de ma portière. Le campus s'étendait devant moi, aussi calme et désert qu'une ferme bien gérée après une bonne journée de travail. Sans doute l'heure du dîner. Les enfants devaient se trouver au réfectoire sous la surveillance des étudiants, en train d'écouter l'éloquente bénédiction du révérend Gus.

Je me sentis un peu bête.

J'étais sur le point d'ouvrir la portière quand j'entrevis du mouvement près de la forêt, à une centaine de mètres de là. Sans en être certain, j'avais cru voir qu'on se débattait, et entendre des cris étouffés.

Je remis les clés dans ma poche et laissai tomber le livre de McCaffrey sur le gravier. Il n'y avait personne aux alentours, à part le garde posté à l'entrée, mais il portait son attention dans la direction opposée. Il fallait que je me rapproche sans me faire repérer. Précautionneusement je descendis la colline en haut de laquelle se trouvait le parking, me dissimulant derrière des bâtiments quand je le pouvais. Au loin, les silhouettes se déplaçaient elles aussi, mais plus lentement.

Ne pouvant plus avancer qu'à découvert, je me plaquai contre le mur rose bonbon du dortoir le plus au sud. Le sol était humide et spongieux ; une benne à ordures dégageait des odeurs pestilentielles. Quelqu'un avait voulu écrire « merde » sur la peinture rose, mais la tôle ondulée n'était pas une surface commode et ça ressemblait plus à des griffures de poule.

Les bruits se rapprochaient et devenaient plus distincts. C'était clairement des cris de détresse – une plainte animale.

J'apercevais trois silhouettes, deux grandes et une nettement plus petite. La petite avait l'air de marcher dans les airs.

Je me rapprochai légèrement, jetant un coup d'œil à l'angle du bâtiment. Les trois silhouettes se déplaçaient à la lisière sud du complexe et passèrent à moins d'une dizaine de mètres de moi. Traversant la terrasse de la piscine, elles furent éclairées par une lampe anti-moustiques fixée à l'avant-toit de la remise.

Je pus alors les distinguer clairement, comme figées par un flash dans la lumière jaune citron.

La plus petite des silhouettes était celle de Rodney, et il m'avait semblé marcher dans l'air parce qu'il était porté d'une main ferme par Halstead, l'entraîneur, et Tim Kruger. Ils le tenaient sous les aisselles, ses pieds pendant à quelques centimètres du sol. Malgré la force des deux adultes, le garçon se débattait. Il gigotait et donnait des coups de pied comme un furet pris au piège et ouvrait la bouche pour émettre des gémissements indistincts. Halstead lui plaqua sa main velue sur la bouche, mais le gamin parvint à se dégager et cria de plus belle. Le barbu le fit taire une nouvelle fois, la manœuvre se répétant tandis qu'ils quittaient le champ de la lumière puis ma ligne de mire, l'alternance des cris et des grognements étouffés formant un infernal solo de trompette qui s'amenuisa avant de cesser pour de bon.

Tout était de nouveau silencieux et je me retrouvai seul, adossé au mur, en nage, mes vêtements poisseux me collant à la peau. J'aurais voulu accomplir un geste héroïque, briser l'inertie paralysante qui avait englouti mes chevilles comme un ciment à prise rapide.

Mais je ne pouvais sauver personne. J'étais hors de mon élément. Si je les suivais, on me fournirait une explication rationnelle et une bande de vigiles aurait tôt fait de me mettre dehors, notant soigneusement mon visage pour que la Casa me soit interdite à jamais.

Je ne pouvais pas me permettre ça – pas encore.

Je restai donc contre le mur, figé dans le calme de cette ville fantôme, écœuré et désemparé. Je serrai les poings jusqu'à ce qu'ils me fassent mal, écoutai le raclement précipité de ma respiration, comme un frottement de bottes sur des dalles.

Je chassai de mon esprit l'image du gamin se débattant.

Quand je fus certain de ne courir aucun risque, je regagnai ma voiture à pas de loup.

17

Quand j'appelai une première fois, à 8 heures du matin, personne ne répondit. Une demi-heure plus tard, l'université d'Oregon était ouverte.

– Département des sciences de l'éducation, bonjour.

– Bonjour. Je suis le Dr Gene Adler, j'appelle de Los Angeles. Je travaille au service de psychiatrie du Western Pediatric Medical Center. Nous sommes en train de recruter pour un poste de conseiller psychologique. L'un de nos candidats indique sur son CV qu'il est titulaire d'un DEA en psychologie éducative de votre université. Nous procédons à des contrôles de routine... Vous serait-il possible de vérifier ce point ?

– Je vais vous passer Marianne, au service de la scolarité.

Marianne avait une voix chaleureuse et sympathique, mais quand je lui répétai mon histoire, elle me répondit fermement que je devais faire une demande par écrit.

– Je veux bien, dis-je, mais ça va prendre du temps. Beaucoup de candidats sont en compétition pour ce poste. Nous comptons prendre notre décision sous vingt-quatre heures. Ce n'est qu'une formalité, une simple vérification dans vos archives, mais pour des raisons d'assurance en responsabilité civile nous sommes tenus de le faire. Si vous le souhaitez, je peux demander au candidat de vous appeler pour vous autoriser à divulguer l'information. C'est dans son intérêt.

– Bon... Je suppose que ça doit être possible. Vous voulez juste savoir si cette personne a bien obtenu un diplôme, c'est ça ? Rien de plus personnel ?

– C'est exact.

– Comment s'appelle le candidat ?

– Timothy Kruger. Son CV fait état d'un DEA datant d'il y a quatre ans.

– Un instant.

Elle s'absenta dix minutes et eut l'air embêtée lorsqu'elle reprit l'appareil.

– Eh bien, docteur, votre vérification de routine n'était pas inutile. Nos dossiers ne comportent aucune trace de diplôme remis à une personne de ce nom au cours des dix dernières années. Toutefois, nous avons eu un Timothy Jay Kruger qui était inscrit en troisième cycle il y a quatre ans, mais sa spécialisation était l'enseignement secondaire, pas la psychologie éducative, et il a abandonné au bout d'un semestre.

– Je vois. C'est très ennuyeux. Sauriez-vous pourquoi il a abandonné ?

– Pas du tout. Ça n'a plus grande importance, non ?

– Non, j'imagine que non. Vous êtes bien certaine de ce que vous dites ? Je ne voudrais pas hypothéquer la carrière de M. Kruger...

– Il n'y a pas le moindre doute, dit-elle, vexée. J'ai vérifié moi-même, et deux fois, et j'ai ensuite posé la question au Pr Gowdy, le responsable du département. Il m'assure qu'aucun Timothy Kruger n'est diplômé de chez nous.

– Voilà qui règle la question et ce M. Kruger nous apparaît sous un tout autre jour. Vous pourriez vérifier autre chose ?

– Quoi donc ?

– M. Kruger indique aussi sur son CV une maîtrise en psychologie de Jedson College, dans l'État de Washington. Vous avez ce genre d'informations dans vos dossiers ?

– Ça devrait figurer dans son dossier d'admission en DEA. On a sans doute une photocopie du diplôme, mais je ne vois pas pourquoi...

– Marianne, je vais devoir signaler ça à la commission professionnelle parce qu'il détient abusivement une licence d'exercice. J'ai besoin de toutes les informations.

– Je vois. Laissez-moi vérifier.

Cette fois elle ne s'absenta qu'un instant.

– Docteur, j'ai sous les yeux la photocopie du diplôme de Jedson. Il a bien obtenu sa maîtrise, mais pas en psychologie.

– En quoi alors ?

Elle rigola.

– En art dramatique. Pour jouer la comédie.

J'appelai l'école de Raquel Ochoa et demandai qu'on la dérange en pleine classe. Malgré cela, elle parut contente de m'entendre.

– Salut. Comment avance l'enquête ?

– Ça progresse, lui répondis-je en mentant. C'est pour ça que je vous appelle. Est-ce qu'Elena tenait un journal ou conservait des papiers à l'appartement ?

– Non. Ni elle ni moi n'étions du genre à tenir un journal. Même quand on était petites.

– Des cahiers, peut-être, ou des cassettes ?

– Je n'ai vu que des cassettes de musique, pour l'autoradio dans sa nouvelle voiture, et des cassettes de relaxation que Handler lui avait données. Pour l'aider à dormir. Pourquoi ?

J'ignorai la question.

– Où sont ses affaires ?

– Vous devriez le savoir. La police les avait. On a dû les rendre à sa mère. Qu'est-ce qu'il y a ? Vous avez découvert quelque chose ?

– Rien de précis. Je ne peux pas en parler. On essaye juste de reconstituer le puzzle.

– Peu m'importe comment vous vous y prenez, je vous demande simplement d'attraper ce monstre et de le faire payer.

Je tartinai ma voix d'un peu de confiance feinte raclée au fond du pot.

– On va le retrouver.

– J'en suis sûre.

Sa confiance me mit mal à l'aise.

– Raquel, je n'ai pas le dossier sous la main. Vous n'auriez pas l'adresse de sa mère ?

– Bien sûr.

Elle me l'indiqua.

– Merci.

– Vous allez rendre visite à sa famille ?

– Je me dis que ça pourrait être utile de lui parler en personne.

Elle laissa s'écouler un silence avant de parler :

– Ce sont de braves gens. Mais ils pourraient refuser de vous voir.

– Ce ne sera pas la première fois.

Elle rigola.

– Je pense que vous auriez de meilleures chances si je vous accompagnais. Je fais un peu partie de la famille.

– Ça ne vous dérange pas ?

– Pas du tout. Je tiens à vous aider. Vous voulez y aller quand ?

– Cette après-midi.

– Parfait. Je sortirai plus tôt. Je dirai que je ne me sens pas bien. Passez me prendre à 2 heures et demie. Voici mon adresse.

Elle habitait dans West L.A., pas loin de l'endroit où les autoroutes de San Diego et de Santa Monica s'unissent pour le meilleur et pour le pire, un modeste quartier de cages à lapins pour célibataires n'ayant pas les moyens de vivre à la Marina.

Je l'aperçus au bout du pâté de maisons. Elle attendait au bord du trottoir, vêtue d'un chemisier en crêpe cœur-de-pigeon, d'une jupe en jean et de bottes de cow-boy.

Elle monta dans la voiture, croisa ses jambes nues et bronzées et sourit.

– Salut.

– Salut. C'est gentil de m'accompagner.

– Comme je vous l'ai dit, j'y tiens. Je veux me sentir utile.

Je filai vers le nord, en direction de Sunset. Un air de jazz passait à la radio, quelque chose de *free* et d'atonal, avec des solos de saxophone ressemblant à des sirènes de police et une batterie comme en crise de tachycardie.

– Vous pouvez mettre autre chose, si vous préférez.

Elle appuya sur quelques touches, tourna le bouton et trouva une station pop. Une voix chantait les amours perdues et la nostalgie des vieux films d'antan.

– De quoi voulez-vous leur parler ? demanda-t-elle en se calant dans son siège.

– J'aimerais savoir si Elena leur parlait de son travail, particulièrement de cet élève mort. Et de tout ce qui pourrait concerner Handler.

Son regard était plein de questions, mais elle les garda pour elle.

– Handler est un sujet délicat. Ça ne leur plaisait pas qu'elle sorte avec un homme beaucoup plus âgé qu'elle. Et..., dit-elle en marquant une hésitation, un Blanc, par-dessus le marché. Dans ce genre de situation, les gens ont tendance à nier, à ne même pas admettre que ce sont des choses qui arrivent. C'est culturel.

– Dans une certaine mesure, c'est tout simplement humain.

– Peut-être, dans une certaine mesure. Nous autres, Hispaniques, avons plus tendance à le faire. À cause du catholicisme. Et aussi de notre sang indien. Comment peut-on survivre dans des régions aussi rudes que celles où nous vivions sans nier la réalité ? On sourit, on fait comme si c'était un coin fertile et luxuriant, avec de l'eau et de la nourriture en abondance, et le désert n'a plus l'air aussi épouvantable.

– Vous avez des idées sur la façon d'aborder le sujet malgré leurs réticences ?

– Je ne sais pas. (Elle avait l'air d'une parfaite écolière, avec ses mains croisées sur ses genoux.) Il vaudrait peut-être mieux que je parle en premier. Cruz, la maman d'Elena, m'a toujours appréciée. Peut-être qu'elle m'écoutera. Mais ne vous attendez pas à des miracles.

Sur ce point, elle n'avait pas grand souci à se faire.

Echo Park est une parcelle d'Amérique latine transposée parmi les rues poussiéreuses, pentues et flanquées de murs de soutènement en ruine qui serpentent entre Hollywood et le centre-ville de part et d'autre de Sunset Boulevard. Ces rues ont des noms tels que Macbeth, Macduff, Bonnybrae et Laguna, mais rien de poétique. Elles grimpent vers le sud, puis piquent vers le ghetto d'Union District. Au nord, elles traversent le petit parc avec un lac qui donne son nom au quartier, se transforment en pistes arides et se perdent dans la zone étrangement désertique qui surplombe Dodger Stadium et Elysian Park, où est installée l'académie de police de Los Angeles.

Sunset Boulevard change de visage en quittant Hollywood pour entrer dans Echo Park. Cinémas pornos et hôtels de passe cèdent la place aux *botánicas* et *bodegas*, aux disquaires latinos, bouis-bouis en tout genre qui proposent des *tacos* ou du poisson péruvien, fast-foods et restaurants tex-mex nettement plus chics, instituts de beauté aux vitrines gardées par des têtes en polystyrène coiffées de perruques blondes, boulangeries cubaines, dispensaires associatifs, bars et centres culturels. Comme dans beaucoup de quartiers pauvres, la partie de Sunset qui traverse Echo Park est souvent envahie par les piétons.

La Seville se frayait lentement un passage parmi la foule de l'après-midi. Il régnait une atmosphère aussi brûlante et crépitante que le saindoux fondu qui grésillait dans les friteuses des échoppes. On croisait des voyous arborant des tatouages maison, des mères de quinze ans poussant de gros bébés dans des poussettes branlantes qui menaçaient de tomber en morceaux chaque fois qu'elles descendaient du trottoir, des poivrots, des dealers, des avocats spécialistes du droit de l'immigration avec leurs cols de chemise empesés, des femmes de ménage sorties faire une commission, des grand-mères, des vendeurs de fleurs, un flot ininterrompu d'enfants aux yeux marron.

– Ça me fait tout bizarre de revenir ici, dit Raquel. Et dans une jolie voiture.

– Vous êtes partie depuis combien de temps ?

– Mille ans !

Comme elle n'avait pas l'air de vouloir en dire davantage, je laissai tomber le sujet. Elle me fit tourner à gauche, dans Fairbank Place.

La demeure des Gutierrez était située au bout d'une rue étroite et tortueuse qui grimpait et se transformait en chemin de terre juste au-delà des contreforts. Cinq cents mètres de plus et on se serait crus seuls au monde.

J'avais remarqué que Raquel avait l'habitude de se mordiller quand elle se sentait nerveuse – les lèvres, les doigts, les poings. Là, elle se dévorait le pouce. Je me demandai ce qui la turlupinait.

Je conduisis prudemment parce qu'il y avait à peine assez de place pour une seule voiture, dépassant de jeunes types en tee-shirt qui réparaient de vieilles guimbardes avec le recueillement d'un prêtre devant l'autel, des enfants qui se léchaient les doigts tout collants de sucreries. Les ormes qu'on avait plantés en bordure de rue étaient devenus gigantesques. Leurs racines déformaient les trottoirs et des mauvaises herbes poussaient dans les fissures. Des branches effleuraient le toit de la voiture. Une vieille femme aux jambes pleines de varices et enveloppées dans des haillons poussait un caddie rempli de souvenirs dans une côte digne de San Francisco. Des graffitis souillant la moindre surface disponible proclamaient l'immortalité de Little Willie Chacon, des Têtes de mort d'Echo Parque, de los Conquistadores, des Lemoyne Boys, et de la langue de Maria Paula Bonilla.

– C'est là.

Elle m'indiqua une maisonnette en bois vert clair avec un toit marron en papier goudronné. La pelouse était brune et sèche, mais bordée de parterres de géraniums et de fleurs de pavot jaunes et orange qui ressemblaient à des sucettes. Il y avait un décor en rocaille au pied de la maison et une véranda branlante dans laquelle un homme était assis.

– C'est Rafael, le frère aîné.

Je me garai derrière une Chevrolet sur cales. Je bloquai les roues en les tournant vers le trottoir. Nous descendîmes, la poussière s'envolant en spirale sous nos talons.

– Rafael !

Raquel lui fit un grand geste. Le jeune homme mit un temps avant de porter son regard vers nous, puis il leva la main à son tour – mollement, me sembla-t-il.

– J'habitais juste au coin de la rue, reprit-elle sur le ton de la confidence.

Derrière elle, je gravis la douzaine de marches et franchis le portillon métallique entrouvert.

Rafael ne s'était pas levé. Il nous fixait avec curiosité et appréhension – et autre chose que je n'arrivai pas à identifier. Il était pâle et maigre, voire décharné, et avait les mêmes traits hispaniques et cheveux blonds que sa sœur défunte. Ses lèvres avaient perdu toute couleur et ses yeux étaient à peine entrouverts. On avait l'impression qu'il souffrait d'une infection généralisée. Les manches de sa chemise blanche, trop grande de plusieurs tailles et qui lui flottait sur les hanches, étaient retroussées jusqu'aux coudes. Son pantalon noir avait dû appartenir au costume d'un type bien en chair. Aux pieds, il portait d'épaisses chaussettes blanches et des richelieus usés au bout, sans lacets et la languette béante. Cheveux courts et coiffés en arrière.

Il avait dans les vingt-cinq ans, mais son visage était celui d'un vieillard, masque las et inquiet.

Raquel s'approcha de lui et l'embrassa délicatement sur le sommet du crâne. Il leva les yeux vers elle, mais ne montra aucune émotion.

– Salut, Rocky.

– Comment vas-tu, Rafael ?

– Ça va.

Il hocha la tête, celle-ci paraissant sur le point de se décrocher de son cou. Il posa le regard sur moi – ses yeux avaient du mal à se fixer.

Raquel se mordit la lèvre.

– On est passés vous voir, toi, Andy et ta mère. Je te présente Alex Delaware. Il travaille avec la police. Il enquête sur... Elena.

L'inquiétude se lut sur le visage du jeune homme, ses mains se resserrant autour des bras du fauteuil. Puis, comme si un metteur en scène lui avait commandé de se détendre, il me sourit, se décrispa et m'adressa un clin d'œil.

– Ouais, dit-il.

Je lui tendis la main. Il la fixa d'un air interloqué, puis sembla reconnaître un ami perdu de vue depuis longtemps et me tendit à son tour une patte décharnée. Son bras était d'une maigreur affligeante, une sorte de tige en bois tenue en place par du papier jaunâtre. Quand nos doigts se touchèrent, j'aperçus les marques. Nombreuses. La plupart anciennes, en forme de grosses cicatrices noirâtres, mais quelques-unes plus récentes et roses. L'une d'elles ne datait pas de bien longtemps, avec en son centre une minuscule tache de sang.

Sa main moite serra maladroitement la mienne. Quand je la relâchai, il laissa mollement retomber son bras.

– Salut, mec, dit-il d'une voix à peine audible.

Il détourna le regard, perdu dans son enfer imaginaire et intemporel. Seulement alors je remarquai l'air de musique que diffusait un modeste poste transistor posé par terre à côté de sa chaise. La minuscule boîte noire crachotait atrocement. La musique avait la tonalité crayeuse des notes passées par un épais filtre de boue. La tête inclinée en arrière, Rafael était aux anges. Pour lui, les chœurs célestes susurraient directement dans ses tympans de mortel.

– Rafael, dit Raquel en souriant.

Il la regarda, sourit et sombra de nouveau.

Elle le fixa, les yeux gonflés de larmes. Je m'approchai d'elle, mais elle se détourna, honteuse et pleine de rage.

– Saloperie !

– Ça fait longtemps qu'il se pique ?

– Des années. Mais je pensais qu'il avait décroché. La dernière fois que j'ai eu des nouvelles, il avait arrêté.

Elle porta la main à sa bouche, comme si elle était sur le point de s'évanouir. Je me préparai à la rattraper, mais elle se ressaisit.

– Il a commencé au Vietnam. Quand il est rentré, il était déjà sérieusement accro. Elena a dépensé beaucoup de temps et d'argent pour qu'il arrête. Il a essayé une douzaine de fois, mais il rechutait toujours. Mais là, ça faisait plus d'un an qu'il n'y touchait plus. Elena était très contente. Il avait trouvé un boulot de magasinier au Lucky, dans Alvarado Street.

Elle se tourna vers moi – ses narines frémissaient, ses yeux flottaient comme des nénuphars noirs sur une mare salée, ses lèvres vibraient comme les cordes d'une harpe.

– Tout fout le camp...

Elle se retint au pilastre de la rambarde. Je m'approchai derrière elle.

– Je suis désolé.

– Il a toujours été sensible comme garçon. Effacé même. Il ne sortait jamais avec des filles et n'avait pas d'amis. Il se faisait souvent tabasser. Quand leur père est mort, il a essayé de le remplacer, d'être l'homme de la maison. D'après la tradition, c'est le fils aîné qui doit le faire. Mais ça n'a pas marché. Personne ne le prenait au sérieux. Les gens se moquaient de lui. Nous tous d'ailleurs. Alors il a abandonné, comme s'il avait été recalé à un examen. Il a arrêté l'école et s'est mis à passer ses journées à la maison, à regarder la télé sans pouvoir se détacher de l'écran et à lire des *comics*. Quand l'armée l'a convoqué, il a paru content. Cruz a pleuré de le voir partir, mais lui était heureux.

Je le regardai, tellement avachi qu'il était presque parallèle au sol, absorbé dans son sommeil de junkie. La bouche ouverte, il ronflait bruyamment. La radio diffusait *Daddy's Home*.

Raquel le regarda une nouvelle fois, puis détourna brusquement la tête, dégoûtée. Elle portait noblement sa souffrance, telle une vierge aztèque trouvant le courage d'affronter le plus terrible des sacrifices.

Je posai mes mains sur ses épaules, elle s'appuya contre moi. Elle resta tendue, refusant de s'abandonner et ne s'autorisant que quelques larmes parcimonieuses.

– Ça démarre bien ! soupira-t-elle.

Elle inspira profondément et expira une bouffée mentholée. Elle s'essuya les yeux et se retourna.

– Vous devez croire que je n'arrête pas de pleurer. Allons, entrons.

Elle ouvrit la porte-moustiquaire qui heurta bruyamment la cloison en bois.

Nous pénétrâmes dans une petite pièce meublée de vieilles reliques entretenues avec soin. Il y faisait sombre et chaud, les fenêtres étaient fermées et obturées par des stores en parchemin jaunissant – on ne devait pas avoir souvent de la visite. Des rideaux en dentelle défraîchie aux fenêtres, des fauteuils avec dessus d'accoudoir assortis, un canapé et une causeuse en velours frappé vert foncé – plus brillant et tirant sur le vert perroquet aux endroits usés –, deux rocking-chairs en osier. Au-dessus de la cheminée était accroché le portrait des deux frères Kennedy assassinés peint sur velours noir. Des objets sculptés en bois et en onyx mexicain étaient posés sur des tables basses protégées par des napperons en dentelle. Deux lampadaires avec abat-jour à perles. Sur un mur blanchi à la chaux, un plâtre représentant le Christ à l'agonie trônait à côté d'une nature morte – une corbeille d'oranges. Un autre mur était consacré aux photos de famille – cadres ouvragés, grand portrait d'Elena le jour de sa remise de diplôme dominant l'ensemble. Une araignée se déplaçait dans un angle du plafond.

Sur la droite, une porte entrouverte laissait entrevoir un carrelage blanc. Raquel s'en approcha et glissa la tête par l'entrebâillement.

– *Señora* Cruz ?

La porte s'ouvrit en grand et une petite femme grassouillette apparut, un torchon à la main. Elle portait une robe imprimée bleue, et ses cheveux noirs et gris étaient ramenés en un chignon maintenu en place par un peigne en imitation écaille. Des boucles d'oreilles argentées pendaient à ses oreilles et deux taches rose saumon marquaient ses pommettes. Elle avait la peau aussi douce et délicate que celle d'un bébé, comme toutes les femmes âgées qui ont été belles.

– Raquelita !

Elle posa son torchon, sortit de la cuisine et les deux femmes s'étreignirent longuement.

Quand elle m'aperçut par-dessus l'épaule de Raquel, elle me sourit. Mais son visage se referma aussitôt comme le coffre d'un prêteur sur gages. Elle s'écarta et s'inclina légèrement.

– *Señor*, dit-elle avec trop de déférence.

Puis elle dévisagea Raquel en haussant un sourcil.

– Bonjour, *señora* Gutierrez.

Raquel lui parla en espagnol à un rythme effréné. Je ne reconnus que les mots *Elena*, *policía* et *doctor*. Elle termina par une question.

Mme Gutierrez l'écouta poliment, puis fit non de la tête.

– *No*.

Certaines choses se comprennent dans toutes les langues.

Raquel se tourna vers moi.

– Elle dit qu'elle a déjà tout dit à la police la première fois.

– Vous pouvez lui parler du petit Nemeth ? Ils n'ont pas abordé le sujet.

Elle se retourna, mais s'arrêta avant même de lui poser la question.

– Et si nous prenions notre temps ? dit-elle. Ça aiderait qu'on accepte quelque chose à manger. Laissons-la tenir son rôle de maîtresse de maison, nous offrir ce qu'elle a.

Je lui confiai que j'avais justement faim. Elle transmit l'information à Mme Gutierrez qui opina du chef et regagna sa cuisine.

– Asseyons-nous, suggéra Raquel.

Je choisis la causeuse, elle se blottit dans un coin du canapé.

La *señora* revint avec des gâteaux, des fruits et du café. Elle posa une question à Raquel.

– Elle demande si c'est assez ou si vous voulez aussi du chorizo maison.

– Dites-lui que c'est parfait. Mais, s'il est préférable que je prenne du chorizo, j'accepterai volontiers.

Raquel s'adressa à Mme Gutierrez. Quelques instants plus tard, j'avais devant moi un plateau avec du chorizo, du riz, des fèves à la mexicaine et de la salade avec une vinaigrette au citron.

– *Muchas gracias, señora*.

J'attaquai mon assiette. Je ne comprenais pas grand-chose de leur conversation, mais ça semblait être des banalités. Les deux femmes se touchaient beaucoup, échangeant des tapes amicales sur les mains et des caresses sur les joues. Elles souriaient et paraissaient avoir oublié ma présence. Brusquement, l'ambiance changea du tout au tout et les rires se transformèrent en larmes. Mme Gutierrez quitta la pièce en courant pour se réfugier dans sa cuisine.

Raquel hocha la tête.

– On parlait du bon vieux temps, quand on était petites filles, Elena et moi. Comment on se cachait dans les buissons pour jouer à la secrétaire en faisant semblant d'avoir des bureaux et des machines à écrire. C'est dur pour elle.

Je poussai mon assiette de côté.

– Vous pensez qu'on ferait mieux de partir ?

– On va attendre un peu. Ce sera plus respectueux, dit-elle en nous resservant du café.

Au-delà de la porte à moustiquaire, j'apercevais le sommet de la tête blonde de Rafael au-dessus du dossier de sa chaise. Son bras pendait sur le côté et sa main effleurait le sol. Il ne ressentait plus ni plaisir ni douleur.

– Elle vous a parlé de Rafael ? demandai-je.

– Non. Comme je vous l'ai dit, il est plus facile de nier.

– Mais comment peut-il se shooter là, juste sous son nez, sans se cacher ?

– Au début, elle pleurait beaucoup. À la longue, on accepte que les choses ne tournent pas comme on l'aurait souhaité. Croyez-moi, elle a eu de l'entraînement. Si vous lui parlez de son fils, elle vous expliquera qu'il est malade. Comme s'il avait un rhume ou la rubéole. Le tout est de se soigner comme il faut. Vous avez entendu parler des *curanderos* ?

– Les guérisseurs ? Oui. Beaucoup de mes patients hispaniques à l'hôpital faisaient appel à eux en même temps qu'à la médecine classique.

– Vous connaissez leur méthode ? S'intéresser aux gens. Dans notre culture, le professionnel froid et distant est considéré comme quelqu'un sans compassion, qui peut aussi bien vous apporter le *mal ojo*... le mauvais œil... que vous guérir. Le *curandero*, par contre, n'a quasiment aucune formation et aucun des moyens de la technologie moderne, tout au plus quelques poudres de serpent. Mais il s'intéresse aux gens. C'est quelqu'un qui habite dans la communauté, qu'on connaît bien et qui est chaleureux et très doué pour les rapports humains. D'une certaine manière, c'est plus un guérisseur psychologue qu'un guérisseur médecin. C'est pour ça que je vous ai conseillé de manger, pour établir une relation personnelle. Je lui ai dit que vous vous intéressiez aux gens. Autrement, elle ne dira rien. Elle restera polie, très grande dame... Cruz est de la vieille école... ce qui ne l'empêchera pas de vous envoyer promener. (Elle but une gorgée de café.) C'est pour ça que les policiers n'ont rien obtenu quand ils sont venus ici, comme la plupart du temps à Echo Park, East L.A. et San Fernando. Ils sont trop professionnels. Ils ont beau avoir les meilleures intentions, on les voit toujours comme des robots blancs. Dites, Alex, je ne me suis pas trompée ? Vous prenez bien les choses à cœur ?

– Bien sûr.

Elle m'effleura le genou.

– Cruz a emmené Rafael chez un *curandero* il y a des années de ça, quand il a commencé à sécher l'école. L'homme l'a regardé au fond des yeux et a dit qu'ils étaient vides. Il a expliqué à Cruz que c'était une maladie de l'âme, pas du corps. Qu'il fallait le confier à l'Église, comme prêtre ou moine, pour qu'il se sente utile.

– Pas mauvais comme conseil.

Elle reprit une gorgée de café.

– En effet. Certains d'entre eux ont beaucoup de finesse. C'est leur intelligence qui les fait vivre. Peut-être qu'il ne serait pas tombé dans la drogue si elle avait suivi le conseil. Qui sait ? Mais elle ne pouvait pas se séparer de son fils. Ça ne m'étonnerait pas qu'elle se culpabilise pour ce qu'il est devenu. Et pour tout le reste.

La porte de la cuisine s'ouvrit. Mme Gutierrez en sortit, portant un brassard noir et un nouveau visage, mais pas seulement à cause du maquillage. Un visage endurci pour résister au bain d'acide d'un interrogatoire.

Elle s'assit à côté de Raquel et lui murmura quelque chose en espagnol.

– Elle dit que vous pouvez lui demander ce que vous voulez.

J'inclinai la tête avec une gratitude dont j'espérais qu'elle transparaissait.

– Dites à la *señora* que je partage la douleur de son deuil et que j'apprécie énormément qu'elle prenne le temps de me parler dans cette période pénible.

La *señora* écouta la traduction, puis m'adressa un rapide signe de tête.

– Demandez-lui si Elena lui parlait de son travail. Particulièrement pendant la dernière année.

Tandis que Raquel lui traduisait ce que je venais de dire, un sourire nostalgique éclaira le visage de Mme Gutierrez.

– Seulement pour se plaindre du salaire insuffisant des enseignants. Elena trouvait que ça faisait de longues heures et que les enfants étaient parfois difficiles.

– Certains enfants en particulier ?

Échange à voix basse.

– Non. La *señora* vous rappelle qu'Elena avait un poste particulier, auprès d'enfants avec des difficultés d'apprentissage. Tous ses élèves avaient des problèmes.

Je me demandai si la morte avait choisi sa spécialisation à cause de son enfance avec un grand frère comme Rafael.

– Parlait-elle de son élève qui a été renversé, le petit Nemeth ?

En entendant la question, Mme Gutierrez hocha tristement la tête, puis répondit.

– Elle en a parlé une ou deux fois. Elle disait que ça la rendait très triste. Que c'était un vrai drame.

– Rien d'autre ?

– Ce serait mal venu d'insister, Alex.

– Bon. Essayons autre chose. Est-ce qu'Elena avait l'air d'avoir plus d'argent que d'habitude, ces derniers temps ? A-t-elle fait des cadeaux luxueux à quelqu'un de la famille ?

– Non. Elle dit qu'Elena se plaignait toujours de ne pas avoir assez d'argent. Elle aimait les jolies choses. Une seconde...

Elle écouta Mme Gutierrez en hochant la tête.

– Ça n'a pas toujours été le cas, parce que la famille n'était pas riche. Même quand son mari était vivant. Mais Elena travaillait dur. Elle s'offrait des petits plaisirs. Elle achetait à crédit, mais elle remboursait toujours, on ne lui a jamais rien saisi. C'était une fille dont une mère pouvait être fière.

Je croyais que d'autres larmes allaient surgir, mais non. La mère éplorée me défiait du regard, avec une expression sombre et froide. *Je vous défie de salir la mémoire de ma petite fille.*

Je me détournai.

– Vous croyez que je peux lui parler de Handler ?

Avant que Raquel puisse répondre, Mme Gutierrez cracha. Gesticulant des deux mains, elle haussa le ton et proféra ce qui devait être une litanie d'injures. Elle conclut sa diatribe par un nouveau crachat.

– Faut-il que je traduise ? demanda Raquel.

– Pas la peine.

Je me creusai l'esprit pour trouver un nouvel angle d'attaque. Normalement, j'aurais commencé par bavarder d'un ton badin avant d'en venir subtilement aux questions plus directes. Je m'en voulais de conduire cet entretien aussi gauchement, mais travailler avec un interprète était comme opérer un patient avec des gants de jardinage.

– Demandez-lui si elle a autre chose à me dire qui pourrait nous aider à retrouver le type qui a... à vous de choisir les mots.

La *señora* écouta et répondit d'un ton véhément.

– Rien. Elle dit que le monde est devenu fou et plein de démons. C'est un démon qui a fait ça à Elena.

– *Muchas gracias, señora.* Demandez-lui si je peux jeter un coup d'œil aux affaires d'Elena.

Raquel posa la question et la mère réfléchit. Elle me regarda de la tête aux pieds, soupira et se leva.

– *Venga*, dit-elle.

Elle me conduisit à l'arrière de la maison. Les vestiges des vingt-huit années d'existence d'Elena Gutierrez étaient stockés dans des cartons rangés dans un recoin qui tenait lieu de débarras. Une porte vitrée donnait sur le jardin. Un abricotier noueux et difforme y poussait, déployant ses branches chargées de fruits au-dessus du garage.

De l'autre côté du couloir se trouvait une petite chambre avec deux lits – le domaine des frères. De là où je me tenais accroupi, j'aperçus une commode en érable et des étagères en bois brut posées sur des parpaings. Chaîne hi-fi bas de gamme et quelques disques. Une cartouche de Marlboro et des livres de poche empilés sur la commode. Un lit soigneusement fait, l'autre avec les draps défaits. Ils étaient séparés par une table de nuit en pin, avec une lampe au socle en plastique, un cendrier et un magazine porno espagnol.

Me faisant l'effet d'un voyeur, je pris le premier carton et entamai mon périple archéologique dans la culture pop.

Au bout de trois cartons, je commençai à avoir le blues. J'avais de la poussière plein les mains et des images de la jeune victime plein la tête. Je n'avais rien trouvé d'essentiel, juste les fragments que ramène toujours une fouille prolongée. Des habits avec un parfum de jeune fille, du maquillage entamé – tous souvenirs d'une personne qui s'était donné la peine de se faire des cils longs et épais, de gratifier ses cheveux de l'éclat des pubs, de cacher ses défauts, de faire briller ses lèvres et de sentir bon partout où il faut. Pense-bêtes – passer prendre des œufs chez Vons, du vin chez Vendôme – et autres cryptogrammes, tickets de pressing, facturettes de carte de crédit provenant de stations-service. Des livres – beaucoup, surtout des biographies et de la poésie. Des souvenirs, un ukulélé miniature d'Hawaï, un cendrier d'un hôtel de Palm Springs, des chaussures de ski, une plaquette de pilules contraceptives à peine entamée, de vieilles préparations de cours, des circulaires du directeur de l'école, des dessins d'enfants – aucun d'un garçon s'appelant Nemeth.

J'avais trop l'impression de violer une sépulture. Plus que jamais je compris pourquoi Milo buvait tant.

Il restait deux cartons. Je m'y attelai en accélérant le rythme. J'avais presque terminé quand la pétarade d'une moto emplit la pièce avant de s'arrêter net. La porte de derrière s'ouvrit, un bruit de pas résonna dans le couloir.

– Putain, qu'est-ce que...

Âgé de dix-neuf ou vingt ans, petit et trapu, il portait un débardeur marron dégoulinant de sueur qui dévoilait toute sa musculature, un pantalon kaki taché de cambouis et des bottes crottées. Un bandeau de cuir tressé retenait ses longs cheveux ébouriffés qui lui tombaient sur les épaules. Il avait des traits fins, presque délicats, qu'il cherchait à dissimuler en se faisant pousser la barbe et la moustache. Une moustache épaisse et luxuriante lui couvrait la lèvre et luisait comme de la zibeline. La barbichette n'était qu'un minuscule triangle de duvet sur le menton. Il avait l'air d'un gamin jouant Pancho Villa dans le spectacle de fin d'année.

Le trousseau de clés qu'il portait à la ceinture tinta quand il vint vers moi. Il brandissait deux poings crasseux et empestait l'huile de moteur.

Je lui montrai mon badge du LAPD. Il jura, mais se figea.

– Écoute, mec, vous êtes déjà venus la semaine dernière. On vous a dit qu'on savait rien... (Il s'interrompit en voyant le contenu des cartons déballé par terre.) Bordel ! Vous avez déjà fouillé là-dedans ? J'avais tout rangé, mec, pour les refiler à une œuvre de charité.

– C'est juste pour vérifier une deuxième fois, dis-je d'un ton aimable.

– C'est ça, mec, vous feriez mieux d'apprendre à faire ça bien du premier coup, d'accord ?

– J'aurai fini dans peu de temps.

– T'as fini maintenant, mec. Dégage !

Je me relevai.

– Laissez-moi quelques minutes pour terminer.

Dégage, mec !

Il pointa le pouce vers la porte arrière.

– J'essaye d'enquêter sur le meurtre de votre sœur, Andy. Ça ne vous coûte rien de coopérer.

Il fit un pas de plus vers moi. Il avait des taches de cambouis sur le front et sous les yeux.

– Je te permets pas de m'appeler Andy. T'es chez moi et je suis *M. Gutierrez.* Et ton histoire d'enquête, on me la fait pas. Vous allez jamais choper le type qu'a fait ça à Elena parce que vous vous en tapez. Vous débarquez chez les gens pour fouiller dans leurs affaires et vous les traitez comme des péquenauds. Tu ferais mieux d'aller sur le terrain pour choper ce type, mec. Si c'était à Beverly Hills et s'il avait fait ça à la gamine d'un mec friqué, on l'aurait déjà serré.

Sa voix s'étrangla et il se tut pour cacher son émotion.

– Monsieur Gutierrez, dis-je doucement, la coopération de la famille peut être très utile dans ce...

– Je t'ai déjà dit, mec, cette famille sait que dalle sur cette histoire. Tu penses qu'on connaît le genre de dingue qu'a fait un truc pareil ? Tu crois que les gens d'ici sont capables de faire ça, hein ?

Il inspecta mon badge en plissant les yeux, le déchiffrant avec effort. Il écorcha « consultant » à deux reprises avant d'arriver à le prononcer.

– Putain ! J'arrive pas à le croire, t'es même pas un vrai flic. Ils nous envoient un connard de consultant. Ça veut dire quoi, *PhD*, mec ?

– Docteur en psychologie.

– T'es psy ? On nous envoie un putain de psy ! Ils croient qu'on est barjos ! Tu penses qu'on a un cinglé dans la famille, dis ?

Je sentais son souffle sur mon visage. Il avait de longs cils et des yeux doux et marron, aussi rêveurs que ceux d'une jeune fille. Un regard à semer le trouble, à vous faire prendre une pose très machiste.

J'étais d'avis que cette famille avait son lot de problèmes, mais ne répondis pas à sa question.

– Qu'est-ce que tu viens foutre ici ? reprit-il. Tu crois que tu vas pouvoir nous fouiller la cervelle ?

Il me postillonnait dessus. La colère montait en moi. Par réflexe, j'adoptai une posture défensive de karatéka.

– Ce n'est pas du tout ça. Je peux vous expliquer. À moins que monsieur ne soit décidé à faire sa tête de mule ?

Je regrettai cette parole à l'instant même où elle quittait ma bouche.

– Elle t'emmerde, la tête de mule, connard !

Sa voix monta d'une octave et il empoigna les revers de mon veston.

J'étais prêt à réagir, mais ne bougeai pas. Je me répétai sans cesse qu'il était en deuil, qu'il n'était pas dans son état normal.

Je soutins son regard et il recula. Chacun n'attendait qu'un prétexte pour en découdre. Autant pour la civilisation...

– Dégage, mec ! Tout de suite !

– Antonio !

Mme Gutierrez se tenait dans le couloir, Raquel derrière elle. En la voyant, je me sentis soudain honteux. Je venais de foirer brillamment une situation délicate. Quel brillant psychologue je faisais !

– Maman, c'est toi qu'as laissé entrer ce type ?

Mme Gutierrez s'excusa envers moi d'un coup d'œil et s'adressa à son fils en espagnol. Celui-ci se fit tout petit sous le regard noir et le doigt menaçant de *mama*.

– Maman, je t'ai déjà dit qu'ils se f...

Il s'interrompit et poursuivit en espagnol. On aurait dit qu'il se défendait, son machisme perdant de sa superbe.

Après quelques échanges, il s'en prit à Raquel. Elle ne s'en laissa pas conter :

– Ce monsieur essaye de vous aider, Andy. Tu ferais mieux de l'aider plutôt que de le chasser.

– J'ai pas besoin d'aide. On va se débrouiller seuls, comme on a toujours fait.

Elle soupira.

– Et merde !

Il alla dans sa chambre et revint avec un paquet de Marlboro. Avec beaucoup d'affectation il en alluma une et se la ficha dans la bouche. Il disparut momentanément derrière un nuage bleu, puis, le regard hargneux, reparut, passant de moi à sa mère, puis à Raquel, avant de revenir sur moi. Il prit son trousseau à sa ceinture et se coinça les clés entre les doigts – coup-de-poing américain de fortune.

– Il faut que je file, mec. Mais quand je reviendrai, t'as intérêt à plus être là.

Il ouvrit la porte d'un coup de pied et sortit précipitamment. La moto démarra en trombe, son rugissement s'éloignant peu à peu.

Tête baissée, Mme Gutierrez dit quelque chose à Raquel.

– Elle vous demande pardon pour l'impolitesse d'Andy. Il est très perturbé depuis la mort d'Elena. Il a deux boulots et ça lui fait beaucoup de pression.

Je levai la main pour couper court à ces excuses.

– Elle n'a pas à se justifier. J'espère seulement ne pas lui avoir causé de tracas inutiles.

La traduction était superflue. L'expression sur le visage de la mère était suffisamment éloquente.

Je fouillai les derniers cartons sans grand enthousiasme et n'y trouvai rien de nouveau. L'altercation avec Andy m'avait laissé un goût amer. J'éprouvais la honte de qui a trop fouiné, trop vu ou trop entendu. Comme l'enfant qui surprend ses parents en train de faire l'amour ou le randonneur qui écarte un caillou d'un coup de pied et découvre quelque chose de dégoûtant en dessous.

Je connaissais d'autres familles comme les Gutierrez et avais déjà vu quantité d'Andy et de Rafael. Le schéma était classique : le branleur et le gosse parfait, chacun jouant son rôle avec une fatalité déprimante. L'un qui est incapable de faire face, l'autre qui essaye de tout assumer. Le branleur laisse les autres s'occuper de lui, fuit ses responsabilités, se la coule douce tout en ayant le sentiment d'être... un branleur. Le gosse parfait est sérieux et travailleur, il a deux boulots, voire trois si la situation l'exige. Il compense l'incurie du branleur, suscite l'admiration de sa famille, refuse de ployer sous le fardeau et maîtrise sa colère... presque toujours.

Je me demandai quel rôle Elena avait joué de son vivant. L'intermédiaire ? la réconciliatrice ? Être pris entre deux feux, entre le branleur et le gosse parfait, pouvait être périlleux pour l'équilibre mental.

Je rangeai ses affaires aussi soigneusement que possible.

Quand nous repassâmes dans la véranda, Rafael était toujours dans un état comateux. Le bruit du moteur de la Seville le réveilla en sursaut. Il cligna vivement des yeux, comme tiré d'un cauchemar, se leva péniblement et s'essuya le nez contre sa manche. Puis il regarda dans notre direction, l'air ahuri. Raquel détourna le regard, telle une touriste ignorant un mendiant lépreux. Comme je démarrais, j'aperçus un éclair de reconnaissance sur ses traits de drogué, puis de nouveau ce fut l'ahurissement.

Sunset Boulevard grouillait un peu moins de monde à l'approche du soir, mais les rues étaient encore très animées. Les coups de klaxon retentissaient, de la musique mariachi s'échappait des bars à pleins tubes et les éclats de rire volaient au-dessus des fumées d'échappement. Les néons s'allumaient ici ou là et quelques lumières brillaient dans les collines.

– J'ai vraiment été nul, dis-je.

– Mais non. Vous n'avez rien à vous reprocher.

Malgré son humeur sombre, elle faisait l'effort de me remonter le moral. Je lui dis que ça m'allait droit au cœur.

– Je suis sincère, Alex. Vous vous êtes montré très sensible avec Cruz... Je comprends pourquoi vous avez réussi comme psychologue. Elle vous a trouvé sympathique.

– Ce qui n'est pas le cas de toute la famille.

Elle garda le silence pendant quelques centaines de mètres.

– Andy est un brave gosse. Il n'a jamais fait partie d'un gang et l'a payé assez cher. Il est très exigeant envers lui-même. Maintenant c'est lui qui porte tout sur ses épaules.

– Avec tout ce qu'il porte déjà, pourquoi s'en rajouter ?

– Vous avez raison. Il se crée des problèmes supplémentaires. On est tous comme ça, non ? Il n'a que dix-huit ans, il a le temps de grandir.

– Je n'arrête pas de me dire que j'aurais pu m'y prendre mieux.

Je lui rapportai par le détail mon altercation avec le jeune homme.

– Le traiter de tête de mule n'a rien arrangé, mais de toute manière il était décidé à se battre en arrivant. Quand un *chicano* se met dans cet état, il n'y a pas grand-chose à faire. Ajoutez-y un peu d'alcool et vous aurez compris pourquoi on remplit les urgences tous les samedis soir avec les types qui ont pris des coups de couteau.

Je songeai à Elena Gutierrez et à Morton Handler. Eux n'avaient pas eu la chance d'arriver aux urgences. Je laissai mes pensées vagabonder un instant dans cette direction, puis je les rattrapai brusquement pour les balancer dans un trou noir quelque part au fond de mon inconscient.

Je jetai un coup d'œil à Raquel. Elle se tenait toute raide sur le cuir moelleux, refusant de se laisser aller. Son corps était immobile, à part ses mains qui jouaient nerveusement avec sa jupe.

– Vous avez faim ? lui demandai-je.

Dans le doute, s'en tenir aux trucs simples.

– Non, mais n'hésitez pas si vous voulez vous arrêter quelque part.

– J'ai encore le goût du chorizo dans la bouche.

– Alors vous n'avez qu'à me déposer chez moi.

Quand nous arrivâmes à son appartement, il faisait nuit et la rue était déserte.

– Merci de m'avoir accompagné.

– J'espère que ça vous a été utile.

– Sans vous, je courais à la catastrophe.

– Merci.

Elle sourit et se pencha vers moi. Cela commença comme une bise sur la joue, mais l'un ou l'autre d'entre nous bougea et cela se transforma en un baiser sur la bouche. Puis en un mordillement hésitant, encouragé par le désir et la chaleur, qui se mua rapidement en une morsure à pleine bouche, fiévreuse et haletante. Nous nous rapprochâmes simultanément, ses bras m'enlaçant le cou, mes mains dans ses cheveux, sur son visage, dans le creux de son dos. Nos bouches s'ouvrirent et nos langues dansèrent une valse lente. Le souffle haletant, nous nous serrions de plus en plus fort.

Nous nous embrassions à n'en plus finir, comme deux adolescents. Je défis un bouton de son chemisier. Elle émit un râle, mordilla ma lèvre inférieure, me lécha l'oreille. Ma main se fraya un chemin vers la soie tiède de son dos, agissant de son propre fait, dégrafa la fermeture de son soutien-gorge, se referma autour de son sein. Je sentais contre ma paume son téton humide, dur comme un caillou. Sa main descendit vers ma braguette, ses doigts frêles commencèrent à la baisser.

Ce fut moi qui coupai court.

– Qu'est-ce qu'il y a ?

Dans ce genre de situation, on ne peut rien dire sans tomber dans le cliché ou la crétinerie. Voire les deux, ce pour quoi j'optai.

– Je suis désolé. Ne le prends pas personnellement.

Elle se redressa, s'occupa de se reboutonner, de se ragrafer et de se recoiffer.

– Comment veux-tu que je le prenne ?

– Tu es très désirable.

– C'est ça.

– Tu m'attires beaucoup, je te jure ! J'adorerais faire l'amour avec toi.

– C'est quoi, alors ?

- Un engagement.

- Tu n'es pas marié tout de même ? Tu ne te comportes pas comme un type marié.

– Le mariage n'est pas le seul engagement.

– Je vois, dit-elle en ramassant son sac et en posant la main sur la poignée. Cette personne envers qui tu es engagé, ça lui importerait ?

– Oui. Mais surtout, ça m'importerait, à moi.

Elle éclata de rire, au bord de l'hystérie.

– Je suis désolée, dit-elle en reprenant son souffle. C'est trop ironique ! Tu t'imagines que je fais ça souvent ? C'est la première fois depuis longtemps que je m'intéresse à un homme. La bonne sœur se laisse aller et tombe sur un saint !

Elle eut un léger rire. Un rire fiévreux et fragile, qui me mit mal à l'aise. Je n'étais pas d'humeur à essuyer les frustrations de qui que ce soit, mais elle avait bien le droit à son moment de défoulement cathartique.

– Je n'ai rien d'un saint, crois-moi.

Elle m'effleura la joue du bout des doigts. Sensation de charbons ardents.

– Non, t'es juste un type sympa, Delaware.

– Je n'ai pas cette impression.

– Je vais t'embrasser encore, dit-elle. Cette fois, ce sera un baiser chaste. Comme ç'aurait dû l'être la première fois.

Elle s'exécuta.

18

Deux surprises m'attendaient à mon retour à la maison.

La première était Robin vêtue de mon peignoir jaune miteux, étendue sur le canapé en cuir, une tasse de thé à la main. Elle avait fait du feu dans la cheminée et mis *Desperado* des Eagles.

Elle portait autour du cou une photo de Lassie découpée dans un magazine, comme une pancarte miniature pour homme-sandwich.

– Bonsoir, mon chéri.

Je balançai mon veston sur le dossier d'un fauteuil.

– Salut. C'est quoi, cette photo de chien ?

– C'est juste ma façon de te dire que j'ai été une chienne et que je te demande pardon.

– Tu n'as aucune raison de me demander pardon.

Je lui retirai la photo, m'assis à côté d'elle et pris ses mains dans les miennes.

– J'ai été minable avec toi ce matin, Alex. Te laisser partir comme ça... Tu avais à peine refermé la porte que tu me manquais déjà. Tu sais comment c'est, on se met à gamberger... Et s'il lui arrivait quelque chose ? Et si je ne le revoyais jamais ? J'ai cru devenir folle. La journée était fichue. Je t'ai appelé, mais ça ne répondait pas. Alors me voilà.

– La vertu est récompensée, marmonnai-je dans ma barbe.

– Qu'est-ce que tu dis ?

– Rien.

Ma légère incartade serait forcément dénaturée à être racontée et prendrait l'air soit d'un vulgaire graffiti pour toilettes publiques – « Ouais, chérie, il fallait que je me la fasse » –, soit, pire encore, d'un aveu.

Je m'allongeai à côté d'elle. L'un contre l'autre, nous nous susurrâmes des mots tendres, parlâmes comme des bébés et nous cajolâmes.

J'étais tout excité en dessous de la ceinture, le résidu de mon numéro sur le trottoir avec Raquel, mais surtout à cause du moment présent.

– Il y a deux énormes chateaubriands dans le frigo et une salade César, du bourgogne et du pain au levain, murmura-t-elle en me chatouillant le nez avec son auriculaire.

– Tu en es encore au stade oral, lui dis-je en plaisantant.

– C'est un signe de névrose, docteur ?

– Non. C'est très bien.

– Et ça, t'en dis quoi ?

Le peignoir s'ouvrit. Elle se pencha sur moi, le laissant glisser sur ses épaules. Éclairée de derrière par le feu de cheminée, elle avait l'air d'une superbe statue dorée.

– Allez, mon mignon, retire-moi ces habits.

Elle s'en chargea elle-même.

– Je t'aime vraiment, dit-elle plus tard. Même si tu es catatonique.

Allongé par terre, les bras et les jambes étirés, je refusais de bouger.

– J'ai froid.

Elle me couvrit, se leva et s'étira en riant voluptueusement.

– Comment fais-tu pour t'agiter après ? lui demandai-je.

– Les femmes sont plus fortes que les hommes, me renvoya-t-elle gaiement.

Elle se mit à danser autour de la pièce en fredonnant, les muscles de ses mollets coulissant le long de ses fines jambes comme la bulle d'air dans le niveau d'un menuisier. Des lueurs orangées de Halloween se reflétaient dans ses yeux. La voir bouger comme ça me donnait des frissons.

– Si tu n'arrêtes pas de glousser, je vais te montrer qui est le plus fort.

– Plus tard, mon grand !

Elle me nargua du bout du pied et échappa agilement à mes mains qui voulaient l'attraper.

Quand les steaks furent prêts, les talents culinaires de Mme Gutierrez n'étaient plus qu'un lointain souvenir et je mangeai avec appétit. Nous étions assis côte à côte dans le coin-repas, observant par la fenêtre à petits carreaux les lumières qui s'allumaient dans les collines comme les balises d'une équipe de secours. Elle posa sa tête contre mon épaule. Je glissai mon bras autour d'elle, mes doigts effleurant les contours de son visage. Nous buvions du vin à tour de rôle dans le même verre.

– Je t'aime, dis-je.

– Moi aussi, je t'aime.

Elle m'embrassa sous le menton. Nous bûmes encore quelques gorgées.

– Tu enquêtais sur ces meurtres, aujourd'hui ? me demanda-t-elle.

– Oui.

Elle se donna du courage avec une autre gorgée de vin et remplit le verre.

– Ne t'inquiète pas, dit-elle. Je ne vais pas t'embêter avec ça. Je ne peux pas dire que je sois ravie, mais je ne veux pas te brider.

Je la serrai affectueusement dans mes bras pour la remercier.

– Tu comprends, je ne peux pas te faire ce que je ne voudrais pas que tu me fasses.

Elle essayait vaillamment de se montrer libérée, mais l'inquiétude restait dans sa voix comme un insecte pris dans l'ambre.

– Je fais bien attention à moi.

– Je sais, dit-elle un peu trop rapidement. Tu es intelligent, tu te débrouilles très bien tout seul. (Elle me tendit le verre.) Si tu as envie d'en parler, je suis prête à t'écouter.

J'hésitai.

– Raconte-moi. Je veux savoir ce qui se passe.

Je lui rapportai par le menu ce qui était arrivé ces deux derniers jours, en terminant par le face-à-face avec Andy Gutierrez et n'omettant que les dix minutes torrides avec Raquel.

Elle m'écouta, inquiète et attentive, digéra le tout et me dit :

– Je comprends que tu n'arrives pas à laisser tomber... Tous ces trucs louches sans aucun fil pour les relier.

Elle avait raison. C'était de la *Gestalt* à l'envers – un tout nettement moins consistant que la somme des parties. Des musiciens rassemblés au hasard, frottant, soufflant, grattant, désespérant de se trouver un chef d'orchestre. Mais qui étais-je pour m'adjuger la place d'Ormandy ?

– Tu comptes appeler Milo pour le mettre au courant ?

– Non. Je lui ai parlé ce matin et, en gros, il m'a dit de me mêler de mes affaires, de rester en dehors de tout ça.

– Mais c'est son métier, Alex. Il saura quoi faire.

– Ma chérie, Milo fera une jaunisse s'il apprend que je me suis rendu à la Casa.

– Mais ce pauvre gamin, le trisomique... Milo pourrait peut-être faire quelque chose.

Je hochai la tête.

– Ça ne servirait à rien. Ils auraient une explication. Milo a des soupçons... plus forts qu'il ne veut bien l'admettre, je suis prêt à parier... mais il est tenu par les règles de procédure.

– Mais pas toi, dit-elle doucement.

– Ne t'inquiète pas.

– Toi non plus. Je ne te demande pas de laisser tomber. Je ne disais pas ça en l'air.

Je bus encore un peu de vin. L'astringence du liquide frais faisait du bien à ma gorge nouée.

Robin se leva et se plaça derrière moi, passant ses bras par-dessus mes épaules. Un geste de réconfort, semblable à celui que j'avais eu envers Raquel quelques heures auparavant. Elle tendit la main et caressa la frange de poils que j'ai en travers du ventre.

– Je suis là, Alex, si tu as besoin de moi.

– J'ai toujours besoin de toi. Mais pas pour t'impliquer dans des histoires sordides.

– En tout cas je suis là, pour ce que tu veux.

Je me levai et l'attirai contre moi, l'embrassant dans le cou, sur les oreilles et les paupières. Elle inclina la tête en arrière, je posai mes lèvres sur sa peau tiède et palpitante, dans le creux de sa gorge.

– Si on allait au lit... se dorloter ? murmura-t-elle.

J'allumai la radio et la réglai sur KKGO. Le sax de Sonny Rollins déversait une sonate fluide. Je baissai la lumière et rabattis les draps.

C'était là que la deuxième surprise de la soirée m'attendait – une enveloppe blanche de format standard, sans la moindre indication, en partie dissimulée sous l'oreiller.

– Elle était déjà là quand tu es arrivée ?

Robin avait retiré son peignoir, mais le tenait serré contre sa poitrine pour se cacher, comme si cette enveloppe était un intrus vivant.

– Peut-être. Je ne suis pas venue dans la chambre.

Je la décachetai avec l'ongle du pouce et en sortis une feuille blanche pliée en quatre. Elle ne comportait ni date, ni adresse, ni en-tête. Un simple rectangle blanc rempli de lignes manuscrites, qui avaient une tendance pessimiste à piquer vers le bas. L'écriture, serrée et en pattes de mouche, m'était familière. Je m'assis sur le bord du lit pour lire :

Cher docteur,

En espérant que tu auras bientôt l'occasion de dormir dans ton lit, et donc de lire ces lignes. Je me suis permis de crocheter la serrure de la porte de derrière pour entrer et déposer ma lettre – soit dit en passant, tu devrais changer de serrure.

Cette après-midi, je me suis vu retirer le dossier H-G. *El Capitán* trouve que l'enquête a besoin d'un « apport de sang neuf » – cette expression déplacée lui revient. J'ai quelques doutes concernant ses motivations, mais n'ayant accompli aucune prouesse, je n'étais pas en position de discuter.

J'ai dû afficher un air abattu parce qu'il s'est soudain pris d'empathie et m'a suggéré de prendre des vacances. D'ailleurs, il était très au fait de mon dossier personnel – il savait que j'avais pas mal de jours de congés et m'a fortement conseillé d'en faire usage.

Au début, l'idée ne m'enchantait guère, mais je la trouve maintenant excellente. Je me suis trouvé un petit coin au soleil. Ahuacatlan, un charmant village au bord d'un étang, juste au nord de Guadalajara. D'après les renseignements préliminaires pris par téléphone, ce patelin conviendrait parfaitement à mes centres d'intérêt. Particulièrement la chasse et la pêche.

Je devrais être absent deux ou trois jours. Les contacts téléphoniques sont difficiles et peu souhaitables – les gens du cru tiennent à leur vie privée. On s'appelle à mon retour ? Mes respects à Stradivarius (Stradivariette ?).

Ne fais pas de bêtises.

Amitiés,

Milo.

Je tendis la lettre à Robin pour qu'elle la lise. Quand elle eut terminé, elle me la rendit.

– Ça veut dire quoi ? Qu'il a été mis sur la touche ?

– Oui. Probablement suite à des pressions extérieures. Mais il part au Mexique pour enquêter sur le passé de McCaffrey. Apparemment, ce qu'il a appris rien qu'en appelant là-bas lui a donné envie de se rendre sur place.

– Il fait ça dans le dos de son capitaine.

– Il se dit que le jeu en vaut la chandelle.

Milo était courageux, mais n'avait pas une vocation de martyr. Il tenait autant qu'un autre à toucher un jour sa retraite.

– Alors tu avais raison. Pour la Casa...

Elle se glissa sous les draps qu'elle ramena sous son menton. Elle eut un frisson – pas à cause du froid.

– Oui.

Avoir raison m'avait rarement été d'aussi peu de réconfort.

À la radio, la musique se mit à virevolter et fit une pirouette inattendue. Un batteur s'était joint à Rollins et tapait un rythme tropical sur ses tams-tams... Je ne voyais plus que des cannibales, des lianes infestées de serpents. Des têtes réduites...

– Serre-moi dans tes bras.

Je me glissai à côté d'elle, la serrai contre moi et l'embrassai, m'efforçant d'avoir l'air calme. Mais j'avais la tête ailleurs, comme un morceau de toundra gelée dérivant sur la mer.

19

Les murs du hall d'entrée du Western Pediatric Medical Center étaient entièrement recouverts de dalles de marbre où l'on avait gravé les noms de généreux donateurs depuis longtemps décédés. L'endroit grouillait de malades, de blessés et de condamnés qui mijotaient dans l'attente qui fait autant partie de l'hôpital que le goutte-à-goutte ou la nourriture infecte.

Des mères serraient contre elles leur trésor emmailloté d'où s'échappaient des pleurs. Des pères se rongeaient les ongles ou remplissaient des formulaires en s'efforçant de ne pas trop penser à leur fierté masculine malmenée par la bureaucratie. Des gamins couraient dans tous les sens, touchaient le marbre et retiraient vivement leur main en en sentant le froid, y laissant des traces de crasse. Un haut-parleur appelait des noms, les élus se dirigeant aussitôt vers le bureau des admissions. Une dame aux cheveux bleus et vêtue de l'uniforme rayé vert et blanc des bénévoles était assise derrière la réception, l'air aussi perdu que ceux qu'elle était censée assister.

De l'autre côté du hall des enfants et des adultes assis dans des fauteuils en plastique regardaient la télé. Un *soap* se déroulant dans un hôpital. Avec leurs tenues blanches immaculées, leurs visages parfaits, leurs brushings impeccables et leurs dents éclatantes, les médecins et les infirmières du petit écran conversaient lentement et d'un ton pénétré sur l'amour, la haine, l'angoisse et la mort. Leurs semblables qui jouaient des coudes pour se frayer un chemin parmi la cohue du hall d'entrée étaient nettement plus humains – débordés, les habits froissés, les yeux cernés. Certains arrivaient au pas de course, répondant à un appel en urgence ou à leur bipeur. Ceux qui repartaient se précipitaient comme des évadés de prison, craignant d'être rappelés au dernier moment dans leur service.

Portant badge et blouse blanche, la serviette à la main, je franchis les portes automatiques, le vigile, un homme d'une soixantaine d'années au nez rougeaud, m'adressant un salut de la tête au passage.

– Bonjour, docteur.

Je pris l'ascenseur pour descendre au sous-sol en compagnie d'un couple de Noirs, la trentaine, la mine abattue, et de leur fils, un gamin de neuf ans en chaise roulante, tout décati et au teint grisâtre. Une laborantine nous rejoignit à l'entresol – une grosse fille qui portait un panier avec des seringues, des aiguilles, des tubes en caoutchouc et des éprouvettes remplies du fluide grenat de la vie. Les parents du garçon regardèrent le sang avec convoitise ; l'enfant tourna le visage vers la paroi.

L'ascenseur sursauta en s'arrêtant. Nous fûmes débarqués dans un couloir jaunasse. Les autres prirent à droite, vers le labo. Je partis dans l'autre sens, jusqu'à une porte où était inscrit « Archives patients » – je l'ouvris et entrai.

Rien n'avait changé depuis mon départ. Je dus me faufiler de biais entre les dossiers empilés du sol au plafond. Aucun ordinateur en ces lieux, aucune velléité technologique de classer en un système cohérent les dizaines de milliers de dossiers cartonnés aux coins cornés. Les hôpitaux sont des organismes conservateurs et le Western Pediatric était le plus poussiéreux d'entre eux, accueillant le progrès avec autant de bonne humeur qu'un chien la gale.

L'allée débouchait sur un mur gris et nu, devant lequel était assise une Philippine à la mine endormie, occupée à feuilleter un magazine de mode.

– Je peux vous aider ?

– Oui. Je suis le Dr Delaware. J'ai besoin du dossier d'un de mes patients.

– Vous auriez pu demander à votre secrétaire de nous appeler, docteur, et on vous l'aurait fait parvenir.

Bien sûr. Sous quinzaine.

– Je sais bien, mais j'ai besoin de le consulter tout de suite et ma secrétaire n'est pas encore arrivée.

– Comment s'appelle le patient ?

– Adams. Brian Adams.

La pièce était organisée par ordre alphabétique. J'avais choisi un nom qui l'emmènerait tout au bout de la section A-K.

– Si vous voulez bien remplir ce formulaire, je vais aller vous le chercher.

Je remplis le formulaire en mentant sans vergogne. Elle ne se donna pas la peine de le lire et le laissa tomber dans une boîte à archives métallique. Dès qu'elle eut disparu derrière un mur de dossiers, je me rendis du côté L-Z de la pièce et trouvai ce que je cherchais à la lettre N. Je glissai le dossier dans ma serviette et retournai au bureau. La jeune femme revint au bout de quelques instants.

– J'ai trois Brian Adams. Tenez, docteur. C'est lequel ?

J'y jetai rapidement un coup d'œil et en choisis un au hasard.

– Celui-ci.

– Si vous voulez bien signer ici, dit-elle en me tendant un deuxième formulaire, je vous le prête pour vingt-quatre heures.

– Ce n'est pas la peine. Je vais le consulter sur place.

Prenant un air pénétré, je feuilletai l'historique médical de Brian Adams (onze ans, admis cinq ans auparavant pour une ablation des amygdales), fis claquer ma langue, hochai la tête, pris quelques notes insignifiantes et rendis le dossier.

– Merci, voilà qui m'a bien rendu service.

Elle ne répondit pas, ayant déjà regagné l'univers du camouflage par maquillage et des vêtements conçus pour les sado-intellectuels.

Je trouvai une salle de réunion déserte au bout du couloir, juste à côté de la morgue, verrouillai la porte de l'intérieur et m'installai pour feuilleter la chronique des dernières heures de Cary Nemeth.

Il avait passé les vingt-deux dernières heures de sa vie dans le service des soins intensifs du Western Pediatric sans jamais reprendre connaissance. D'un point de vue médical, ça ne faisait pas un pli : cas désespéré. L'interne qui l'avait pris en charge à son arrivée s'en était tenu à des observations factuelles et objectives, intitulant son rapport « Véhicule contre piéton » et usant de l'étrange lexique médical qui confère à la tragédie des airs de compétition sportive.

Le garçon était arrivé en ambulance, contusionné, écrasé, le crâne défoncé, seules les fonctions vitales les plus rudimentaires marchaient encore. Pourtant, on avait dépensé des milliers de dollars pour retarder l'inévitable et rédigé de quoi constituer un dossier médical épais comme un bottin. Je le parcourus. Les relevés des infirmières, notant scrupuleusement les doses, la température, la tension, réduisant l'enfant à des questions de tuyauterie et de centimètres cubes. Les graphiques, les bulletins intitulés « Progrès du patient » – cruelle ironie. Les rapports du neurochirurgien, du neurologue, du néphrologue, du radiologue, du cardiologue. Les examens sanguins, les radios, les scanners, les points de suture, les perfusions, les compléments nutritionnels parentéraux, l'assistance respiratoire. Et enfin le rapport d'autopsie.

Autre modèle de jargon réducteur, le rapport du shérif se trouvait à la fin, agrafé à la chemise. Dans un dialecte tout aussi précieux, Cary Nemeth n'était plus que V – la victime.

V avait été renversé par-derrière alors qu'il marchait le long de la route de Malibu Canyon, peu avant minuit. Il était pieds nus et en pyjama – jaune, notait scrupuleusement le rapport. En l'absence de traces de freinage, le shérif adjoint estimait qu'il avait été frappé de plein fouet. D'après la distance qu'avait parcourue le corps, la vitesse du véhicule était estimée entre soixante-cinq et quatre-vingts kilomètres-heure.

Le reste n'était que de la paperasse administrative, en-cas cartonné destiné à être englouti par un ordinateur du centre-ville.

Lecture déprimante. Rien ne m'y surprenait. Pas même l'identité du pédiatre de Cary Nemeth, qui avait également signé le certificat de décès – Lionel Willard Towle, docteur en médecine.

J'abandonnai le dossier sous une pile de plaques radio et me dirigeai vers l'ascenseur. Deux gamins de onze ans s'étaient échappés de leur service et se livraient à une course de dragsters en fauteuil roulant. Ils fonçaient plein pot, les tubes de leur goutte-à-goutte tournoyant comme des lassos. Je dus faire un écart pour les éviter. Je tendais la main vers le bouton de l'ascenseur quand on m'interpella.

– Hé, Alex !

C'était le directeur médical, en train de bavarder avec deux internes. Il les congédia et vint vers moi.

– Bonjour, Henry.

Il avait pris quelques kilos depuis notre dernière rencontre, ses bajoues étaient à l'étroit dans son col de chemise. Il n'avait pas bonne mine avec son teint rougeaud. Trois cigares dépassaient de sa poche de poitrine.

– Quelle coïncidence ! dit-il en me tendant une main moelleuse. J'allais vous appeler.

– Vraiment ? À quel sujet ?

– Allons dans mon bureau.

Il ferma la porte et s'installa prestement derrière son bureau.

– Tout va bien, mon petit ?

– Très bien.

Mon grand.

– Bien, bien.

Il prit un de ses cigares et en caressa l'emballage en cellophane d'un geste masturbatoire.

– Je ne vais pas tourner autour du pot, Alex. Vous savez que ce n'est pas mon genre. Ma philosophie, c'est d'être direct et de dire ce que j'ai sur le cœur. Que les gens sachent à quoi s'en tenir.

– Ne vous gênez pas.

– Oui. Mmmm... Je vais être franc. (Il se pencha en avant – sur le point de vomir ou de me faire part d'une confidence extraordinaire.) J'ai... nous avons reçu une plainte. Visant votre comportement professionnel.

Il se cala contre son dossier, ravi de ce qui allait suivre, comme un gamin qui vient d'allumer un pétard.

– Will Towle ?

Ses sourcils se haussèrent, mais retombèrent aussitôt, faute de feu d'artifice.

– Vous êtes au courant ?

– Mettons que j'ai le nez creux.

– Oui, en tout cas c'est exact. Il est dans tous ses états à cause d'une hypnose que vous auriez pratiquée ou je ne sais quelle bêtise.

– C'est un connard, Henry.

Ses doigts s'agitèrent sur la cellophane. Je me demandai depuis combien de temps il n'opérait plus.

– Je comprends votre point de vue. Toutefois, Will Towle est un personnage important et qu'il ne faut pas prendre de haut. Il exige une enquête, une sorte de...

– De chasse aux sorcières ?

– Vous ne me facilitez pas les choses, jeune homme.

– Je ne suis redevable ni à Towle ni à personne d'autre. Je suis à la retraite, Henry, à moins que vous ne l'ayez oublié. Vérifiez la dernière fois qu'on m'a versé mon salaire.

– Ce n'est pas le problème...

- Henry, si Towle me reproche quelque chose, il n'a qu'à saisir le Conseil de l'ordre. Je suis prêt à échanger les accusations. Je vous garantis que ça sera instructif pour tout le monde.

Il eut un sourire onctueux.

– Vous m'êtes sympathique, Alex. Je vous dis ça pour vous mettre en garde.

– Contre quoi ?

– La famille de Will Towle a fait don de centaines de milliers de dollars à cet hôpital. Il se peut très bien qu'elle ait payé le fauteuil dans lequel vous êtes assis.

Je me levai.

– Merci de me prévenir.

Ses petits yeux se durcirent. Le cigare se cassa en deux dans sa main, le tabac se répandant sur le bureau. Il contempla sa totoche cassée et je crus un instant qu'il allait fondre en larmes. J'aurais bien aimé l'avoir comme patient couché sur le divan.

– Vous n'êtes pas aussi libre que vous l'imaginez. Il y a la question de vos privilèges en tant qu'ancien membre de notre personnel soignant.

– Vous êtes en train de me dire que je risque de perdre le droit d'exercer ici parce que Will Towle s'est plaint ?

– Je vous dis seulement de ne pas faire de vagues. Appelez Will, réparez le coup. Ce n'est pas un mauvais bougre. D'ailleurs, vous avez pas mal de points communs. C'est un expert en...

– En pédiatrie comportementaliste. Je sais. Henry, je connais son style et nous ne sommes vraiment pas sur la même longueur d'onde.

– N'oubliez pas ceci, Alex : la place des psychologues n'a jamais été bien assurée au sein de l'équipe soignante.

Un vieux discours me revint à l'esprit. Quelque chose ayant trait à l'importance du facteur humain et à son rôle d'interface dans la médecine moderne. J'hésitai à le lui balancer à la figure. Puis je le regardai et décidai que son cas était désespéré.

– C'est tout ?

Il n'avait rien à ajouter. Comme souvent les gens de son espèce quand la conversation dépasse le stade des platitudes, des sous-entendus ou des menaces.

– Au plaisir, docteur Delaware.

Je sortis en silence et refermai la porte derrière moi.

J'étais dans le hall d'entrée qui s'était vidé de ses patients et rempli d'un groupe de dames bénévoles en visite. Visages élégants qui respiraient l'argent et la bonne société – des filles à papa en plus âgées. Elles écoutaient d'un air captivé le laquais de la direction leur débiter son laïus préfabriqué (l'hôpital était à la pointe du progrès médical et du combat humanitaire en faveur de l'enfance) et hochaient la tête en espérant que leur angoisse ne se voyait pas trop. Le laquais proclamait maintenant que les enfants étaient la richesse du futur. Une image me traversa l'esprit – de petits os réduits en gruau pour alimenter la meule de quelqu'un.

Je tournai sur mes talons et regagnai l'ascenseur.

Le deuxième étage était occupé par une bonne partie des services administratifs, disposés en forme de T à l'envers, avec des boiseries sombres et une moquette de la consistance et de la couleur de la mousse. Le bureau du corps médical se trouvait au bout de la tige du T, dans un espace entièrement vitré avec vue sur les collines de Hollywood. Je ne m'attendais pas à tomber sur l'élégante blonde qui tenait l'accueil, mais je rajustai mon nœud de cravate et entrai.

Elle leva les yeux, envisagea de faire semblant de ne pas me reconnaître, se ravisa et me gratifia d'un somptueux sourire. Elle me tendit la main de l'air impérieux qu'ont les gens qui occupent une place depuis suffisamment longtemps pour avoir l'illusion d'être indispensables.

– Bonjour, Alex.

Ses ongles étaient très longs et recouverts d'une épaisse couche de vernis nacré, comme si elle avait pillé les fonds marins par simple vanité. Je pris sa main et la serrai avec tout le soin qui s'imposait.

– Bonjour, Cora.

– Quel plaisir de te revoir ! Ça faisait longtemps.

– En effet.

– Tu reviens chez nous ? J'avais entendu dire que tu avais démissionné.

– Non, je ne reviens pas, et oui, j'ai démissionné.

– Tu profites bien de ta liberté ?

J'eus droit à un nouveau sourire. Ses cheveux étaient plus blonds, plus rêches, et sa silhouette, engoncée dans un tricot d'un vert chartreuse qui en aurait effrayé plus d'une avec des formes moins héroïques, avait pris des rondeurs, mais restait canon.

– Oui. Et toi ?

– Je fais toujours la même chose, soupira-t-elle.

– Et je suis sûr que tu le fais bien.

Je crus un instant que j'avais eu tort de la flatter. Son visage se durcit, gagnant quelques rides.

– On sait bien qui fait tourner la machine, ajoutai-je.

– À qui le dis-tu ! s'exclama-t-elle en agitant la main comme un éventail en abalone.

– Pas les médecins, en tout cas !

Je me retins de lui donner du « vieille branche ».

– Ça, c'est vrai ! C'est fou le peu de bon sens qu'ils tirent de leurs vingt ans d'études. J'ai beau n'être qu'une esclave salariée, je connais ma gauche et ma droite !

– J'ai du mal à croire que tu puisses être l'esclave de quelqu'un, Cora.

– Ça, c'est toi qui le dis...

Ses cils épais et noirs comme des plumes de corbeau battirent coquettement.

Elle avait la petite quarantaine et cela se voyait sous l'éclairage impitoyable des néons. Malgré tout, elle était bien faite et avait de jolis traits – elle était de ces femmes qui conservent les formes de la jeunesse mais pas la fraîcheur. En d'autres temps elle m'avait fait l'effet d'une gamine vigoureuse et gourmande – lorsqu'on s'envoyait en l'air dans la salle des archives. Un épisode unique, après quoi chacun avait évité l'autre. Maintenant elle flirtait avec moi, le passage du temps ayant décapé ses souvenirs.

– Est-ce qu'ils sont corrects avec toi ? lui demandai-je.

– Ça peut aller. Tu sais comment sont les médecins.

Je souris.

– Je fais partie du décor, reprit-elle. Si jamais le service déménage, on m'emmènera avec les meubles.

Je la dévisageai de la tête aux pieds.

– Je ne pense pas qu'on puisse te confondre avec un meuble.

Elle eut un rire nerveux et s'effleura les cheveux d'un geste maniéré.

– Merci.

Gênée d'être le centre d'attention, elle braqua le projecteur sur moi.

– Qu'est-ce qui t'amène ici ?

– Des détails à régler. Quelques dossiers à boucler, de la paperasse. Je n'ai pas fait très attention à mon courrier. Il me semble que j'aie reçu une relance pour des frais administratifs que j'aurais oublié de régler.

– Je ne me souviens pas de te l'avoir envoyée, mais c'est peut-être une des autres filles. J'ai été absente un mois. Pour une opération.

– Je suis désolé d'apprendre ça, Cora. Rien de grave ?

– Des problèmes féminins, dit-elle en souriant. Ils disent que tout va bien.

À voir son expression, elle trouvait qu'« ils » étaient d'abjects menteurs.

– Tant mieux.

Son regard accrocha le mien. Un bref instant elle sembla avoir retrouvé l'espoir et l'innocence de ses vingt ans. Elle me tourna le dos, comme pour imprimer cette image dans mon esprit.

– Laisse-moi regarder dans ton dossier.

Elle se leva, ouvrit un des tiroirs d'un meuble laqué noir et en sortit une chemise bleue.

– Non, dit-elle. Tu es à jour. Tu recevras l'avis pour l'année prochaine d'ici quelques mois.

– Merci.

– De rien.

Elle rangea la chemise.

– Tu veux prendre un café ? lui demandai-je, l'air de rien.

Elle me fixa du regard, puis elle consulta sa montre.

– Ma pause n'est qu'à 10 heures, mais, après tout, il faut bien vivre, n'est-ce pas ?

– Tout à fait.

– Laisse-moi le temps d'aller me refaire une beauté au petit coin.

Elle se tapota les cheveux, prit son sac et sortit du bureau pour aller aux toilettes, en face dans le couloir.

Dès que je vis la porte se refermer sur elle, je m'approchai du meuble noir laqué. Le tiroir qu'elle avait ouvert portait une étiquette, « Médecins A-G ». Deux tiroirs en dessous je trouvai ce que je cherchais. Et hop, dans ma jolie serviette.

J'attendais près de la porte quand elle ressortit, tout émoustillée et pomponnée, embaumant le patchouli. Je lui offris mon bras, elle s'y accrocha.

Je l'écoutai devant une tasse de café à la cafèt' de l'hôpital. Elle me parla de son divorce – une blessure vieille de sept ans qui refusait de cicatriser –, de sa fille ado qui la faisait tourner en bourrique en se comportant comme elle au même âge, des pannes de sa voiture, du mépris de ses supérieurs, des injustices de la vie.

Ça me faisait bizarre d'apprendre à connaître une femme dont j'avais déjà pénétré le corps. Avec le méli-mélo des rituels contemporains d'accouplement, il y avait plus d'intimité dans le récit de ses infortunes que lorsqu'elle avait écarté ses cuisses pour moi.

Nous nous quittâmes en bons termes.

– Repasse me voir à l'occasion, Alex.

– Volontiers.

Je regagnai le parking, stupéfait de l'aisance avec laquelle je venais de jouer mon rôle de fourbe. Je m'étais toujours flatté, à mes propres yeux au moins, d'être honnête. Mais, depuis trois jours, je me découvrais des talents pour le vol, la dissimulation de la vérité, les mensonges éhontés et la putasserie affective.

Mes fréquentations, sans doute.

Je gagnai West Hollywood et m'arrêtai dans un petit resto italien très sympa. Ils venaient à peine d'ouvrir, je me retrouvai seul dans un box du fond. Je commandai du veau avec une sauce au vin, des tagliatelles à l'huile et à l'ail et une Coors.

Un serveur au pas traînant m'apporta ma bière. En attendant la nourriture, j'ouvris ma serviette et jetai un coup d'œil à mon butin.

Le dossier de Towle faisait plus de quarante pages. On y trouvait surtout des photocopies de ses diplômes, titres divers et récompenses. Son CV n'était que vingt pages d'esbroufe. Les publications scientifiques y brillaient par leur absence – il avait corédigé un rapport succinct au moment de son internat et rien depuis –, mais cela débordait de passages à la télé et à la radio, de discours devant des publics de béotiens, de prestations bénévoles pour la Casa et d'autres organismes du même acabit. Pourtant, Monsieur était professeur des facultés. Autant pour la rigueur universitaire.

Le serveur m'apporta une corbeille de pain et de la salade. Je pris ma serviette d'une main et m'apprêtais à ranger le dossier avec l'autre quand une ligne de la première page accrocha mon regard.

À la rubrique « Établissements universitaires fréquentés », il avait inscrit « Jedson College, Bellevue, État de Washington ».

20

De retour à la maison, j'appelai le *L.A. Times* et demandai Ned Biondi, du service des infos locales. Biondi était un des ténors du journal, un petit bonhomme nerveux tout droit sorti de *The Front Page*. Quelques années auparavant, j'avais soigné sa fille adolescente pour une anorexie. Biondi n'avait pas de quoi payer le traitement avec son salaire de journaliste, sans compter une tendance à choisir le mauvais cheval à Santa Anita, mais la gamine était mal en point et j'avais laissé filer. Il avait mis un an et demi à rembourser sa dette. Sa fille avait fini par aller mieux, mais j'avais dû gratter pendant des mois une bonne couche de mépris de soi, déjà en voie d'ossification malgré son jeune âge. Je me souvenais très bien d'elle – une grande gamine aux traits sombres, toujours habillée en short et tee-shirt, ce qui accentuait son côté squelettique. Avec son visage blême et ses jambes maigrelettes, elle oscillait entre des phases de profond silence mélancolique et des élans hyperactifs où elle était prête à participer à toutes les épreuves olympiques avec à peine trois cents calories quotidiennes.

Je l'avais fait hospitaliser au Western Pediatric, où elle avait passé trois semaines. Ce séjour, suivi de plusieurs mois de psychothérapie, avait porté ses fruits. Elle avait enfin su trouver sa place à côté de la mère trop jolie, du frère trop doué en sport et du père trop cultivé...

– Biondi.

– Bonjour, Ned, c'est Alex Delaware.

Il mit une seconde à reconnaître mon nom sans mon titre.

– Docteur ! Comment allez-vous ?

– Bien. Comment se porte Anne-Marie ?

– Très bien. Elle termine sa deuxième année à Wheaton, près de Boston. Elle se tape des A et quelques B, mais ça ne l'angoisse pas d'avoir des B. Elle est toujours trop dure avec elle-même, mais elle apprend à faire avec les pics et les creux de la vie, pour reprendre votre expression. Son poids reste stable à quarante-quatre kilos.

– Parfait. Vous lui transmettrez mon bon souvenir.

– Je n'y manquerai pas. C'est gentil d'appeler.

– En fait, je n'appelle pas simplement pour prendre des nouvelles de ma patiente.

– Ah bon ?

Une note de roublardise filtra dans sa voix, la vigilance réflexe de celui qui fait profession de fouiner dans les tiroirs fermés à clé.

– J'ai besoin d'un service.

– Allez-y.

– Je prends l'avion ce soir pour Seattle. J'y vais pour consulter les archives d'une petite université. Jedson College.

– Hé, je ne m'attendais pas à ça ! Je croyais que vous alliez me demander quelques lignes sur un bouquin dans notre édition dominicale ou quelque chose de ce genre. Là, ça m'a l'air plus sérieux.

– En effet.

– Je connais Jedson. Anne-Marie pensait s'y inscrire... on se disait qu'elle serait moins sous pression dans une petite fac... mais ça coûtait deux fois plus cher que Wheaton, Reed et Oberlin, qui ne sont déjà pas données. Vous cherchez quoi dans leurs archives ?

– Je ne peux pas vous le dire.

– Docteur, dit-il en éclatant de rire, pardonnez-moi l'expression mais vous me titillez la bistouquette ! Je suis une fouine professionnelle. Agitez-moi quelque chose de louche sous le nez et ça me fait bander !

– Qu'est-ce qui vous fait croire que c'est louche ?

– Un médecin qui va mettre son nez dans les archives d'une fac, c'est louche. D'habitude, c'est chez les psy qu'on s'introduit en douce pour fouiner dans leurs dossiers, si ma mémoire est bonne.

– Je ne peux pas en parler pour l'instant, Ned.

– Je sais garder un secret, docteur.

– Non. Pas pour l'instant. Faites-moi confiance. Comme avec votre fille.

– C'est un coup en dessous de la ceinture, docteur !

– Je sais. Et je ne le ferais pas si ça n'en valait pas la peine. J'ai besoin que vous m'aidiez. Je tiens peut-être quelque chose, peut-être pas. Si ça se confirme, vous serez le premier au courant.

– Quelque chose de gros ?

Je réfléchis un instant.

– Ça se pourrait.

– Bon, d'accord, dit-il en soupirant. Vous voulez que je fasse quoi ?

– Je vais citer votre nom comme référence. Si quelqu'un vous appelle, couvrez-moi.

– Vous allez leur servir quel prétexte ?

Il m'écouta.

– Ça n'a pas l'air bien méchant. Sauf que, ajouta-t-il d'un ton goguenard, si on vous pince, j'ai de bonnes chances de perdre mon job.

– Je ferai attention.

– Ouais. Et puis que diable ! De toute façon, je commence à me sentir prêt pour le pot d'adieu...

Un silence s'ensuivit, comme s'il fantasmait sur la vie de retraité. Ce qu'il vit ne dut pas l'enchanter car il se remit à parler d'une voix pleine de verve, se lamentant comme un journaliste en manque.

– Je vais devenir dingue à force d'y penser. Vous êtes sûr de ne pas pouvoir me donner un petit chouïa d'indice ?

– Non, je ne peux vraiment pas, Ned.

– Bon, bon. Je vous laisse tricoter en paix, mais ne m'oubliez pas si vous obtenez un joli pull.

– Bien entendu. En tout cas, merci.

– Merde, faut pas me remercier. Je m'en veux toujours d'avoir mis tant de temps à vous payer. Je regarde ma petite aujourd'hui et je vois une jeune fille souriante au teint frais. Elle est toujours un peu maigre pour mon goût, mais ce n'est plus le cadavre ambulant d'avant. C'est une gosse normale, pour autant que je puisse en juger. Maintenant elle a le sourire. Je vous dois une fière chandelle, docteur.

– Portez-vous bien, Ned.

– Vous aussi.

Je raccrochai. La gratitude de Biondi me fit regretter un instant d'avoir choisi la retraite anticipée. Puis j'eus la vision de cadavres ensanglantés et mes doutes furent remisés à l'arrière du corbillard.

Après quelques ratés, j'arrivai à joindre la bonne personne à Jedson College.

– Service des relations publiques. Mlle Dopplemeier à l'appareil.

– Bonjour, mademoiselle. Je suis Alex Delaware, journaliste au *Los Angeles Times*.

– Que puis-je faire pour vous, monsieur Delaware ?

– Je prépare un article sur les petites universités de la côte Ouest, en mettant l'accent sur des écoles peu connues mais où l'enseignement est excellent. Claremont, Occidental, Reed, etc. J'aimerais y ajouter Jedson.

– Vraiment ?

Elle avait l'air surprise, comme si c'était la première fois qu'on qualifiait d'excellent l'enseignement à Jedson.

– Nous en serions ravis, monsieur Delaware. Je veux bien en discuter tout de suite avec vous et répondre à vos questions.

– Ce n'est pas exactement ce que j'avais en tête. Je vise une approche plus personnelle. Mon rédacteur en chef s'intéresse moins aux statistiques qu'à la couleur. Le propos de l'article est de montrer que les petites facultés offrent plus de contact personnel... une intimité qui fait défaut dans les grandes universités.

– Comme vous dites vrai !

– Je me déplace sur les campus, je bavarde avec le personnel et les étudiants. Ce sera un papier basé sur mes impressions.

– Je comprends tout à fait ce que vous voulez dire. Vous cherchez à faire entendre une voix humaine.

– Exactement ! C'est très bien dit.

– J'ai travaillé deux ans pour un journal professionnel du New Jersey avant de venir à Jedson.

Dans le cœur de chaque attaché de presse se tapit un démon du journalisme qui brûle d'envie de s'échapper pour révéler des scoops au monde entier.

– Ah, une âme sœur !

– Enfin.. j'ai quitté le métier, mais je me dis de temps en temps que j'y retournerais bien.

– Vous savez, mademoiselle Dopplemeier, ce n'est pas la voie pour faire fortune, mais ça me permet de voir du pays.

– Appelez-moi Margaret.

– Bien, Margaret. Je prends l'avion ce soir et je me demandais si je pourrais passer vous rendre visite demain.

– Laissez-moi vérifier...

J'entendis un froissement de feuilles.

– 11 heures, c'est possible ?

– Ce sera parfait, dis-je.

– Y a-t-il quelque chose que je puisse vous préparer ?

– Un des points que nous évoquons, c'est ce que deviennent les diplômés de petites universités. Ça m'intéresserait que vous me parliez d'anciens élèves qui ont particulièrement bien réussi. Des médecins, des avocats, ce genre-là.

– Je ne sais pas encore très bien qui figure parmi nos anciens, je ne suis ici que depuis quelques mois. Mais je vais poser la question, voir qui pourrait vous aider.

– Je vous en serais reconnaissant.

– Où puis-je vous joindre en cas de besoin ?

– Je serai en déplacement la plupart du temps. Vous pouvez laisser un message à Edward Biondi, un collègue du *L.A. Times*.

Je lui communiquai le numéro de Ned.

– Très bien. Donc demain à 11 heures. L'université se trouve à Bellevue, dans la banlieue de Seattle. Vous connaissez ?

– Sur la rive Est du lac Washington ?

J'avais été invité pour une conférence à l'université de Washington bien des années auparavant et mon hôte m'avait reçu chez lui à Bellevue. Je me souvenais d'une cité-dortoir pour gens fortunés, de maisons à l'architecture ultra-moderne, de pelouses tracées au cordeau et de centres commerciaux pleins d'épiceries fines, d'antiquaires et de luxueuses boutiques d'habillement.

– C'est ça. Si vous venez du centre-ville, prenez la I-5 jusqu'à la 520 qui débouche sur le pont flottant d'Evergreen. Traversez le pont jusqu'à la rive Est et prenez vers le sud à Fairweather, toujours en longeant le lac. Jedson se trouve sur la baie de Meydenbauer, juste à côté du yacht-club. Mon bureau est au rez-de-chaussée de Crespi Hall. Vous resterez à déjeuner ?

– Je n'en suis pas encore certain. Cela dépendra de mon emploi du temps.

Et de ce que j'aurai découvert.

– Je demanderai qu'on vous prépare quelque chose, juste au cas où.

– C'est très aimable à vous, Margaret.

– C'est bien normal entre collègues, Alex.

Ensuite j'appelai Robin. Elle ne décrocha qu'au bout de neuf sonneries.

– Salut... (Elle était tout essoufflée.) Je travaillais avec la grosse scie, je n'ai pas entendu. Qu'est-ce que tu as à me raconter ?

– Je vais m'absenter deux jours.

– Tahiti sans moi ?

– C'est un peu moins romantique. Seattle.

– Ah… L'enquête ?

– Appelons ça des recherches biographiques.

Je lui expliquai que Towle avait fait ses études à Jedson.

– Tu as vraiment l'intention de te faire ce type, non ?

– C'est lui qui s'attaque à moi. Ce matin à l'hôpital, Henry Bork m'a alpagué dans le couloir et emmené dans son bureau, où j'ai eu droit à des manœuvres d'intimidation pas très subtiles. Il paraît que Towle a mis publiquement en cause mon éthique professionnelle. Il n'arrête pas de surgir à droite et à gauche, comme des champignons après une inondation. Kruger et lui ont fréquenté la même fac et ça me donne envie d'en savoir un peu plus long sur les bâtiments couverts de lierre de Jedson.

– Laisse-moi t'accompagner.

– Non. Ça va être strictement boulot. Je t'emmènerai passer de vraies vacances dès que tout ça sera terminé.

– Je déprime rien qu'à t'imaginer tout seul là-haut, dans le Nord. C'est sinistre à cette époque.

– Ça ira. Prends bien soin de toi et bosse bien. Je t'appelle dès que je suis posé.

– Tu ne veux pas que je t'accompagne ? Tu es sûr ?

– Tu sais bien que j'adore ta compagnie, mais on n'aura pas le temps de se balader. Tu t'ennuierais à mourir.

– D'accord, dit-elle à contrecœur. Tu vas me manquer.

– Toi aussi. Je t'aime. Sois sage.

– Toi aussi. Je t'aime, mon ange. *Bye.*

– *Bye.*

Mon vol décolla de LAX à 21 heures et atterrit à Sea-Tac à 23 h 25. Je louai une Nova chez Hertz. Rien à voir avec la Seville, mais elle était équipée d'une radio FM que quelqu'un avait réglée sur une station de musique classique. Le haut-parleur du tableau de bord déversa une fugue pour orgue en tonalité mineure. Je laissai allumé – la musique de Bach allait bien avec mon humeur. Je confirmai ma réservation au Westin, quittai l'aéroport et pris l'autoroute vers le nord, en direction du centre-ville.

Le ciel était dur et froid comme un pistolet. Je roulais depuis quelques minutes quand l'arme s'avéra chargée : elle me décocha un grand coup de tonnerre et l'eau se mit à tomber. Bientôt, j'eus droit à un de ces déluges coléreux du Nord-Ouest qui vous transforment une autoroute en laverie automatique.

– Bienvenue dans le Nord-Ouest côté Pacifique, marmonnai-je.

De part et d'autre de la route poussaient d'épais bosquets de sapins et d'épicéas. Des panneaux lumineux vantaient des motels rustiques et des restaurants où l'on servait le « petit déjeuner du bûcheron ». À part les semi-remorques gémissant sous leurs charges de troncs, il n'y avait que moi sur l'autoroute. J'aurais mille fois préféré être en route vers un chalet de montagne, Robin à côté de moi et le coffre plein de provisions et de matériel de pêche. J'eus soudain une bouffée de solitude et un grand besoin de compagnie.

J'arrivai au centre-ville peu après minuit. Le Westin ressemblait à une éprouvette géante en verre et acier surplombant le laboratoire éteint de la ville. Ma chambre au sixième étage était correcte, avec vue sur le détroit de Puget et le port à l'ouest, et le lac Washington et les îles à l'est. Je jetai mes chaussures, m'allongeai sur le lit et m'étirai, fatigué mais trop tendu pour dormir.

Je regardai le dernier journal sur une chaîne locale. Le présentateur avait la mâchoire raide et le regard fuyant, et enchaînait les nouvelles du jour d'un ton impersonnel. Il ne marquait aucune différence entre un massacre dans l'Ohio et les scores de hockey. Je lui coupai le sifflet au milieu d'une phrase, éteignis la lumière, me déshabillai dans le noir et m'endormis en contemplant les lumières du port.

21

Mille mètres de forêt tropicale empêchaient de voir le campus de Jedson depuis la route. On débouchait sur deux colonnes en pierre où étaient gravées des dates en chiffres romains et qui marquaient l'entrée d'une allée pavée traversant l'université en son centre. Cette dernière aboutissait à un rond-point agrémenté d'un cadran solaire posé au pied d'un pin majestueux.

À première vue, Jedson ressemblait aux petites universités de la côte Est qui s'efforcent de passer pour des Harvard en miniature. Bâtiments en brique patinée et ornés de corniches de pierre et de marbre, ardoise et cuivre pour les toitures, édifices conçus à une époque où les moulures compliquées, les arches majestueuses, les gargouilles et les déesses étaient au goût du jour, et la main-d'œuvre bon marché. Même le lierre faisait vrai, qui dégringolait de tourelles en ardoise et suçait la brique. On l'avait taillé dans les règles de l'art topiaire pour qu'il évite les fenêtres à petits carreaux situées dans les recoins.

D'une centaine d'hectares et rempli de buttes ombragées, le campus s'ornait de superbes massifs de chênes, de pins, de saules, d'ormes et de bouleaux, et de clairières au sol en marbre délimitées par des bancs en pierre et des bronzes. Rien que de très traditionnel jusqu'au moment où l'on portait le regard vers l'ouest et découvrait de superbes pelouses plongeant vers l'embarcadère et le port privé au-delà. Les emplacements y étaient occupés par des yachts de croisière carénés avec ponts en teck – des embarcations de quinze mètres et plus équipées de radars, de sonars et d'antennes à foison. Clairement le vingtième siècle, et de toute évidence la côte Ouest.

La pluie ayant cessé, un triangle de lumière pointait entre les plis du ciel anthracite. À quelques milles du port, une armada de voiliers fendait une eau qui ressemblait à du papier d'aluminium. Apparemment, ils répétaient en vue d'une démonstration car tous franchissaient la même bouée et déployaient des spinnakers aux couleurs outrancières – orange, violet, écarlate, vert, comme les queues d'un vol d'oiseaux tropicaux.

Je consultai la carte des lieux pour situer Crespi Hall. Les étudiants que je croisais avaient l'air du genre plutôt calme. La plupart étaient blonds, avec de belles joues et des yeux dont la couleur variait du bleu clair au bleu foncé. Coiffures raffinées, mais datant de l'époque Eisenhower. Les pantalons avaient des revers, les mocassins américains rutilaient et les polos comptaient plus de crocodiles que le marais des Everglades. Un partisan de l'eugénisme aurait noté avec satisfaction les dos droits, le physique robuste et l'assurance flegmatique de ceux qui étaient nés avec une cuiller en argent dans la bouche. J'avais l'impression d'être mort et d'avoir atterri au paradis aryen.

Crespi Hall était une bâtisse de deux étages avec une façade de colonnes ioniennes au marbre parcouru de varices. Le bureau des relations publiques se trouvait derrière une porte en acajou avec une inscription en lettres dorées. Elle grinça quand je l'ouvris.

Margaret Dopplemeier était une de ces grandes femmes anguleuses vouées à rester célibataires. Elle avait tenté d'habiller son corps dégingandé d'un tailleur en tweed marron, mais les points saillants ressortant toujours, elle ressemblait à une tente. Mâchoire proéminente, bouche sévère et cheveux d'un brun tirant sur le roux et coupés au carré, ce qui lui donnait un air de gamine des plus déconcertants.

Son bureau étant à peine plus grand que l'intérieur de ma voiture (les relations publiques ne constituaient visiblement pas une priorité pour le comité des sages de Jedson), elle dut se faufiler entre le mur et son bureau pour m'accueillir. La manœuvre aurait fait paraître la Pavlova maladroite, et elle l'exécuta en trébuchant gauchement. Je pris soin de ne pas lui montrer à quel point je la plaignais : elle avait dans les trente-cinq ans, un âge où les femmes de son genre sont très attachées à leur autonomie. Manière aussi valable qu'une autre de supporter sa solitude.

– Bonjour. Vous devez être Alex.

– Exact. Ravi de faire votre connaissance, Margaret.

Ses mains étaient potelées et rêches – peut-être à force de se les tordre d'angoisse.

– Asseyez-vous, je vous en prie.

Je m'installai inconfortablement sur une chaise à lattes.

– Un café ?
– Volontiers. Avec du lait.
Une cafetière était posée sur une table derrière le bureau. Elle remplit une tasse et me la tendit.
– Vous avez décidé si vous restiez à déjeuner ?
La perspective d'être assis en face d'elle une heure supplémentaire ne m'enchantait guère. Ce n'était pas tellement son physique quelconque ou son visage sévère. Mais elle semblait prête à me raconter l'histoire de sa vie et je n'étais pas d'humeur à m'encombrer l'esprit avec du superflu. Je déclinai son offre.
– Vous voudrez quand même bien un petit en-cas ?
Elle s'empara d'un plateau avec des biscuits salés et du fromage, peu à l'aise dans son rôle d'hôtesse. J'étais étonné qu'elle ait choisi les relations publiques – bibliothécaire aurait paru plus judicieux. Mais je me fis la réflexion que les relations publiques à Jedson College s'apparentaient sans doute à un travail de bibliothécaire – beaucoup de découpage et de courrier derrière un bureau et très peu de contacts personnels.
– Merci.
J'avais faim et le fromage était bon.
– Bien.
Elle parcourut son bureau du regard et trouva une paire de lunettes qu'elle chaussa. Les verres lui grossissaient les yeux et les adoucissaient un peu.
– Vous souhaitez découvrir Jedson, dit-elle.
– C'est ça, je veux m'imprégner des lieux.
– C'est un endroit unique. Moi-même, je suis originaire du Wisconsin et j'ai fait mes études à Madison, où nous étions quarante mille étudiants. Ici ils ne sont que deux mille. Tout le monde se connaît.
– C'est un peu comme une grande famille, fis-je remarquer en sortant un stylo et un carnet.
Elle fit la moue en entendant le mot « famille ».
– Oui... On pourrait dire ça.
Elle déplaça quelques papiers et se mit à réciter.
– Jedson College a été fondé en 1858 par Josiah T. Jedson, un immigré écossais qui avait fait fortune dans les chemins de fer et les mines. En 1858, soit trois ans avant que ne soit fondée l'université de Washington. En fait, nous sommes la plus ancienne université de la ville. Jedson avait l'intention de fonder un établissement d'ensei-

gnement supérieur où les valeurs traditionnelles coexisteraient avec l'enseignement des grandes disciplines scientifiques et artistiques. Aujourd'hui encore, l'université est essentiellement financée par une subvention de la Fondation Jedson, même s'il y a d'autres sources de financement.

– J'ai entendu dire que les frais de scolarité étaient très élevés.

– Les frais de scolarité, dit-elle en plissant le front, s'élèvent à douze mille dollars par an. Plus l'hébergement, les frais d'inscription et d'autres coûts annexes.

J'eus un petit sifflement.

– Vous donnez des bourses ?

– Quelques bourses sont attribuées chaque année à des étudiants méritants, mais nous n'avons aucun programme de soutien financier en tant que tel.

– On ne cherche donc pas à attirer des élèves d'un large éventail socio-économique ?

– Non, pas particulièrement.

Elle retira ses lunettes, posa les documents qu'elle avait préparés et fixa son regard myope sur moi.

– Je préférerais qu'on évite le sujet.

– Pourquoi donc, Margaret ?

Elle testa plusieurs mots du bout des lèvres, n'en retint aucun.

– Je croyais que vous deviez rédiger un papier descriptif, finit-elle par dire. Quelque chose de positif.

– Bien sûr. C'était juste par curiosité.

Je venais de mettre le doigt sur un point sensible – ce qui ne faisait pas du tout mon affaire, contrarier ma source d'information n'était vraiment pas dans mon intérêt. Mais l'arrogance aristocratique des lieux commençait à m'agacer et faisait ressortir mes mauvais penchants.

Elle remit ses lunettes, reprit ses feuilles et les parcourut en faisant la moue.

– Je vois. Alex, je peux vous parler franchement et que ça reste entre nous... d'un journaliste à un autre ?

– Bien sûr.

Je refermai le calepin et rangeai le stylo dans la poche de mon veston.

– Comment dire... (Elle jouait avec un des revers de son tailleur, pliant et dépliant l'épaisse étoffe.) Cet article, votre visite... la direction n'est pas ravie. Comme vous l'avez peut-être deviné en voyant notre cadre majestueux, Jedson College ne court pas après l'attention publique. Après votre coup de téléphone, j'ai informé mes supérieurs de votre venue, en m'imaginant qu'ils seraient plus que contents. En fait, c'est tout le contraire. Je n'ai pas vraiment eu droit à une tape amicale dans le dos.

Elle fit la grimace, comme si la fessée avait été douloureuse.

– Je n'avais pas l'intention de vous attirer des ennuis, Margaret.

– On ne pouvait pas savoir. Comme je vous l'ai dit, je suis nouvelle ici. Ils ne font pas les choses comme ailleurs. C'est un autre mode de vie. Très... conservateur. Ici, on se sent un peu hors du temps.

– Comment une université s'y prend-elle pour attirer les étudiants sans faire parler d'elle ?

Elle se mordilla la lèvre.

– Je préférerais autant ne pas en parler.

– Margaret, ça restera entre vous et moi. Vous n'allez pas éluder mes questions, si ?

– C'est sans importance, insista-t-elle.

Mais elle respirait vivement et ses yeux grossis trahissaient un véritable tiraillement intérieur. J'en jouai.

– Allons, où est le problème ? Il faut se faire confiance, entre journalistes. Il y a bien assez de censeurs comme ça.

Elle réfléchit longuement. La foire d'empoigne se lisant sur son visage, je me sentis tout de même un peu dégueulasse.

– Je n'ai pas envie d'être chassée d'ici, finit-elle par dire. J'ai un appartement sympa avec vue sur le lac, un chat et mes livres. Je ne veux pas... perdre tout ça. Je ne veux pas être obligée de tout remballer pour retourner dans le Midwest. Ces kilomètres de plaine sans la moindre montagne, sans rien pour accrocher le regard...

Son ton et ses gestes étaient fébriles – une fébrilité que je connaissais bien pour l'avoir vue chez de nombreux patients en thérapie, juste avant que les défenses ne s'écroulent. Elle voulait se lâcher et j'allais l'aider à le faire, en beau salaud manipulateur...

– Vous comprenez ce que je veux vous dire ? me demanda-t-elle.

Et je m'entendis répondre avec une infinie gentillesse et suavité :

– Bien sûr que je comprends.

– Ce que je vais vous dire doit rester confidentiel. Ça ne peut pas être publié.

– Promis. Je fais des sujets de société, pas du journalisme d'investigation. Je n'ai pas l'ambition de devenir Woodward ou Bernstein.

Un léger sourire apparut sur ses traits grossiers et quelconques.

– Vraiment ? Moi si, à une autre époque. Après avoir collaboré quatre ans au journal étudiant de Madison, je m'imaginais que j'allais révolutionner le journalisme. J'ai mis un an avant de décrocher mon premier boulot dans la presse... j'ai dû travailler comme serveuse, c'était épouvantable. J'ai commencé dans la presse canine, j'écrivais des dépêches cucul-la-praline sur des caniches et des schnauzers. On m'amenait les bestioles au bureau pour les photographier et elles faisaient sur la moquette. Ça puait ! Quand le journal a plié boutique, j'ai passé deux ans dans le New Jersey à couvrir des réunions syndicales et des thés dansants. J'y ai perdu mes dernières illusions. Maintenant, je veux juste être tranquille.

Encore une fois elle ôta ses lunettes. Elle ferma les yeux et se massa les tempes.

– Au fond, dis-je, c'est ce qu'on recherche tous.

Elle rouvrit les yeux et me regarda en les plissant. Vu l'effort qu'elle faisait, je devais être tout flou. Je fis en sorte d'avoir l'air d'un flou digne de confiance.

Elle goba deux morceaux de fromage qu'elle réduisit en miettes en creusant les joues.

– Je ne suis pas sûre que ce soit utile pour votre article, dit-elle. Surtout si vous faites un papier complaisant.

Je me forçai à rire.

– Maintenant que vous m'avez appâté, vous n'allez pas me laisser sur ma faim !

Elle sourit.

– Juste d'un journaliste à un autre ?

– Juste d'un journaliste à un autre.

– Oh, lança-t-elle dans un soupir, je suppose que ça n'a rien de bien méchant. Pour commencer, dit-elle entre deux bouchées de fromage, Jedson College ne cherche pas à attirer les étrangers, vraiment pas. Jedson n'a que le nom et les statuts d'une université. Mais, dans son fonctionnement, c'est plutôt un enclos. Un endroit où les classes privilégiées peuvent parquer leurs enfants pendant quatre ans, en attendant que les garçons entrent dans la société de papa et que les filles épousent lesdits garçons et deviennent de parfaites maîtresses de maison. Les garçons étudient l'économie ou le commerce, les filles l'histoire de l'art ou l'économie domestique. Tout ce petit monde se contente d'avoir la moyenne. C'est mal vu d'être trop intelligent. Certains deviennent tout de même avocats ou médecins, mais après ils rentrent dans le giron.

Son ton était amer – le bal de l'an dernier décrit par celle qui a fait tapisserie.

– Le revenu moyen des familles est supérieur à cent mille dollars. Il ne faut pas oublier ça, Alex. Ici tout le monde est riche. Vous avez vu le port ?

Je fis oui de la tête.

– Ces joujoux flottants appartiennent aux élèves... (Elle se tut, comme si elle-même n'en croyait toujours pas ses yeux.) Le parking ressemble au Grand Prix de Monaco. Ces gosses chahutent en cachemire et en daim.

L'une de ses grosses mains rêches prit l'autre et la caressa. Margaret parcourut la pièce du regard, comme pour y déceler des micros. Je ne comprenais pas ce qui la rendait nerveuse à ce point. Jedson était une fac pour gosses de riches. Et alors ? Stanford avait commencé comme ça et aurait peut-être pareillement végété si quelqu'un n'avait pas compris qu'en refusant les Juifs, les Asiatiques intelligents et d'autres individus au nom bizarre et au QI élevé, on courait à l'entropie.

– Ce n'est pas un crime d'être riche, dis-je.

– C'est plus que ça. C'est la crétinerie qui va avec. J'étais à Madison dans les années soixante. Les gens se sentaient concernés par la politique. On militait. On se battait contre la guerre. Aujourd'hui, il y a le mouvement antinucléaire. La fac devrait être une serre pour les consciences. Ici, rien ne pousse.

Je l'imaginai quinze ans plus tôt, vêtue d'un pantalon kaki et d'un sweat, en train de manifester et de crier des slogans. À force de tourner à vide, son militantisme avait perdu la bataille contre la nécessité de survivre. Mais elle s'offrait de temps en temps une bouffée de nostalgie...

– C'est surtout difficile à supporter pour le corps enseignant, reprit-elle. Pas la Vieille Garde. Les Jeunes Turcs. Ils se font vraiment appeler comme ça. Ils viennent ici à cause du manque de débouchés, avec leurs idées de gauche et leur idéalisme de profs, et ils tiennent deux ans, trois maximum. C'est abrutissant intellectuellement, sans compter la frustration de gagner quinze mille dollars par an quand vos étudiants dépensent plus que ça pour leur garde-robe.

– Vous avez l'air de bien savoir de quoi vous parlez.

– Oui. J'avais... un très bon ami à moi. Il est venu ici comme prof de philo. Un type brillant, diplômé de Princeton, vraiment très érudit. Ça l'a miné. Il m'en parlait, me décrivait ce que ça lui faisait de parler de Kierkegaard et de Sartre devant trente paires d'yeux bleus au regard vide. L'« université *Ubermensch* », il appelait ça. Il est parti l'an dernier.

C'était un souvenir douloureux. Je changeai de sujet :

– Vous avez parlé de la Vieille Garde. De qui s'agit-il ?

– Des diplômés de Jedson qui se découvrent un intérêt pour autre chose que faire de l'argent. Ils font des troisièmes cycles de sciences humaines... quelque chose de parfaitement inutile comme l'histoire, la sociologie ou la littérature... et ils finissent par revenir ici sans entrain. Jedson est reconnaissante envers les siens.

– Ils doivent mieux comprendre les étudiants puisqu'ils viennent du même milieu.

– Il faut croire, vu qu'ils restent. La plupart sont assez âgés ; ces derniers temps ils sont moins nombreux à revenir. La Vieille Garde est peut-être en train de diminuer. Certains sont vraiment des gens bien. J'ai l'impression qu'ils ont toujours été à l'écart. Des marginaux. J'imagine qu'on en trouve même dans les classes privilégiées.

L'expression de son visage trahissait qu'elle avait vécu personnellement la douloureuse expérience d'être rejetée socialement. Peut-être se sentit-elle dangereusement proche de franchir la limite entre le commentaire général et la mise à nu personnelle car elle se cala en arrière, remit ses lunettes et sourit amèrement.

– Pas mal pour une chargée de relations publiques !

– Pour quelqu'un de nouveau, vous avez bien cerné l'endroit.

– J'ai constaté certaines choses par moi-même. D'autres m'ont été rapportées.

– Par votre ami professeur ?

– Oui.

Elle prit un énorme sac à main en imitation cuir. Elle ne mit pas longtemps à y trouver ce qu'elle cherchait.

– Voici Lee.

Elle me tendit une photo où elle était en compagnie d'un homme plus petit qu'elle d'une bonne dizaine de centimètres. Il avait le sommet du crâne dégarni, de grosses mèches noires et bouclées au-dessus des oreilles, une épaisse moustache sombre et de petites lunettes rondes. Il portait une chemise bleu délavé, un jean et des chaussures de marche montantes. Margaret Dopplemeier était vêtue d'un poncho mexicain qui faisait ressortir sa grande taille, d'un ample velours côtelé et de sandales. Elle le tenait par la taille et affichait une expression tout à la fois maternelle et soumise comme celle d'un enfant.

– Il est parti au Nouveau-Mexique pour écrire son livre. Il dit avoir besoin de solitude.

Je lui rendis sa photo.

– Les écrivains sont souvent comme ça.

– Oui. On en a discuté pendant des heures.

Elle rangea le souvenir dans son sac, tendit la main vers le fromage mais se ravisa, comme si elle venait de perdre l'appétit.

Je laissai passer quelques instants de silence, puis j'exécutai une arabesque sur le côté pour nous éloigner de sa vie personnelle :

– Ce que vous me dites est fascinant, Margaret. Jedson a son compte d'étudiants... c'est un système qui perdure par lui-même.

Le terme « système » peut agir comme catalyseur chez ceux qui ont flirté avec la gauche. Ça la fit repartir :

– Absolument. Le pourcentage d'étudiants dont les parents sont eux aussi diplômés de Jedson est incroyablement élevé. Je parie que les deux mille élèves proviennent de cinq cents familles, sept cents maximum. Je n'arrête pas de tomber sur les mêmes noms quand je fais des listings. C'est pour ça que j'ai été stupéfaite de vous entendre parler de grande famille. Je me suis demandée si vous n'étiez pas déjà un peu au courant.

– Non. Je ne savais rien avant de venir ici.

– Oui, et maintenant je vous en ai trop dit...

– Dans un système en vase clos, insistai-je, l'*establishment* redoute la publicité.

– Tout à fait. Jedson est un anachronisme. Cette université a survécu au vingtième siècle en restant petite et en évitant les projecteurs. J'ai reçu pour instructions de vous offrir un repas bien arrosé, de vous faire faire un petit tour sympathique dans le parc et de vous renvoyer chez vous sans que vous ayez grand-chose à écrire. Les administrateurs de Jedson ne veulent pas qu'on parle de leur école dans le *L.A. Times*. Ils ne tiennent pas à ce que des sujets comme l'égalité des chances ou l'accès des minorités pointent leur tête hideuse.

– J'apprécie votre franchise, Margaret.

Je crus un instant qu'elle allait fondre en larmes.

– Ne me faites pas passer pour une sainte ! Je n'en suis pas une et je le sais. J'ai été lâche de vous parler. Sournoise. Les gens d'ici ne sont pas méchants, je n'ai pas le droit de les mettre en cause. Ils sont gentils avec moi. Mais je suis tellement lasse de jouer la comédie, de prendre le thé avec des femmes qui peuvent parler à longueur de journée des motifs de porcelaine et des plans de table... Vous vous rendez compte qu'on enseigne ça ici ? (Elle regarda fixement ses mains, comme si elle n'arrivait pas à les imaginer en train de manipuler de la porcelaine.) Mon travail n'est qu'un faux-semblant, Alex. Je ne suis là que pour faire des *mailings* malgré mon titre ronflant. Mais je ne veux pas partir, s'obstina-t-elle face à un contradicteur imaginaire. Pas pour l'instant. Pas à ce stade de ma vie. Quand je me réveille, je vois le lac. J'ai mes livres, une bonne chaîne hi-fi. Je connais un endroit pas loin d'ici où je cueille des mûres. Je les mange au petit déjeuner avec de la crème.

Je gardai le silence.

– Vous allez me trahir ? demanda-t-elle.

– Bien sûr que non, Margaret.

– Alors, partez. Laissez tomber Jedson pour votre article. Il n'y a rien ici pour les gens de l'extérieur.

– Je ne peux pas.

Elle se redressa sur sa chaise.

– Et pourquoi donc ?

La colère et la terreur s'entendaient dans sa voix et son regard avait quelque chose de franchement menaçant. Je comprenais que son amant se soit réfugié dans la solitude. J'étais certain qu'il n'avait pas simplement fui l'atrophie cérébrale des étudiants de Jedson.

Je n'avais rien à lui proposer qui maintienne le dialogue entre nous, sauf la vérité et la possibilité de conspirer avec moi. J'inspirai longuement et lui dévoilai la véritable raison de ma visite.

Quand j'en eus terminé, elle avait la même expression mi-possessive, mi-soumise que sur la photo. J'aurais voulu reculer, mais ma chaise n'était qu'à quelques centimètres de la porte.

– C'est drôle, dit-elle, je devrais me sentir trompée, abusée. Mais pas du tout. Vous avez un visage honnête. Même quand vous mentez, vous avez l'air vertueux.

– Je ne suis pas plus vertueux que vous, Margaret. Je cherche juste des informations. Aidez-moi.

– Vous savez, j'ai été membre du SDS[1]. À l'époque, la police a été dégueulasse avec nous.

– Les temps ont changé, je ne suis pas policier et il ne s'agit pas d'idées abstraites et de polémiques sur la révolution. Trois meurtres, Margaret, des enfants maltraités, peut-être pire. Pas des assassinats

1. Students for Democratic Society – mouvement politique étudiant qui protesta contre la guerre du Vietnam dans les années soixante *(NdT)*.

politiques. Des innocents réduits en charpie, en bouillie. Un gamin écrasé sur une route déserte dans un canyon.

Elle frissonna, détourna le regard et promena un de ses ongles sans vernis sur une de ses dents, puis me regarda de nouveau.

– Et vous pensez qu'un ancien de Jedson est responsable de tout ça ?

Cette idée la régalait.

– Je crois que deux d'entre eux sont impliqués dans ces affaires.

– Et vous, en quoi ça vous concerne ? Vous dites que vous êtes psychiatre.

– Psychologue.

– Peu importe. Ça vous rapporte quoi ?

– Rien. Vous ne me croiriez pas.

– Dites, on ne sait jamais.

– Je veux que justice soit rendue. Ça me ronge.

– Je vous crois, dit-elle doucement.

Après s'être absentée vingt minutes, elle revint les bras chargés d'énormes ouvrages reliés en maroquin bleu foncé.

– Voici les albums de leurs promotions, si vos dates sont exactes. Je vais vous laisser les feuilleter pendant que j'irai chercher dans l'annuaire des anciens. Enfermez-vous à clé pendant mon absence et n'ouvrez à personne. Je frapperai trois coups, puis deux. Ce sera notre code.

– Reçu cinq sur cinq !

– Ha ! Ha !

Elle pouffa et pour la première fois je la trouvai presque jolie.

Timothy Kruger mentait quand il disait n'avoir été qu'un étudiant sans le sou à Jedson. Sa famille y avait financé deux des bâtiments et il suffisait de feuilleter l'album pour comprendre que les Kruger n'étaient pas n'importe qui. En revanche, ses prouesses sportives étaient bien réelles. Il s'était illustré en athlétisme, au base-ball et à la lutte gréco-romaine. La ressemblance ne faisait aucun doute entre l'homme que j'avais rencontré quelques jours auparavant et les photos que j'avais sous les yeux. On l'y voyait sauter des haies et lancer le javelot et, plus loin, dans les pages consacrées à la troupe de théâtre, jouer Hamlet et Petruchio. Il donnait l'impression d'être une figure du campus. Je me demandai comment il avait abouti à la Casa de los Niños avec un CV fantaisiste.

Le jeune L. Willard Towle, blond à l'époque, avait le physique d'un Tab Hunter[1]. Sous son nom, on mentionnait qu'il était président de l'association des élèves de prépa médecine et de la société de biologie, et capitaine de l'équipe d'aviron. Un astérisque renvoyait à une note de bas de page qui demandait au lecteur de se reporter en fin d'album. Ce que je fis, pour tomber sur une photo encadrée de noir – identique à celle que j'avais vue dans le bureau de Towle, sa femme et son fils avec le lac et les montagnes en arrière-plan. Une inscription figurait sous la photo :

In Memoriam
Lilah Hutchinson Towle
1930-1951

Lionel Willard Towle Jr
1949-1951

Et en dessous, quatre vers :

> La nuit a tôt fait
> D'anéantir nos espoirs et d'éteindre nos rêves,
> Mais au cœur des ténèbres les plus sombres
> Un rayon de paix luit encore.

C'était signé « S ».

J'étais en train de relire le poème quand le code de Margaret Dopplemeier retentit. Je fis glisser le verrou et elle entra, une enveloppe en papier kraft à la main. Elle verrouilla la porte, s'installa à son bureau, ouvrit son enveloppe et la secoua. Deux fiches cartonnées format 6 × 9 en tombèrent.

– Ceci provient tout droit du Fichier Sacré des anciens élèves. (Elle en lut une et me la tendit.) Voici votre médecin.

Le nom de Towle figurait en haut, très joliment écrit. Diverses informations y étaient portées, rédigées par différentes personnes et de plusieurs couleurs. La plupart étaient des abréviations et des codes chiffrés.

– Vous pouvez m'expliquer ce que ça veut dire ?

Elle vint s'asseoir à côté de moi, prit la fiche et l'examina.

– Rien de très mystérieux là-dedans, dit-elle. On utilise des abré-

1. Acteur vedette de *beach movies* (films de plage) *(NdT)*.

viations pour gagner de la place. Les cinq chiffres après le nom sont le matricule de l'étudiant – cela nous sert pour les *mailings*, l'archivage, ce genre de choses. Après, vous avez le chiffre 3, ce qui signifie qu'il est le troisième de sa famille à faire ses études à Jedson. *Med* va de soi, c'est le code profession. Et *F : med* veut dire que la médecine est aussi l'activité principale de la famille. Pour des armateurs on écrirait *arm*, pour des banquiers *bnq*, etc. *D : 51*, c'est l'année d'obtention de son diplôme. *M : J, 148793* indique qu'il s'est marié avec une étudiante de Jedson dont le matricule est fourni. Voici quelque chose d'intéressant... le *d* entre parenthèses après le matricule de l'épouse... cela veut dire qu'elle est décédée... le *17/06/51*... il était encore étudiant. Vous étiez au courant ?

– Oui. Serait-il possible d'en apprendre davantage sur ce point ?

Elle réfléchit un instant.

– On pourrait consulter la presse locale de cette semaine-là, voir si le décès ou l'enterrement ont été annoncés.

– Et le journal étudiant ?

– Le *Spartan* est un torchon, dit-elle d'un ton méprisant. Mais j'imagine qu'on y aurait parlé d'un événement de ce genre. Les anciens numéros sont conservés à la bibliothèque, de l'autre côté du campus. On pourra y passer tout à l'heure. Vous pensez que c'est lié ?

Elle était excitée comme une gamine, ravie de notre petit complot.

– Ça se pourrait, Margaret. Je veux en apprendre le maximum sur ces gens.

– Van der Graaf, dit-elle.

– Pardon ?

– Le Pr Van der Graaf, du département d'histoire. C'est l'aïeul de la Vieille Garde ; je ne connais personne qui soit à Jedson depuis plus longtemps que lui. En plus, il adore raconter des potins. J'ai eu l'occasion d'être assise à côté de lui à une garden-party et ce charmant vieillard m'a confié toutes sortes d'anecdotes croustillantes... qui couche avec qui, les ragots sur les professeurs et ainsi de suite.

– Et on le laisse faire ?

– Il va sur ses quatre-vingt-dix ans, il a une fortune de famille et il est célibataire sans enfants. Ils n'attendent plus que de le voir passer l'arme à gauche et léguer tout son fric à l'université. Ça fait des lustres qu'il n'est plus que professeur émérite. Il conserve un bureau sur le campus et s'y cloître en faisant semblant d'écrire des livres. Je ne serais pas surprise qu'il y dorme. Il en connaît plus sur Jedson que n'importe qui.

– Vous pensez qu'il accepterait de me parler ?

– S'il est bien luné... En fait, j'ai pensé à lui quand vous avez abordé la question des illustres anciens au téléphone. Mais je me suis dit que c'était trop dangereux de le laisser seul avec un journaliste. On ne sait jamais ce qu'il est capable de dire ou de faire. (Elle pouffa, enchantée par ce vieillard qui usait de son pouvoir pour se rebeller.) Mais maintenant que je sais ce que vous cherchez, c'est la personne idéale. Vous allez devoir inventer un prétexte pour expliquer pourquoi vous vous intéressez à Towle, mais ça ne devrait pas être trop difficile pour quelqu'un d'aussi imaginatif que vous.

– Et si je disais que je suis reporter pour *Medical World News* ? Appelez-moi Bill Roberts. Le Dr Towle a été élu président de l'Académie de pédiatrie et je prépare un portrait de fond.

– Ça m'a l'air bon. Je l'appelle tout de suite.

Elle décrocha et je jetai un coup d'œil à la fiche de Towle. Les seules informations qu'elle n'avait pas évoquées étaient une colonne de dates et de chiffres placée sous le signe *$* – sans doute des dons à Jedson. Dix mille dollars par an en moyenne. Towle était un fils reconnaissant.

– Professeur Van der Graaf ? Margaret Dopplemeier, des relations publiques. Très bien, merci. Et vous-même ?... Tant mieux... Oh, je suis sûre que ça devrait pouvoir se faire, professeur... (Elle plaqua une main sur l'appareil et articula « bonne humeur » du bout des lèvres.) Je ne savais pas que vous étiez amateur de pizza, professeur... Non... non, moi non plus, je n'aime pas les anchois... Oui, j'aime beaucoup les Duesenberg... Je sais, oui, je sais... Il pleuvait des cordes, professeur... Oui, ça me ferait plaisir... Dès que le temps sera plus clément. Avec le toit décapoté. Je me chargerai de la pizza.

Elle flirta encore cinq minutes avec Van der Graaf avant d'aborder enfin le sujet de ma visite. Elle l'écouta, me fit signe que ça marchait en joignant le pouce à l'index, puis se remit à badiner. Je pris la fiche de Kruger.

Cinquième membre de sa famille à fréquenter Jedson, il avait obtenu son diplôme cinq ans plus tôt. Aucune profession n'était mentionnée – *sid*, *arm*, et *imm* étaient listés comme secteurs d'activité de la famille. Pas de mariage, ni de don financier à l'université. En revanche, un renvoi intéressant était noté : *Fam-L : Towle.* Enfin, les lettres *rad* figuraient au bas de la fiche.

Margaret raccrocha.

– Il veut bien vous voir. À condition que je vous accompagne. Je cite : « Vous me ferez un massage vigoureux, jeune demoiselle. Vous prolongerez la vie d'un vieux fossile. » Fin de citation. Vieux satyre ! dit-elle affectueusement.

Je lui demandai pourquoi le nom de Towle figurait sur la fiche de Kruger.

– *Fam-L* signifie « lien de famille ». Apparemment, vos deux messieurs sont cousins.

– Pourquoi n'est-ce pas noté sur la fiche de Towle ?

– Il n'était plus à Jedson. On se contente de noter les choses sur les nouvelles fiches sans reprendre les anciennes. Le *rad*, cependant, est plus intéressant. Il a été radié du fichier.

– Pourquoi donc ?

– Je n'en sais rien. Ça n'est jamais noté. Une transgression sérieuse pour être exclu malgré l'influence de sa famille ! Quelque chose qui aura poussé l'université à ne plus vouloir entendre parler de lui. (Elle me dévisagea.) Ça devient intéressant, non ?

– Très.

Elle remit les fiches dans l'enveloppe et la rangea dans un tiroir fermé à clé.

– Maintenant je vous emmène chez Van der Graaf.

22

Nous prîmes l'ascenseur jusqu'au quatrième étage d'un bâtiment en forme de dôme situé à l'ouest du campus. L'espèce de cage dorée desserra ses mâchoires pour nous laisser descendre et pénétrer dans une rotonde silencieuse, lambrissée de marbre et patinée de poussière. Une fresque défraîchie ornait le plâtre concave du plafond, des chérubins soufflant dans leurs trompettes. Nous étions sous la coupole. Les murs de pierre dégageaient une odeur de papier qui pourrit. Deux portes en chêne séparées par un panneau vitré à petits carreaux en losange. L'une portait l'inscription « Salle des cartes » et semblait ne pas avoir été ouverte depuis des générations. L'autre était nue. Margaret y frappa et, n'obtenant aucune réponse, la poussa.

Elle donnait sur une pièce spacieuse et haute de plafond, avec de grandes fenêtres cathédrale offrant une vue sur le lac. Les murs étaient entièrement recouverts de rayonnages où s'entassaient pêle-mêle de vieux ouvrages. D'autres livres, empilés par terre, menaçaient de dégringoler. Au centre de la pièce, une table à tréteaux croulait sous les manuscrits et d'autres bouquins. Un globe terrestre monté sur roulettes et un vieux bureau à piétement griffu avaient été poussés à l'écart. Deux serviettes en papier tachées de gras et un emballage McDonald's traînaient sur le bureau.

– Professeur ? appela Margaret. Je me demande où il est passé, dit-elle en s'adressant à moi.

– Bouh !

Le cri retentit quelque part derrière la table à tréteaux.

Margaret sursauta et lâcha son sac à main dont le contenu se répandit par terre.

Un visage fripé se montra derrière une pile de papiers jaunis.

– Désolé de vous faire peur, ma chère.

La tête apparut clairement, projetée en arrière dans un éclat de rire silencieux.

– Vous devriez avoir honte, professeur ! le réprimanda Margaret.

Elle se baissa pour ramasser le fatras.

Il quitta sa cachette derrière la table, l'air penaud. Jusque-là, je croyais qu'il était assis. Ne voyant pas sa tête se redresser, je compris qu'il était debout depuis le début.

Il mesurait tout au plus un mètre trente. Il était d'une stature normale, mais son corps était plié au niveau de la taille, sa colonne vertébrale formant une manière de S. Il avait le dos déformé par une bosse de la taille d'un sac à dos bien bourré. Sa tête semblait disproportionnée par rapport au reste du corps, sorte d'œuf fripé surmonté d'une frange de cheveux blancs vaporeux. Quand il se déplaçait, il avait l'air d'un scorpion endormi.

Il affichait une mine faussement contrite, mais ses yeux bleus chassieux qui pétillaient en disaient plus long que sa bouche dépourvue de lèvres et incurvée vers le bas.

– Puis-je vous aider, ma chère ?

Il avait une voix sèche et cultivée.

Margaret finit de ramasser ses affaires et les rangea dans son sac.

– Non, merci, professeur. J'ai tout.

Elle reprit son souffle et s'efforça de paraître calme.

– Vous m'accompagnerez quand même pour notre pique-nique pizza ?

– Seulement si vous êtes sage.

Il joignit les mains comme pour l'implorer.

– Je vous le promets, ma chère.

– D'accord. Professeur, voici Bill Roberts, le journaliste dont je vous ai parlé. Bill, je vous présente le Pr Garth Van der Graaf.

– Enchanté, professeur.

Il leva vers moi des paupières endormies.

– Vous ne ressemblez pas à Clark Kent.

– Je vous demande pardon ?

– Les reporters ne ressemblent-ils pas tous à Clark Kent ?

– Je ne savais pas que c'était une condition pour avoir sa carte de presse.

– Un journaliste m'a interviewé après la guerre. La dure et longue... la Seconde, excusez le sous-entendu scabreux. Il voulait savoir quelle place cette guerre occuperait dans l'histoire. Lui au moins ressemblait à Clark Kent. (Il se passa une main sur son crâne tavelé.) Vous ne portez même pas de lunettes, jeune homme ?

– Je suis navré, mais j'ai une bonne vue.

Il me tourna le dos et se dirigea vers une étagère. Il se déplaçait avec une grâce reptilienne, son corps tordu donnant l'impression de se mouvoir en biais alors qu'il allait tout droit. Il gravit lentement les marches d'un escabeau, tendit la main pour s'emparer d'un volume relié en cuir et redescendit.

– Regardez. C'est de lui que je vous parle.

Il s'agissait en fait d'une compilation de *comics*. Son doigt tremblant pointait un dessin du célèbre reporter du *Daily Planet* en train d'entrer dans une cabine téléphonique.

– Clark Kent, dit-il. Voilà ce que j'appelle un reporter !

– Je suis certaine que M. Roberts sait qui est Clark Kent, professeur.

– Alors il n'aura qu'à repasser quand il lui ressemblera un peu plus et là, je lui parlerai ! lui rétorqua le vieillard.

Margaret et moi échangeâmes un regard désemparé. Elle était sur le point de dire quelque chose quand Van der Graaf projeta la tête en arrière et laissa partir un grésillement râpeux.

– Poisson d'avril !

Il s'esclaffa de sa farce, ses rires se transformant en quinte de toux.

– Voyons, professeur ! s'écria Margaret.

Ils se lancèrent dans une nouvelle joute verbale. Je commençais à soupçonner que leurs relations étaient bien rodées. Je restai à l'écart, me faisant l'effet d'un spectateur entraîné malgré lui au musée des horreurs.

– Reconnaissez, ma chère, que je vous ai bien eue ! s'exclamait le vieillard en tapant du pied avec bonne humeur. Vous avez cru que j'étais devenu complètement sénile !

– Vous n'êtes pas plus sénile que moi. Vilain garnement !

Mes espoirs de soutirer des informations intéressantes au nain bossu s'amenuisaient au fil des secondes. Je m'éclaircis la gorge.

Ils s'interrompirent et me regardèrent. Une bulle de salive était apparue à la commissure des lèvres fripées de Van der Graaf. Ses mains étaient secouées d'un léger tremblement. Margaret le toisait, jambes écartées.

– Maintenant je vous demande d'être coopératif avec M. Roberts, dit-elle sévèrement.

Van der Graaf me jeta un regard mauvais.

– Bon, geignit-il. Mais seulement si on fait le tour du lac dans mon bolide !

– Je vous ai déjà dit oui.

– J'ai une Duesenberg 1937, m'expliqua-t-il. Un vrai bijou ! Quatre cents étalons trépignant sous un capot rubis étincelant. De la tuyauterie en chrome. Ça dévore l'essence avec gloutonnerie. Je ne peux plus la conduire. Maggie est une fille costaud. Elle s'en sortirait, sous ma tutelle. Mais elle refuse !

– Professeur Van der Graaf, j'avais une bonne raison de décliner votre offre, dit-elle. Il pleuvait et je ne tenais pas à prendre le volant d'une voiture de deux cent mille dollars dans des conditions météo délicates.

– Pff ! En 1944 je suis allé d'ici à Sonoma. Mon bijou s'épanouit dans le mauvais temps.

– D'accord. Je vous emmènerai faire ce tour. Demain, si M. Roberts me dit que vous vous êtes bien tenu.

– C'est moi le professeur, c'est moi qui note.

Elle l'ignora.

– Monsieur Roberts, je dois passer à la bibliothèque. Vous saurez retrouver votre chemin jusqu'à mon bureau ?

– Sans problème.

– Alors on se revoit dès que vous aurez terminé. Au revoir, professeur.

– Demain 13 heures. Qu'il pleuve ou qu'il fasse beau ! lui lança-t-il.

Quand la porte fut refermée, il me fit signe de m'asseoir.

– Moi, je reste debout. Je n'arrive pas à trouver un siège adapté. Quand j'étais petit, Père a demandé à quantité d'ébénistes et de menuisiers de concevoir quelque chose de confortable. En vain. Ces messieurs ont tout de même produit d'étonnantes sculptures abstraites. (Il rigola en se tenant à la table.) J'ai passé une bonne partie de ma vie debout. Au bout du compte, cela m'a sans doute été bénéfique. J'ai des jambes en acier. Et ma circulation vaut celle d'un homme deux fois plus jeune.

Je m'assis dans un fauteuil en cuir. Mon regard était au niveau du sien.

– Une pauvre enfant, cette Maggie ! Je flirte avec elle pour lui remonter le moral. Elle est terriblement seule. (Il fouilla parmi les papiers où il trouva une flasque.) Du whiskey irlandais. Vous trouverez deux verres dans le premier tiroir du bureau. Soyez gentil de me les apporter.

Je trouvai les verres – ils étaient d'une propreté douteuse. Van der Graaf versa deux doigts de whiskey dans chacun sans renverser la moindre goutte.

– Tenez.

Je le regardai porter son verre à ses lèvres et fis de même.

– Vous croyez qu'elle est vierge ? Une telle chose est-elle envisageable à notre époque ?

Il abordait la question comme un problème épistémologique.

– Je n'en ai aucune idée, professeur. J'ai fait sa connaissance il y a une heure.

– Je n'arrive pas à le concevoir... une femme vierge à son âge. Pourtant, l'idée de ses cuisses de laitière refermées autour d'une paire de fesses en rut est tout aussi absurde.

Le regard fixé dans le vide, il sirota son whiskey en songeant silencieusement à la vie sexuelle de Margaret Dopplemeier.

– Vous êtes bien patient, finit-il par dire. Qualité rare, jeune homme.

J'acquiesçai d'un signe de tête.

– Je me dis que vous y viendrez quand vous vous sentirez prêt, professeur.

– Oui, je veux bien admettre que je me livre à quelques gamineries. J'ai bien le droit, vu mon âge et ma situation. Vous savez à quand remonte mon dernier cours ou ma dernière publication ?

– Un bon bout de temps, j'imagine.

– Plus de vingt ans. Depuis, je suis niché ici. Soi-disant plongé dans mes réflexions solitaires... en fait, je me marre. Tout professeur émérite que je suis ! Vous ne trouvez pas qu'il faut un système bien absurde pour tolérer de telles sottises ?

– On estime peut-être que vous avez mérité une retraite avec les honneurs.

– Pouah ! dit-il en agitant la main. Ça ressemble trop à la mort. Une retraite avec les honneurs et les vers qui vous mordillent les orteils. Autant vous l'avouer, jeune homme, je ne mérite rien du tout. J'ai publié soixante-sept articles dans de doctes revues et, à part cinq, ils sont tous bons à jeter. J'ai coédité trois ouvrages que personne ne lit jamais et, globalement, j'ai mené une existence pourrie-gâtée et fainéante. Merveilleux.

Il vida son verre et le posa bruyamment sur la table.

– Ils me gardent ici parce que j'ai des millions de dollars sur un fonds défiscalisé que m'a laissé mon père et ils espèrent que je vais tout leur léguer. (Il eut un sourire narquois.) Peut-être que oui, peut-être que non. Je ferais peut-être mieux de le laisser à une association de nègres ou quelque chose d'aussi scandaleux. Pourquoi pas une association de défense des lesbiennes ? Ce genre de groupuscule existe-t-il ?

– Sans aucun doute.

– Oui. En Californie, à coup sûr. À propos de Californie... vous vous intéressez donc à Willy Towle ?

Je répétai la fable de *Medical World News*.

– Bon, soupira-t-il. Puisque vous insistez, je vais essayer de vous aider. Je me demande bien comment on peut s'intéresser à Willy Towle : on n'a jamais vu garçon plus terne sur ce campus. J'ai été stupéfait quand j'ai appris qu'il était médecin. Je n'aurais jamais cru qu'il avait les moyens intellectuels pour aller aussi loin. Certes, la famille est fortement enracinée dans la médecine... un Towle était le chirurgien attitré de Grant pendant la guerre de Sécession, voilà déjà une miette pour votre article... J'imagine que ça n'a pas dû être trop dur de trouver une place pour Willy en faculté de médecine.

– Il a très bien réussi comme médecin.

– Voilà en revanche qui ne me surprend pas. Il y a plusieurs genres de réussite. L'un d'eux exige un mélange de traits de personnalité que Willy possédait : la persévérance, le manque d'imagination et un conservatisme inné. Bien sûr, une colonne vertébrale saine et rectiligne ne peut pas faire de mal, de même qu'un visage d'une beauté conventionnelle. Je suis prêt à parier qu'il n'a pas gravi les échelons grâce à la profondeur de son esprit scientifique ou ses recherches innovantes. Ses talents sont d'une nature plus banale, n'est-ce pas ?

– Il a bonne réputation comme médecin, insistai-je. Ses patients sont très élogieux.

– Il leur dit exactement ce qu'ils veulent entendre, sans aucun doute. Il a toujours été doué pour ça. Étudiant, il était très populaire, président d'un tas de trucs. Je l'ai eu comme élève dans un cours de civilisation européenne – un vrai flatteur. Oui, monsieur le professeur. Non, monsieur le professeur. Toujours là pour me présenter ma chaise... Dieu, ce que je trouvais ça insupportable ! Sans compter que je m'asseyais rarement. (Ce souvenir le fit grimacer.) Oui, il y avait chez lui un certain charme assez commun. Les gens apprécient ça chez leur médecin. Il doit avoir un bon contact avec les patients, comme on dit. Cela étant, ses dissertations en disaient long sur la vraie valeur du bonhomme. Prévisible, précis mais sans discernement, de la syntaxe mais pas de style... (Il s'interrompit.) Vous ne vous attendiez pas à ce genre de renseignements, n'est-ce pas ?

Je souris.

– Pas exactement.

– Vous ne pouvez pas publier des choses pareilles, hein ?

Il avait l'air déçu.

– Non. Cet article est censé être élogieux, j'en ai peur.

– Des louanges et des vivats. Des conneries, pour dire les choses simplement. Quel ennui ! Ça ne vous rase pas d'écrire des sottises pareilles ?

– Par moments. Ça paye les factures.

– Bien sûr. Je suis bien méprisant de ne pas considérer les choses sous cet angle. Je n'ai jamais réglé une facture. Mes banquiers s'en chargent. J'ai toujours eu beaucoup plus d'argent qu'il ne m'en fallait. Ça vous rend incroyablement ignorant. C'est une tare assez commune chez les gens riches et indolents. Nous sommes effroyablement ignorants. Sans compter l'endogamie. Il en découle des anormalités tant psychologiques que physiques. (Il sourit et tapota sa bosse.) Ce campus est un refuge pour la progéniture des riches indolents et endogames. Y compris votre Dr Willy Towle. Il est issu d'un milieu fermé comme il en existe peu. Vous le saviez ?

– Étant fils de médecin ?

– Non, non, me répondit-il comme à un étudiant particulièrement idiot. Il fait partie des Deux Cents. Vous n'en avez pas entendu parler ?

– Non.

– Allez chercher la vieille carte de Seattle qui se trouve dans le dernier tiroir du bureau.

Je m'exécutai. La carte était cachée sous quelques numéros de *Playboy*.

– Donnez-moi ça, dit-il impatiemment. (Il la déplia et l'étala sur la table.) Regardez ici.

Je me penchai au-dessus de lui. Son index pointait un endroit à l'extrémité nord du South. Un îlot en forme de losange.

– L'île de Brindamoor. Huit kilomètres carrés sans le moindre charme mais sur lesquels se trouvent deux cents propriétés pouvant rivaliser avec ce qui se fait de mieux aux États-Unis. Josiah Jedson y a construit sa première demeure... une monstruosité gothique... et certains de ses congénères l'ont imité. J'ai des cousins qui habitent là-bas... on est tous plus ou moins parents, mais Père a préféré construire sur le continent, à Windermere.

– C'est à peine si on la voit.

L'îlot n'était qu'un point dans le Pacifique.

– Et c'est voulu, mon garçon. Sur certaines cartes anciennes, l'île n'est même pas nommée. Bien entendu, on ne peut y accéder par la terre. Un ferry assure une navette quand le temps et la marée le permettent. Il n'est pas rare qu'une semaine ou deux s'écoulent sans aucune liaison. Certains résidents ont leur jet privé et une piste d'atterrissage sur leur propriété. Pour la plupart, ils s'accommodent de leur splendide isolement.

– Et c'est là que le Dr Towle a passé son enfance ?

– Mais tout à fait. Je crois que la maison familiale a été vendue. Il est fils unique et n'avait aucune raison de la garder quand il s'est installé en Californie. En majorité, ces demeures sont démesurées. Des dinosaures architecturaux. Prodigieusement chères à entretenir. De nos jours, même les Deux Cents doivent veiller à la dépense. Tout le monde n'a pas des ancêtres aussi malins que Père.

Il se tapota le ventre, ravi.

– Vous pensez que cette enfance isolée a joué sur la personnalité du Dr Towle ?

– Vous vous mettez à parler comme un psychologue, jeune homme !

Je souris.

– Pour répondre à votre question, certainement. Les enfants des Deux Cents étaient une bande de snobs imbuvables... et pour mériter une telle étiquette à Jedson, il faut se montrer d'une arrogance étonnante. Ils formaient une sorte de clan, rien que des égocentriques pourris-gâtés, et pas franchement intelligents. Beaucoup d'entre eux avaient des frères ou des sœurs atteints de difformités physiques ou de troubles mentaux... j'étais sérieux quand je parlais d'endogamie... et ils semblaient indifférents et insensibles à cette expérience, plutôt que le contraire.

– Vous parlez au passé. Ils n'ont tout de même pas disparu ?

– Les jeunes se font extrêmement rares. Une fois qu'ils ont goûté au monde extérieur, ils n'ont pas trop envie de retourner sur Brindamoor. L'endroit est assez glauque, malgré les tennis couverts et le plus pitoyable des *country clubs*.

Il fallait que je prenne la défense de Towle pour être cohérent avec mon personnage.

– Professeur, je ne connais pas personnellement le Dr Towle, mais on dit beaucoup de bien de lui. J'ai l'impression que c'est quelqu'un de très énergique, une forte personnalité. Vous ne croyez pas qu'une enfance dans un cadre tel que vous le décrivez puisse conduire à s'affirmer ?

Le vieillard me regarda avec mépris.

– Foutaises ! Je comprends que vous soyez obligé d'enjoliver le portrait, mais vous n'obtiendrez de moi que la vérité. On ne trouvait pas la moindre individualité dans la bande de Brindamoor. Jeune homme, la solitude est le nectar de l'individualité. Notre Willy Towle n'avait aucun goût pour la solitude.

– Pourquoi dites-vous ça ?

– Je ne me souviens pas de l'avoir jamais vu seul. Il était copain avec deux autres cancres de l'île. Ils paradaient tous les trois comme de petits dictateurs. Dans leur dos on les avait surnommés « les Trois Chefs d'État ». Des gamins prétentieux, imbus d'eux-mêmes. Willy, Stu et Eddy.

– Stu et Eddy ?

– Oui, oui. C'est ce que j'ai dit. Stuart Hickle et Edwin Hayden.

Je sursautai involontairement en entendant ces noms. Je maîtrisai tant bien que mal mon expression, espérant que ma réaction lui avait échappé. Fort heureusement, il ne releva pas et continua à discourir de sa voix desséchée :

– Hickle était un sale type, malingre et boutonneux, une nature sinistre, et les deux autres censuraient chacune de ses paroles. Hayden, lui, était une teigne sournoise. Je l'ai pris une fois en train de tricher et il a cherché à me soudoyer pour que je ne lui mette pas zéro. Il voulait me procurer une prostituée indienne avec des talents prétendument exotiques. Vous imaginez le toupet ? Comme si je n'étais pas capable de m'occuper de ma libido ! Bien entendu, je lui ai mis son zéro et j'ai adressé un courrier cinglant à ses parents. Je n'ai pas eu de réponse... ils n'ont pas dû le recevoir, ils étaient sans doute en train de batifoler en Europe. Vous savez ce qu'il est devenu ?

La question était purement rhétorique.

– Non, dis-je en mentant.

– Il est magistrat à Los Angeles. Je crois que tous les trois, les glorieux Chefs, se sont installés là-bas. Hickle est chimiste... il voulait être médecin, comme Willy, et je crois même qu'il a commencé des études de médecine, mais il était trop bête pour aller jusqu'au bout. Magistrat, répéta-t-il. Ça en dit long sur notre système judiciaire, non ?

Les informations se bousculaient et, tel le miséreux qui touche un gros héritage, je ne savais plus où donner de la tête. J'étais tenté de me démasquer et de le presser encore de questions, mais je devais penser à l'enquête – et à mes promesses à Margaret.

– Mauvais le vieillard, hein ? caqueta Van der Graaf.

– Vous êtes bien perspicace, professeur.

– Vraiment ? dit-il avec un sourire rusé. Vous voyez d'autres ragots que je pourrais vous refiler ?

– Je sais que le Dr Towle a perdu son épouse et son enfant il y a pas mal d'années. Vous pouvez m'en dire quelque chose ?

Il me dévisagea, puis se resservit du whiskey et but une gorgée.

– Tout ça pour votre article ?

– C'est pour donner du corps au portrait, dis-je.

Plutôt faible.

– Oui, en effet, donner du corps. Eh bien, ce fut une vraie tragédie, ni plus ni moins, et votre docteur était bien jeune pour affronter ça. Il s'est marié pendant sa deuxième année à Jedson avec une charmante jeune fille de bonne famille, originaire de Portland. Ravissante, mais pas de son cercle... chez les Deux Cents, on a tendance à se marier entre soi. Les fiançailles ont un peu surpris. Six mois plus tard, elle a accouché d'un fils et le mystère s'est éclairci. Au début, le trio s'est séparé... Hickle et Hayden traînaient ensemble pendant que Willy s'acquittait de ses obligations de jeune marié. Puis sa femme et son fils sont morts, et les Chefs se sont retrouvés. Je suppose qu'il est normal pour un homme de chercher du réconfort auprès de ses amis à la suite d'un tel drame.

– C'est arrivé comment ?

Il fixa le fond de son verre, puis en vida les dernières gouttes.

– La jeune mère emmenait l'enfant à l'hôpital. Il s'était réveillé avec le croup ou quelque chose de ce genre. Les urgences les plus proches étaient celles de la clinique d'orthopédie pédiatrique de l'hôpital universitaire. C'était très tôt le matin, il faisait encore nuit. Sa voiture a quitté le pont d'Evergreen pour tomber dans le lac. On ne l'a retrouvée qu'à l'aube.

– Où était le Dr Towle ?

– En train d'étudier. De bûcher ses cours tard dans la nuit. Bien entendu, il s'est senti coupable et s'en est beaucoup voulu. Il s'est reproché de ne pas avoir été là et d'avoir échappé à la noyade. Vous savez à quel genre d'autoflagellation se livrent les gens frappés d'un deuil.

– Une histoire tragique.

– Oh oui ! C'était une jeune fille charmante.

– Le Dr Towle a sa photo dans son cabinet.

– Le garçon est sentimental ?

– Oui, sans doute. (Je bus une gorgée de whisky.) Et après le drame, il a renoué avec ses amis ?

– Oui. Mais en vous entendant employer ce terme, je me fais une réflexion. Ma conception de l'amitié implique des liens d'affection, un certain degré d'admiration réciproque. Ces trois-là avaient toujours l'air lugubre quand ils étaient ensemble, pas du tout ravis de se retrouver. Je n'ai jamais su ce qui les liait, mais il y avait forcément quelque chose. Willy est parti en fac de médecine et Stuart l'a suivi. Edwin Hayden a fait son droit dans la même université. Ils se sont tous installés dans la même ville. J'imagine que vous allez contacter les deux autres et qu'ils vous feront des commentaires bien élogieux pour votre article... Si vous l'écrivez jamais.

Je gardai tant bien que mal mon sang-froid.

– Que voulez-vous dire ?

– Oh, je crois que vous le savez très bien, jeune homme. Je ne vais pas vous demander de me présenter des papiers attestant que vous êtes bien qui vous dites... de toute façon, ça ne prouverait rien... parce que vous m'avez l'air sympathique et intelligent. Vous croyez que je reçois beaucoup de visiteurs avec qui je peux tailler une bavette ? Restons-en là.

– Je vous en sais gré, professeur.

– Et vous faites bien. Je suis sûr que vous avez de bonnes raisons de m'interroger sur Willy. Parfaitement ennuyeuses sans aucun doute et je me passe très bien de les entendre. Notre conversation vous a été utile ?

– Plus qu'utile.

Je remplis nos verres et nous bûmes en silence.

– Seriez-vous disposé à m'aider encore un peu ? demandai-je.

– Ça dépend.

– Le Dr Towle a un neveu. Timothy Kruger. Auriez-vous quelque chose à m'apprendre à son sujet ?

Van der Graaf porta son verre à ses lèvres d'une main tremblante. Son visage s'assombrit.

– Kruger.

Il avait prononcé le nom comme une épithète.

– Oui.

– En fait, c'est un cousin éloigné. Pas vraiment un neveu.

– Soit. Un cousin éloigné.

– Kruger. Vieille famille prussienne. Des gens de pouvoir. Famille puissante.

Il avait perdu son espièglerie et lâchait les mots avec des intonations mécaniques. Il fit quelques pas. Sa démarche arachnéenne se figea brusquement. Il laissa retomber ses mains.

– Ce doit être une affaire de police, dit-il.

– Qu'est-ce qui vous fait dire ça ?

La colère lui noircit le visage et il brandit un poing, tel un prophète de mauvais augure.

– Ne finassez pas avec moi, jeune homme ! Si Timothy Kruger est impliqué, ça ne peut pas être grand-chose d'autre.

– Cela concerne en effet une enquête policière, mais je ne peux pas entrer dans les détails.

– Ah oui ? Je me suis déboutonné sans vous demander quelles étaient vos vraies intentions. Il y a un instant, je les croyais ennuyeuses. Maintenant j'ai changé d'avis.

– Pourquoi le nom de Kruger vous fait-il peur à ce point, professeur ?

– Le mal, dit-il. Le mal me fait peur. Vous dites que vos questions concernent une enquête policière. Comment puis-je savoir de quel côté vous êtes ?

– Je travaille avec la police, mais je ne suis pas policier.

– Je refuse les devinettes ! Jouez franc jeu ou dehors !

Je considérai le choix.

– Margaret Dopplemeier... Je ne veux pas qu'elle perde son emploi à cause de ce que je vais vous dire.

– Maggie ? grogna-t-il. Ne soyez pas inquiet pour elle, je n'ai pas l'intention de rapporter qu'elle vous a conduit chez moi. Cette pauvre enfant a besoin d'intrigue pour pimenter sa vie. J'ai assez discuté avec elle pour savoir qu'elle est très attachée à la théorie de la conspiration. Agitez-en une devant elle et elle plonge dessus comme une truite sur un leurre. L'assassinat des Kennedy, les ovnis, le cancer, la carie dentaire... tout est dû à la collusion de démons clandestins. Vous l'avez repéré et vous vous en êtes servi.

Il me prêtait des intentions machiavéliques. Je ne le détrompai pas.

– Non, dit-il. Je n'ai aucun intérêt à broyer Maggie. C'est une amie. Cela mis à part, ma loyauté envers cette institution est loin d'être aveugle. Même si je m'y sens chez moi, je déteste certains aspects de cet endroit, voyez-vous ?

– Les Kruger, par exemple ?

– L'environnement qui permet aux Kruger et à ceux de leur espèce de s'épanouir. (Il chancela, son énorme tête dodelinant sur son socle difforme.) À vous de choisir, jeune homme. Vous soumettre ou la fermer.

Je me soumis.

– Votre histoire ne me surprend pas, dit-il. J'ignorais la mort de Stuart Hickle, ainsi que ses penchants sexuels, mais ni l'une ni les autres ne me sidèrent. C'était un mauvais poète, docteur Delaware, vraiment déplorable... et un mauvais poète est capable de tout.

Je me souvins des vers reproduits dans l'album à la mémoire de Lilah Towle. L'identité de « S » était maintenant évidente.

– J'ai été alarmé quand vous avez évoqué Timothy parce que je ne pouvais pas savoir si vous agissiez pour le compte des Kruger. Vous m'avez montré un charmant petit badge, mais ce genre de babiole est facile à contrefaire.

– Appelez l'inspecteur Delano Hardy au commissariat de West Los Angeles. Il vous dira dans quel camp je suis.

J'espérais qu'il n'en ferait rien – comment savoir quelle serait la réaction de Hardy ?

Il me considéra d'un air pensif.

– Non, ce ne sera pas nécessaire. Vous êtes un piètre menteur. Je crois savoir quand vous mentez.

– Merci.

– De rien. Ça se voulait un compliment.

– Parlez-moi de Timothy Kruger.

Il clignait des yeux, l'air d'un gnome sorti d'un laboratoire à effets spéciaux de Hollywood.

– La première chose que je tiens à préciser, c'est que l'esprit maléfique des Kruger ne doit rien à leur fortune. Même pauvres, ces gens-là feraient le mal... ce qui devait être le cas à une époque, j'imagine. Si j'ai l'air de défendre ma classe, c'est voulu.

– Je comprends.

– La propagande bolchevique peut prétendre ce qu'elle veut, les gens très riches ne sont pas foncièrement mauvais. C'est une clique inoffensive, surprotégée et inhibée, vouée à disparaître.

Il fit un pas en arrière, comme s'il se ravisait. J'attendis.

– Timothy Kruger est un assassin, finit-il par dire. Purement et simplement. Le fait qu'on ne l'ait jamais arrêté, jugé et condamné ne diminue en rien sa culpabilité à mes yeux. L'histoire remonte à sept... non, huit ans. Il y avait à Jedson un étudiant originaire de l'Idaho, un fils d'agriculteur. Une intelligence fine et un corps d'Adonis. Il s'appelait Saxon. Jeffrey Saxon. Il était le premier de sa famille à faire des études supérieures et rêvait d'être écrivain. Il avait obtenu une bourse sportive... aviron, base-ball, football, lutte. Il excellait dans toutes ces disciplines tout en obtenant d'excellents résultats scolaires. Il préparait une maîtrise d'histoire et j'étais son tuteur, même si je n'enseignais déjà plus. Nous discutions souvent ici, dans cette pièce. C'était un plaisir de converser avec lui. Il était plein de vie, il avait soif d'apprendre.

Une larme apparut au coin d'un de ses yeux bleus mi-clos.

– Excusez-moi... (Il sortit un mouchoir en lin et se tapota la joue.) C'est bien poussiéreux ici ; je demanderai qu'on fasse le ménage.

Il sirota son whisky et reprit son récit, la voix troublée par les souvenirs :

– Jeffrey Saxon avait l'esprit curieux et inquisiteur des vrais érudits, docteur Delaware. Je me souviens de la première fois qu'il est venu ici et qu'il a découvert tous ces livres. Un enfant lâché dans un magasin de jouets. Je lui prêtais mes pièces les plus rares. L'édition londonienne des chroniques de Flavius Josèphe[1], les traités d'anthropologie... Il dévorait tout. Un jour il m'a dit : « Mon Dieu, professeur, une vie ne suffirait pas pour apprendre ne serait-ce qu'une fraction de tout ce qu'il y a à savoir. » C'est la marque d'un intellectuel, de mon point de vue, que de prendre conscience de sa propre insignifiance au regard de la masse du savoir humain. Comme il se doit, les autres le considéraient comme un bouseux, un péquenaud. Ils se moquaient de ses habits, de ses manières, de son manque de sophistication. Il m'en parlait... j'étais devenu une sorte de grand-père adoptif... et je le rassurais en lui expliquant qu'il était fait pour des fréquentations plus nobles que celles que Jedson pouvait lui offrir. D'ailleurs, je l'ai encouragé à demander son transfert dans une université de la côte Est, comme Yale ou Princeton, où il pourrait vraiment se nourrir l'esprit. Avec ses notes et une lettre de soutien de ma part, ça pouvait marcher. Mais on ne lui en a pas laissé la chance. Il s'est amouraché d'une jeune demoiselle. Elle appartenait aux Deux Cents, jolie mais fade. Ce qui n'avait rien d'une erreur en tant que telle, car il faut bien assouvir les besoins du cœur et des gonades. L'erreur était de choisir une femelle déjà convoitée par un autre.

– Tim Kruger ?

Van der Graaf acquiesça d'un hochement de tête, l'air peiné.

1. Historien juif du premier siècle après Jésus-Christ. *(NdT)*.

– Ce n'est pas facile de vous raconter tout ça, docteur. Ça remue beaucoup de choses.

– Si c'est trop éprouvant, professeur, je peux partir et revenir à un autre moment.

– Non, non. Cela ne servirait à rien. (Il inspira longuement.) Ç'a pris une tournure de feuilleton à l'eau de rose. Jeffrey et Kruger s'intéressaient à la même fille, ils ont eu des mots en public. Les esprits se sont échauffés, puis la situation a paru se calmer. Jeffrey venait me voir pour me faire part de son spleen. Je jouais les psychologues amateurs... un professeur doit souvent soutenir psychologiquement ses étudiants et j'avoue que j'étais plutôt doué. Je l'ai encouragé à oublier cette fille... Vu le genre de la demoiselle, je savais très bien que Jeffrey perdrait la bataille. Les jeunes gens de Jedson sont des pigeons voyageurs aussi prévisibles que leurs ancêtres – ils finissent toujours par en revenir aux réflexes de leur classe. La demoiselle était destinée à s'accoupler avec un des siens. D'autres choses attendaient Jeffrey, meilleures et plus nobles, une existence remplie d'aventures et de bonnes occasions. Il ne voulait pas m'écouter. Il était comme un chevalier du Moyen Âge, imbu de sa noble tâche. Abattre le chevalier noir, délivrer la belle princesse. Des foutaises. Mais c'était un innocent. Un pauvre innocent.

Van der Graaf se tut, à bout de souffle. Son visage avait pris une teinte verdâtre et je commençai à me faire du souci pour lui.

– On ferait peut-être mieux de s'arrêter, lui dis-je. Je peux revenir demain.

– Pas question ! Je ne vais pas rester cloîtré ici avec une boule de poison coincée au fond de la gorge ! (Il toussota.) Je vais continuer... Ne bougez pas et soyez attentif.

– Très bien, professeur.

– Bien, où en étais-je ? Ah oui... Jeffrey dans le rôle du preux chevalier. Pauvre sot ! L'animosité entre lui et Kruger a continué et s'est envenimée. Jeffrey s'est retrouvé mis à l'écart par tous les autres. Kruger était un phare du campus, quelqu'un de reconnu socialement. J'étais le seul soutien de Jeffrey. Nos conversations ont changé. Il ne s'agissait plus d'échanges intellectuels. Maintenant, je conduisais une psychothérapie à temps plein... L'occupation me mettait mal à l'aise, mais je ne me sentais pas le droit d'abandonner ce garçon. Il n'avait que moi. Ça s'est terminé par un combat de lutte gréco-romaine. Tous les deux pratiquaient ce sport. Ils ont décidé de se retrouver un soir, seuls dans le gymnase désert, pour régler leurs comptes. Moi-même, je ne suis pas lutteur, bien évidemment, mais je sais que c'est un sport très encadré, avec de multiples règles et des critères de victoire précisément définis. C'est ce qui plaisait à Jeffrey... pour quelqu'un de si jeune, il avait énormément d'autodiscipline. Il est entré vivant dans ce gymnase et en est ressorti sur un brancard, le cou et la colonne vertébrale brisés, vivant mais au sens strictement végétatif. Il est mort trois jours plus tard.

– Et on a conclu à une mort accidentelle, dis-je doucement.

– C'est la version officielle. Kruger a raconté qu'ils s'étaient livrés à une série de prises compliquées et que dans l'enchevêtrement des torses, des bras et des jambes, Jeffrey s'était blessé. Et comment le contester ? Les accidents entre lutteurs, ça arrive. Au pis, on pouvait dire qu'ils s'étaient comportés de manière irresponsable. Mais pour ceux d'entre nous qui connaissaient Timothy, qui comprenaient à quel point la rivalité était profonde entre les deux garçons, cette explication était loin d'être satisfaisante. L'université avait surtout envie d'étouffer l'affaire et la police ne s'est pas fait prier... Pourquoi s'attaquer aux millions des Kruger quand des centaines de pauvres commettent des délits ? Je suis allé à l'enterrement de Jeffrey, dans l'Idaho. J'ai pris l'avion. Avant de partir, j'ai croisé Timothy sur le campus. Avec le recul, je pense qu'il me cherchait.

La bouche de Van der Graaf se contracta, les rides se creusant comme sous l'effet de ficelles internes.

– Il m'a abordé près de la statue du fondateur : « J'apprends que vous partez en voyage, professeur ? m'a-t-il dit. – Oui, je prends l'avion pour Boise ce soir. – Pour assister aux derniers sacrements de votre jeune protégé ? » Il affichait un air de parfaite innocence, mais feinte. Ce type faisait du théâtre, nom d'un chien ! Il savait changer d'expression à volonté. « Qu'est-ce que ça peut vous faire ? » Il s'est accroupi, a ramassé une brindille de chêne et l'a cassée en deux du bout des doigts, puis il l'a laissée tomber par terre avec un rictus arrogant comme on en voit chez les nazis qui tourmentent leurs victimes sur les photos de camps de concentration. Ensuite, il a éclaté de rire. Docteur Delaware, de toute ma vie je n'ai jamais été aussi près de commettre un meurtre. Si j'avais été plus jeune, plus fort et armé, je l'aurais fait. Mais non, je suis resté là, pour une fois sans voix. « Bon voyage », m'a-t-il dit avant de s'éloigner, toujours avec son petit sourire. J'avais le cœur qui battait, j'ai été pris d'un vertige, mais j'ai réussi à garder l'équilibre. Dès qu'il a été hors de vue, j'ai craqué et fondu en larmes.

Un long moment de silence s'ensuivit.

Quand j'eus l'impression qu'il avait repris le dessus, je lui demandai :

– Margaret est au courant ? Pour Kruger...

Il acquiesça d'un signe de tête.

– Je lui en ai parlé. C'est une amie.

Tiens... Sous ses dehors mal assurés, la chargée des relations publiques était donc en fait plus araignée que mouche. Dieu sait pourquoi, cette idée m'enchanta.

– Une dernière chose. La jeune fille, celle qu'ils se disputaient... Qu'est-elle devenue ?

– Vous vous imaginez quoi ? lança-t-il d'un ton sarcastique, sa voix retrouvant un peu de son vitriol. Elle s'est mise à éviter Kruger, comme la plupart des autres. Ils avaient peur de lui. Elle a passé encore trois ans à Jedson, sans brio, avant d'épouser un banquier d'affaires qu'elle a suivi à Spokane. Ce doit être une parfaite petite *Frau*, qui dépose sa marmaille à l'école, prend son brunch au club et rudoie le garçon de courses.

– Les dépouilles de la bataille, dis-je.

Il secoua la tête d'un air consterné.

– Quel gâchis !

Je consultai ma montre. J'étais sous la coupole depuis un peu plus d'une heure, mais cela m'avait paru bien plus long. Van der Graaf avait vidé sa benne à ordures, mais il était historien, formé pour ça. Je me sentais fatigué et tendu, j'avais besoin d'air frais.

– Professeur, je ne sais pas comment vous remercier.

Ses yeux bleus brillaient comme deux réverbères.

– Faire bon usage de ces renseignements serait un pas dans la bonne direction. À votre tour de briser des brindilles.

– Je ferai de mon mieux, dis-je en me levant.

– Je me permets de ne pas vous raccompagner.

Je sortis. J'avais traversé la moitié de la rotonde quand le vieillard s'écria :

– Dites à Maggie qu'elle n'oublie pas notre pique-nique !

Ses paroles se perdirent en échos sur la pierre lisse et froide.

23

Chez certaines tribus primitives on trouve l'idée que pour vaincre un ennemi il ne suffit pas de détruire les seules traces de sa vie corporelle : son âme aussi doit être vaincue. Cette croyance est à la base des diverses formes de cannibalisme qui se sont pratiquées et se pratiquent encore dans de nombreuses régions du globe. On est ce qu'on mange. En dévorant le cœur de sa victime, on s'approprie son moi intime. Réduisez son pénis en poudre, avalez-la et vous aurez sa virilité.

Je songeai à Timothy Kruger se présentant à moi sous les dehors d'un pauvre étudiant boursier, et des images de sauvages aux lèvres gourmandes et grignotant des os vinrent rompre le charme idyllique du campus verdoyant de Jedson. Je cherchais toujours à m'en défaire quand je gravis les marches de Crespi Hall.

Je frappai le signal convenu et Margaret Dopplemeier s'écria « Juste une seconde ! » avant d'ouvrir. Elle me fit entrer et referma à clé.

– Van der Graaf s'est montré coopératif ? me demanda-t-elle, l'air de rien.

– Il m'a tout avoué. Sur Jeffrey Saxon et Tim Kruger. Et aussi que vous étiez au courant de tout.

Elle rougit.

– Ne croyez pas que je vais avoir honte de vous avoir trompé alors que vous avez fait pareil, me renvoya-t-elle.

– Bien entendu. Je tenais juste à ce que vous sachiez qu'il m'a fait confiance et m'a tout raconté. Je comprends bien que vous ne pouviez pas en faire autant avant lui.

– Vous m'en voyez ravie, dit-elle sèchement.

– Merci de m'avoir conduit à lui.

– J'ai été contente de le faire, Alex. Maintenant, à vous de faire bon usage de ces informations.

C'était la deuxième fois en dix minutes qu'on me confiait cette mission. En y ajoutant l'injonction de Raquel Ochoa, ça commençait à faire beaucoup.

– J'y veillerai. Vous avez l'article ?

– Tenez.

Elle me tendit une photocopie. Le décès de Lilah Towle et du « petit Willy » partageait la une avec un reportage sur les beuveries étudiantes et la reprise d'un article de l'Associated Press sur les dangers de la marijuana. Je commençai à lire, mais la photocopie était floue, à peine lisible. Margaret vit que je peinais.

– L'original était effacé.

– Ça ira.

Je survolai l'article – ça correspondait aux souvenirs de Van der Graaf.

– Voici un autre article publié quelques jours après sur l'enterrement. La photocopie est meilleure.

Je le pris et y jetai un coup d'œil. L'affaire Towle n'avait plus droit qu'au carnet du jour, en page 6. La cérémonie était décrite en des termes larmoyants, l'article citant quantité de noms. Une photo reproduite en bas de page attira mon regard.

Towle conduisait la procession, l'air sombre et hagard, les mains jointes. À côté de lui se tenait Edwin Hayden, plus jeune mais déjà avec son allure de crapaud. De l'autre côté, un peu en retrait, se trouvait une silhouette imposante. Impossible de se méprendre sur l'identité de la personne en question.

Cheveux noirs crépus, visage joufflu et luisant. Les lunettes à épaisse monture que j'avais vues quelques jours auparavant étaient ici remplacées par de petites lunettes rondes à fine monture dorée perchées au bout de son gros nez.

Le révérend Augustus McCaffrey du temps de sa jeunesse.

Je pliai les deux feuilles et les glissai dans la poche de mon veston.

– Appelez Van der Graaf, dis-je.

– Il est vieux. Vous ne croyez pas que vous l'avez déjà suffisamment interrogé...

– Appelez-le, répétai-je. Sinon j'y retourne tout de suite.

Mon ton brusque la contraria, mais elle composa le numéro.

– Désolée de vous déranger à nouveau, professeur. C'est encore ce monsieur.

Elle l'écouta, me fusilla du regard et finit par me tendre le combiné à bout de bras.

– Merci, dis-je d'un ton mielleux. Professeur, je dois vous parler d'un autre étudiant. C'est important.

– Faites. Je n'ai que Miss Novembre 73 pour me tenir compagnie. Qui ça ?

– Augustus McCaffrey. Lui aussi était ami avec Towle ?

Le silence se fit au bout du fil, suivi d'un éclat de rire.

– Ha ! Mon Dieu, elle est bonne ! Gus McCaffrey, étudiant à Jedson ! Gus mis dans le même sac que les autres ! (Il piqua un nouveau fou rire et mit du temps avant de reprendre son souffle.) Jésus-Marie-Joseph, mon pauvre garçon, il n'était pas étudiant chez nous.

– J'ai sous les yeux une photo où on le voit à l'enterrement de Lilah Towle...

– C'est bien possible, mais il n'était pas étudiant. Gus McCaffrey était... aujourd'hui, je crois qu'ils se font appeler techniciens de surface... Gus était une sorte de concierge. Il balayait les dortoirs, sortait les poubelles...

– Que faisait-il à l'enterrement ? Il est juste derrière Towle, prêt à le rattraper s'il tombe.

– Rien de surprenant à ça. Au départ, il était employé chez les Hickle... leur demeure était une des plus grandes de Brindamoor. Les domestiques deviennent parfois très proches de leurs maîtres... Je crois que Stuart l'avait amené ici quand il avait commencé ses études. Il a fini par décrocher une vague promotion au sein du personnel de service... concierge en chef ou quelque chose de ce genre. Quitter Brindamoor a sans doute été une bonne occasion pour lui. Qu'est-il devenu ?

– Pasteur. Il dirige le foyer pour enfants dont je vous ai parlé.

– Je vois. Il sort les poubelles du Seigneur, façon de parler.

– Façon de parler, en effet. Vous avez quelque chose à me dire sur lui ?

– Honnêtement, non. Désolé. Je n'ai jamais eu aucun contact avec le personnel non enseignant... à la longue, on a tendance à faire comme si ces gens-là étaient invisibles. J'ai tout de même le souvenir d'une grosse brute. Un type débraillé, qui dégageait une impression de grande force physique. Peut-être intelligent, ce que semblent indiquer vos informations... je ne fais pas dans le darwinisme social, je ne vais pas réfuter l'idée par principe. Mais c'est tout ce que je peux vous dire. Navré.

– Il n'y a pas de quoi. Une dernière chose : où puis-je me procurer une carte de Brindamoor ?

– À ma connaissance, il n'existe que celle des services fonciers... Attendez. Une de mes étudiantes a fait un mémoire sur l'histoire de l'île, avec une carte des diverses propriétés. Je n'en ai pas d'exemplaire, mais la bibliothèque doit en avoir un à la section « Thèses et mémoires ». L'étudiante s'appelait... laissez-moi réfléchir... Luther ? Non, quelque chose d'autre à consonance religieuse. Calvin. Gretchen Calvin. Regardez aux C, vous devriez l'y trouver.

– Merci encore, professeur. Au revoir.

– Au revoir.

Assise derrière son bureau, Margaret Dopplemeier me lançait des regards noirs.

– Désolé d'avoir été désagréable, lui dis-je. C'était important.

– D'accord. Je trouve juste que vous auriez pu être un peu plus aimable, étant donné ce que j'ai fait pour vous.

Une expression possessive se glissa dans son regard, tel un python dans un lagon.

– Vous avez raison. J'aurais dû. Je ne vais pas vous déranger davantage, dis-je en me levant. Merci infiniment pour tout. Votre aide m'a été précieuse.

Je lui tendis la main et serrai la sienne qu'elle me tendait à contrecœur.

– Ça fait plaisir de le savoir. Vous comptez rester longtemps ?

– Non...

Je dégageai doucement ma main de la sienne, reculai en lui souriant, agrippai enfin la poignée et poussai la porte.

– Bonne continuation, Margaret. Régalez-vous bien avec vos mûres.

Elle était sur le point de dire quelque chose, mais se ravisa. Je l'abandonnai derrière son bureau, le bout de sa langue rose pointant à la commissure de ses lèvres quelconques, à la recherche d'un goût perdu.

La bibliothèque était austère à souhait et disposait d'un fonds plus qu'honnête pour une petite université comme Jedson. La salle principale était une cathédrale de marbre drapée d'épais velours rouge et éclairée par d'immenses fenêtres espacées de trois mètres. Tables de lecture en chêne, lampes à abat-jour vert et fauteuils en cuir. Il ne manquait plus que des lecteurs pour lire les augustes volumes qui tapissaient les murs.

Le bibliothécaire était un jeune homme amorphe, avec des cheveux coupés en brosse et un filet de moustache. Il portait une chemise rouge à carreaux et une cravate en laine jaune. Assis derrière son bureau, il lisait un numéro récent d'*Artforum*. Quand je lui demandai où se trouvait la section des thèses, il leva les yeux et me fixa d'un air ahuri, tel un ermite découvrant qu'on a violé sa retraite.

– Là-bas, dit-il avec langueur en m'indiquant le côté sud de la salle.

J'y trouvai un fichier en chêne, dans lequel le mémoire de Gretchen Calvin était répertorié. Son *magnum opus* s'intitulait *Brindamoor, son histoire et sa géographie*. Les thèses de Frederick Calpert et O. Winston Camhurst figuraient sur les rayonnages, mais l'œuvre de Gretchen ne se trouvait pas entre elles, où elle aurait dû être. Je vérifiai plusieurs fois la cote ISBN, mais en vain : le mémoire sur Brindamoor avait disparu.

Je retournai voir chemise-à-carreaux et dus me racler la gorge à deux reprises avant qu'il s'arrache à un article sur Billy Al Bengston[1].

– Je cherche un mémoire que je n'arrive pas à trouver.

– Vous avez vérifié qu'il était bien répertorié au catalogue ?

– La fiche est bien là, mais pas le mémoire.

– C'est dommage. On a dû l'emprunter.

– Vous voulez vérifier ?

Il soupira et prit son temps pour se lever.

– Comment s'appelle l'auteur ?

Je lui fournis tous les renseignements utiles et il se rendit derrière le guichet des emprunts, l'air outré. Je le suivis.

– L'île de Brindamoor... quel endroit sinistre. En quoi ça vous intéresse ?

– Je suis professeur invité d'UCLA. Cela fait partie de mes recherches. Je ne savais pas qu'il fallait donner une justification.

– Mais non, ce n'est pas nécessaire, dit-il vivement en plongeant le nez dans une pile de fiches. (Il en retira quelques-unes et les battit avec la dextérité d'un joueur de poker de Las Vegas.) Tenez. Ce mémoire a été emprunté il y a six mois... on peut dire qu'il est en retard !

Je pris la fiche. Le chef-d'œuvre de Gretchen n'avait pas suscité grand intérêt. Avant d'être emprunté six mois auparavant, il avait été consulté pour la dernière fois en 1954, par Gretchen elle-même. Sans

1. Peintre américain né en 1934, du mouvement Pop Art *(NdT)*.

doute pour le montrer à ses gamins – *Maman était très érudite, les enfants...*

– Il arrive parfois qu'on prenne du retard dans le contrôle des emprunts. Je vais m'en occuper tout de suite, professeur. Qui l'a emprunté en dernier ?

Je regardai la signature et lui donnai le nom et le prénom. Mon cerveau analysa l'information alors même qu'elle franchissait mes lèvres. Une fois le choc encaissé, je compris que ma mission ne s'achèverait pas sans une excursion dans l'île.

24

Le ferry pour l'île de Brindamoor appareillait tous les matins à 7 h 30.

Quand la réception appela pour me réveiller, à 6 heures, j'étais déjà douché, rasé et j'avais l'œil vif. La pluie avait recommencé peu après minuit, tambourinant sur les baies vitrées de la chambre. Je m'étais réveillé comme dans un rêve, convaincu d'avoir entendu la cavalerie passer dans le couloir, ce qui ne m'avait pas empêché de me rendormir aussitôt. Il pleuvait toujours. La ville en contrebas était détrempée et floue, comme si je la voyais à travers les parois d'un aquarium sale.

J'enfilai un pantalon résistant, un col roulé en laine, un blouson de cuir, et emportai le seul et unique imperméable que je possédais : un croisé en popeline, sans doublure, tout à fait convenable pour le sud de la Californie, mais d'une efficacité incertaine sous ces climats. J'avalai un petit déjeuner en coup de vent – du saumon fumé, un *bagel*, un jus d'orange et du café – et arrivai à l'embarcadère à 7 h 10.

J'étais l'un des premiers à faire la queue pour l'embarquement. La file avança et je descendis une rampe pour me retrouver dans les entrailles du ferry, derrière un minibus Volkswagen avec des autocollants « Sauvons les baleines ! » sur le pare-chocs arrière. Guidé par les gesticulations d'un employé en combinaison orange fluo, je me garai à cinq centimètres de la cloison blanche de la soute. Je trouvai l'escalier et montai deux étages jusqu'au pont. Je passai devant une boutique de souvenirs, un tabac et un snack-bar, tous fermés, et une salle sombre entièrement remplie de jeux vidéo. Un serveur solitaire y jouait au Pac Man, gobant les points lumineux d'un air très concentré.

Je trouvai une place avec vue sur la poupe, pliai mon imperméable sur mes genoux et m'installai pour le trajet d'une heure.

Le bateau était presque désert. Mes rares compagnons de traversée étaient jeunes et en tenue de travail : la main-d'œuvre du continent rejoignait ses postes dans les diverses propriétés de Brindamoor. Le trajet du retour se ferait sans doute avec des voyageurs d'un autre style : avocats, banquiers et hommes d'affaires gagnant leurs bureaux capitonnés et leurs conseils d'administration.

L'océan était houleux et moutonnant sous l'effet des vents qui se faisaient la course à la surface des eaux. J'apercevais d'autres embarcations plus petites, surtout des barques de pêcheurs, des remorqueurs et des chalands, qui dansaient de conserve, piquaient du nez et faisaient la révérence. Malgré le roulis et le tangage, le ferry avait tout d'une maquette posée sur une étagère.

Six jeunes gens montèrent à bord et s'installèrent à quelques mètres de moi. Blonds, âgés d'un peu moins de vingt ans, plus ou moins bien rasés, ils portaient des pantalons kaki froissés ou des jeans crottés et se passaient une Thermos qui contenait autre chose que du café, plaisantaient et fumaient, mettaient les pieds sur les fauteuils dans une rigolade généralisée qui faisait penser à des rires enregistrés mais un rien éméchés. L'un d'entre eux m'aperçut et me tendit la Thermos.

– Une gorgée, mec ?

Je souris et fis non de la tête.

Il haussa les épaules, détourna le regard et l'animation repartit de plus belle.

La corne de brume retentit, le rugissement des moteurs fit vibrer le plancher et le ferry commença d'avancer.

À mi-parcours, je me levai et m'approchai des six fêtards maintenant affalés dans leurs fauteuils. Trois dormaient en ronflant, la bouche ouverte. Un autre lisait des *comics* pornos et les deux derniers fumaient, comme hypnotisés par l'extrémité incandescente de leurs cigarettes.

– Excusez-moi...

Le lecteur ne réagit pas. Les deux fumeurs portèrent leur regard vers moi. L'un d'eux, celui qui m'avait proposé la Thermos, me sourit. La moitié des dents de devant lui manquait – une mauvaise hygiène dentaire ou un fichu caractère.

– Ouais ? dit-il. Désolé, mec, on n'a plus de soupe Campbell. (Il prit la Thermos et l'agita.) Pas vrai, Dougie ?

Son comparse, un gros garçon avec moustache et rouflaquettes, rigola et hocha la tête.

– Eh non, plus de soupe. Poulet-vermicelle. À quarante-cinq degrés.

D'aussi près, ça empestait la distillerie.

– C'est bon. Merci tout de même. Je me demandais juste si vous pouviez me renseigner sur Brindamoor.

Tous deux prirent une mine interloquée, comme si l'idée de pouvoir renseigner quelqu'un était incongrue.

– Tu veux savoir quoi ? dit le Généreux. C'est mortel comme endroit.

– Super-chiant, renchérit le gros.

– Je voudrais trouver une maison, mais je n'arrive pas à me procurer une carte.

– C'est parce qu'y en a pas. Les gens là-bas aiment bien se cacher du reste du monde. Y a des vigiles pour te flanquer une branlée dès que tu fais un pet de travers. Moi, Doug et la bande, on travaille à l'entretien du golf. On ramasse les saloperies, les détritus, ce genre de conneries. On fait la journée et on repart direct sur le bateau, mec. Si tu tiens à ton boulot, faut faire comme ça. Point.

– Exact, renchérit le gros. Pas question de chasser la chatte ou de faire la bringue. Ça fait des années que c'est comme ça pour ceux qui bossent là-bas. Mon père était à Brindamoor avant d'entrer à l'usine et j'y bosse juste en attendant qu'y me trouve une place. Après, les ermites auront qu'à aller se faire enculer ! Il m'a raconté qu'ils avaient une chanson, dans l'temps. *Après la trime et le turbin, on s'tire sur le rafiot.*

Il rigola et flanqua une tape dans le dos de son pote.

– Vous cherchez quoi ?

Le Généreux alluma une autre cigarette et la ficha entre deux chicots, là où auraient dû se trouver ses incisives.

– La demeure des Hickle.

– T'es d'la famille ? demanda Doug.

Ses yeux rougis, de la même couleur que la mer, étaient soudain paralysés d'inquiétude, comme si j'étais en mesure de lui faire regretter ses paroles.

– Non, je suis architecte. Je me balade simplement. On m'a dit que la maison des Hickle valait le détour. Il paraît que c'est la plus grande de l'île.

– Mec, dit le gros, elles sont toutes énormes. On pourrait foutre tout mon putain de quartier rien que dans une seule !

– Architecte ? dit le Généreux dont le visage s'éclaira de curiosité. Faut faire combien d'études ?

– Cinq années d'université.

– Laisse tomber, Harm, plaisanta le gros. T'as rien dans le crâne. Faudrait déjà que t'apprennes à lire et à écrire !

– Va te faire foutre ! lui renvoya l'autre sur un ton bon enfant. J'ai bossé dans le bâtiment l'été dernier, me dit-il. Ça doit être drôlement intéressant, architecte.

– Très. Je fais surtout des maisons particulières. Je suis toujours à la recherche d'idées nouvelles.

– Ben ouais. Faut que ça reste intéressant.

– Merde, bougonna Dougie, nous, on fait jamais rien d'intéressant. On fait que ramasser les ordures. Putain, y en a qui se marrent bien dans ce club de golf ; la semaine passée, Matt et moi, on a retrouvé deux capotes usagées près du onzième trou, sauf que c'est pas pour notre pomme, hein, Harm ?

– J'ai pas besoin de ces gens-là pour m'amuser, répondit le Généreux. Si vous vous intéressez aux baraques, m'sieur, c'est à Ray qu'y faut demander.

Il se pencha par-dessus un des garçons endormis pour donner un coup de coude au lecteur, qui était resté plongé dans ses *comics* et ne l'avait pas lâché une seule fois. Il leva la tête. Il avait le regard vitreux de celui qui est soit très idiot, soit très shooté.

– Hein ?

– Ray, monsieur veut se rencarder sur la baraque des Hickle.

L'autre cligna des yeux, n'y comprenant rien.

– Ray s'est un peu trop shooté à l'acide. Il arrive pas à revenir parmi nous. (Harm afficha un large sourire, dévoilant ses amygdales.) Allez, mec, où se trouve la baraque des Hickle ?

– Hickle, répéta Ray. Mon vieux travaillait là-bas, avant... Sale bicoque, qu'il m'a dit. Ça lui foutait les jetons. Je crois que c'est dans Charlemagne. Le vieux disait toujours...

– C'est bon, mec, dit Harm en poussant la tête de Ray qui se replongea dans ses *comics*. Ils ont des noms de rues bizarres dans l'île, m'sieur. Charlemagne, Alexandre, Soliman.

Des conquérants. L'humour des nantis passait au-dessus de la tête de ces pauvres garçons.

– Charlemagne est une des rues de l'île. Tu prends la grand-rue, tu dépasses le marché et tu continues sur cinq cents mètres... Fais gaffe, les plaques sont souvent cachées par les arbres... Ensuite tu tournes à... à droite, c'est ça. Là t'es dans Charlemagne. Après, tu f'rais mieux de redemander.

– Merci beaucoup. (Je pris mon portefeuille et sortis un billet de cinq dollars.) Tiens, pour ta peine.

Harm brandit la main, pas pour le prendre mais pour protester :

– Laisse tomber. On n'a rien fait.

Doug le fusilla du regard et marmonna.

– Je t'emmerde, Dougie ! lui lança son copain édenté. On n'a rien fait pour mériter l'argent du monsieur.

Malgré ses cheveux décoiffés et le champ de bataille de sa bouche, il avait de l'intelligence et une certaine dignité. Le genre de gosse que j'aurais bien voulu avoir à mes côtés en cas de bagarre.

– Alors laissez-moi vous payer un verre.

– Non, dit Harm. Faut plus trop qu'on boive, m'sieur. Dans une demi-heure on sera sur le parcours. Avec un temps pareil, ça va être glissant comme de la morve. Si Gros Cul boit encore, il va se viander et tous nous écraser.

– Pauvre con ! riposta mollement Doug.

Je rangeai mon billet.

– Un grand merci.

– C'est rien. Si tu construis une bicoque et que t'as besoin de quelqu'un qui te fasse du bon boulot au noir pour le gros œuvre, souviens-toi de Harmon Lundquist. Je suis dans l'annuaire.

– D'accord.

Dix minutes avant que le ferry n'accoste, l'île émergea du brouillard et de la pluie, étendue rocheuse plate et grise. Hormis la coiffe d'arbres qui en recouvrait la majeure partie, ç'aurait pu être Alcatraz.

Je descendis dans la soute aux voitures, m'installai au volant de la Nova et attendis que l'homme à la combinaison orange nous fasse signe de nous engager sur la rampe.

Dehors nous attendait un spectacle digne des rues de Londres. Il y avait assez de pardessus noirs, de parapluies noirs et de chapeaux noirs pour remplir Piccadilly. Des mains roses tenaient les mallettes et le *Wall Street Journal* du matin. Les regards étaient fixés droit devant. Les bouches, contractées sévèrement. Dès que la grille de la passerelle fut ouverte, tous entamèrent leur procession, chacun à sa place, leurs étincelantes chaussures noires s'élevant et s'abaissant comme au rythme d'un tambour. Un escadron de parfaits gentlemen. Une brigade de gentlemen...

Juste au-delà du port de Brindamoor se trouvait une place

commerçante dominée par un orme majestueux : une banque à la vitrine en verre fumé, une société de courtage, trois ou quatre magasins de vêtements haut de gamme avec dans les vitrines des mannequins sans visage, une épicerie, une boucherie, une teinturerie qui faisait aussi office de bureau de poste, une librairie, deux restaurants – un français et un italien –, une boutique de souvenirs et un bijoutier. Les magasins étaient tous fermés, les rues désertes et sans vie, à part les pigeons rassemblés au pied de l'orme.

Je suivis les indications de Harm et n'eus aucune peine à trouver Charlemagne Lane. Un kilomètre après la place, la route rétrécissait et s'assombrissait, bordée alors par un mur de fougère, de lierre sauvage et d'érables. Un portail venait de temps à autre rompre la verdure – en fer forgé ou en bois de séquoia, le plus souvent renforcé avec de l'acier. Pas de boîtes aux lettres, aucune indication de nom. Les propriétés semblaient espacées d'un ou deux hectares. Plusieurs fois, je pus les entrevoir derrière les portails. Pelouses ondoyantes, allées en pente pavées de briques ou de pierres, imposantes et majestueuses demeures – de style Tudor, Régence ou dix-huitième – avec des allées cochères abritant des Rolls Royce, des Mercedes et des limousines, sans compter leurs cousines plus utilitaires, genre breaks à la carrosserie imitation bois, Volvo, petites japonaises. Une ou deux fois, j'aperçus des jardiniers au travail sous la pluie, leurs puissantes tondeuses toussotant et crachotant.

La route se poursuivait sur huit cents mètres, les propriétés devenant plus vastes et les demeures plus en retrait. Elle s'interrompait brusquement devant un bosquet de cyprès. Aucun portail, aucun passage visible, juste ces arbres de dix mètres de haut et aussi serrés qu'en forêt – je crus un moment qu'on m'avait fourni des indications erronées.

J'enfilai mon imperméable, en remontai le col et sortis de la voiture. Le sol était jonché d'un épais tapis d'aiguilles de pin et de feuilles détrempées. Je m'approchai du bosquet et jetai un coup d'œil entre les branches. À cinq ou six mètres, presque entièrement dissimulé par l'entrelacs des branchages et du feuillage, se trouvait un petit chemin de pierre qui menait à un portail en bois. On avait planté ces arbres pour en barrer l'accès ; à en juger par leur taille, ils avaient au moins vingt ans. Écartant l'éventualité que quelqu'un ait fait transplanter sur place des cyprès de taille adulte, je conclus que toute vie humaine normale avait déserté ces lieux depuis belle lurette.

Je me frayai un passage jusqu'au portail et tentai de l'ouvrir.

Condamné avec des clous. Je l'inspectai de près – deux planches de séquoia rainurées et fissurées, fixées à des montants en brique. Du grillage de part et d'autre, envahi par les ronces. Aucun signe d'une clôture électrifiée ou de fil de fer barbelé. Je pris appui sur un caillou mouillé, dérapai plusieurs fois, mais finis par escalader le portail.

J'atterris sur une autre planète. Plusieurs hectares de friches s'étendaient devant moi ; la pelouse soigneusement entretenue n'était plus qu'un marais de mauvaises herbes, de gazon jauni et de caillasses. Le terrain s'était affaissé par endroits, créant des mares stagnantes, de véritables oasis pour les moustiques et les moucherons qui zigzaguaient dans l'air. On avait abattu des arbres majestueux, dont ne subsistaient plus que des souches hérissées, des carcasses pourries infestées de champignons. Des restes de voiture tout rouillés, de vieux pneus, des bidons et des bouteilles vides étaient répandus un peu partout dans ce qui n'était plus qu'une décharge humide. La pluie faisait un bruit creux sur le métal.

Je suivis une allée pavée de briques en chevrons tapissée d'une mousse fangeuse et envahie par les mauvaises herbes. Des racines ressortaient par endroits, les briques piquant vers le haut comme les dents déchaussées d'une mâchoire brisée. J'écartai d'un coup de pied un mulot noyé et progressai tant bien que mal vers l'ancienne résidence du clan Hickle.

C'était une demeure massive de deux étages, en pierres de taille qui avaient noirci au fil du temps. Elle avait dû être majestueuse, à défaut d'être belle : un sombre manoir au toit d'ardoises, orné de tarabiscotages, d'avant-toits et de pignons, et flanqué de larges vérandas en pierre. Quelques meubles en fer rouillé traînaient sur la terrasse de devant. La porte d'entrée faisait bien trois mètres de haut. Il y avait une girouette au faîte du toit – la silhouette d'une sorcière sur son balai. La vieille harpie tournoyait dans le vent, à l'abri de la désolation.

Je gravis les marches du perron. Les mauvaises herbes poussaient jusqu'à la porte d'entrée, elle-même condamnée. Tout comme les fenêtres, fermées et obturées par des planches. Malgré sa taille – peut-être à cause d'elle –, la bâtisse faisait pitié, comme une douairière abandonnée qui se moquait de son apparence, condamnée à dépérir en silence.

Je parvins à franchir les planches pourries qu'on avait vaguement empilées en travers d'une porte cochère. La maison s'étendant sur une cinquantaine de mètres, je mis un certain temps à inspecter les fenêtres du rez-de-chaussée : toutes condamnées. À l'arrière, il y avait encore un hectare et demi de terrain marécageux. Le garage, sorte de reproduction en miniature de la maison, pouvait contenir quatre voitures. Impossible d'y pénétrer – cloué et verrouillé. La piscine de quinze mètres était vide, à part quelques centimètres d'eau boueuse où traînaient toutes sortes de débris organiques. De la tonnelle chargée de vigne et de la pergola aux rosiers il ne restait plus que des morceaux de treillage et quelques pierres fendues supportant les brindilles mortes d'un nid. Des bancs de pierre et des statues penchaient sur leurs socles fracassés – Pompéi après l'éruption du Vésuve.

La pluie était maintenant glaciale et tombait dru. Je plongeai les mains au fond des poches de mon imperméable détrempé et cherchai un endroit où m'abriter. Il m'aurait fallu des outils – un marteau, une pince-monseigneur – pour entrer dans le garage ou la maison, et aucun des arbres ne m'inspirait confiance, tous menaçant de tomber d'un instant à l'autre. J'étais à découvert comme un clochard surpris par un raid aérien.

J'aperçus un éclair lumineux et me préparai à affronter un orage. Aucun coup de tonnerre, mais la lumière reparut. Malgré les trombes d'eau qui empêchaient de bien voir, la troisième fois qu'elle clignota, je pus braquer mon regard dessus et me porter dans sa direction. Après avoir fait quelques pas, je m'aperçus qu'elle provenait d'une serre à l'arrière de la propriété, juste au-delà de la pergola bombardée. Les panneaux de verre étaient couverts de crasse et marqués de traînées par endroits, mais apparemment en bon état. Je m'approchai en courant de la lumière, elle clignota, dansa, disparut et revint.

La porte était fermée, mais s'ouvrit sans bruit sous l'action de ma main. À l'intérieur il faisait chaud et lourd, et il régnait une forte odeur de décomposition. De longues tables en bois couraient de part et d'autre de la serre ; au centre se trouvait une allée jonchée de copeaux de bois, de morceaux de tourbe, de paille et de terre grasse. Des outils étaient posés dans un angle – fourches, pelles, râteaux, binettes.

Sur les tables s'alignaient des pots contenant de superbes fleurs : orchidées, broméliacées, hortensias bleus, bégonias de toutes les couleurs, impatiens blanches et écarlates. Toutes en pleine floraison et débordant de leurs maisons de terre cuite. Au-dessus des tables était suspendue une poutre munie de crochets, d'où pendaient des fuchsias aux clochettes pourpres, des fougères, du lierre *creeping charlie*, du chlorophytum et d'autres bégonias. Le jardin d'Éden perdu au milieu du vide sidéral.

L'endroit était mal éclairé et la pluie tambourinait sur le toit. La lumière qui m'avait attiré reparut, plus vive et plus proche. Je distinguai une silhouette à l'autre bout de la serre, vêtue d'un ciré jaune et tenant une torche à la main. La personne braquait le faisceau sur les plantes, relevait ici et là une feuille ou un bouton, tâtait la terre, retirait une tige morte ou des pétales fanés.

– Bonjour, dis-je.

La silhouette virevolta, le faisceau de lumière balayant mon visage. Ébloui, je portai la main à mes yeux.

L'individu se rapprocha.

– Qui êtes-vous ? me demanda une voix aiguë et apeurée.

– Alex Delaware.

Le faisceau s'abaissa. Je commençai à faire un pas.

– Restez où vous êtes !

Je reposai le pied par terre.

La capuche fut ramenée en arrière, dévoilant un visage rond et plat, pâle, immanquablement asiatique, féminin mais dépourvu de féminité. Les yeux n'étaient que deux fentes coupées au rasoir dans la peau parcheminée, la bouche un simple tiret dépourvu du moindre sourire.

– Bonjour, madame Hickle.

– Comment savez-vous mon nom ? Qu'est-ce que vous voulez ?

Malgré la peur, la voix restait dure – la dureté du fugitif qui sait que son salut dépend d'une vigilance sans relâche.

– Je m'étais promis d'aller vous rendre visite.

– Je ne veux pas de visites. Je ne vous connais pas.

– Vraiment ? Alex Delaware. Ce nom ne vous dit rien ?

Elle ne se donna pas la peine de mentir et se contenta de rester muette.

– Ce cher Stuart a choisi mon cabinet pour sa grande sortie... à moins qu'on ait fait le choix pour lui.

– Je ne sais pas de quoi vous parlez. Je ne veux pas de votre compagnie.

Elle s'exprimait dans un anglais saccadé, avec un léger accent.

– Vous n'avez qu'à appeler le majordome pour me faire mettre à la porte.

Sa mâchoire se crispa. Ses doigts blancs se resserrèrent autour de sa lampe-torche.

– Vous refusez de partir ?

– Il fait froid dehors, et il pleut. J'aimerais pouvoir me sécher.

– Après, vous partirez ?

– Après, je reste et on discute un peu. Au sujet de votre défunt mari et de ses copains.

– Stuart est mort. Il n'y a rien à en dire.

– Je crois que si. J'ai beaucoup de questions pour vous.

Elle posa sa torche et croisa les bras devant elle. Le geste était plein de défiance. Toute trace de peur avait disparu, et son attitude ne trahissait plus que l'irritation d'être dérangée. Cela m'intrigua – une femme seule, accostée par un inconnu dans un lieu désert, et pas la moindre trace de panique.

– C'est votre dernière chance, dit-elle.

– Je ne compte pas dénoncer votre cachette, lui renvoyai-je. Laissez-moi juste...

Elle fit claquer sa langue contre son palais.

Une ombre imposante se mua en une chose vivante et pantelante. Je vis ce que c'était et mon estomac se noua.

– Je vous présente Otto. Il n'aime pas les étrangers.

Je n'avais jamais vu de chien aussi énorme. Un danois de la taille d'un beau poney, avec un pelage de dalmatien, blanc tacheté de gris. Une de ses oreilles était en partie déchiquetée. Babines noires, dégoulinantes de bave et retroussées en un rictus vaguement souriant, comme toujours chez les chiens d'attaque, et laissant entrevoir des crocs d'une blancheur éclatante et une langue de la taille d'une bouillotte. Petits yeux de cochon, trop petits pour sa tête. Deux points orange, braqués sur moi.

J'avais dû bouger sans m'en rendre compte car il dressa les oreilles et regarda sa maîtresse en haletant. Elle lui susurra quelque chose, il se mit à respirer plus vivement encore et lui administra un grand coup de sa langue rose sur la main.

– Salut, mon grand, dis-je d'une voix étranglée.

Il écarta davantage ses mâchoires, grognant et bâillant à la fois.

Je reculai, il tendit le cou. Il était tout en muscles, de la tête jusqu'à sa croupe frétillante.

– Maintenant, je n'ai peut-être plus envie de vous laisser partir, reprit Kim Hickle.

Je reculai encore. Otto lâcha un râle venu du fond de ses entrailles.

– Je vous ai dit que je n'allais pas vous dénoncer.

– C'est ce que vous dites.

Je fis de nouveaux pas en arrière. Des pas de bébé. Version pour cinglés de Jacques-a-dit. Le chien se rapprocha.

– Je voulais juste être seule, dit-elle. Personne pour m'embêter. Juste Otto et moi. (Elle regarda tendrement le molosse.) Vous m'avez découvert. Vous venez m'embêter. Comment m'avez-vous retrouvée ?

– Vous avez laissé votre nom sur une fiche à la bibliothèque de Jedson College.

Elle fronça les sourcils, chiffonnée par cette imprudence.

– Ainsi, vous me poursuiviez.

– Non. Je suis tombé sur cette fiche par hasard. Ce n'est pas vous que je cherche.

Elle fit de nouveau claquer sa langue, Otto avançant aussitôt d'un ou deux mètres. La menace du rictus sadique se précisait. Je sentais son odeur de bête et son impatience.

– Maintenant vous, après ce sera d'autres. Avec des questions. Pour m'accuser, dire que je suis une méchante femme. Je ne suis pas méchante. Je suis gentille, très gentille avec les enfants. Je suis une bonne épouse avec un mari malade, pas une femme malade.

– Je sais, dis-je d'un ton apaisant. Ce n'était pas votre faute.

Nouveau claquement. Le chien avança – maintenant il pouvait fondre sur moi d'un seul bond. Elle le contrôlait comme un jouet télécommandé. Avance, Otto ! Stop, Otto ! Tue, Otto...

– Non. Pas ma faute.

Je reculai. Otto me suivit, prêt à attaquer, son poil court hérissé, une patte raclant le sol.

– Je m'en vais, dis-je. Tant pis pour les questions. Ce n'est pas si important que ça. Vous avez le droit à votre tranquillité.

Je disais n'importe quoi, pour gagner du temps, et regardais du coin de l'œil les outils dans l'angle de la serre. Je jaugeais la distance qui me séparait de la fourche, préparant la manœuvre que je serais peut-être forcé de tenter.

– Je vous ai laissé une chance. Vous ne l'avez pas prise. Maintenant, c'est trop tard.

Elle fit claquer deux fois sa langue et le chien bondit vers moi, masse sombre qui grondait. Je vis ses quatre pattes brandies en l'air, sa gueule baveuse et affamée, ses crocs serrés, ses yeux orange fixés sur leur proie, tout ça en une fraction de seconde. Et dans la même fraction de seconde, j'esquissai une feinte à droite, me laissai tomber à genoux et plongeai vers la fourche. Mes doigts se refermant autour de son manche en bois, je m'emparai de l'outil et en donnai un coup vers le haut.

Le monstre retomba sur moi, tonne de muscles bandés qui me

coupa le souffle. Coups de griffes, les crocs qui cherchent à mordre. Quelque chose transperça ma gabardine, puis le cuir et ma peau. La douleur se propagea de mon coude à mon épaule, fulgurante, paralysante. Le manche de la fourche m'échappa. Je me protégeai le visage avec le bras. Otto pressait son museau humide contre moi, essayant de refermer ses mâchoires autour de mon cou. Je me dégageai, cherchai la fourche à tâtons, m'en saisis à nouveau, la relâchai, puis la récupérai enfin. Et assenai un coup de poing au molosse, sur le sommet du crâne. On aurait dit du blindage. Il se ramassa sur ses pattes arrière, rugit avec rage, prêt à replonger sur moi. Je pointai les dents de la fourche vers le haut. Il se rua et s'abattit sur moi de tout son poids. Mes jambes ployèrent et mon dos heurta le sol. Le souffle coupé, je luttai pour ne pas perdre connaissance, m'efforçant de maintenir la fourche entre moi et cette masse de poils en furie.

Soudain il poussa une plainte suraiguë, au même moment je sentis la fourche heurter un os, glisser et racler tandis que je tournais le manche avec une haine redoublée. Les dents s'enfonçaient en lui comme un couteau tiède dans du beurre.

Nous étions enlacés, la langue du molosse contre mon oreille, sa gueule bavante grimaçant de douleur, à quelques centimètres de m'arracher un morceau du visage. Je poussai et tournai la fourche de toutes mes forces, à peine conscient de la femme qui criait. Le danois jappa comme un chiot. Les dents de la fourche s'enfoncèrent encore de trois centimètres, puis furent bloquées pour de bon. Otto écarquilla les yeux, comme vexé, puis ses paupières battirent follement, se fermèrent. L'énorme carcasse tremblait convulsivement contre moi. Du sang gicla de sa gueule, m'éclaboussant le nez, les lèvres et le menton. Le liquide tiède et salé me donna des haut-le-cœur. Il rendit son dernier souffle, enfin je réussis à me dégager en roulant sur le côté.

La scène n'avait pas duré trente secondes.

Kim Hickle regarda le cadavre de son chien, puis moi, et se précipita vers la porte. Je me relevai, m'emparai de la fourche piquée dans le puissant poitrail et lui barrai le passage.

– Reculez ! lui lançai-je en haletant.

J'agitai la fourche, projetant des gouttelettes sanguinolentes. Elle se figea sur place.

La serre était silencieuse. La pluie avait cessé. Un faible gargouillement vint rompre le silence – des bulles de gaz s'échappaient du corps du molosse. Puis de la matière fécale s'écoula le long de ses pattes flasques pour atterrir dans la paille.

Kim Hickle le regarda et se mit à pleurer. Elle se recroquevilla et s'assit par terre, avec l'air désespéré et anéanti d'une réfugiée.

Je plantai la fourche dans le sol et m'appuyai dessus. Il me fallut une bonne minute pour reprendre mon souffle, deux ou trois autres pour examiner mes blessures.

L'imperméable était foutu, déchiré et imbibé de sang. Je le retirai, non sans peine, et le laissai tomber par terre. Une des manches du blouson de cuir était lacérée. Je le retirai, lui aussi, remontai la manche de mon col roulé et inspectai mon biceps. Les couches de vêtements avaient évité le pire, mais ce n'était pas beau à voir : trois entailles qui enflaient déjà, entourées d'un entrelacs d'éraflures. Mon bras était engourdi et me faisait mal. Je le pliai – apparemment rien de cassé. Pareil pour les côtes et les autres membres, même si tout mon corps planait, au bord de l'évanouissement. Je m'étirai précautionneusement, selon une technique d'assouplissement que Jaroslav m'avait enseignée. Je me sentis un peu mieux.

– Otto était à jour dans ses vaccins ? demandai-je.

Elle ne me répondit pas. Je répétai la question en empoignant le manche de la fourche.

– Oui. J'ai les certificats.

– Je veux les voir.

– C'est la vérité. Vous pouvez me croire.

– Vous avez tenté de me faire égorger par ce monstre. Votre crédibilité n'est pas géniale.

Elle regarda le cadavre de l'animal et prit un air méditatif. Elle semblait habituée à attendre. Je n'étais pas d'humeur à livrer un combat d'endurance.

– Vous avez le choix, madame Hickle. Soit vous coopérez avec moi et je vous laisse en paix dans votre Walden[1], soit vous me compliquez les choses et je vous promets que votre histoire se retrouve en première page du *L.A. Times*. Réfléchissez bien. « La veuve d'un pédophile réfugiée dans un manoir abandonné »... Poétique, non ? Je vous parie dix contre un que les agences reprendront la nouvelle.

– Qu'est-ce que vous voulez ?

– Des réponses. Je n'ai aucune raison ni aucune envie de vous faire du mal.

– C'est vraiment dans votre cabinet que Stuart... est mort ?

1. Nom d'un étang du Massachusetts près duquel l'essayiste et poète américain Henry Thoreau (1817-1862) se retira et qui a donné le titre à son essai le plus célèbre *(NdT)*.

– Oui. À qui d'autre vous attendiez-vous ?
– Personne, répondit-elle trop rapidement.
– Towle ? Hayden ? McCaffrey ?

À chacun de ces noms la douleur déforma son visage, comme si on lui brisait les os un par un.

– Je ne suis pas dans leur camp. Mais je veux en savoir davantage sur eux.

Elle se redressa, ramassa l'imperméable et se releva. Délicatement elle étendit le vêtement sur le corps inerte du chien.

– Je vais vous parler.

25

Il existait un accès au garage qui m'avait échappé : au niveau du sol, caché derrière une petite épinette bleue non taillée, un soupirail recouvert de grillage à poulailler. Kim Hickle s'accroupit, manipula deux mailles stratégiques et retira le grillage. Une poussée, un coup de hanche et elle se retrouva à l'intérieur. Je la suivis. J'étais plus costaud, ce ne fut pas simple. Mon bras blessé frottait contre l'encadrement et je dus retenir mon souffle pour ne pas crier de douleur en me faufilant dans le passage.

Après un petit saut je me retrouvai dans une ancienne remise à légumes. La pièce était étroite, sombre et humide, avec des clayettes le long des murs et un sol en ciment peint en rouge. Un volet en bois retenu au-dessus de la fenêtre par un crochet passé dans un anneau. Elle le décrocha, il se rabattit lourdement. Une seconde de noir, je me tins prêt pour un coup bas. Au lieu de quoi j'eus le plaisir de sentir des effluves d'allume-feu de bois évocateurs d'amours adolescentes devant un feu de camp et vis une lumière pleine de fumée. Elle inclina les lattes du volet pour avoir plus de luminosité, sans pour autant qu'on puisse être repérés de l'extérieur.

Mes yeux s'accoutumant à la pénombre, les détails devinrent plus distincts. Une paillasse et un sac de couchage étaient posés à même le sol. Lampe à pétrole, plaque chauffante, bidon de Sterno et sachet d'ustensiles en plastique, tout cela sur une table en bois branlante, repeinte tant de fois qu'on aurait dit une sculpture molle. Dans un coin se trouvaient un évier et une étagère avec un pot de confiture vide, une brosse à dents, du dentifrice en poudre, un rasoir de sûreté et un morceau de savon ménager. La place qui restait par terre était en grande partie occupée par des caisses en bois comme je n'en avais pas revu depuis mon enfance. Percées d'une fente de chaque côté pour qu'on puisse les soulever, elles portaient l'inscription : « Laiterie de la ferme Del, Tacoma, Wash. Notre beurre est le meilleur, testez-le. » Dessous était dessinée une génisse à la mine désabusée. Le numéro de téléphone de la laiterie comportait un préfixe à deux lettres. Par endroits trois caisses étaient empilées les unes sur les autres. Le contenu de certaines était visible – des sachets d'aliments lyophilisés, des boîtes de conserve, des serviettes en papier, des habits pliés. Trois paires de chaussures – modèles robustes avec semelles en caoutchouc – étaient soigneusement alignées contre le mur. Des crochets plantés dans une poutre. Elle y suspendit son ciré et s'assit sur une chaise en pin brut. Je m'installai sur une caisse retournée.

Nous nous dévisageâmes.

Faute d'un autre stimulus, la douleur de mon bras se réveilla. Je grimaçai, elle le remarqua.

Elle se leva, imbiba une serviette en papier d'eau tiède et nettoya les plaies. Elle fouilla dans une caisse et y trouva une bande stérile, de l'eau oxygénée et du sparadrap. Telle Florence Nightingale, elle me pansa le bras. L'absurdité de la situation ne m'échappait pas – quelques minutes auparavant elle avait tenté de me tuer et maintenant elle égalisait le sparadrap avec des gestes maternels. Je restai vigilant comme un karatéka, m'attendant à la voir replonger d'un instant à l'autre dans sa rage meurtrière, planter ses doigts dans mes chairs meurtries et profiter de ma douleur pour m'enfoncer un doigt dans l'œil.

Mais elle finit son travail et se rassit.

– Les certificats vétérinaires, lui rappelai-je.

Nouvelle recherche. Rapide. Elle savait exactement où tout était rangé. Une liasse de feuilles attachées avec un élastique atterrit dans ma main. J'y trouvai des factures de vétérinaire, des certificats de vaccination contre la rage, le pedigree – le nom complet du chien était Otto-Klaus von Schulderheis, fils de Stuttgart-Munsch et Sigourn-Daffodil. Original. Il y avait aussi des diplômes de deux écoles de dressage de L.A., ainsi qu'un certificat assurant qu'Otto avait été dressé comme chien d'attaque mais uniquement dans un but défensif. Je lui rendis les documents.

– Merci, dit-elle.

Nous étions assis l'un en face de l'autre, décontractés comme des copains de classe. Je la regardai longuement, bien décidé à la trouver franchement antipathique. Je découvris une Asiatique d'une quarantaine d'années au regard triste, les cheveux coupés court comme ceux d'une poupée en porcelaine, le teint jaunâtre, fragile, toute simple dans ses habits trop larges, pauvre comme Job. Elle était sagement assise, les mains sur les genoux. La haine ne voulait pas venir.

– Depuis combien de temps vivez-vous ici ?

– Six mois. Depuis la mort de Stuart.

– Pourquoi ? Vous pourriez ouvrir la maison.

– J'ai pensé que ce serait mieux comme cachette. Tout ce que je veux, c'est qu'on me laisse seule.

Elle n'avait pas grand-chose d'une Garbo.

– De qui vous cachez-vous ? (Elle regarda par terre.) Allez, je ne vous veux pas de mal.

– Des autres. Les malades.

– Des noms.

– Ceux que vous avez mentionnés, et d'autres.

Elle lâcha une demi-douzaine de noms que je ne reconnus pas.

– Soyons précis. Quand vous dites « malades », vous voulez dire « pédophiles » ? Ces hommes sont tous pédophiles ?

– Oui. Oui. Je ne le savais pas. Stuart me l'a dit plus tard, quand il était en prison. Ils travaillaient comme bénévoles dans un foyer pour enfants, ramenaient les gosses chez eux et faisaient des trucs dégueulasses avec eux.

– Et dans votre école maternelle aussi ?

– Non ! Là, c'était juste Stuart. Les autres ne sont jamais venus. Seulement au foyer.

– La Casa de los Niños. Votre mari faisait partie de la Brigade des gentlemen.

– Oui. Il me racontait qu'il aidait des enfants. Que ses amis l'avaient recruté, le juge, le médecin, les autres. Je trouvais ça très généreux de sa part... On n'avait pas d'enfants... J'étais fière de lui. Je n'ai jamais su ce qu'il faisait avec eux... à l'école non plus je ne savais pas.

Je ne fis aucun commentaire.

– Je sais ce que vous pensez. La même chose que tout le monde. Que j'ai toujours su. Comment pouvais-je ignorer ce que faisait mon propre mari dans notre maison ? Vous m'accusez tout autant que Stuart. Je vous le dis, je ne savais pas !

Elle écarta les bras en un geste implorant, ses poings couleur safran crispés comme des serres. Je remarquai que ses ongles étaient rongés jusqu'au sang. Son expression avait quelque chose de sauvage, de désespéré.

– Je ne savais pas, répéta-t-elle comme un mantra pour se flageller. Je ne savais pas. C'était mon mari, mais je ne savais pas !

Elle recherchait l'absolution, mais je n'avais pas l'âme d'un confesseur. Je gardai les lèvres serrées et la regardai avec un détachement contraint.

– Il faut savoir ce qu'était notre mariage pour comprendre comment Stuart a pu faire des choses pareilles sans que je sois au courant.

Mon silence voulait dire : « À vous de me convaincre. »

Elle baissa la tête et commença :

– On s'est connus à Séoul, dit-elle. Juste après la guerre. Mon père était professeur de linguistique. J'étais d'une famille aisée, mais on avait des liens avec les socialistes et la KCIA [1] les a tous tués. Ils se sont déchaînés après la guerre, ils ont massacré beaucoup d'intellectuels, tous ceux qui ne soutenaient pas servilement le régime. Ils ont détruit ou confisqué tout ce qu'on possédait. On m'avait mise à l'abri chez des amis la veille du jour où des tueurs de la KCIA se sont introduits dans la maison et ont égorgé tout le monde... la famille, les domestiques, même les animaux. Les choses ont encore empiré et le gouvernement a durci la répression. La famille qui m'avait recueillie a pris peur et m'a jetée à la rue. J'avais quinze ans, mais j'étais toute petite et maigre, et j'avais l'air d'en avoir douze. J'ai mendié, je mangeais des ordures... Je... je me suis vendue. J'étais obligée. Pour survivre.

Elle s'interrompit, regarda quelque part derrière moi, trouva la force de continuer :

– Quand Stuart m'a trouvée, j'avais la fièvre, des poux, des maladies vénériennes et des plaies partout. C'était une nuit. J'étais blottie sous des journaux, dans une impasse derrière un café. Un endroit où les GI venaient manger et boire, trouver des filles. Je savais que ça valait le coup d'attendre dans ce genre d'endroits parce que les Américains jetaient de quoi nourrir des familles entières. J'étais tellement malade que je pouvais à peine bouger, mais j'ai attendu des heures en me forçant à rester réveillée pour que les chats ne me piquent pas mon dîner. Le restaurant a fermé peu après minuit. Les soldats sont sortis. Ça parlait fort, ils étaient ivres et titubaient dans l'impasse. Et puis j'ai vu Stuart ; il était seul et sobre. Plus tard, j'ai appris qu'il ne buvait pas. J'essayais de ne pas faire de bruit, mais j'ai poussé un cri de douleur. Il m'a entendue et s'est approché. Il était incroyablement grand, un géant en uniforme, il s'est penché vers moi et m'a dit : « Ne t'inquiète pas, petite fille. » Il m'a prise dans ses bras et m'a

1. Korean Central Intelligence Agency – la CIA coréenne *(NdT)*.

emmenée chez lui. Il avait les moyens de se louer un appartement pour ne pas être sur la base. Pour les GI, c'était le bon temps, la célébration de la victoire – ça a fait beaucoup de bébés illégitimes. Stuart n'était pas comme ça. Il se servait de son pied-à-terre pour écrire de la poésie. Bricoler avec ses appareils photo. Être seul.

Elle semblait avoir perdu conscience du temps et de l'espace et fixait distraitement son regard sur le mur sombre.

– Il vous a emmenée chez lui, dis-je pour l'encourager à continuer.

– Il m'a soignée pendant cinq semaines. Il a fait venir des médecins, m'a acheté des médicaments. Il me nourrissait, me baignait, me lisait des bandes dessinées assis au bord du lit... j'adorais les *comics* américains parce que mon père m'en rapportait toujours de ses voyages. *Little Annie Fanny. Terry et les Pirates. Dagobert. Blondie.* Il me les lisait de sa voix douce et gentille. Je n'avais jamais rencontré aucun homme comme lui. Svelte, calme, il avait l'air d'un professeur avec ces lunettes qui grossissaient ses yeux comme ceux d'un oiseau. Au bout de six semaines, j'allais mieux. Il s'est mis au lit et m'a fait l'amour. Je comprends maintenant qu'il a fait ça parce qu'il était malade... il a dû me prendre pour une enfant et trouver ça excitant. Mais moi, je me sentais femme. Au bout de quelques années, quand je suis vraiment devenue femme et que je ne ressemblais plus à une enfant, il s'est désintéressé de moi. Il aimait que je mette des vêtements de fillette... avec ma petite taille, ça me va très bien. Mais en grandissant, après avoir découvert le monde extérieur, je n'ai plus accepté. Je me suis affirmée et lui s'est renfermé. C'est peut-être là qu'il est passé à l'acte. C'est peut-être de ma faute, dit-elle d'une voix blessée. Parce que je ne lui donnais plus satisfaction.

– Non. Il était malade. Ce n'est pas à vous d'en porter la responsabilité, dis-je avec une sincérité mitigée.

Je ne tenais pas à ce qu'on plonge dans l'autorécrimination larmoyante.

– Je ne sais pas. Même aujourd'hui, tout ça me paraît bien irréel. Tous ces articles dans la presse ! Sur lui. Sur nous. C'était quelqu'un de tellement gentil, doux et calme.

J'avais déjà entendu un portrait similaire pour d'autres pédophiles. Il s'agissait souvent d'hommes très doux et naturellement doués pour s'attirer la confiance de leurs jeunes victimes. Rien que de très logique à ça : les enfants ne vont pas se précipiter sur un ogre barbu en trench-coat miteux. En revanche, ils seront attirés par tonton Wally, qui est tellement plus gentil que ces méchants parents et les autres grandes personnes qui ne comprennent vraiment rien. Tonton Wally et ses tours de magie, sa collection de cartes de joueurs de base-ball et tous les jouets merveilleux qu'il a chez lui, la Mobylette, le magnétoscope, les appareils photo et les bouquins bizarres...

– Il faut comprendre à quel point je l'aimais, disait-elle. Il m'a sauvé la vie. Il était américain. Il était riche. Il me disait qu'il m'aimait. « Ma petite geisha », qu'il m'appelait. J'éclatais de rire et je lui disais : « Ce que tu es bête, je suis coréenne ! Les Japonais sont des porcs ! » Ça le faisait sourire et il recommençait à m'appeler sa « petite geisha ». On a vécu ensemble à Séoul pendant quatre mois. J'attendais qu'il ait ses permissions, je lui faisais la cuisine, le ménage, je lui apportais ses pantoufles. J'étais sa femme. Quand il a reçu ses papiers de démobilisation, il m'a dit qu'il me ramenait avec lui aux États-Unis. J'étais aux anges. Bien entendu, sa famille... il n'avait plus que sa mère et quelques vieilles tantes... n'a pas voulu entendre parler de moi. Stuart s'en fichait. Son père lui avait laissé de l'argent. On est rentrés tous les deux à Los Angeles. Il m'a expliqué qu'il y avait fait ses études... il avait commencé médecine, mais s'était fait recaler. Il a trouvé une place comme laborantin. Il n'avait pas besoin de travailler, c'était mal payé, mais le travail lui plaisait. Il disait que ça l'occupait. Le matériel l'intéressait, les éprouvettes, les appareils de mesure... il a toujours été bricoleur. Il me donnait tout son salaire comme si c'était de l'argent de poche, en me disant de le dépenser pour moi. On a vécu comme ça pendant trois ans. Je voulais qu'on se marie, mais je ne pouvais pas le lui demander. J'ai mis un certain temps à me faire à la vie américaine, à accepter qu'une femme ne soit pas un objet, qu'elle ait des droits. J'ai abordé la question du mariage quand j'ai voulu avoir des enfants. Stuart n'avait pas de point de vue sur la question, mais il a dit oui. On s'est mariés. J'ai essayé de tomber enceinte, mais ça n'a pas marché. J'ai vu beaucoup de médecins à UCLA, à Stanford, à la Mayo Clinic. Ils ont tous dit que mon corps avait trop souffert. J'avais été très malade en Corée, ça n'avait rien d'étonnant, mais je ne voulais pas y croire. Avec le recul, je sais que c'est une bonne chose qu'on n'ait pas eu d'enfants. À l'époque, quand j'ai enfin accepté la réalité, j'ai fait une déprime. Je me suis repliée sur moi, je ne mangeais plus. C'en est arrivé au point où Stuart ne pouvait plus l'ignorer. Il m'a suggéré de faire des études. Si j'aimais tant les enfants, je n'avais qu'à travailler avec eux, devenir institutrice. Il avait peut-être d'autres mobiles, mais il avait l'air sincèrement inquiet pour moi... dès que j'étais malade ou abattue, il était formidable. Je suis allée en fac et j'ai appris des tas de choses. J'étais bonne élève, se rappela-t-elle en souriant. Très motivée. Pour la première fois, je découvrais le monde extérieur, d'autres gens... jusque-là, j'étais vraiment sa petite geisha. Je me suis mise à penser par moi-même. C'est là que Stuart s'est éloigné de moi. Sans colère, sans aucun ressentiment. Il s'est juste mis à passer plus de temps avec ses appareils photo et ses livres d'oiseaux... Il lisait beaucoup de livres et de magazines sur la nature, même s'il ne faisait jamais de randonnées. Il aimait observer les oiseaux, mais dans son fauteuil. C'était son caractère. On était comme deux cousins éloignés vivant sous le même toit. Ça ne nous gênait pas, chacun avait de quoi s'occuper. Je passais tout mon temps à étudier, je voulais aller au-delà de la maîtrise, me spécialiser dans la jeune enfance. Chacun vivait sa vie. Il y avait des semaines où on ne se voyait même pas. Plus la moindre communication, plus de vie de couple. Mais pas de divorce non plus. À quoi bon ? On ne se disputait pas. Chacun était libre. Mes nouvelles copines de la fac me disaient que j'étais une femme libérée, que j'avais bien de la chance d'avoir un mari qui me laissait tranquille. Quand je me sentais trop seule, je me plongeais dans les études. Après avoir obtenu ma qualification, j'ai fait des stages dans des écoles maternelles de la région. J'adorais travailler avec les tout-petits, mais j'étais convaincue de pouvoir fonder une meilleure école que celles où je passais. J'en ai parlé à Stuart qui m'a dit d'accord... du moment que ça me rendait heureuse et qu'il ne m'avait pas dans les pattes. On a acheté une grande maison à Brentwood... l'argent ne manquait jamais... et j'ai ouvert Kim's Corner. C'était un endroit merveilleux, une époque merveilleuse. J'ai enfin surmonté la déception de ne pas avoir d'enfants. Et puis il...

Elle se tut, se prit le visage dans les mains et se mit à se balancer d'avant en arrière.

Je me levai et posai la main sur son épaule.

– Ne faites pas ça, je vous en supplie, reprit-elle. Ce n'est pas normal. J'ai ordonné à Otto de vous tuer. (Elle releva la tête, son visage était sec et lisse.) Vous comprenez ? Je voulais qu'il vous tue ! Maintenant, vous êtes gentil et compréhensif. Je m'en veux encore plus.

Je retirai ma main et me rassis.

– Pourquoi aviez-vous besoin d'Otto ? De quoi avez-vous peur ?

– J'ai cru que vous étiez envoyé par ceux qui ont tué Stuart.

– L'enquête a conclu qu'il s'était suicidé.

Elle fit non de la tête.

– Non, il ne s'est pas suicidé. On a dit qu'il était déprimé. C'est un mensonge. Bien entendu, juste après l'arrestation il était au plus bas. Il se sentait humilié et culpabilisait. Mais il a repris le dessus. Stuart était comme ça. Il pouvait effacer la réalité aussi facilement qu'on expose une pellicule. Pfuit ! et l'image disparaît. La veille de sa présentation au juge, on s'est parlé au téléphone. À l'entendre, l'arrestation était la meilleure chose qui pouvait lui arriver. À nous deux aussi. Il était malade et allait pouvoir se faire soigner. On allait repartir à zéro, dès sa sortie de l'hôpital. Je pourrais même ouvrir une autre école, dans une autre ville. Il a parlé de Seattle, de reprendre la maison de famille... c'est comme ça que j'ai eu l'idée de venir ici. Je savais que ça n'arriverait jamais. J'avais pris la décision de le quitter. Mais j'ai fait semblant de croire à ses rêves. Oui, mon chéri, tout à fait, Stuart. Par la suite, on a eu d'autres conversations téléphoniques et c'était toujours la même chose. La vie serait plus belle que jamais. Il ne parlait pas comme quelqu'un sur le point de se brûler la cervelle.

– Ce n'est pas aussi simple. Les gens se suicident souvent juste après un instant de bonne humeur. Vous savez, la saison des suicides, c'est le printemps.

– Peut-être. Mais je connaissais Stuart et je sais qu'il ne s'est pas tué. Il était trop superficiel pour être vraiment affecté par son arrestation. Il était capable de refouler n'importe quoi. Il a nié mon existence pendant des années. Notre mariage. C'est pour ça qu'il a pu faire tout cela sans que je sois au courant. Nous étions étrangers l'un à l'autre.

– Mais vous le connaissiez assez pour savoir qu'il ne s'est pas suicidé ?

– Oui, insista-t-elle. Ce faux coup de téléphone que vous avez reçu, votre serrure crochetée... Stuart n'est... ce n'était pas son genre. Il avait beau être malade, il était naïf, presque simplet. Il ne préméditait jamais rien.

– Sauf qu'il fallait de la préméditation pour attirer ces enfants au sous-sol.

– Vous n'êtes pas obligé de me croire. Peu m'importe. Les dégâts sont faits. Maintenant il est mort. C'est moi qui suis dans une cave.

Elle eut un sourire piteux.

La lumière vacilla. Elle se leva pour rajuster la mèche et rajouter du pétrole. Quand elle fut rassise, je lui demandai :

– Qui l'a tué, et pourquoi ?

– Les autres. Ses prétendus amis. Pour qu'il ne les trahisse pas. Il l'aurait fait. Les dernières fois que je l'ai vu, il m'a fait des allusions.

Il me disait des trucs du genre : « Il n'y a pas que moi qui suis dérangé, Kimmy », ou : « La Brigade des gentlemen, ce n'est pas ce à quoi ça ressemble... » Il voulait que je lui pose des questions, je le sentais, que je l'aide à déballer son sac. Mais je ne l'ai pas fait. J'étais toujours sous le choc d'avoir perdu l'école, toujours plongée dans la honte. Je n'avais pas envie d'entendre parler d'autres pervers. Je le coupais, je changeais de sujet. Mais après sa mort, tout ça m'est revenu et j'ai fait le rapprochement.

– Il citait des noms quand il parlait de types dérangés ?

– Non. Mais c'est forcément à eux qu'il faisait allusion. Ce sont eux qui passaient le prendre. Ils garaient leurs grosses voitures devant la maison et portaient des blousons avec le logo de la Casa. Quand il partait avec eux, il était tout excité, il avait les mains qui tremblaient. Il rentrait au petit matin, épuisé. Ou le lendemain. Ce qu'ils faisaient est clair, non ?

– Vous n'avez parlé à personne de vos soupçons ?

– Qui m'aurait crue ? Ces gens sont puissants. Des médecins, des avocats, des hommes d'affaires, cet horrible juge Hayden. Moi, l'épouse d'un pédophile, je n'avais pas la moindre chance contre eux. Pour le grand public, je suis aussi coupable que Stuart. Et il n'y a aucune preuve... vous n'avez qu'à voir jusqu'où ils ont été pour le faire taire. J'étais obligée de fuir.

– Stuart vous avait-il dit qu'il connaissait McCaffrey depuis son enfance ?

– Non. Vraiment ?

– Oui. Et un enfant du nom de Cary Nemeth, ça vous dit quelque chose ?

– Non.

– Elena Gutierrez ? Morton Handler... le Dr Morton Handler ?

– Non.

– Maurice Bruno ?

Elle hocha la tête.

– Non. Qui sont ces personnes ?

– Des victimes.

– Violées comme les autres ?

– Le viol suprême. La mort. Assassinées.

– Mon Dieu !

Elle porta ses mains à son visage. Se livrer ainsi l'avait fait transpirer. Des mèches noires lui collaient au front.

– Alors ça continue, dit-elle tristement.

– C'est pour ça que je suis ici. Pour y mettre un terme. Pouvez-vous m'apprendre autre chose d'utile ?

– Rien. Je vous ai tout dit. Ils l'ont tué. Ces hommes sont diaboliques : ils dissimulent leur secret sous des airs de respectabilité. J'ai fui pour leur échapper.

Je parcourus le taudis du regard.

– Combien de temps allez-vous tenir ?

– J'y resterai pour toujours si personne ne me trahit. Cette île est très à l'écart de tout et la propriété bien cachée. Pour aller faire mes courses sur le continent, je me déguise en femme de ménage. Personne ne fait attention à moi. Je stocke pour éviter de trop sortir. Ça fait plus d'un mois que je n'ai pas fait le voyage. Je vis simplement. Mon seul luxe, ce sont mes fleurs. Je les ai fait pousser à partir de graines en sachet et de bulbes. Ça m'occupe, l'arrosage, les boutures, le rempotage. Les journées passent vite.

– Vous vous croyez vraiment en sécurité ? Towle et Hayden ont leurs racines ici.

– Je sais. Mais leurs familles n'habitent plus ici depuis des années. J'ai vérifié. Je suis même passée devant leurs anciennes maisons. Il y a de nouveaux visages, de nouveaux noms. Ils n'ont aucune raison de venir me chercher ici. À moins que vous ne leur en donniez une.

– Je ne le ferai pas.

– La prochaine fois que je sors, je m'achète un pistolet. S'ils viennent, je serai prête à les recevoir. Je m'échapperai et j'irai ailleurs. J'ai l'habitude. Les souvenirs de Séoul reviennent souvent dans mes rêves. Ça m'aide à rester vigilante. Je suis désolée d'apprendre qu'il y a eu d'autres meurtres, mais je ne veux rien savoir. Je ne peux rien y faire.

Je me levai, elle m'aida à enfiler mon blouson.

– Le plus curieux, reprit-elle, c'est que cette propriété m'appartient sans doute. Et la maison de Brentwood, et toute la fortune Hickle. Je suis la seule héritière de Stuart, on avait fait nos testaments il y a plusieurs années. Je ne sais pas combien il m'a laissé, il ne parlait jamais d'argent avec moi, mais ça doit être énorme. Il y avait des bons au porteur, toutes sortes de biens immobiliers sur la côte. En théorie, je suis riche. On ne le dirait pas, hein ?

– Vous ne pouvez pas prendre contact avec ses exécuteurs testamentaires ?

– L'exécuteur est un des associés du cabinet d'avocats d'Edwin Hayden. Qui me dit qu'il ne fait pas partie de la bande ? Je me passe très bien de cette fortune. Pour n'y gagner qu'un enterrement de première classe !

Elle monta sur sa chaise pour se glisser par le soupirail. Je la suivis. Nous nous dirigeâmes vers la grande demeure.

– Vous vous êtes occupé de mes anciens élèves. Comment vont-ils ?

– Très bien. Le pronostic est bon. Ils ont un sacré ressort.

Quelques pas plus loin :

– Et les parents... Ils me détestent ?

– Certains. D'autres ont été d'une loyauté étonnante et vous ont défendue. Ç'a provoqué une division au sein du groupe. Mais ça s'est arrangé.

– Tant mieux. Je pense souvent à eux.

Elle m'accompagna jusqu'au bord du terrain marécageux qui s'étendait devant la maison.

– Je vous abandonne ici. Comment va votre bras ?

– Il est engourdi, mais rien de grave. Je survivrai.

Je lui tendis la main, elle la serra.

– Bonne chance, dit-elle.

– Vous aussi.

Je poursuivis mon chemin dans la boue et les mauvaises herbes, fatigué et grelottant. Quand je me retournai, elle avait disparu.

Je passai une bonne partie du voyage de retour dans la cafétéria du ferry, à siroter du café en réfléchissant à ce que je venais d'apprendre. Rentré à l'hôtel, j'appelai Milo au poste. On m'informa qu'il n'était pas là et j'essayai de le joindre chez lui. Ce fut Rick Silverman qui décrocha :

– Bonjour, Alex. La ligne crachote. Vous appelez de loin ?

– De Seattle. Milo est rentré ?

– Non. Je l'attends demain. Il est allé au Mexique, soi-disant pour se reposer, mais j'ai l'impression que c'est pour le travail.

– Vous avez raison. Il s'intéresse au passé d'un certain McCaffrey.

– Je sais. Le révérend du foyer pour enfants. C'est vous qui l'avez mis sur la piste, m'a-t-il dit.

– J'ai peut-être éveillé sa curiosité, mais quand je lui en ai parlé, il m'a rembarré. Il vous a dit ce qui l'avait décidé à aller là-bas ?

– Voyons... Je me rappelle qu'il a contacté les policiers d'un petit patelin... j'ai oublié le nom... et qu'ils l'ont nargué. Ils ont laissé entendre qu'ils avaient des choses juteuses pour lui, mais qu'il devrait casquer pour les obtenir. Ça m'a surpris... je croyais que les policiers coopéraient entre eux… mais, d'après lui, les flics mexicains sont toujours comme ça.

– C'est tout ?

– C'est tout. Il m'a proposé de l'accompagner, mais ça ne collait pas avec mon emploi du temps… J'avais une garde de vingt-quatre heures et c'était trop compliqué d'échanger avec les collègues.

– Vous avez eu de ses nouvelles ?

– Juste une carte postale envoyée de l'aéroport de Guadalajara. Un vieux paysan tirant un petit âne à côté d'un immense cactus *saguaro* qui avait l'air en plastique. Très classe. Dessus il avait écrit : « Dommage que ce ne soit pas toi sur la mule. »

Je rigolai.

– Si vous l'avez en ligne, dites-lui de m'appeler. J'ai d'autres renseignements pour lui.

– D'accord. Rien de précis ?

– Non. Juste qu'il m'appelle.

– OK.

– Merci. J'espère qu'on aura le plaisir de faire connaissance, Rick.

– Moi de même. Peut-être quand il aura bouclé cette enquête.

– Bonne idée.

Je retirai mes habits et inspectai mon bras. Ça suintait un peu, mais rien d'inquiétant. Kim Hickle m'avait bien soigné. Je fis quelques exercices d'assouplissement et des mouvements de karaté, puis je passai trois quarts d'heure dans un bain fumant en feuilletant la brochure touristique sur Seattle que l'hôtel mettait dans chaque chambre.

J'appelai Robin sans succès, m'habillai et sortis dîner. Je me souvenais d'un restaurant où j'avais mangé au cours de mon précédent passage à Seattle, une salle aux boiseries en cèdre surplombant le lac Union ; on y servait du saumon grillé sur bois d'aulne. Je le retrouvai grâce à mes souvenirs et à un plan, arrivai suffisamment tôt pour avoir une table avec vue et engloutis une copieuse salade au roquefort, un superbe filet de saumon *chinook* rose corail, des pommes de terre, des haricots verts, une corbeille de petits pains de maïs chauds, le tout arrosé de deux Coors. Je terminai par une glace maison à la mûre et un café. Bien repu, j'admirai le coucher de soleil sur le lac.

Je flânai ensuite dans deux librairies du quartier universitaire, ne trouvai rien de palpitant ou de jubilatoire et rentrai à l'hôtel en voiture. Il y avait une boutique de souvenirs orientaux dans le hall et elle était encore ouverte. J'y entrai, achetai un collier en émail cloisonné vert pour Robin et pris l'ascenseur pour regagner ma chambre. À 21 heures, je tentai à nouveau de l'appeler. Cette fois elle répondit :

– Alex ! J'espérais que c'était toi.

– Comment vas-tu, mon ange ? J'ai essayé de t'appeler il y a deux heures.

– J'étais sortie dîner. En solitaire. J'ai mangé une omelette au café Pelican, toute seule dans mon coin. Ce n'est pas pathétique, ça, comme image ?

– Moi aussi, j'ai dîné seul.

– Quelle tristesse ! Rentre vite, Alex. Tu me manques.

– Toi aussi, tu me manques.

– Le voyage a été fructueux ?

– Très.

Je la mis au courant en prenant soin d'omettre la rencontre avec Otto.

– Tu as vraiment mis le doigt sur quelque chose. Ça ne te fait pas bizarre de découvrir tous ces secrets ?

– Pas vraiment, mais je ne vois pas les choses de l'extérieur.

– Moi si, et crois-moi, ça me chiffonne. Je serai soulagée quand Milo sera de retour pour reprendre les choses en main.

– Oui. Et toi, qu'est-ce que tu me racontes ?

– Rien d'aussi excitant. Une nouvelle, tout de même. Ce matin j'ai reçu un coup de fil de la présidente d'une association féministe qui vient de se créer... c'est une sorte de chambre de commerce pour les femmes. J'avais réparé le banjo de cette dame et quand elle était passée le récupérer, on avait bavardé. Ça remonte à deux mois. Elle m'appelait pour me proposer de leur faire une conférence la semaine prochaine. Sur un sujet du genre « La femme artisan dans la société contemporaine », avec pour sous-titre « La créativité confrontée au monde des affaires ».

– Génial ! Je ne vais pas rater ça, si on veut bien me laisser entrer.

– Je te l'interdis ! J'ai déjà assez le trac comme ça. Alex, je n'ai jamais fait un discours... je suis complètement pétrifiée.

– Ne t'en fais pas. Tu sais de quoi tu parles, tu es intelligente et tu t'exprimes clairement, elles seront enchantées.

– C'est toi qui le dis.

– C'est moi qui le dis. Écoute, si ça te rend vraiment nerveuse, je te ferai une petite séance d'hypnose. Pour te relaxer. Rien de plus simple.

– Tu crois que ça m'aidera ?

– Bien sûr. Avec ton imagination et ta créativité, tu feras un sujet parfait.

– Je t'ai déjà entendu en parler pour tes patients, mais ça ne me serait jamais venu à l'esprit de te le demander.

– D'habitude, ma chérie, on a d'autres façons de passer le temps.

– L'hypnose, dit-elle. Encore un sujet d'inquiétude.

– Mais non ! Ça ne présente aucun risque.

– Vraiment ?

– Oui... enfin, dans ton cas. On ne rencontre des difficultés que chez les patients qui souffrent de graves conflits émotionnels ou de troubles profonds. L'hypnose peut alors faire resurgir des souvenirs primaux. Ça provoque une réaction de stress, des terreurs. Mais on peut en tirer profit. Le psychothérapeute est là pour utiliser l'angoisse de façon constructive et aider le patient à la surmonter.

– Et ça ne risque pas de m'arriver ?

– Bien sûr que non. Je te le garantis. Je n'ai jamais rencontré quelqu'un de plus normal que toi.

– Mouais... Ça fait trop longtemps que tu es à la retraite !

– Je te défie de trouver chez toi un seul symptôme de psychopathologie.

– Comme d'être tout excitée en entendant ta voix, de vouloir te caresser et m'emparer de toi pour te mettre en moi ?

– Hmmm... Ça m'a l'air sérieux.

– Dépêchez-vous de rentrer pour y faire quelque chose, docteur !

– Je rentre demain. Le traitement commencera tout de suite.

– À quelle heure ?

– L'avion atterrit à 10 heures... Une demi-heure plus tard.

– Merde... J'oubliais, je dois aller à Santa Barbara demain matin. Ma tante est malade, elle est en soins intensifs au Cottage Hospital. On s'y retrouve en famille, il faut que j'y sois. Si tu arrivais plus tôt, on pourrait petit-déjeuner ensemble avant que je parte.

– Il n'y a pas de vol plus tôt.

– Peut-être que je peux remettre ma visite, y aller plus tard.

– Va voir ta tante. On dînera ensemble.

– Je risque de rentrer tard.

– Viens directement chez moi et on avisera.

– D'accord. J'essayerai d'être là vers 20 heures.

– Génial. Souhaite un prompt rétablissement à ta tante. Je t'aime.

– Moi aussi, je t'aime. Prends soin de toi.

26

Le lendemain matin quelque chose me tracassait. Ce sentiment me poursuivit pendant le trajet vers l'aéroport et jusqu'à la passerelle d'embarquement. Je n'arrivais pas à mettre le doigt sur cette chose qui traînait au fond d'un des tiroirs les plus reculés de mon esprit et qui continua de me titiller malgré le repas caoutchouteux, les sourires mécaniques de l'équipage et les mauvaises blagues du copilote. Plus je m'efforçais de la ramener au premier plan de ma conscience et plus elle s'y enfouissait. J'étais impatient et frustré comme un enfant confronté pour la première fois à un casse-tête chinois. Je décidai de laisser faire et d'attendre calmement pour voir si ça me reviendrait tout seul.

Cela ne se produisit qu'un peu avant l'atterrissage. Ce qui me turlupinait ? Ma conversation de la veille avec Robin. Elle m'avait interrogé sur les risques de l'hypnose et je lui avais expliqué que c'était inoffensif sauf quand ça réveillait des conflits émotionnels. Quand cela faisait « resurgir des souvenirs primaux », pour reprendre mes paroles exactes. Faites resurgir des souvenirs primaux et vous obtenez souvent une réaction de terreur...

J'étais tendu à l'extrême quand le train d'atterrissage toucha terre. Une fois libéré, je traversai l'aéroport au pas de charge, récupérai la Seville, payai une rançon exorbitante pour sortir du parking et filai vers l'est dans Century Boulevard. Les services de la voirie ayant, dans leur infinie sagesse, choisi l'heure de pointe du matin pour effectuer des travaux pile au milieu de la voie, je me tapai trois kilomètres d'embouteillage jusqu'à la bretelle du San Diego Freeway dans la Cadillac surchauffée. Je pris l'autoroute en direction du nord, puis le Santa Monica Freeway vers l'ouest, et sortis juste avant l'échangeur du Pacific Coast Highway. Je remontai Ocean Boulevard et après quelques tournants me retrouvai à Pacific Palisades, dans la résidence où Morton Handler et Elena Gutierrez avaient trouvé la mort.

La porte de l'appartement de Bonita Quinn était ouverte. J'entendis qu'on jurait à l'intérieur et entrai. Dans la pièce principale un homme d'une quarantaine d'années marmonnait dans sa barbe en flanquant des coups de pied au canapé à fleurs. Grassouillet, les cheveux bouclés et le teint grisâtre, il avait le regard abattu ; un bouc en paille de fer scindait en deux son double menton. Il portait un pantalon noir et une chemise en nylon bleue qui épousait chaque pli et chaque boudin de son torse gélatineux. Il tenait une cigarette à la main et en faisait tomber la cendre sur la moquette. Son autre main fricotait derrière une oreille charnue à la recherche d'un trésor. Il donna un nouveau coup de pied au canapé, releva les yeux, m'aperçut et indiqua la petite pièce du bout de sa cigarette.

– OK, vous pouvez vous mettre au boulot.

– Quel boulot ?

– Dégager toute cette merde... Vous n'êtes pas le déménageur ? (Il me considéra d'un regard perçant.) Non, vous ne ressemblez pas à un déménageur. Désolé. (Il ramena les épaules en arrière.) Qu'est-ce que je peux faire pour vous ?

– Je cherche Bonita Quinn et sa fille.

– Et moi donc !

– Elle est partie ?

– Depuis trois jours, la garce. Avec Dieu sait combien de chèques de loyer. Des locataires se sont plaints de ne pas arriver à la joindre, y avait des réparations à faire. Je l'appelle, pas de réponse. Je rapplique ici et je découvre qu'elle s'est barrée depuis trois jours. Elle a laissé ce merdier et s'est fait la malle. Dès le départ, je la sentais pas. On rend service et on se fait entuber. C'est toujours pareil.

Il tira une bouffée de sa cigarette, toussota et en tira une autre. L'iris de ses yeux était cerclé de jaune. Des poches grises soulignaient ses cernes. Il avait la mine de celui qui récupère après un infarctus, ou est sur le point d'en faire un.

– Vous êtes qui ? Une société de recouvrement ?

– Je suis un des médecins de sa fille.

– Ah ouais ? Me parlez pas des médecins ! C'est un de vos collègues qui m'a mis dans ce pétrin.

– Towle ?

Il haussa les sourcils.

– Ouais. Vous êtes du même cabinet ? Parce que j'ai pas mal de...

– Non. Je le connais, c'est tout.

– Alors, vous savez que c'est un emmerdeur. Il arrête pas de se mêler de ce qui ne le regarde pas. Si bobonne m'entendait, elle me tuerait. Elle adore ce type. Elle dit qu'il est génial avec les gosses, alors j'ai qu'à la fermer, hein ? Et vous, vous êtes quel genre de médecin ?

– Psychologue.

– La gosse avait des problèmes ? Pas étonnant. Elle m'avait pas l'air très net, si vous voyez ce que je veux dire.

Il tendit la main et l'inclina comme l'aile d'un planeur.

– Vous dites que le Dr Towle est la cause de vos ennuis avec Bonita Quinn ?

– Exact. J'ai vu ce type une ou deux fois, à tout casser. Je ne le connais ni d'Ève ni d'Adam. Un jour, ce monsieur m'appelle et me demande de but en blanc si je peux filer un boulot à une de ses patientes. Il a entendu dire que la gérance d'ici était libre et si je pouvais filer un coup de main à cette dame... Moi, je demande si la personne a de l'expérience... vu qu'on parle d'un complexe avec pas mal d'unités, pas juste deux baraques jumelées. Il répond que non, mais qu'elle apprendra et qu'elle a besoin d'argent parce qu'elle a une gamine. Je dis : « Écoutez, docteur, cette résidence est plutôt orientée célibataires, c'est peut-être pas l'idéal pour quelqu'un avec un gosse. Et d'abord, la loge est trop petite. » (Il me regarda, l'air mauvais.) Vous iriez foutre un gamin dans un trou pareil, vous ?

– Non.

– Moi non plus. Pas besoin d'être médecin pour voir que ça convient pas. Je l'ai dit à Towle. Je lui ai expliqué. Je lui ai dit : « Écoutez, docteur, ce boulot est fait pour un célibataire. D'habitude, je prends des étudiants d'UCLA, ils ont pas besoin de beaucoup de place. » Et je lui explique que j'ai d'autres immeubles. À Van Nuys, deux à Canoga Park, beaucoup plus famille. « Laissez-moi passer un coup de fil à mon gars dans la vallée, il va y jeter un coup d'œil, je vais voir si je peux aider cette dame. » Towle me dit non, que ça doit être cette résidence. La gamine est déjà inscrite dans une école du quartier, lui faire changer serait traumatisant, il peut le certifier puisqu'il est médecin. Je lui dis : « Mais, docteur, on peut pas avoir un gamin qui fait du bruit dans une résidence comme celle-ci. La plupart des locataires sont célibataires, ils aiment faire la grasse matinée. » Et lui me répond : « Je vous garantis que cette gamine est bien élevée, elle ne fait pas de bruit. » Je me dis à part moi que si la gamine fait pas de bruit, c'est qu'elle a un problème... et maintenant vous vous pointez et tout s'explique. J'essaye de le dissuader, mais il me force la main. Quel chieur ! Ma femme l'adore, elle me tuera si je me le mets à dos, alors je dis d'accord. Il me fixe un rendez-vous pour me présenter la dame et se pointe avec cette Quinn et la gosse. J'ai été surpris. En y repensant la veille, je m'étais dit qu'il devait se taper la gonzesse, ce qui expliquait pourquoi monsieur jouait les Albert Schweitzer. Je m'attendais à quelque chose de classe, bien roulé. Le genre qu'a des ambitions d'actrice, si vous voyez ce que je veux dire. Il n'est pas tout jeune, mais c'est un mec qu'a de la classe, non ? Bref, il arrive avec la mère et la fille, et on dirait qu'elles sortent de la cambrousse, de vraies ploucs. La mère a la pétoche, elle fume plus que moi, et c'est pas peu dire. Et la gamine, comme je vous l'ai dit, elle est pas trop nette, elle a toujours le regard dans le vide, mais bon, ça, je vous l'accorde, elle est calme. Pas un bruit. Je suis pas trop sûr que la dame est taillée pour ce boulot, mais je ne peux plus y faire grand-chose, je me suis engagé. Je l'ai donc embauchée. Elle s'en est pas mal sortie. Elle était bosseuse mais un peu lente à la comprenette. Cela dit, pas la moindre plainte au sujet de la gamine. Mais bon, elle reste quelques mois, puis elle se fait la malle en me laissant son merdier et en embarquant peut-être bien cinq mille dollars de loyers. Je vais devoir retrouver les chèques, demander aux locataires de faire opposition et me refaire un chèque. Et il faut que je fasse nettoyer la loge et que j'embauche quelqu'un. Je vous le dis, foi de Marty, c'est fini de rendre service ! Ni aux médecins, ni à personne.

Il croisa les bras.

– Vous n'avez aucune idée de l'endroit où elle a pu aller ?

– Si je le savais, vous croyez que je serais ici en train de bavarder avec vous ?

Je le suivis dans la chambre. Elle était aussi lugubre que dans mon souvenir.

– Regardez-moi ça ! Comment voulez-vous élever des gamins là-dedans ? Moi, j'en ai trois, chacun a sa chambre avec une télé, des étagères de bouquins, un Pac Man et tout le tintouin. Comment voulez-vous qu'un gamin se développe l'esprit dans un endroit pareil ?

– Si elle vous contacte ou si vous apprenez où elle est, vous pourriez me prévenir ?

Je sortis une vieille carte de visite, rayai le numéro de mon cabinet et y notai celui de mon domicile.

Il y jeta un coup d'œil et la glissa dans sa poche. Laissant un doigt courir sur la commode, il en retira un chaton de poussière qu'il jeta à l'écart.

– Pouah ! Je déteste la saleté. J'aime que ça soit propre, vous comprenez ce que je veux dire ? Mes apparts sont toujours nickel, je paye plus cher pour avoir la meilleure entreprise de nettoyage. C'est important pour les locataires que ça soit propre.

– Vous m'appellerez ?

– Ouais, ouais. Pareil pour vous, hein ? J'aimerais mettre la main sur cette Bonita, récupérer mes chèques et lui livrer le fond de ma pensée.

Il plongea la main dans sa poche, en sortit un portefeuille en croco et y prit une carte de visite gris perle sur laquelle était inscrit : « M & M Properties, immobilier résidentiel et commercial, Marduk I. Minassian, président », avec une adresse à Century City.

– Merci, monsieur Minassian.

– Appelez-moi Marty.

Il continua son inspection, ouvrant les tiroirs en hochant la tête, s'accroupissant pour jeter un coup d'œil sous le lit que Bonita Quinn avait partagé avec sa fille. Il y trouva quelque chose, se releva et l'examina avant de balancer l'objet dans une poubelle métallique, où il atterrit bruyamment.

– Quel taudis !

Je regardai ce qu'il avait jeté dans la poubelle et le ramassai. C'était la tête miniature que Melody m'avait montrée lors de notre sortie à la plage. Je la tins dans ma paume ; les yeux en strass me fixaient, brillants et méchants. La plupart des cheveux synthétiques étaient partis, mais il restait quelques mèches noires au-dessus du visage grimaçant.

– Quelle cochonnerie ! s'exclama Minassian. C'est dégueulasse, jetez-moi ça.

Je refermai le poing autour du fétiche de l'enfant, plus sûr que jamais d'avoir fait la bonne hypothèse dans l'avion et de la nécessité d'agir vite. J'empochai la tête, adressai un sourire à Minassian et m'en allai.

– Hé ! s'écria-t-il.

Puis il marmonna quelque chose du genre : « Tous des dingues, ces médecins ! »

Je refis le chemin en sens inverse, repris l'autoroute et filai vers l'est en conduisant comme un malade et espérant ne pas me faire arrêter par la police des autoroutes. J'avais bien mon badge de consultant du LAPD dans ma poche, mais je ne pensais pas que ça me serait très utile. Même un consultant de la police n'est pas censé slalomer dans la circulation à cent trente à l'heure. J'eus de la chance. La route était peu encombrée et les justiciers de l'asphalte étant absents, j'arrivai à la sortie de Silver Lake peu avant 13 heures. Cinq minutes plus tard, je gravissais les marches du perron des Gutierrez. Les pavots jaunes et orange piquaient de la tête, assoiffés. La véranda était déserte. Son plancher grinça quand je mis le pied dessus.

Je frappai. Cruz Gutierrez vint ouvrir, des aiguilles à tricoter et une pelote de laine rose vif à la main. Elle n'eut pas l'air surprise de me voir.

– *Sí, señor ?*

– J'ai besoin de votre aide, *señora.*

– *No hablo inglés.*

– Je vous en supplie, je sais que vous le comprenez assez pour m'aider.

Le visage rond et sombre demeurait impassible.

– *Señora*, la vie d'une enfant est en jeu...

J'étais bien optimiste en disant ça.

– *Una niña*... elle a sept ans... *siete años*... Elle est en danger de mort. *Muerta*... comme Elena.

Je lui laissai le temps de digérer. Ses mains tachetées serrèrent fort les aiguilles bleues. Elle détourna le regard.

– Comme l'autre enfant, le petit Nemeth. L'élève d'Elena... Ce n'était pas un accident, n'est-ce pas ? Elena l'avait découvert. Elle est morte parce qu'elle savait.

Elle posa la main contre la porte et commença à la refermer. Je la bloquai avec ma paume.

– Je comprends votre douleur, *señora*, mais si la mort d'Elena peut prendre un sens, ce sera en empêchant d'autres meurtres. En faisant en sorte que d'autres ne soient pas tués. Je vous en supplie.

Ses mains se mirent à trembler. Les aiguilles s'entrechoquaient comme des baguettes chinoises dans les mains d'un spasmophile. Elle les laissa échapper ainsi que la pelote. Je me baissai pour les ramasser.

– Tenez.

Elle les prit et les serra contre sa poitrine.

– Entrez, je vous prie, dit-elle avec un très léger accent.

J'étais trop tendu pour avoir envie de m'asseoir, mais quand elle m'indiqua le canapé de velours vert, j'y pris place. Elle s'installa en face de moi, comme pour attendre la sentence.

– D'abord, lui dis-je, vous devez comprendre que je n'ai pas du tout l'intention de noircir la mémoire d'Elena. Je ne serais pas ici si d'autres vies n'étaient pas en jeu.

– Je comprends.

– L'argent est ici ?

Elle fit oui de la tête, s'absenta et revint au bout de quelques minutes avec une boîte à cigares.

– Prenez.

Elle me tendit la boîte comme si celle-ci contenait quelque chose de vivant et de dangereux.

C'étaient de grosses coupures – des billets de vingt, cinquante et cent dollars – soigneusement enroulées et attachées avec de gros élastiques. Je fis un rapide calcul. Il y avait au moins cinquante mille dollars, sans doute beaucoup plus.

– Tenez, dis-je en lui rendant la boîte.

– Non, non. J'en veux pas. Argent sale.

– Gardez-le pour l'instant, je repasserai le prendre. Quelqu'un d'autre est-il au courant ? Vos fils ?

– Non, dit-elle en secouant vigoureusement la tête. Si Rafael sait, lui tout prendre pour acheter sa drogue. Non. Juste moi.

– Depuis combien de temps l'avez-vous ici ?

– Elena, elle l'a apporté le jour avant qu'elle est morte... (Ses yeux s'emplirent de larmes.) Moi, je lui dis : « C'est quoi ça ? D'où ça vient ? » Et elle me dit : « Je peux pas te dire, *mama*. Garde-le pour moi. Je reviendrai le chercher. » Elle est jamais revenue.

Elle sortit un mouchoir en dentelle de sa manche et s'essuya les yeux.

– Gardez-le, je vous en prie. Remettez la boîte dans sa cachette.

– Pas très longtemps, *señor*, OK ? Argent sale. Mauvais œil. *Mal ojo*.

– Je reviendrai le chercher si vous y tenez.

Elle reprit la boîte, s'éclipsa de nouveau et revint rapidement.

– Vous êtes sûre que Rafael n'est pas au courant ?

– Sûre. Si lui savoir, tout l'argent parti.

Ça tombait sous le sens. Un drogué ne laissait jamais traîner la moindre piécette, sans parler d'une petite fortune.

– Une autre question, *señora*. Raquel m'a parlé de cassettes qu'écoutait Elena. De la musique et des exercices de relaxation que lui avait donnés le Dr Handler. Je ne les ai pas vus quand j'ai fouillé dans ses affaires. Ça vous dit quelque chose ?

– Non. C'est la vérité.

– Quelqu'un d'autre a-t-il fouillé dans ces cartons avant que je passe ?

– Non. Seulement Rafael et Antonio, ils cherchaient des livres, des trucs à lire. D'abord, la *policía* prend les cartons. C'est tout.

– Où sont vos fils ?

Elle se leva, soudain agitée.

– Pas faire mal à eux. Gentils garçons. Eux rien savoir.

– Je ne veux pas leur faire de mal. Juste leur parler.

Elle porta son regard vers le mur tapissé de photos de famille. Ses trois enfants, jeunes et innocents, tout sourires. Les garçons en chemise blanche, col déboutonné, leurs cheveux noirs gominés, coupés court avec la raie au milieu. Et leur sœur entre eux, avec un chemisier en dentelle. La photo de la remise de diplôme – Elena en toque et toge, rayonnante et confiante, prête à conquérir le monde avec son intelligence, son charme et son physique. Le cliché sous-exposé de son défunt mari, l'air sévère, engoncé dans son col empesé et son costume de serge grise, un homme simple peu accoutumé au rituel tatillon nécessaire pour léguer son image à la postérité.

Elle regardait les photos en bougeant les lèvres, de manière presque imperceptible. Comme un général parcourant un champ de bataille encore fumant, elle dénombrait silencieusement les cadavres.

– Andy au travail.

Elle m'indiqua l'adresse d'un garage dans Figueroa.

– Et Rafael ?

– Rafael, je sais pas. Il a dit il part chercher du boulot.

Nous savions tous deux ce qu'il en était. Mais j'avais rouvert assez de blessures pour une journée, aussi je me tus et me contentai de la remercier.

Je le retrouvai après avoir tourné une demi-heure dans Sunset Boulevard et quelques rues adjacentes. Il marchait le long d'Alvarado en direction du sud, si tant est qu'on puisse qualifier de « marche » le pas trébuchant et titubant qui le propulsait vers l'avant tête la première, ses pieds suivant tant bien que mal. Il rasait les murs, virait vers la chaussée quand des gens ou des objets lui barraient le passage, puis regagnait rapidement l'ombre des auvents. Malgré la température qui frôlait les trente degrés, il portait une chemise en flanelle à manches longues et boutonnée jusqu'au cou. Baskets montantes, dont une délacée. Il paraissait encore plus maigre que dans mon souvenir.

Je conduisais lentement, avançant au même rythme que lui dans la file de droite, hors de son champ visuel. À un moment donné il croisa un groupe de commerçants d'âge mûr. Ils le montrèrent du doigt en hochant la tête d'un air désapprobateur. Lui ne les remarqua même pas tant il était coupé du monde extérieur. Il avait l'air d'un setter qui suit la trace d'une odeur. Son nez coulait et il se l'essuyait sur sa manche. Il regardait sans arrêt à droite et à gauche, son corps se propulsant mécaniquement. Il se passait la langue sur les lèvres, se tapotait les cuisses en cadence, pinçait les lèvres comme pour fredonner et dodelinait de la tête. Il s'appliquait pour avoir l'air *cool*, mais personne n'était dupe. Tel l'ivrogne qui fait de gros efforts pour paraître sobre, il avait des gestes exagérés sans naturel ni spontanéité. L'effet produit était l'inverse de celui recherché : il avait l'air d'un chacal affamé, à l'affût, aux abois, mal en point et rongé de l'intérieur. La transpiration luisait sur sa peau d'une pâleur spectrale. On s'écartait sur son passage.

J'accélérai pour aller me garer deux pâtés de maisons plus loin, à proximité d'une impasse, devant un immeuble de deux étages – une épicerie hispanique en rez-de-chaussée avec des appartements au-dessus.

Un rapide coup d'œil en arrière me confirma qu'il n'avait pas changé de direction.

Je descendis de voiture et me précipitai dans l'impasse qui empestait la pisse et le pourri. La chaussée était jonchée de bouteilles de vin vides et de tessons. Trente mètres plus loin je tombai sur une aire de livraison déserte avec des portes en acier cadenassées. Une douzaine de véhicules stationnaient de chaque côté, en contravention. Un pick-up garé en travers barrait l'accès à l'impasse. Quelque part au loin un orchestre mariachi jouait *Cielito lindo*. Un chat miaulait. Des coups de klaxon retentissaient dans le boulevard. Un bébé pleurait.

Je sortis la tête et la rentrai aussitôt. Il était à moins de cent mètres. Je me préparai à l'accueillir. Au moment où il arriva à hauteur de l'impasse, je lui lançai, tel un acteur faisant son aparté :

– Hé, l'ami ! J'ai ce qu'il te faut.

Il s'arrêta net et me regarda avec bonheur, s'imaginant avoir trouvé son salut. Je le pris de court en agrippant son bras décharné pour l'entraîner dans l'impasse. Je l'emmenai derrière une vieille Chevrolet avec deux pneus à plat et la peinture craquelée, et le plaquai contre le mur. Il mit les mains en avant pour se défendre. Je les lui rabaissai et me débrouillai pour les maintenir en place d'une seule main. Il se débattit, mais il n'avait aucune force. C'était comme de chahuter avec un enfant.

– Qu'est-ce que tu veux, mec ?

– Des réponses, Rafael. Tu te souviens de moi ? Je suis passé te voir il y a quelques jours. Avec Raquel.

– Ouais, bien sûr...

Mais seule la confusion se lisait dans ses yeux noisette au regard larmoyant. De la morve coula d'une narine jusqu'à ses lèvres. Il attendit quelques instants avant de sortir la langue pour tenter de l'écarter.

– Ouais, je me souviens. Avec Raquel... ouais, bien sûr.

Il regarda à droite et à gauche dans l'impasse.

– Alors tu te souviens que j'enquête sur le meurtre de ta sœur.

– Ouais, c'est ça. Elena. Sale histoire, mec.

Il disait cela sans émotion. Sa sœur s'était fait assassiner et il ne pensait qu'au petit paquet de poudre blanche qu'il lui fallait pour se concocter son lait bien à lui. J'avais lu des dizaines d'ouvrages sur la dépendance, mais c'est dans cette impasse que je compris vraiment le pouvoir de la seringue.

– Elle avait des cassettes, Rafael. Où sont-elles ?

– Hé, mec, j'en sais rien, moi !

Il chercha à se dégager, mais je le plaquai à nouveau contre le mur.

– J'ai trop mal, mec... Laisse-moi me trouver une dose et après on cause. D'accord ?

– Non. Je veux une réponse maintenant, Rafael. Où sont les cassettes ?

– Je t'ai dit, mec, j'en sais rien !

Il braillait comme un môme de trois ans, de plus en plus agité et le visage couvert de morve.

– Moi, je crois que si et tu vas me le dire.

Il se mit à gigoter.

– Lâche-moi, enculé ! gémit-il à bout de souffle.

– Ta sœur a été assassinée, Rafael. Réduite en bouillie. J'ai vu les photos. Ceux qui ont fait ça ont pris leur temps. Ils l'ont fait souffrir. Et toi, tu es prêt à traiter avec ces gens-là.

– Je sais pas ce que tu chantes, mec...

Nouvelle tentative pour se dégager. Nouveau plaquage contre le mur. Cette fois il n'opposa plus de résistance et ferma les yeux ; je crus un instant l'avoir mis KO, mais il finit par les rouvrir, s'humecta les lèvres et fut pris d'une toux rauque.

– Tu avais décroché, Rafael. Et tu t'y es remis. Juste après la mort d'Elena. Où as-tu trouvé le fric ? Tu l'as trahie pour combien ?

– Je sais rien, protesta-t-il, secoué de spasmes. Laisse-moi partir ! Je sais que dalle.

– Ta propre frangine. Et tu te vends à ses assassins pour le prix d'une dose.

– S'te plaît, mec... Laisse-moi partir.

– Quand tu auras parlé. Je n'ai pas de temps à perdre avec toi. Je veux savoir où sont passées ces cassettes. Et si tu te magnes pas, je t'emmène chez moi, je te ligote dans un coin et tu verras comment ça fait d'être en manque. T'imagines un peu ? Tu vois ce que tu souffres déjà ? Ce sera pire.

Il se décomposa.

– J'les ai filées à un type, bafouilla-t-il.

– Pour combien ?

– Pas pour de l'argent, mec. Pour de la came. Assez pour une semaine. De la bonne. Maintenant, laisse-moi partir. J'ai un rencard.

– C'était qui, ce type ?

– Juste un mec. Un Blanc comme toi.

– Il ressemblait à quoi ?

– Je sais pas, mec. J'ai pas les idées claires.

– Ligoté dans un coin, Rafael.

– Vingt-cinq, vingt-six ans. Petit. Baraqué. Une tête très normale. Des cheveux clairs qui lui tombent sur le front. C'est bon ?

Il venait de me décrire Tim Kruger.

– Pourquoi voulait-il les cassettes ?

– Il a pas dit, mec, et j'ai pas demandé. Il avait de la bonne came, tu comprends ?

– Tu ne t'es pas posé la question ? Ta sœur se fait buter et tu ne trouves pas bizarre qu'un inconnu te file de la poudre en échange de ses cassettes ?

– Hé, mec, je m'en fichais et je m'en fiche toujours ! Moi, je pense pas. Je plane. Là, faut que j'aille planer. Je souffre, mec. Laisse-moi partir.

– Ton frère est-il au courant ?

– Non ! Il me tuerait, mec ! Toi, tu me fais mal, mais lui me tuerait, tu comprends ? Faut pas lui dire !

– Qu'est-ce qu'il y avait sur ces cassettes, Rafael ?

– Je sais pas. J'ai pas écouté, mec !

Par principe je n'en croyais rien.

– Ligoté dans un coin. Au régime sec...

– Juste un gamin en train de causer... J'te jure que c'est tout, mec !

J'ai pas tout écouté, mais quand le type m'a proposé la came, j'ai écouté un peu avant de les refiler. Le gamin parle avec ma sœur. Elle l'écoute, lui dit de continuer, et il parle.

– De quoi ?

– J'en sais rien, mec. Ça devenait lourd, le môme pleurait, Elena aussi, j'ai éteint. J'avais pas envie de savoir.

– Pourquoi pleuraient-ils, Rafael ?

– Je sais pas, mec ; quelqu'un qu'a fait mal au gamin. Elena lui demande si on lui a fait du mal, il dit que oui, et elle se met à pleurer et le gosse aussi.

– Quoi d'autre ?

– C'est tout.

Je le secouai juste assez fort pour faire claquer ses dents.

– Tu veux que je t'invente des salades ? Je peux, mais c'est tout ce que je sais !

Il poussa un cri, renifla et chercha son souffle. Je le tins à bout de bras et lâchai prise. Il me regarda d'un air incrédule, s'aplatit contre le mur et vit qu'il avait la place de passer entre la Chevrolet et une camionnette Ford toute rouillée. Sans me quitter du regard, il s'essuya le nez, se glissa entre les deux voitures et disparut sans demander son reste.

Je fis le plein dans une station-service à l'angle de Virgil et de Sunset, et appelai la Casa de los Niños d'une cabine. La réceptionniste à la voix enjouée me répondit. Prenant un accent du Sud, je lui demandai de me passer Kruger.

– M. Kruger ne travaille pas aujourd'hui, monsieur. Il sera là demain.

– Bon sang, mais bien sûr ! Il m'avait dit qu'il ne bossait pas le jour de mon arrivée.

– Souhaitez-vous lui laisser un message ?

– Non, pardi ! Je suis un de ses vieux copains de fac. Ça fait un bail qu'on se connaît, Tim et moi. Je suis en voyage d'affaires... je vends de l'outillage et des moules pour Becker Machine Works, à San Antonio, Texas. Cette vieille canaille de Tim m'a dit de lui passer un coup de bigo. Il m'a filé son numéro chez lui, mais j'ai dû l'égarer. Vous l'auriez pas, ma jolie ?

– Je suis désolée, monsieur, mais nous ne sommes pas censés communiquer des informations personnelles.

– J'entends bien. Mais comme je vous dis, Tim et moi, on est copains. Vous n'avez qu'à l'appeler chez lui, dites-lui que vous avez Jeff Saxon au bout du fil, qu'il passerait bien le voir mais qu'il n'a pas l'adresse.

Des sonneries de téléphone retentissaient en arrière-plan.

– Un instant, je vous prie.

Quand elle revint au bout du fil, je lui demandai :

– Alors, vous l'avez eu ?

– Non. Je... Ce n'est pas vraiment le bon moment, monsieur...

– Saxon. Jeff Saxon. Appelez-le et dites-lui que Jeff Saxon est en ville et je peux vous garantir qu'il sera...

– Et si je vous donnais son numéro ?

Elle énonça les sept chiffres – les deux premiers indiquaient une adresse à Beach City.

– Merci beaucoup. Je crois que Tim m'a dit qu'il habitait près de la plage... Ça fait loin de l'aéroport ?

– M. Kruger habite à Santa Monica. À une vingtaine de minutes en voiture.

– Chouette alors ! Et si je passais le voir sans prévenir ? Pour lui faire la surprise, quoi ! C'est une bonne idée, non ?

– Monsieur, je dois...

– Vous n'auriez pas son adresse ? Je vous dis pas la journée ! La compagnie aérienne qu'a égaré ma mallette d'échantillons et j'ai deux réunions demain. J'ai dû mettre l'agenda dans la mallette, mais je suis pas trop sûr et...

– Voici l'adresse, monsieur Saxon.

– Merci, ma jolie. Vous êtes bien sympathique et vous avez une jolie voix.

– Merci.

– Vous êtes libre à dîner ?

– Non, désolée.

– On a bien le droit d'essayer, non ?

– Oui, monsieur. Au revoir.

Je filais vers le nord depuis cinq minutes quand j'entendis le bourdonnement. Je me rendis compte que ce bruit m'accompagnait depuis que j'avais quitté la station-service. Dans le rétroviseur, je découvris au loin une moto qui sautillait comme une mouche sur un pare-brise brûlant. Le motard tourna la poignée de l'accélérateur et l'insecte se mit à grossir comme une créature monstrueuse dans un film d'horreur japonais.

Il n'était plus qu'à deux longueurs et continuait à gagner du terrain. Je le voyais maintenant distinctement – jean, bottes, blouson de cuir noir, casque intégral avec visière fumée qui masquait complètement ses traits.

Il me colla au train pendant un kilomètre ou deux. Je changeai de file. Au lieu de me doubler, il resta en arrière, laissant une Ford pleine de religieuses s'intercaler entre nous. Un peu moins d'un kilomètre après Lexington, les bonnes sœurs tournèrent. Je virai brusquement et m'arrêtai devant un Pup'n Taco. La moto fila. Un rien parano, j'attendis qu'elle disparaisse, puis je descendis de la Seville. Je jetai un coup d'œil à la ronde, pas de moto. Je m'achetai un Coca et repris le volant.

Je venais de prendre Temple Street en direction de l'est pour rejoindre le Hollywood Freeway lorsque je l'entendis de nouveau. En vérifiant qu'elle était bien là dans le rétroviseur, je loupai l'embranchement et continuai dans Temple, passant sous le pont de la bretelle. La moto me suivit. Je donnai un coup d'accélérateur et brûlai un feu rouge. Elle était toujours là, ronronnant et pétaradant. Le carrefour suivant étant plein de piétons, je fus contraint de m'arrêter.

J'observai la moto dans mon rétroviseur latéral. Elle roulait vers moi, deux mètres, puis un. Elle se porta à ma hauteur côté conducteur. Le motard glissa une main à l'intérieur de son blouson de cuir. Une jeune mère avec une poussette passait devant mon pare-chocs. L'enfant pleurait, la mère mastiquait du chewing-gum, avait les jambes lourdes et se déplaçait avec une infinie lenteur. Dans le rétro, la main tenait quelque chose de métallique. Moto légèrement en retrait, presque à la hauteur de ma vitre. Je vis l'arme, une petite mocheté au canon aplati, facile à dissimuler dans une grosse main. Je fis rugir mon moteur. La jeune mère au chewing-gum ne fut pas impressionnée. Elle semblait avancer au ralenti et continua de mâchonner avec indolence ; le marmot braillait maintenant à tue-tête. Le feu était toujours rouge, mais son cousin en diagonale venait de passer à l'orange. Le feu le plus long de l'histoire du génie civil... Combien de temps allait durer ce feu orange ?

Le canon de l'arme vint s'appuyer contre le carreau, pointé sur ma tempe gauche. Un trou noir large de plusieurs kilomètres, entouré d'un halo argenté. La mère était toujours en train de traîner son corps lourdaud sur le passage piéton, son talon maintenant dans l'axe de ma roue avant droite ; elle n'était pas du tout consciente que le chauffeur de la Cadillac verte allait se faire zigouiller d'un instant à l'autre. Le doigt appuyé sur la détente pâlit. Enfin la mère libéra le passage, de deux ou trois centimètres à peine. Je braquai à gauche, écrasai la pédale au plancher et traversai le carrefour en diagonale, coupant la route aux autres véhicules. Je mis pleins gaz, laissai une grande trace de gomme sur la chaussée, entendis un chœur de jurons, de cris, de klaxons et de coups de freins, et fonçai dans la première rue adjacente en évitant de justesse une collision frontale avec une camionnette de la Compagnie des eaux.

C'était une rue étroite, sinueuse et parsemée de nids-de-poule. La Seville n'ayant rien d'une voiture de sport, je devais lutter avec sa direction poussive pour maintenir l'allure et négocier les virages. Ça montait, la voiture faisait des sauts et retombait lourdement, je dévalai une pente fortement inclinée. En bas, un stop – et une grande avenue. La voie était libre, je traversai sans ralentir. Trois pâtés de maisons sur terrain plat et le bourdonnement revint, s'amplifiant peu à peu. Beaucoup plus facile à manœuvrer, la moto comblait rapidement son retard.

La route débouchait sur un mur lézardé. À gauche ou à droite ? Am, stram, gram... L'adrénaline fusait à travers toutes les cellules de mon corps, le bourdonnement était devenu un rugissement, mes mains moites glissaient sur le volant. Je jetai un coup d'œil dans le rétro, vis une des mains lâcher le guidon et viser ma roue arrière. J'optai pour la gauche et mis la pédale au plancher, de toutes mes forces. La route montait par des rues désertes, toujours plus haut, tournant et virant vers le ciel pollué, comme une montagne russe conçue par un urbaniste fou. Le motard se rapprochait dès qu'il le pouvait, la main qui tenait l'arme lâchant le guidon, cherchant une visée stable...

Je zigzaguais sans cesse pour ne pas rester dans sa ligne de mire, mais la route étroite me laissait peu de marge de manœuvre. Je devais éviter de tomber inconsciemment dans une cadence régulière – droite, gauche, droite, gauche, tel un métronome fonctionnant au super – pour ne pas être une cible trop facile. Je conduisais par à-coups, comme un malade, braquant, ralentissant, accélérant, heurtant le trottoir, perdant ici un enjoliveur qui s'envola comme un Frisbee chromé. L'axe de direction en prenait pour son grade et je ne savais pas combien de temps il tiendrait.

Ça montait de plus en plus. Vue sur Sunset en contrebas. Nous étions de retour à Echo Park, au sud du boulevard. La route atteignit son point culminant. Une balle effleura la Seville, faisant vibrer le carreau. Je fis un écart, un deuxième projectile passa plus loin.

Le cadre environnant évoluait avec l'altitude, les quartiers résidentiels de maisons en bois cédant progressivement la place à des terrains vagues avec ici et là des taudis en ruine. Aucune ligne téléphonique, aucune voiture, aucun signe de vie humaine... Parfait pour commettre un meurtre en plein après-midi.

Nous filions dans une descente quand je m'aperçus avec horreur que je fonçais droit vers un cul-de-sac ; j'étais à quelques dizaines de mètres de m'écraser contre un tas de terre à l'entrée d'un chantier désert. Aucune issue – la route s'arrêtait et le passage était en plus barré par des parpaings empilés, des cloisons en préfabriqué, du bois et d'autres tas de terre. J'étais fait comme un rat dans un canyon encaissé ! Si l'impact du choc ne m'achevait pas, j'allais me retrouver coincé dans le tas de terre, mes roues tournant dans le vide, figé comme du persil pris dans la gelée, une cible de choix...

Le motard avait sans doute fait le même raisonnement car il enchaîna avec confiance une série de gestes. La main qui tenait l'arme lâcha le guidon, il ralentit et se plaça sur la gauche, prêt à intervenir dès que ma fuite prendrait fin.

Je jouai la seule carte qui me restait : un violent coup de freins. La Seville fut parcourue d'une secousse, dérapa brutalement et se mit à ballotter, menaçant de se retourner. Pour qu'elle continue à déraper, je contre-braquai. Elle partit en vrille comme la pale d'une hélice.

Soudain, ce fut le choc et je me retrouvai projeté sur le côté.

Propulsé par toute la force du moteur, l'avant du véhicule était parti dans une embardée et avait heurté la moto. Celle-ci rebondit sur la carrosserie et fit un vol plané par-dessus le monticule de terre. Je vis la bécane et son conducteur se séparer, la moto exécutant une figure de cascade puis retombant, le motard s'élevant plus haut, tel un épouvantail arraché à sa croix, avant de chuter à son tour hors de ma vue.

La Seville s'immobilisa et le moteur cala. Je me relevai. Mon bras blessé avait heurté la portière côté passager et vibrait sous la douleur. Aucun mouvement du côté chantier. Je descendis silencieusement, m'accroupis derrière la voiture et attendis en reprenant mon souffle et mes esprits. Toujours rien. Je repérai une planchette à quelques pas, m'en saisis comme d'un bâton et contournai le tas de terre en restant tapi le plus près possible du sol. M'aventurant sur le chantier, je découvris des débuts de fondation – deux blocs de béton à angle droit, d'où pointaient des piques d'acier comme des tiges sans fleurs. J'aperçus tout de suite l'épave de la moto, tas de ferraille tordue et de visière fracassée.

Je finis par trouver le corps après avoir fouillé quelques minutes dans les gravats. Il avait atterri dans un fossé où les deux bras de béton se rejoignaient, à côté d'une cabine de douche en plastique éventrée. Il était en partie dissimulé par de la laine de verre moisie. Des traces de chenilles étaient visibles dans la terre.

Le casque fumé était toujours en place, mais n'avait pas offert une grande protection contre la tige d'acier qui avait transpercé le cou du motard. Celle-ci pointait juste au-dessous de sa pomme d'Adam ; la plaie était impressionnante. Du sang s'en écoulait, se mêlant à la terre pour former de la boue. La trachée était visible, toujours rose mais aplatie, se vidant de son fluide. Une goutte de sang perlait au bout de la tige d'acier.

Je m'accroupis et défis la sangle du casque pour tenter de le retirer. La tâche n'était pas simple, le cou s'étant tordu dans une position peu naturelle. Peinant avec le casque, je sentis le métal qui raclait la vertèbre, le cartilage et les nerfs. Mon estomac se noua. J'eus un haut-le-cœur et me détournai pour vomir. Avec un goût amer dans la bouche et les yeux chargés de larmes, respirant bruyamment, je repris l'atroce besogne. Le casque se retira enfin et la tête nue retomba. Je fixai le visage sans vie et barbu de Jim Halstead, le prof de gym de la Casa de los Niños. Ses lèvres étaient retroussées, figées par la mort en un rictus. Après son vol plané, il avait atterri si violemment que ses mâchoires s'étaient refermées sur sa langue – le bout coupé reposait maintenant sur son menton poilu comme une excroissance charnue. Il avait les yeux ouverts, pupille tournée vers le haut, blanc injecté de sang. Il pleurait des larmes vermillon.

Je détournai le regard et aperçus quelque chose qui brillait sous le soleil, deux ou trois mètres sur ma droite. Je m'approchai, ramassai le revolver et l'examinai – un calibre 38 chromé. Je le glissai dans la ceinture de mon pantalon.

Le sol à mes pieds dégageait une forte chaleur et une puanteur de cramé. Du goudron en train de refroidir. Des déchets toxiques, pas franchement biodégradables. De la végétation en polyvinyle. Un geai s'était posé sur le visage de Halstead et lui picorait les yeux.

Je trouvai une bâche tachetée de ciment sec. L'oiseau s'envola en me voyant approcher. Je recouvris le cadavre, posai de grosses pierres aux quatre coins de la bâche et l'abandonnai.

27

L'adresse de Tim Kruger que la réceptionniste m'avait communiquée correspondait à une tour blanche d'Ocean Avenue, à moins de deux kilomètres du lieu où Handler et Gutierrez avaient été assassinés.

Le hall d'entrée avait un sol en marbre et des miroirs ; son mobilier se limitait à un canapé en coton blanc et deux caoutchoucs dans des pots en osier. La moitié supérieure d'un des murs était dévolue aux boîtes aux lettres en cuivre, disposées par ordre alphabétique. Il me fallut peu de temps pour localiser l'appartement de Kruger au onzième étage. L'ascenseur capitonné en molleton gris m'y conduisant rapidement et sans bruit, je me retrouvai dans un couloir à épaisse moquette bleu roi et tapissé de toile de ramie.

L'appartement de Kruger était situé dans l'angle nord-ouest de l'immeuble. Je frappai à la porte bleu roi.

Il ouvrit, vêtu d'un short et d'un tee-shirt Casa de los Niños. Il était en nage et sentait la transpiration, comme s'il venait de faire du sport. Il retint un mouvement de surprise en me voyant.

– Bonjour, docteur, me lança-t-il d'une voix théâtrale.

Puis il remarqua mon arme et son visage impassible grimaça.

– Qu'est-ce...

– Tais-toi et laisse-moi entrer.

Il réintégra l'appartement à reculons et je le suivis.

Ce n'était pas très grand, avec des plafonds bas en crépi ornés de paillettes, des murs et de la moquette beiges. Les rares meubles avaient l'air d'un mobilier de location. Sans la baie vitrée offrant une vue panoramique sur la baie de Santa Monica, on se serait cru dans une cellule. Les murs étaient nus, à l'exception d'un cadre avec une affiche hongroise pour une soirée de catch. Il y avait une kitchenette dans un coin et, en face, un vestibule.

Le salon était en grande partie occupé par des équipements sportifs – skis et chaussures de ski, paire de rames, raquettes de tennis, chaussures de jogging, sac à dos de randonneur, ballons de basket et de football, arc et carquois de flèches. Sur la cheminée en briques, elle aussi peinte en beige, était alignée une douzaine de coupes et trophées.

– T'es sacrément sportif, Tim.

– Qu'est-ce que vous voulez ?

Ses yeux marron-jaune s'agitaient comme des billes de pachinko.

– Où est la petite fille ? Melody Quinn ?

– Je ne sais pas de quoi vous parlez. Rangez ce machin.

– Tu sais très bien où elle est. Toi et ta bande d'assassins l'avez enlevée il y a trois jours parce qu'elle a été témoin de vos atrocités. Vous l'avez tuée, elle aussi ?

– Je ne suis pas un assassin. Je ne connais aucune gamine de ce nom. Vous êtes malade.

– Tu n'es pas un assassin ? Jeffrey Saxon ne serait peut-être pas de cet avis.

Il ouvrit grande la bouche, puis la referma brusquement.

– T'as laissé des traces, Tim. T'as été plutôt arrogant de croire que personne ne remonterait la piste.

– Mais qui êtes-vous, bon sang ?

– Moi, je suis celui que j'ai dit. La question serait plutôt : qui es-tu, toi ? Un gosse de riche qui s'attire toujours des ennuis ? Quelqu'un qui casse des brindilles pour faire pleurer un vieux bossu ? Ou juste un acteur amateur qui a trouvé son meilleur rôle avec Jack l'Éventreur ?

– N'essayez pas de me coller ça sur le dos !

Il brandit les poings.

– Les mains en l'air !

J'agitai mon revolver. Il obéit très lentement, étirant ses bras musclés et bronzés pour les remonter au-dessus de sa tête. Mon attention fut momentanément attirée en l'air, loin de ses pieds. Ce qui lui permit de placer son attaque.

Le coup de pied m'atteignit avec la vivacité d'un boomerang, frappant mon poignet par en dessous. Mes doigts engourdis laissèrent échapper l'arme qui atterrit sur la moquette avec un bruit sourd. Nous nous précipitâmes en même temps pour la récupérer et nous retrouvâmes emmêlés, échangeant coups de poing, coups de pied et coups de griffes. Bouillonnant de rage, je ne sentais pas la douleur. Je voulais le déchiqueter.

Il avait des muscles d'acier. C'était comme se battre contre un moteur de hors-bord. Je cherchai à lui empoigner le ventre sans y trouver un gramme de graisse superflue. Je lui flanquai un coup de coude dans les côtes. Il partit à la renverse, mais rebondit, comme monté sur ressorts, et m'assena un coup de poing dans la mâchoire qui me déséquilibra juste assez pour lui permettre de me prendre la tête dans une clé de bras et de se tenir adroitement hors de portée de mes coups.

Il poussa un grognement et augmenta la pression. Mon crâne était sur le point d'imploser. Je voyais flou. Je gesticulais sans pouvoir l'atteindre. Il esquivait mes coups avec une grâce étrange et me serrait de plus en plus fort. Puis il commença à ramener ma tête en arrière. Encore un peu et mon cou allait casser. Je me sentis soudain une profonde empathie pour Jeffrey Saxon, puisai dans mes dernières forces et plantai vigoureusement mon talon dans son pied. Il poussa un cri, me relâcha par réflexe et tenta aussitôt de resserrer sa clé mais trop tard. Je lui décochai un coup de pied qui fit partir sa tête sur le côté, suivi d'une série de coups de poing dans le ventre. Il se plia en deux, je le frappai à la nuque du tranchant de la main. Il tomba à genoux, mais je ne pris aucun risque, pas avec un gaillard aussi fort et adroit. Nouveau coup de pied en plein visage. Il tomba pour de bon. Je glissai un pied sous son nez – je n'avais qu'à faire un geste sec pour que des éclats d'os viennent le lobotomiser. La précaution s'avéra inutile. Il était KO.

Je trouvai de la corde en nylon dans le sac à dos et le ligotai en le laissant étendu sur le ventre, ramenant ses pieds en arrière pour les attacher à un autre morceau de corde qui lui maintiendrait les mains dans le dos. Je vérifiai les nœuds, les serrai au maximum et tirai le bonhomme loin de l'arme. Je récupérai le calibre 38, le gardai dans une main et gagnai la cuisine, où je mouillai un torchon.

Mes coups de torchon lui arrachant tout juste un grognement, je retournai à la cuisine, pris une cocotte sur l'égouttoir, la remplis d'eau et la lui renversai sur la tête. Il revint enfin à lui.

– Putain, gémit-il.

Comme tous les prisonniers au réveil, il se débattit, grinça des dents, puis comprit l'étendue du problème et se détendit, essoufflé.

J'appuyai le canon du revolver contre un de ses mollets.

– T'aimes le sport, Tim ? C'est une chance, parce que, en prison, on a le droit d'en faire. Sans activité physique, le temps peut paraître long. Je vais te poser des questions et si tu ne me donnes pas des réponses satisfaisantes, je vais te mutiler. À petit feu. Je commencerai par te tirer une balle ici. (J'enfonçai le métal froid dans la chair.) T'auras de la chance si ta jambe peut encore te servir à atteindre les chiottes. Après, pareil à l'autre. Ensuite les doigts, les poignets et les coudes. Tu feras ta peine comme légume, Tim.

Je m'écoutais parler et j'entendais un étranger. Aujourd'hui encore, je ne sais pas si j'aurais mis ma menace à exécution. Je n'en eus pas l'occasion.

– Vous voulez quoi ?

Son élocution était saccadée, nouée par la peur et gênée par sa posture inconfortable.

– Où est Melody Quinn ?

– À la Casa.

– Où ça ?

– Les entrepôts. À côté du Bois.

– Les constructions en parpaing ? Celles dont tu n'étais pas pressé de me parler au cours de la visite ?

– Ouais.

– Laquelle des quatre ?

– La dernière. La plus éloignée de l'entrée.

Une tache s'étendait sur la moquette à mes pieds. Il s'était pissé dessus.

– Merde, bafouilla-t-il.

– Continuons, Tim. Jusqu'ici, c'est bien.

Il hocha la tête, apparemment ravi du compliment.

– Elle est encore en vie ?

– Oui. Autant que je sache. Oncle Will... le Dr Towle tenait à ce qu'elle ait la vie sauve. Gus et le juge ont accepté. Je ne sais pas pour combien de temps.

– Et sa mère ?

Il ferma les yeux et ne répondit pas.

– Tu parles ou tu peux dire adieu à ta jambe.

– Elle est morte. C'est le type qui les a récupérées, elle et sa gamine, qu'a fait le coup. Ils l'ont enterrée dans le Pré.

Je me souvenais du champ au nord de la Casa – « On envisage d'y planter un potager cet été », m'avait-il dit.

– C'est qui, ce type ?

– Un dingue. Il boite... il est plus ou moins paralysé d'un côté. Gus l'appelle Earl.

Je m'attendais à un autre nom, mais le signalement correspondait.

– Pourquoi l'a-t-il tuée ?

– Pour verrouiller les choses.

– Sur l'ordre de McCaffrey ?

Il resta muet. J'enfonçai l'arme dans sa cuisse qui trembla.

– Ouais, sur ses ordres. Earl n'agit pas seul.

– Où se trouve cet Earl maintenant ?

Nouvelle hésitation. Sans réfléchir, je lui flanquai un coup sur la rotule avec le revolver. Il écarquilla les yeux de surprise et de douleur. Des larmes en jaillirent.

– Mon Dieu, aïe !

– C'est pas le moment de prier ! Contente-toi de parler.

– Il est... il est mort. Gus a demandé à Halstead de le tuer. Après avoir enterré la mère. Il était en train de combler la tombe, Halstead lui a foutu un coup de pelle, l'a poussé dedans et les a recouverts de terre. Ça les a bien fait marrer, lui et Gus. Halstead a dit que le coup de pelle avait sonné creux sur la tête d'Earl. Ils se racontaient toujours des trucs pareils dans son dos... ils l'appelaient « le boiteux », « le tocard ».

– C'est une brute, ce Halstead.

– Ouais. (Le visage de Kruger s'illumina – il était ravi de plaire.) Vous aussi, il veut vous faire la peau. Vous vous êtes mis à fouiner. Gus ne savait pas trop ce que la gamine vous avait dit. Je te préviens, mec, fais ga...

– Merci, l'ami, mais Halstead n'est plus une menace. Pour personne.

Il leva les yeux sur moi. Je répondis par un hochement de tête à la question qu'il ne me posa pas.

– Mon Dieu, murmura-t-il, abattu.

Je ne lui laissai pas le temps de méditer.

– Pourquoi as-tu liquidé Handler et Gutierrez ?

– J'vous ai déjà dit, c'est pas moi ! C'est Halstead et Earl qu'ont fait le coup. Gus leur avait demandé de maquiller ça en crime sexuel. Après, Halstead m'a raconté qu'Earl était vachement doué pour la chose. Il a pas eu besoin de se faire prier pour les charcuter. Avec l'instit, il s'en est donné à cœur joie. Halstead la tenait et Earl maniait le couteau.

Deux hommes, peut-être trois, avait dit Melody.

– Toi aussi, t'y étais, Tim.

– Non... En fait si, je les ai conduits sur place. Avec les phares éteints. C'était une nuit sombre, sans lune, sans étoiles. Je tournais en rond dans le parking, puis je me suis dit qu'on risquait de me remarquer, alors j'ai été faire un tour aux Palisades et suis revenu plus tard. Ils avaient pas encore fini... Même que je me suis demandé ce qui leur prenait autant de temps. Je suis reparti, j'ai roulé un peu et quand je suis repassé, ils sortaient juste. Ils étaient habillés en noir, comme des démons. On voyait le sang, même sur le noir. Ça puait le sang. Ils en avaient partout, c'était foncé comme leurs fringues, mais avec un aspect différent... vous savez bien, brillant, mouillé.

Des hommes foncés. Deux, peut-être trois.

Il se tut.

– L'histoire ne s'arrête pas là, Tim.

– C'est tout. Ils se sont déshabillés dans la voiture et ont jeté le couteau dans un sac de campeur. On a tout brûlé dans un canyon... les habits, le sac. On a balancé le reste dans le port de Malibu. (Il s'interrompit de nouveau, essoufflé.) J'ai tué personne.

– Ils ont dit quelque chose dans la voiture ?

– Halstead était tout silencieux. J'étais pas tranquille de le voir aussi perturbé, parce que c'est un dur. C'est du pipeau, cette histoire de gamin qui l'aurait menacé avec un couteau. Il s'est fait virer de Manual Arts parce qu'il avait eu la main un peu lourde sur deux élèves. Avant, il s'était fait lourder des marines. Il adore la violence. Mais ce qui est arrivé dans cet appart, ça lui a fichu un coup... il était tout silencieux.

– Et Earl ?

– Earl, c'était différent. Lui, on avait l'impression que ça le bottait, vous comprenez ? Il se léchait les babines et se balançait comme un gamin autiste. Il marmonnait, n'arrêtait pas de répéter « fils de pute ». Bizarre. Cinglé. À force, Halstead lui a crié de la fermer et l'autre lui a balancé quelque chose en espagnol... il causait souvent en espagnol. Halstead s'est fâché et j'ai cru qu'ils allaient se déchiqueter sur place. J'avais l'impression de transporter deux fauves en cage. Je les ai calmés en prononçant le nom de Gus... ça marchait toujours avec Earl. Ce soir-là, j'étais pressé d'être débarrassé d'eux. Des archétypes de psychopathes, ces deux-là.

– Épargne-moi le jargon et raconte-moi comment vous avez tué Bruno.

Il me dévisagea, à nouveau saisi par la peur.

– Vous savez tout ?

– Tu vas m'éclairer sur ce qui me reste à apprendre, lui renvoyai-je en agitant le revolver. Bruno.

– On... ils ont fait ça le lendemain du psy et de l'instit. Halstead ne voulait pas d'Earl, mais Gus a insisté en disant qu'il valait mieux être à deux pour faire le boulot. J'ai l'impression qu'il les mettait ensemble pour qu'ils se neutralisent. Moi, je ne suis pas venu. C'est Halstead qui conduisait et qui a tué Bruno. Il s'est servi d'une batte de base-ball empruntée dans le local du matériel sportif. J'étais là quand il est rentré et a raconté à Gus comment ça s'était passé. Bruno était en train de dîner ; ils l'ont buté alors qu'il était encore à table. Et Earl a terminé son assiette.

Deux meurtres mis sur les épaules de deux morts. Très pratique. Ça puait l'entourloupe et je le lui dis.

– Ça s'est vraiment passé comme ça. Je ne dis pas que je suis tout blanc. Je savais pourquoi je les emmenais chez le psy. C'est moi qui leur ai donné la clé. Mais je n'ai tué personne.

– Comment t'es-tu procuré la clé ?

– C'est oncle Will qui me l'a donnée. Je ne sais pas comment il l'avait eue.

– Bon. La question du « qui » est réglée. Maintenant explique-moi pourquoi cette boucherie.

– Je pensais que vous étiez au courant...

– Tu n'as pas à penser quoi que ce soit !

– OK, OK. C'est la Brigade. Elle sert de paravent à un réseau de pédophiles. Le psy et la nana avaient tout découvert et ils faisaient chanter Gus. Pas très malin de croire qu'ils allaient s'en tirer sans ennuis.

Je me souvins des photos que Milo m'avait montrées le premier jour. Ça faisait cher payé. Je chassai les clichés sanglants de mon esprit et poursuivis avec Kruger :

– Tous les *gentlemen* sont des pervers ?

– Non. Seulement un quart. Les autres sont des types bien propres sur eux. Pour masquer les choses, c'est plus simple de glisser les pervers dans la masse.

– Et les enfants ne disent rien ?

– Non, sauf ce... On choisit soigneusement ceux que les pervers emmènent chez eux, principalement les gamins qui ne peuvent pas parler. Des handicapés mentaux, des trisomiques, ceux qui ne parlent pas anglais. Gus apprécie les orphelins parce qu'ils n'ont pas de famille, personne qui se soucie d'eux.

– Rodney fait partie des élus ?

– Oui.

– C'est pour ça qu'il a peur des médecins ?

– Oui. Un de ces énergumènes a été un peu rude avec lui. Un chirurgien. Gus leur demande d'y aller mollo. Il ne veut surtout pas qu'on blesse les gamins... la marchandise abîmée ne vaut pas autant. Mais parfois ça dérape. Ces mecs ne sont pas normaux, vous savez.

– Je sais.

Dégoûté et en colère, j'avais du mal à garder les idées claires. Lui défoncer la tête aurait été jouissif, mais c'était un plaisir que j'allais devoir me refuser...

– Je ne suis pas des leurs, dit-il avait insistance, comme s'il s'en était convaincu. En fait, ça me répugne.

Je me baissai et l'attrapai par le cou.

– Sauf que tu as joué le jeu, connard !

Son visage devint violacé et ses yeux caramel tout gonflés. Je relâchai sa tête qui heurta le sol. Il se mit à saigner du nez et se contorsionna de douleur.

– Je sais ce que tu vas me dire. Tu ne faisais qu'obéir aux ordres, c'est ça ?

– Vous ne comprenez pas ! sanglota-t-il.

Des larmes se mêlèrent à la moustache de sang qu'il avait sur la lèvre supérieure, créant un instant l'illusion d'un bec-de-lièvre. J'aurais pu me laisser abuser, mais il avait un diplôme d'arts dramatiques.

– Gus m'a accueilli après cette histoire de Saxon, quand je me suis fait blackbouler par ma famille, mes prétendus amis et tout le monde... Vous pouvez penser ce que vous voulez, mais je ne l'ai pas tué volontairement. C'était... un accident. Saxon n'était pas du tout une victime innocente. La vérité, c'est qu'il voulait me tuer, moi !

– Il n'est pas en mesure de présenter sa défense.

– Merde ! Personne ne m'a cru. Sauf Gus. Lui savait très bien comment c'était à Jedson. Ils me prenaient tous pour un raté... la honte de la famille, ce genre de conneries. Pas Gus. Il m'a donné des responsabilités et j'ai été à la hauteur. J'ai montré ce que j'avais en moi et qu'on n'a pas besoin d'un diplôme. Tout marchait super-bien, je dirigeais la Casa et ça tournait comme...

– Tu es parfait comme sergent recruteur, Tim. Maintenant, je veux des réponses.

– Posez vos questions, dit-il faiblement.

– Depuis combien de temps la Brigade abrite-elle un réseau de pédophiles ?

– Depuis le début.

– Comme au Mexique ?

– C'est ça. Là-bas, d'après Gus, la police était au courant. Il n'avait qu'à graisser quelques pattes et on le laissait faire. Il amenait des hommes d'affaires d'Acapulco… des Japonais, des Arabes… qui s'amusaient avec les gosses. Ça s'appelait le « foyer chrétien du père Augustino »… je sais pas comment ça se dit en espagnol. Ça marchait très bien jusqu'au jour où un nouveau chef de la police est arrivé, un type super-religieux à qui ça n'a pas du tout plu. Gus dit qu'il lui a soutiré des milliers de dollars et a fini par le blouser en fermant le foyer. C'est à ce moment-là qu'il est venu s'installer ici. Il a ramené Earl avec lui.

– Earl était son homme de main au Mexique ?

– Oui. C'est lui qui se tapait le boulot de merde. Il suivait Gus comme un brave toutou. Fallait l'entendre parler espagnol… je veux dire, il avait un bon accent, mais c'était du charabia. Il avait une lésion au cerveau, quoi. Un robot avec quelques écrous dévissés.

– Et McCaffrey l'a quand même fait liquider.

Kruger esquissa ce qui se rapprochait d'un haussement d'épaules, compte tenu de ses liens.

– Faut connaître Gus. Il est froid. Il adore le pouvoir. Si on s'oppose à lui, c'est fini. Ces connards n'avaient aucune chance.

– Comment a-t-il fait pour s'installer si vite à L.A. ?

– Les relations.

– Oncle Willie ?

Il hésita. Je lui enfonçai le canon dans le dos.

– Oui. Le juge Hayden. Et d'autres… Chacun en connaissait un autre avec les mêmes vices cachés. C'est fou ce qu'ils peuvent être nombreux. J'ai été surpris pour l'oncle Will parce que je le connaissais bien. Il m'avait toujours paru très pudibond, le genre donneur de leçons. Mes parents me le montraient en exemple… l'oncle médecin, quelqu'un de bien. (Il eut un rire rauque.) Et le mec se tape des gosses ! (Un nouveau rire.) Mais je dois avouer que je l'ai jamais vu en ramener chez lui… C'est moi qui faisais le planning, et lui, je ne lui ai jamais préparé quoi que ce soit. Tout ce que je sais, c'est qu'il nous rafistolait les gamins blessés chaque fois qu'on l'appelait. Mais bon… il doit être aussi malade que les autres, sinon pourquoi il serait à la botte de Gus ?

J'ignorai sa question et lui en posai une autre :

– Depuis combien de temps durait le chantage ?

– Quelques mois. Comme je vous l'ai expliqué, on sélectionnait les gosses pour être sûrs qu'ils ne diraient rien. Sauf qu'une fois on a loupé le coche. On tenait le gamin parfait, un orphelin. Tout le monde croyait qu'il était muet. Putain, il nous avait jamais causé ! On lui a fait faire des tests d'audition et de langage... c'est le gouvernement qui finance... et tous ont confirmé qu'on avait un gamin muet. On en était persuadés, mais on avait tort. Le gamin savait parler. Il a raconté pas mal de choses à l'instit. Ça l'a mise dans tous ses états. Elle est allée trouver l'oncle Will, puisqu'il était le pédiatre du gosse. Elle ne savait pas que lui aussi était impliqué. Il a prévenu Gus.

Et Gus l'a fait tuer. Cary Nemeth.

– Comment ?

– Je... On est obligés d'en parler ?

– Bien sûr, nom de Dieu ! Ça s'est passé comment ?

– Ils l'ont renversé avec un camion. Ils l'ont tiré de son lit en pleine nuit, il devait être pas loin de minuit. À cette heure-là, c'est le désert complet là-bas. Ils l'ont emmené sur la route. Il marchait, en pyjama. Je me souviens de son pyjama. Jaune avec des gants et des balles de base-ball dessinés partout. Je... j'aurais pu essayer de les empêcher, mais ça n'aurait rien changé. Le gamin en savait trop, il fallait le supprimer. C'est aussi simple que ça. Ils l'auraient fait plus tard et moi aussi, on m'aurait sans doute descendu. Ils n'avaient pas le droit de faire ça à un gamin. De sang-froid. J'ai commencé à dire quelque chose, Gus m'a serré le bras et m'a dit de la fermer. J'avais envie de hurler. Le gosse marchait le long de la route, tout seul, à moitié endormi, comme en train de rêver. Je l'ai bouclée. Halstead est monté dans le camion et a filé un peu plus loin sur la route. Je l'entendais qui montait en régime dans le virage. Il a déboulé à toute vitesse, pleins phares. Il a heurté le gamin par-derrière... le pauvre a rien vu venir, il était à moitié endormi. (Il s'interrompit, le souffle court, et ferma les yeux.) Gus a commencé par dire qu'on allait régler son compte à l'instit sur-le-champ, mais il a décidé d'attendre... pour voir si elle avait parlé à quelqu'un. Il a demandé à Halstead de la filer. Il a surveillé son appart, mais elle n'y était pas. Il y avait juste sa colocataire. Halstead voulait la kidnapper et lui cogner dessus pour la faire parler. Puis il a vu l'instit passer avec un type... c'était Handler... pour récupérer des affaires. Comme si elle allait s'installer chez lui. Halstead a fait son rapport à Gus. Là, tout se compliquait. Ils les ont surveillés tous les deux et un jour ils les ont vus rencontrer Bruno. Bruno, on le connaissait... un type super, qui avait rejoint la

Brigade. Les gosses l'adoraient, un vrai boute-en-train. À ce stade, il ne faisait aucun doute qu'il était leur taupe. Maintenant, on en avait trois à faire taire. Le coup de fil est arrivé quelques jours plus tard. C'était Bruno, qui déguisait sa voix, mais on l'a reconnu. Il a expliqué qu'il avait des cassettes où le petit Nemeth racontait tout. Il a même passé un extrait au téléphone. Quelle bande d'amateurs ! Ils n'ont pas compris que Gus les avait en ligne de mire dès le départ. C'était pitoyable.

« Pitoyable » était bien le terme qui convenait à ce scénario. Prenez une jeune femme sympathique, Elena Gutierrez, originaire de banlieue, jolie, pleine de vie. Un peu matérialiste, mais chaleureuse. Une bonne enseignante. Déprimée par son métier, au bout du rouleau, elle cherche de l'aide, entame une thérapie avec Morton Handler, docteur en médecine, psychiatre et psychopathe. Elle devient sa maîtresse tout en continuant à lui parler de ses angoisses – il y a un gamin qu'on croyait muet et qui s'est mis à parler ; il lui raconte des atrocités, lui dit que des messieurs bizarres lui font des choses pas bien. Il se confie à Mlle Gutierrez parce qu'elle est douce et compréhensive. « Elle savait vraiment les faire s'ouvrir, avait dit Raquel Ochoa, les gamins que personne d'autre ne savait comment prendre. » Ce talent lui avait coûté la vie. Parce que là où Elena voyait une tragédie humaine, Morton Handler flairait un profit. Une affaire sordide dans les hautes sphères... quoi de plus juteux ?

C'est ce que se dit Handler, bien évidemment, mais il garde ça pour lui. Après tout, le gamin a peut-être tout inventé. Elena a pu avoir une réaction excessive... vous connaissez les femmes, surtout d'origine hispanique. Alors il lui dit de continuer à écouter le gamin, qu'elle fait très bien, qu'elle lui apporte un vrai soutien. Histoire de gagner du temps.

Je ne devrais pas signaler ça à quelqu'un ? lui demande-t-elle. Patience, ma chérie, sois prudente, attends d'en savoir plus. Mais le gosse appelle au secours, les méchants messieurs continuent de s'en prendre à lui... Elena décide seule de contacter le médecin de Carry. Signant par là même l'arrêt de mort du garçon.

En apprenant le décès de l'enfant, Elena soupçonne l'atroce vérité. Elle est au trente-sixième dessous. Handler la bourre de calmants, la réconforte. Et ça fait clic dans son cerveau de psychopathe, parce que maintenant il sait qu'il y a du pognon à gagner.

C'est là que Maurice Bruno fait son entrée : psychopathe lui aussi, ancien patient, nouveau comparse. Beau parleur s'il en est. Handler le recrute et lui promet un pourcentage s'il infiltre la Brigade des gentlemen pour en apprendre le maximum. Des noms, des lieux, des dates. Elena veut prévenir la police. Handler la calme, toujours à coups de comprimés et de paroles. La police est inefficace, ma chérie. Ils ne feront rien. Crois-en mon expérience. Lentement, graduellement, il la persuade de se livrer avec eux au chantage. C'est la vraie façon de les punir, assure-t-il. Frapper là où ça fait mal. Elle l'écoute, indécise, perplexe. Il lui paraît inacceptable de profiter de la mort d'un pauvre petit garçon, mais d'un autre côté, rien ne le ramènera à la vie et Morton a l'air de savoir ce qu'il fait. Il est très persuasif et en plus il y a cette Datsun 280 ZX dont elle a toujours rêvé et ces habits qu'elle a vus la semaine dernière chez Neiman-Marcus. Ce n'est pas avec le salaire de misère que l'école lui verse qu'elle va se les offrir ! Et d'abord, qui a jamais fait quoi que ce soit pour elle ? Il faut s'occuper de soi, répète toujours Morton et il n'a pas tort...

– Earl et Halstead ont cherché les cassettes, poursuivit Kruger. Après les avoir ligotés. Ils les ont torturés pour qu'ils révèlent la cachette, mais ni l'un ni l'autre n'ont parlé. Halstead s'est plaint à Gus qu'il aurait pu leur faire cracher le morceau, mais qu'Earl avait travaillé trop vite avec son poignard. Handler a perdu connaissance quand il lui a tranché la gorge, la nana est devenue hystérique, s'est mise à hurler et ils ont dû lui flanquer quelque chose dans la bouche. Elle s'est étranglée et Earl l'a achevée et s'est amusé avec elle.

– Mais toi, tu as fini par mettre la main sur les cassettes, n'est-ce pas, Timmy ?

– Oui. Elle les avait planquées chez sa mère. Son frangin junkie me les a refilées. Je l'ai acheté avec de l'héro.

– Continue.

– C'est tout. Ils ont essayé de pomper Gus. Il a payé une ou deux fois... de grosses sommes, j'ai vu les billets... mais c'était pour les mettre en confiance. Ils n'avaient aucune chance, dès le départ. On n'a jamais récupéré le fric, mais peu importe. C'était une goutte d'eau. De toute façon, Gus n'est pas intéressé par l'argent. Il vit simplement et se nourrit de pas grand-chose. Les dollars n'arrêtent pas de pleuvoir. Du gouvernement fédéral et de l'État. Plus les dons privés. Sans parler des milliers que versent les pervers pour leurs petites gâteries. Il en met un peu de côté, mais je ne l'ai jamais vu faire quoi que ce soit d'extravagant. C'est le pouvoir qu'il cherche, pas le pognon.

– Où sont les cassettes ?

– Je les ai données à Gus.

– Allons !

– Je les lui ai données. Il m'avait confié une mission et je l'ai exécutée.

– Ce genou m'a l'air bien costaud. Quel dommage d'en faire de l'engrais !

J'appuyai sur son mollet avec mon pied. Il redressa vivement la tête, ça ne devait pas faire du bien.

– Arrêtez ! OK... J'ai fait des copies. Bien obligé. Pour avoir un moyen de pression. Et si Gus décidait un jour de se débarrasser de moi ? Je veux dire... je sais bien que là je suis son chouchou, mais on ne sait jamais, hein ?

– Où sont-elles ?

– Dans ma chambre. Scotchées sous le matelas.

– Ne t'en va pas, dis-je en retirant mon pied.

Il grinça des dents comme un requin pris dans une nasse.

Je trouvai trois cassettes sans étiquette à l'endroit indiqué, les glissai dans ma poche et revins.

– Donne-moi des noms. Des pédophiles de la Brigade.

Il récita comme un automate. Un gamin faisant un discours le jour de sa confirmation. Nerveux. Trop rabâché.

– Personne d'autre ?

– Ça ne suffit pas ?

En effet. Il avait cité un réalisateur connu, un procureur adjoint, une grosse huile de la politique – un homme de l'ombre toujours resté au cœur du système –, des avocats d'affaires, des médecins, des banquiers, des gros bonnets de l'immobilier. Des hommes dont la presse citait habituellement le nom à l'occasion d'une généreuse donation ou d'une remise de médaille de bienfaisance. Des noms qui rapportaient des voix quand ils figuraient dans un comité de soutien. Ned Biondi avait de quoi semer la zizanie dans la bonne société de Los Angeles pendant un certain temps.

– Dis-moi, Tim, tu n'auras pas oublié tout ça quand la police t'interrogera ?

– Non. Pourquoi voulez-vous que j'oublie ? Peut-être qu'en coopérant je me tirerai d'affaire.

– Tu ne t'en sortiras pas. Autant l'accepter tout de suite. Mais au moins tu ne termineras pas comme engrais dans le potager de McCaffrey.

Il réfléchit. Il ne devait pas être facile d'envisager la situation sous un jour positif avec les liens qui lui coupaient les poignets et les chevilles.

– Écoutez, dit-il, je vous ai aidé. À vous de m'aider à passer un accord avec la police. Je suis prêt à coopérer... je n'ai tué personne.

Le pouvoir qu'il m'attribuait était inexistant. Ça ne m'empêcha pas d'en faire usage :

– Je ferai ce que je peux, dis-je avec magnanimité, mais ça dépendra beaucoup de toi. Si la petite Quinn s'en sort indemne, je prendrai ta défense. Autrement, je tire la chasse.

– Alors, magnez-vous d'y aller, nom de Dieu ! Il faut la libérer ! Je lui donne un jour maximum. Will a réussi à retenir Gus, mais ça ne va pas durer longtemps. Elle aura un accident. Tôt ou tard. On ne retrouvera jamais le corps. Gus est convaincu qu'elle en a trop vu.

– Dis-moi comment la sortir de là.

Il détourna le regard.

– J'ai menti... Elle n'est pas dans le bâtiment le plus éloigné, mais en fait dans celui juste avant. Celui avec la porte bleue. Une porte métallique. La clé est dans la poche de mon pantalon beige accroché dans la penderie de ma chambre.

Je le laissai, trouvai la clé et revins en l'agitant.

– Ça te fait 10 sur 10, Tim.

– Je suis réglo avec vous. Vous devez m'aider.

– Il y a quelqu'un avec elle ?

– Non. Y a pas besoin. Will l'a mise sous calmants. La plupart du temps, elle est dans le coltard ou endormie. Quelqu'un lui apporte à manger, lui fait sa toilette. Elle est attachée au lit par des sangles. Les murs sont en béton. Le seul moyen d'entrer, c'est la porte. Il y a une lucarne qu'on laisse ouverte. Sinon, celui qui reste enfermé à l'intérieur suffoque en quarante-huit heures.

– Will Towle peut-il entrer à la Casa sans éveiller les soupçons ?

– Bien sûr. Comme je vous l'ai dit, il est toujours de garde pour les gamins que les gentlemen traitent un peu rudement. La plupart du temps ce n'est rien de sérieux, des égratignures, des lacérations. Des fois les gamins deviennent hystériques, il leur donne du Valium, du Melleril ou une petite dose de Thorazine. Oui, il peut se pointer à n'importe quelle heure.

– Bien. Tu vas l'appeler et tu vas lui expliquer qu'on a besoin de lui pour une urgence de ce genre. Je veux qu'il arrive à la Casa une demi-heure après la tombée de la nuit... mettons à 7 heures et demie. Veille bien à ce qu'il soit à l'heure. Et seul. Sois convaincant.

– Je serais plus convaincant si je pouvais bouger un peu.

– Contente-toi de ce que tu as. J'ai confiance en toi, Tim. Sers-toi de tes talents d'acteur. Tu t'en es très bien sorti dans le rôle de Bill Roberts.

– Comment vous sav...

– Je ne savais rien du tout. Maintenant si. J'ai eu le nez creux. Tu as fait des études de comédien, t'étais parfait pour ce rôle. Tuer Hickle, ça faisait aussi partie du script ?

– C'est de l'histoire ancienne, dit-il. Oui, j'ai passé le coup de fil. Hayden trouvait drôle de faire ça dans votre cabinet. Un sale type, celui-là. Avec un sens de l'humour tordu. Mais je vous répète que je n'ai tué personne. Pour Hickle, j'étais même pas là. C'est Hayden et oncle Will qui se sont chargés de tout. Avec Gus, ils ont décidé de le faire taire. Toujours la même histoire. Hickle faisait partie de la Brigade depuis le début. Mais il se tapait des extras avec les élèves de sa femme. Je me souviens d'une conversation qu'ils ont eue tous les trois, après son arrestation. Gus était furieux : « Quel connard ! Je fournis à cet idiot toutes les petites chattes qu'il lui faut pour être heureux le restant de ses jours et il va faire une connerie pareille ! » J'ai compris que Hickle avait toujours été considéré comme quelqu'un de faible et d'idiot, facilement influençable. Une fois qu'il se mettrait à table pour l'école, ils étaient prêts à parier qu'il cracherait le morceau et les ferait tous tomber. Ils étaient obligés de le liquider. Hayden a appelé Hickle pour lui dire qu'il avait une bonne nouvelle. Hickle lui avait demandé d'intervenir auprès du *district attorney*, ce qui montre à quel point il en tenait une couche. À l'époque, l'affaire Hickle faisait les gros titres. Le connaître suffisait à être grillé. Mais ça ne l'a pas empêché d'appeler Hayden et de lui demander ce service. Le juge a fait semblant de vouloir l'aider. Deux jours plus tard, il rappelle Hickle et lui dit qu'il a une bonne nouvelle : il peut faire quelque chose pour lui. Ils se sont retrouvés chez Hayden, super-discrètement, sans personne d'autre. Si j'ai bien compris, Will lui a mis quelque chose dans son thé... il ne buvait pas d'alcool. Substance qui agit dans un délai précis et qui s'élimine, pour que les traces soient difficiles à repérer sauf si on les recherche précisément. C'est Will qui a fixé la dose, il s'y connaît. Quand Hickle a perdu connaissance, ils l'ont transporté chez vous. Hayden a crocheté la serrure. Il est doué de ses mains, il fait des spectacles de magie à la Casa. Il se déguise en clown, Blimbo le clown, et fait des tours de magie.

– Laisse tomber la magie. Continue l'histoire de Hickle.

– C'est tout. Ils l'ont monté dans le cabinet et ont maquillé ça en suicide. Je ne sais pas qui a appuyé sur la détente. Je n'étais pas là. Je suis simplement au courant parce que c'est moi qui ai passé ce coup de fil et quelques jours plus tard Gus m'a expliqué pourquoi. Quand il broie du noir, il se met à déblatérer comme un mégalo : « Ne t'imagine pas que ton oncle soit un noble cœur, mon garçon. Je n'aurais qu'à passer un coup de fil pour lui griller le cul, à lui et à quelques autres notables ! » Il se met à dire des trucs comme ça, contre les riches, quand il repense à l'époque où il était pauvre et que nous, les riches, nous le méprisions. Ce soir-là, on buvait du gin dans son bureau et il m'a parlé du temps où il travaillait pour M. Hickle... le père... depuis qu'il était tout jeune gamin. Il était orphelin et un organisme l'a en quelque sorte vendu aux Hickle comme esclave. Il m'a raconté que le vieux Hickle était un monstre. Un sale caractère, qui aimait cogner sur le personnel. Pour tenir le coup, il m'a expliqué qu'il gardait les yeux grands ouverts pour enregistrer tous les secrets de la famille, comme les perversions de Stuart et d'autres choses. Ça lui a permis de quitter Brindamoor et d'obtenir le boulot à Jedson. Je me souviens qu'il m'a souri, à moitié saoul, le regard fou. « J'ai appris très tôt que l'information, c'est le pouvoir. » Puis il m'a parlé d'Earl, m'a dit que ce type était fêlé mais prêt à faire n'importe quoi pour lui. « Il boufferait ma merde et te dirait que c'est du caviar. Ça, c'est le pouvoir ! »

Kruger s'était redressé au maximum en parlant et tendait le cou pour relever la tête. Épuisé, il la laissa retomber.

– J'imagine qu'il se venge de nous tous, dit-il.

Il avait l'air pitoyable, allongé sur la tache ocre d'urine séchée.

– T'as autre chose à me dire, Tim ?

– Je ne vois rien d'autre. Demandez, je répondrai.

Je vis la tension se propager le long de ses jambes ligotées, comme un wagonnet sur un circuit tortueux, et pris soin de rester à l'écart.

Un téléphone traînait par terre. Je l'approchai et posai le combiné à proximité de sa bouche, sans relâcher mon attention. Braquant le revolver sur son front, je composai le numéro du cabinet de Towle et reculai d'un pas.

– T'as intérêt à être bon.

Ce fut le cas. Moi-même, je n'y aurais vu que du feu. Comme Towle. Kruger me fit signe que la conversation était terminée en secouant la tête de droite à gauche. Je raccrochai et lui fis passer un deuxième coup de fil, au poste de garde de la Casa pour annoncer le passage de Towle.

– J'ai été comment ? me demanda-t-il après coup.

– Les critiques sont dithyrambiques.

Bizarrement, il en parut tout content.

– Dis-moi, Tim, tu as de bons sinus ?

La question ne le surprit pas.

– Très bons, répondit-il avec empressement. Je ne suis jamais malade.

Il avait dit ça avec la fierté du sportif qui s'imagine que l'exercice et une bonne musculature sont des garanties d'immortalité.

– Bien. Ceci ne devrait pas te gêner.

Je lui enfonçai une serviette dans la bouche, le tissu-éponge étouffant ses cris enragés.

Toujours sur mes gardes, je le traînai jusqu'à la chambre, vidai la penderie de tout ce qui pouvait s'apparenter à un outil ou une arme et le poussai à l'intérieur, me débrouillant comme je pouvais pour le faire tenir dans l'espace confiné.

– Si la gamine et moi ressortons de la Casa en bon état, je dirai à la police où te trouver. Sinon, t'as toutes les chances de t'asphyxier. Tu as autre chose à me dire ?

Il fit non de la tête. Regard implorant. Je refermai la porte et plaçai une grosse commode devant. Je glissai le revolver dans la ceinture de mon pantalon, fermai toutes les fenêtres de l'appartement, tirai les rideaux et bouclai la porte de la chambre, la bloquant avec deux chaises posées l'une sur l'autre. Je coupai la ligne téléphonique avec un couteau de cuisine, tirai les voilages pour cacher la vue sur la baie et jetai un dernier coup d'œil autour de moi. Satisfait, je sortis en claquant la porte.

28

La Seville était encore en état de marche, mais le Grand Prix avec Halstead l'avait mise à mal. En plus, elle était trop voyante pour ce que j'avais à faire. Je la laissai dans un parking de Westwood Village, gagnai à pied l'agence Budget située à trois pâtés de maisons et louai une petite japonaise marron foncé – un de ces cubes en plastique moulé recouverts d'une coque prétendument en acier. Avec la circulation, je mis un quart d'heure pour traverser Westwood au ralenti. J'entrai dans le parking du grand magasin Bullocks, laissai le revolver dans la boîte à gants fermée à clé, verrouillai les portières et allai faire quelques emplettes.

J'achetai un jean, une paire de chaussettes épaisses, des chaussures à semelle de crêpe, un col roulé bleu marine et un coupe-vent de la même couleur sombre. Tous les articles étaient munis d'un antivol que la vendeuse mit plusieurs minutes à retirer après m'avoir pris mon argent.

– Quel monde merveilleux ! murmurai-je.

– Vous devriez voir nos articles de luxe... le cuir, les fourrures... on les garde sous clé. Sans ça, ils ne se dérangeraient pas pour sortir avec les fringues sur le dos comme si de rien n'était.

Nous échangeâmes des soupirs vertueux et, apprenant que j'y serais sans doute observé par une caméra de surveillance, je décidai de ne pas me changer dans la cabine d'essayage du magasin.

Il était 18 heures passées et il faisait nuit quand je repris le volant. Cela me laissa le temps d'avaler un sandwich au rosbif, une salade à la grecque et de la glace à la vanille, et de boire plusieurs cafés noirs en observant le ciel sans étoiles par la vitrine d'un boui-boui de West Pico. À 18 h 30 je réglai l'addition et allai me changer dans les toilettes. En enfilant mes nouvelles fringues, je remarquai une feuille de papier par terre. Je la ramassai. C'était la photocopie de l'article sur la mort de Lilah Towle que Margaret Dopplemeier m'avait donnée. Je tentai encore une fois de la déchiffrer, sans beaucoup plus de succès. Je vis qu'il était question de gardes-côtes et de marée haute, mais ce fut tout. Je la glissai dans la poche du coupe-vent, me relevai et m'apprêtai à rejoindre Malibu.

J'entrai dans la cabine téléphonique à l'arrière du resto pour appeler le commissariat de West L.A. Je prévoyais de laisser un message crypté à l'intention de Milo, mais me ravisai et demandai l'inspecteur Delano Hardy. On me fit patienter cinq minutes avant de m'informer qu'il était sorti. Je laissai le message sibyllin à son intention et filai vers Malibu.

Ça roulait doucement, mais j'en avais tenu compte dans mon programme. Je rejoignis la Rambla Pacifica juste avant 19 heures et aperçus la pancarte annonçant la Casa de los Niños à 19 h 10. Le ciel était vide et sombre comme un puits infini. Un coyote hurla dans un canyon au loin. Les oiseaux de nuit et les chauves-souris voletaient et sifflaient. J'éteignis mes phares et parcourus les deux kilomètres et demi suivants au jugé. Ce n'était pas très compliqué, mais la petite voiture tressaillait à chaque bosse, à chaque fissure de la route, les ondes de choc se propageant dans ma carcasse.

Je m'arrêtai huit cents mètres avant l'embranchement pour la Casa. Il était 19 h 15. Pas la moindre circulation. Priant pour que ça ne change pas, je me garai en travers de la chaussée, bloquant les deux voies. Mes roues arrière faisaient face au ravin que longeait la route, les pneus avant effleurant d'épais fourrés côté ouest. J'attendis, assis à l'avant dans le noir, le revolver à la main.

À 19 h 23 j'entendis le bruit d'un véhicule qui approchait. Une minute plus tard, les phares carrés de la Lincoln apparurent à quatre cents mètres. Je bondis de la voiture et m'accroupis dans les broussailles, retenant ma respiration.

Il ne vit la voiture abandonnée qu'au dernier moment et pila. Laissant son moteur en marche et ses phares allumés, il apparut dans le faisceau en pestant. Ses cheveux blancs luisaient comme de l'argent. Il portait un blazer croisé gris anthracite, une chemise blanche au col déboutonné, un pantalon de flanelle noire et des chaussures de golf noir et blanc avec glands. Pas un faux pli, pas une tache.

Il passa la main sur le flanc de la petite voiture, en toucha le capot, poussa un grognement et se pencha par la portière entrouverte côté conducteur. Ce fut le moment que je choisis pour surgir silencieusement sur mes semelles de crêpe et lui planter mon revolver dans le bas du dos.

Par goût et par principe, je n'aime pas les armes à feu. Mon père les adorait et les collectionnait. Ça avait commencé avec les Luger qu'il avait rapportés comme souvenirs de la Seconde Guerre mondiale. Puis on était passé aux carabines pour la chasse au cerf, aux fusils, aux pistolets automatiques récupérés chez des prêteurs sur gages, ou encore à de vieux colts 45 tout rouillés, à des pistolets italiens très menaçants avec leurs longs canons et leurs crosses gravées, et à des calibres 22 bleu acier. Astiqués avec amour, exposés dans la vitrine en cerisier du bureau. Chargés pour la plupart. Mon père aimait jouer avec en regardant la télé ; souvent il m'appelait pour me montrer la précision d'un mécanisme, la finesse d'une ornementation. Me parler canons, chambres, calibres et chargeurs. L'odeur d'huile ou d'allumettes brûlées qui lui imprégnait les mains. Petit, je faisais des cauchemars où les armes quittaient leurs présentoirs, comme des fauves s'échappant de leurs cages ; livrées à leurs instincts, elles aboyaient et grondaient...

Une fois, il s'était disputé avec ma mère, ça criait fort. Sous le coup de la colère, il s'était précipité vers la vitrine et emparé de la première arme qui lui était tombée sous la main. Un Luger – d'une efficacité teutonne. Il l'avait braqué sur elle. Je revois encore la scène. Elle se met à hurler : « Harry ! » Il se rend compte de ce qu'il est en train de faire. Horrifié, il laisse tomber l'arme comme s'il s'agissait d'une créature marine venimeuse. Il tend les bras vers ma mère, bafouille des excuses... Il ne l'a jamais refait, mais cet incident l'a changé, les a changés tous les deux – et moi aussi : même si je n'avais que cinq ans, j'avais tout observé caché derrière la porte, mon doudou à la main. Depuis, je déteste les armes. Mais, à cet instant, j'adorai la sensation du calibre 38 entrant dans le blazer de Towle.

– Dans la voiture, murmurai-je. Mettez-vous au volant et ne faites pas le moindre geste où je vous brûle.

Il m'obéit. Je me précipitai du côté passager et montai à côté de lui.

– Vous ! s'exclama-t-il.

– Mettez le contact.

Je lui plantai le canon du revolver dans les côtes, un peu plus violemment que nécessaire. La petite voiture toussota et s'anima.

– Garez-vous sur le bord de la route en collant votre portière contre la paroi rocheuse. Vous coupez le moteur et vous jetez les clés par la vitre.

Il s'exécuta, son auguste profil restant imperturbable.

Je descendis et lui ordonnai d'en faire autant. Garé comme il l'était, l'issue du côté conducteur était barrée par dix mètres de granit. Il se faufila par la portière côté passager et attendit au bord de la route déserte, stoïque et immobile.

– Les mains en l'air !

Il me regarda d'un air supérieur, mais obéit.

– C'est inadmissible, dit-il.

– Allez à votre voiture. Montez côté conducteur. Posez les deux mains sur le volant, où je puisse les voir.

Je le suivis jusqu'à la Lincoln. Je montai à l'arrière, juste derrière lui, et appuyai le canon du revolver sur sa nuque.

– Vous connaissez votre anatomie, dis-je doucement. Une balle dans la *medulla oblongata* et la lumière s'éteint pour toujours.

Il resta muet.

– Vous avez bousillé votre vie et celle de pas mal d'autres gens. Maintenant ça vous retombe dessus. Ce que je vous offre, c'est la possibilité de vous racheter en partie. Pour une fois vous pouvez sauver une vie au lieu de la détruire.

– J'ai sauvé de nombreuses vies au cours de ma carrière. Je suis médecin.

– Je sais, un vrai saint guérisseur ! Où étiez-vous quand il fallait sauver Cary Nemeth ?

Un grondement rauque monta du plus profond de lui, mais il garda son sang-froid.

– Vous savez donc tout.

– À peu près. Ce cher Tim peut se montrer loquace quand les circonstances s'y prêtent.

Je lui fournis quelques exemples de ce que je savais. Il resta impassible et stoïque, les mains figées sur le volant, mannequin aux cheveux blancs placé là pour le tableau.

– Vous me connaissiez avant qu'on se rencontre, repris-je. À cause de l'affaire Hickle. Quand je vous ai appelé, vous m'avez proposé de passer à votre cabinet. Pour vérifier ce que Melody m'avait raconté. J'ai trouvé ça bizarre : un pédiatre débordé qui prend le temps de me rencontrer juste pour bavarder ? On aurait pu avoir la même conversation au téléphone. Vous vouliez me sonder. Après, vous avez essayé de me mettre des bâtons dans les roues.

– Vous avez la réputation d'être un jeune homme obstiné, dit-il. Les problèmes commençaient à s'empiler.

– Les problèmes ? Dites plutôt les cadavres !

– Inutile de verser dans le mélodrame.

Il parlait comme un robot androïde de Disneyland : la voix égale et sans inflexions du type qui ne doute pas.

– Ce n'est pas mon intention. Mais j'ai du mal à rester insensible devant tous ces meurtres. Le petit Nemeth. Handler et Elena Gutierrez. Morry Bruno. Et maintenant Bonita Quinn et ce brave Ronnie Lee.

En entendant ce dernier nom, il marqua un léger étonnement.

– La mort de Ronnie Lee vous peine plus particulièrement ?

– Ce nom ne me dit rien, c'est tout.

– Ronnie Lee Quinn. L'ex-mari de Bonita. Le père de Melody. R.L. Un grand type blond. Une tronche de dingue, avec une atrophie latérale gauche. Avec l'accent du Sud de McCaffrey, son nom sonnait peut-être comme Earl.

– Ah, dit-il, ravi que les choses retrouvent leur cohérence. Earl. Un type répugnant. Toujours sale. Je me souviens de l'avoir croisé une ou deux fois.

– Du « protoplasme pauvre à chier », c'est ça ?

– Si vous le dites.

– C'était un des sbires de McCaffrey au Mexique. Il l'a fait venir pour quelques sales coups. Il devait vouloir sa gamine ; alors McCaffrey lui a retrouvé Bonita et la gosse. Et a vu à quoi elle pouvait servir. Pas trop fine, la Bonita, hein ? Elle a dû vous prendre pour le père Noël quand vous lui avez trouvé ce boulot de gérante dans la résidence de Minassian.

– Elle s'est montrée reconnaissante, reconnut Towle.

– Vous lui rendiez un fier service. Vous l'avez mise là pour avoir accès à l'appartement de Handler. En tant que gérante, elle dispose d'un passe-partout. Sauf que lorsqu'elle passe à votre cabinet pour la consultation de Melody, voilà qu'elle « perd » son sac. Rien de plus simple, c'est une tête de linotte. Elle est complètement paumée, comme dit votre assistante. Toujours en train d'égarer des trucs. En tout cas, vous récupérez la clé et les tueurs de McCaffrey peuvent aller et venir à leur gré... pour chercher des cassettes, mettre à sac, trucider. Aucun souci pour cette pauvre Bonita, sauf quand on décide de la supprimer et de la recycler comme engrais pour la prochaine récolte de courgettes ! Une femme sans intérêt. Encore du protoplasme pauvre à chier.

– Ça n'était pas censé se passer comme ça. Ça ne faisait pas partie du plan.

– On sait ce que c'est : même avec les meilleurs plans...

– Vous êtes bien sarcastique, jeune homme. J'espère que vous ne vous conduisez pas ainsi avec vos patients.

– Ronnie Lee achève Bonita. Peut-être sur ordre de McCaffrey, ou pour régler un vieux contentieux. Mais maintenant McCaffrey doit aussi se débarrasser de Ronnie Lee parce que, toute brute qu'il est, il ne sera peut-être pas chaud pour voir mourir sa fille.

– Vous êtes très intelligent, Alex. Mais le sarcasme est vraiment désagréable.

– Merci pour le conseil. Je sais que vous êtes expert en contact avec les patients.

– En effet, et je n'en suis pas peu fier. Établir d'emblée le contact avec l'enfant et la famille, malgré le fossé social qui peut exister entre vous. C'est la première étape pour bien soigner. C'est ce que j'enseigne aux étudiants de première année, quand on aborde l'introduction à la médecine clinique sous l'angle de la pédiatrie.

– Fascinant.

– Les étudiants portent un jugement très favorable sur mon enseignement. Je suis un excellent professeur.

Je lui enfonçai le calibre 38 dans le cou. Ses cheveux argentés s'écartèrent, mais Towle ne broncha pas. Je sentais sa lotion capillaire – citron et clou de girofle.

– Démarrez et rangez-vous sur le bord de la route. Juste derrière cet eucalyptus géant.

La Lincoln gronda, roula, puis s'arrêta.

– Coupe le moteur.

– Ne soyez pas familier, dit-il. Vous n'avez pas besoin de chercher à m'impressionner.

– Coupe-moi le moteur vite fait, Will.

– Docteur Towle.

– Docteur Towle.

– Vous avez vraiment besoin de me plaquer ce truc sur la nuque ?

– C'est moi qui pose les questions.

– Ça semble inutile... superflu. On n'est pas en train de tourner un mauvais western !

– Pire que ça. C'est du vrai sang et personne ne se relève quand la fumée s'est dissipée.

– Toujours le mélodrame. Mélo ou drame ? Curieux comme mot.

– Arrêtez de jouer !

– *Jouer ?* On est en train de jouer ? Je croyais que c'étaient les enfants qui jouaient. La corde à sauter, la marelle.

Sa voix était plus aiguë.

– Les adultes jouent aussi, dis-je. Des jeux de vilains.

– Jouer. Jouer aide l'enfant à structurer son moi. J'ai lu ça quelque part... Erikson ? Piaget ?

Soit Kruger n'était pas le seul acteur de la famille, soit j'étais confronté à une situation à laquelle je ne m'attendais pas...

– Anna Freud, murmurai-je.

– C'est ça. Anna. Une femme de qualité. J'aurais aimé faire sa connaissance, mais nous étions tous les deux tellement occupés... Dommage. Le moi doit être structuré... à tout prix.

Il resta silencieux une minute, puis reprit :

– Vous devriez faire nettoyer cette banquette. Je vois des taches sur le cuir. On fabrique un très bon détachant pour le cuir de nos jours... j'en ai vu à la laverie.

– Melody Quinn, dis-je pour essayer de le ramener à la réalité. Il faut essayer de la sauver.

– Melody... Jolie fille. Une jolie fille est comme une mélodie. Quelle jolie gamine ! Elle a quelque chose de familier...

J'essayai de lui parler, mais il divaguait de plus en plus. Il régressait au fil des minutes, ses élucubrations étant de moins en moins cohérentes et sensées, au point de n'être plus que bouillie verbale. Il paraissait souffrir, ses traits aristocratiques déformés par la douleur. Il répétait « le moi doit être structuré » à intervalles réguliers, comme une litanie.

J'avais besoin de lui pour entrer à la Casa, mais dans son état il n'était bon à rien. Je commençai à paniquer. Il gardait les mains posées sur le volant, mais elles tremblaient.

– Mes cachets, bredouilla-t-il.

– Où ça ?

– Ma poche...

– Allez-y, dis-je, non sans suspicion. Vous pouvez mettre la main dans la poche pour les sortir. Juste les cachets, rien d'autre. N'en prenez pas trop.

– Non... deux cachets... la dose conseillée... jamais plus. « Jamais plus ! dit le corbeau[1]... »

– Allez...

Je gardai mon arme braquée sur lui. Il glissa la main dans sa poche et en sortit un flacon semblable à celui de la Ritaline de Melody.

1. Allusion au « Corbeau » *(The Raven)*, un des poèmes les plus célèbres d'Edgar Allan Poe *(NdT)*.

Précautionneusement, il en sortit deux cachets blancs, referma le flacon et le remit dans sa poche.

– Un verre d'eau ? demanda-t-il d'une voix enfantine.

– Vous n'avez qu'à les avaler comme ça.

– Je vais... désagréable.

Il avala les deux comprimés.

Kruger n'avait pas menti. Question posologie, Towle s'y connaissait. Au bout de douze minutes montre en main, il allait mieux et s'exprimait plus clairement. Je songeai au combat quotidien qu'il devait mener pour sauver les apparences. Évoquer tous ses meurtres n'avait pas dû arranger les choses.

– Pas très malin... d'oublier mes cachets de l'après-midi... Ça ne m'arrive jamais.

Je l'observai avec une fascination morbide, notant les changements dans son élocution et son comportement au fur et à mesure que les psychotropes agissaient sur son système nerveux – l'attention de plus en plus soutenue, la disparition progressive des propos sans queue ni tête, le retour à un mode de conversation adulte. C'était comme d'observer au microscope un organisme simple se transformer par mitose en quelque chose de beaucoup plus complexe.

Le médicament n'avait pas encore complètement agi lorsqu'il me dit :

– J'ai... j'ai fait beaucoup de mal. Gus m'a forcé. Ce n'est pas bien du tout, pour... pour un homme de mon rang... de mon milieu.

Je ne relevai pas.

Il finit par retrouver sa lucidité. Esprit alerte, sans aucune séquelle apparente.

– Vous prenez quoi ? lui demandai-je. De la Thorazine ?

– Un dérivé. Ça fait un certain temps que je veille moi-même à mes besoins pharmacologiques. J'ai essayé un certain nombre de phénothiazines... La Thorazine marchait bien, mais ça me donnait envie de dormir. Pas très conseillé pendant les consultations... Pas question de laisser tomber un bébé. Non, pas ça. Quelle catastrophe ! Laisser tomber un nourrisson. C'est un nouvel agent, nettement supérieur aux autres. Expérimental. C'est le laboratoire qui me l'a adressé. Il n'y a qu'à écrire pour se faire envoyer des échantillons ; en précisant qu'on est docteur en médecine, pas besoin de se justifier ou d'expliquer quoi que ce soit. Ils sont ravis de vous donner satisfaction... J'en ai une bonne réserve. Mais ne pas oublier les cachets de l'après-midi ou tout devient confus... C'est ce qui est arrivé, n'est-ce pas ?

– Oui. Ça met combien de temps à agir ?

– Chez un homme de ma corpulence, entre vingt et vingt-cinq minutes. Remarquable, n'est-ce pas ? Clac dans le gosier, on attend un peu et l'image redevient claire. La vie redevient supportable. On souffre beaucoup moins. Même là, je sens que ça agit déjà, les eaux boueuses sont plus limpides. Où en étions-nous ?

– On parlait des jeux de vilains que les pervers de McCaffrey font avec ces jeunes enfants.

– Je n'en suis pas, s'empressa-t-il de dire.

– Je sais, mais vous avez aidé ces pervers à abuser de centaines d'enfants ; vous avez donné du temps et de l'argent à McCaffrey, vous avez piégé Hickle, Handler et Gutierrez. Vous avez mis Melody Quinn sous calmants pour qu'elle ne parle pas. Pourquoi ?

– Tout est fini, n'est-ce pas ? demanda-t-il, l'air soulagé.

– Oui.

– On va me retirer le droit d'exercer.

– Naturellement. Vous ne pensez pas que ça vaut mieux ?

– Je suppose que oui, dit-il à contrecœur. J'ai l'impression d'avoir encore beaucoup à donner, beaucoup de bonnes choses à accomplir.

– Vous en aurez l'occasion, le rassurai-je en me rendant compte que les cachets ne réglaient pas tout. On va vous envoyer passer le restant de vos jours dans un endroit où vous ne serez soumis à aucun stress. Pas de paperasse, pas d'ordonnances à remplir, aucun des tracas qu'implique un cabinet médical. Pas de Gus McCaffrey pour vous donner des ordres, vous dire comment vivre votre vie. Vous serez votre seul maître. Et vous continuerez à vous sentir bien parce qu'on vous laissera prendre vos cachets... et aider d'autres gens. Des gens qui ont besoin d'aide. Vous êtes un guérisseur, vous pourrez les aider.

– Je pourrai les aider, répéta-t-il.

– Tout à fait.

– En tête à tête. Sans contraintes.

– Oui.

– Je sais y faire avec les patients. Quand je suis en forme. Quand ça ne va pas, les choses deviennent confuses... Ça fait mal, même les idées font mal, même les simples pensées. Je ne suis pas au mieux quand ça m'arrive. Mais quand ça va, je suis imbattable pour aider les gens.

– Je sais, docteur. Je connais votre réputation.

McCaffrey m'avait parlé de l'instinct d'altruisme. Je comprenais maintenant qui il manipulait avec cette manette.

– Je ne suis pas redevable envers Gus à cause de mes penchants sexuels, dit-il. C'est ça qui le lie aux autres, Stuart et Eddy. Je connaissais leurs... leurs mœurs étranges depuis que nous étions enfants. Nous avons tous grandi dans un endroit isolé, curieux. On nous cultivait comme des orchidées. Des cours particuliers pour ci et pour ça, toujours avoir l'air convenable, se tenir comme il faut. Je me demande parfois si ce milieu fermé ne nous a pas fait plus de tort que de bien. Il n'y a qu'à nous voir. Moi, avec mes absences... je sais qu'aujourd'hui la médecine vous colle des étiquettes là-dessus, mais je m'en passe. Stuart et Eddy, avec leur sexualité bizarre. Ils ont commencé par faire ça ensemble un été, quand on avait neuf ou dix ans. Après, ils sont passés à d'autres enfants. Des enfants plus jeunes, beaucoup plus jeunes. Je n'y attachais pas grande importance, d'autant que ça ne m'intéressait pas. Dans notre éducation, il n'importait pas tellement qu'une chose soit bien ou mal, du moment qu'elle était *convenable*. « Ce n'est pas convenable, Willy », me disait Père. J'imagine que si leurs pères avaient surpris Eddy ou Stuart avec un gamin, ils auraient qualifié l'incident de cette façon : ce n'est pas convenable. Comme de se tromper de fourchette au dîner.

Sa description des apprentissages de la vie dans l'île de Brindamoor ressemblait étonnamment à celle que m'avait faite le Pr Van der Graaf. À cet instant, il me fit penser aux poissons exotiques de l'aquarium d'Oomasa : superbes, tape-à-l'œil, fruits de plusieurs siècles de mutations et d'endogamie, élevés dans un environnement protégé. Mais, au bout du compte, difformes et inadaptés aux réalités de la vie.

– Sur ce plan, reprit-il, le plan sexuel, je suis tout à fait normal. Je me suis marié, j'ai engendré un fils. Un comportement des plus convenables. Stuart et Eddy restaient de bons camarades, malgré leur perversion. C'était à chacun sa vie. Ils ne mentionnaient jamais mes... mes absences. Je les laissais tranquilles. Stuart était vraiment un chic type, pas d'une intelligence prodigieuse, mais plein de bonnes intentions. Dommage qu'il... à part ce petit vice, c'était un brave garçon. Eddy était... est différent. Il a le sens de l'humour, mais un humour méchant. Il y a un mauvais côté chez lui. Il est d'un naturel caustique et sarcastique... c'est pour ça que je suis sensible à ce genre de choses. Il est peut-être comme ça à cause de sa taille...

– Vos liens avec McCaffrey, dis-je pour faire avancer la conversation.

– Les personnes de petite taille sont souvent comme ça. Vous... là je ne vous vois pas, mais je crois me souvenir que vous êtes de taille moyenne. C'est exact ?

– Je mesure un mètre soixante-dix-huit, répondis-je avec lassitude.

– C'est une taille moyenne. J'ai toujours été grand. Père aussi. Exactement comme Mendel l'avait prédit... les longs pois, les petits pois. La génétique est un domaine fascinant, n'est-ce pas ?

– Docteur...

– Je me suis beaucoup interrogé sur le rôle de la génétique. L'intellect, par exemple. Le dogme progressiste voudrait nous faire croire que l'environnement joue le rôle principal dans l'intelligence. Le point de vue est égalitaire, mais démenti par la réalité. Suivant que le pois est long ou petit... À parents intelligents, enfants intelligents. À parents idiots, enfants idiots. Moi-même, je suis un individu hétérozygote. Père était quelqu'un de brillant. Mère était une belle Irlandaise, mais très simplette. Elle vivait dans un univers où ce mélange donne la parfaite maîtresse de maison. Le joyau de Père.

– Vos liens avec McCaffrey, répétai-je sèchement.

– Mes liens avec lui ? Rien de bien grave, juste une affaire de vie et de mort.

Il rit. C'était la première fois que j'entendais son rire et, je l'espérai, la dernière. Un son creux et discordant, une fausse note retentissant au milieu d'une symphonie.

– Je vivais avec Lilah et Willie Junior au deuxième étage du dortoir de Jedson. Stuart et Eddy partageaient une chambre au rez-de-chaussée. Étant marié, j'avais droit à un logement plus spacieux... un petit appartement très sympathique, tout compte fait. Deux chambres, salle de bains, kitchenette. Mais pas de bibliothèque ou de bureau ; alors j'étudiais sur la table de la cuisine. Lilah avait bien égayé l'endroit... avec des festons, des franges, des rideaux, ce genre de touches féminines. Je me souviens qu'à l'époque Willie Junior avait un peu plus de deux ans. J'étais en dernière année. J'avais du mal avec certaines matières obligatoires pour rentrer en médecine... la physique, la chimie organique. Je n'ai jamais été brillant. Toutefois, en m'appliquant et en fixant mon attention, j'obtiens de très bons résultats. Je tenais à tout prix à être admis en médecine au mérite. Mon père et mon grand-père étaient médecins, ils ont fait de brillantes études. Dans mon dos les gens plaisantaient que j'avais hérité de la beauté de ma mère, mais aussi de son intelligence. Ils ne se rendaient pas compte que j'entendais. Je voulais absolument leur prouver que je pouvais réussir par moi-même, et pas parce que j'étais le fils d'Adolf Towle. Le soir du drame, Willie Junior n'allait pas très bien et avait du mal à dormir. Il n'arrêtait pas de pleurer et de hurler, et Lilah était à bout. Elle m'a demandé de l'aider, mais j'ai fait la sourde oreille. J'étais plongé dans mes manuels et j'essayais de ne pas faire attention au reste. Je devais impérativement améliorer ma moyenne dans les matières scientifiques. Avec l'angoisse, j'avais du mal à fixer mon attention. Pour y remédier j'essayais de faire comme si j'avais des œillères. Lilah était toujours patiente avec moi, mais ce soir-là elle a craqué, elle est devenue furieuse. À un moment donné, j'ai relevé la tête et je l'ai vue qui venait vers moi, et ses mains... elle avait de toutes petites mains, c'était une femme menue... elle brandissait les poings, la bouche ouverte... j'imagine qu'elle criait... et ce regard chargé de haine. J'avais l'impression de voir un rapace fondre sur moi pour me dépecer. Je l'ai repoussée avec mon bras. Elle est tombée en arrière, sa tête a heurté le coin d'une commode... un meuble hideux, une antiquité dont sa mère lui avait fait cadeau... elle est restée allongée là, sans bouger. Je revois encore la scène, comme si ça s'était passé hier. Lilah est étendue là, immobile. Je me lève de ma chaise, comme dans un rêve. Tout vacille, tout est confus. Une petite silhouette se précipite vers moi, sur la droite. On dirait un rat, une souris. Je l'envoie valser d'un revers de la main. Mais ce n'est pas un rat, non, non, non. C'est Willie Junior et il revient vers moi. Il appelle sa mère, il me frappe. À peine conscient de sa présence, je lui porte un nouveau coup, sur le côté du crâne. Trop fort. Il tombe, s'étale par terre, ne bouge plus. Il a une grosse contusion sur le visage. Mon fils et ma femme, morts de ma propre main. Je suis sur le point d'aller chercher mon rasoir pour m'ouvrir les veines, pour en finir. C'est alors que j'entends la voix de Gus dans mon dos. Il se tient dans l'embrasure de la porte, énorme, obèse, dégoulinant de sueur, en tenue de travail, un balai à la main. Le concierge en train de faire son ménage de nuit. Je sens son odeur... l'ammoniaque, la sueur, le détergent. Il a entendu du bruit et vient voir ce que c'est. Il me regarde longuement, durement, puis il voit les cadavres. Il s'agenouille à côté d'eux, cherche un pouls. « Ils sont morts », me dit-il d'une voix inexpressive. L'espace d'une seconde, j'ai l'impression qu'il sourit et je suis prêt à lui sauter dessus, à commettre un troisième meurtre. Puis il plisse le front... il réfléchit. Il m'ordonne de m'asseoir. Je n'ai pas l'habitude de recevoir des ordres d'une personne de son rang, mais je me sens faible, éperdu de chagrin, j'ai les genoux qui flageolent, je perds les pédales… Je détourne le regard de Lilah et Willie Junior, je m'assois et je me prends le visage dans les mains. Je me mets à pleurer. Tout est de plus en plus confus… Je vais avoir une de mes absences. Tout me fait mal. Je n'ai pas de cachets, comme j'en aurai par la suite une fois devenu médecin. Là, je ne suis qu'un étudiant en train de préparer médecine, je souffre et me sens impuissant. Gus passe un coup de téléphone. Quelques minutes plus tard, mes amis Stuart et Eddy arrivent comme des personnages faisant leur apparition sur scène dans une mauvaise pièce. Tous les trois se mettent à parler entre eux, à voix basse, en me jetant un coup d'œil de temps en temps. Stuart est le premier à venir vers moi. Il pose sa main sur mon épaule. « On sait que c'est un accident, Will, me dit-il. On sait que tu n'y es pour rien. » Je proteste, mais les mots me restent au fond de la gorge… Pendant mes absences, j'ai beaucoup de mal à parler, c'est très douloureux… Je hoche la tête. Stuart me réconforte, me dit que tout va s'arranger. Ils vont s'occuper de tout. Il retourne auprès de Gus et d'Eddy. Ils enveloppent les corps dans une couverture et me disent de ne pas quitter la pièce. Au dernier moment, ils décident que Stuart restera avec moi. Gus et Eddy emportent les corps. Stuart me prépare du café. Je pleure. Je pleure et je finis par m'endormir. Plus tard dans la soirée, ils rentrent et me disent ce que je dois raconter à la police. Ils me font répéter, ce sont vraiment de bons amis. Je m'en sors très bien. Ce sont eux qui me le disent. J'en éprouve une sorte de soulagement. Ça fait au moins une chose pour laquelle je suis doué. Jouer la comédie. D'ailleurs, c'est ce qui compte avec les patients. Donner au public ce qu'il réclame à grands cris… Mon premier public, c'est la police. Puis un officier des gardes-côtes… un ami de la famille. Ils ont retrouvé la voiture de Lilah. Le corps est gonflé, il a macéré dans l'eau, je ne suis pas obligé de l'identifier si l'épreuve est insoutenable. On a retrouvé dans sa main des lambeaux des vêtements de Willie Junior. Son corps a été emporté. La marée, m'explique l'officier. Les recherches vont continuer… Je m'effondre et me prépare pour la représentation suivante, avec les condoléances, la presse…

La marée, songeai-je. Les gardes-côtes. Curieux…

– Quelques mois plus tard, je suis reçu en médecine. Je m'installe à Los Angeles. Stuart vient avec moi, même si on sait tous les deux qu'il n'ira pas au bout. Eddy fait ses études de droit, à Los Angeles lui aussi. Les Chefs sont à nouveau réunis… on nous appelait comme ça, « les Trois Chefs d'État ». Cette nouvelle vie nous occupe bien, il n'est jamais fait mention du service qu'ils m'ont rendu. De cette soirée. En revanche, ils affichent beaucoup plus leur perversion sexuelle, laissant traîner des photos ignobles où je peux les voir, ne se donnant pas la peine de cacher quoi que ce soit. Ils savent que je ne pourrais rien dire... même si je trouvais un garçon de dix ans dans mon lit. Nous sommes maintenant liés par le sordide. Gus a disparu. Des années plus tard, alors que je suis un médecin en voie de consécration, quelqu'un qui sait déjà y faire avec les malades, il se présente un soir à mon cabinet après le départ du dernier patient. Encore plus gras, bien habillé, plus du tout concierge. Il m'explique sur le ton de la plaisanterie qu'il est devenu un homme de Dieu. Il me montre son diplôme de séminariste par correspondance. Il est venu me demander quelques services. *Se faire rembourser quelques dettes*, pour reprendre son expression. C'est ce soir-là que j'ai commencé à payer mes dettes.

– Le moment est venu d'arrêter, lui dis-je. On ne va pas lui sacrifier Melody Quinn.

– Tel que ça se présente, cette enfant est perdue. J'ai insisté auprès de Gus pour qu'il attende un peu. Pour l'accident. Je lui ai répété qu'il n'était pas du tout certain qu'elle ait entendu ou vu quoi que ce soit. Mais il ne va pas attendre très longtemps. Que représente une vie de plus pour un homme de cette espèce ? (Il s'interrompit.) Elle représente vraiment une menace pour lui ?

– Pas vraiment. Elle était assise à la fenêtre et a vu des ombres.

Notamment celle d'un homme en qui elle avait reconnu son père – elle ne le connaissait pas, mais elle avait sa photo. Le jour où je l'avais hypnotisée, juste après, elle s'était mise à me parler de lui spontanément. Elle m'avait montré sa photo et une babiole qu'il lui avait offerte. Quand elle avait eu ses cauchemars, ç'aurait dû faire tilt. Je m'étais dit que l'hypnose n'avait rien éveillé en elle. Je me trompais. Elle avait retrouvé le souvenir de son père – il rôdait devant chez elle, s'introduisait chez Handler... Elle savait que quelque chose de mal s'était passé dans l'appartement et que son père avait fait quelque chose d'atroce. Mais elle avait refoulé. Et ça lui était revenu dans son sommeil.

J'avais commencé à reconstituer la vérité en découvrant l'indice qu'elle avait laissé chez elle quand Ronnie Lee était venu les enlever, elle et sa mère. La tête miniature, un trésor jusque-là précieusement conservé, le souvenir de son père. Si elle l'avait abandonné, c'est qu'elle l'avait rayé de son cœur et s'était résignée à l'idée que papa était un méchant qui n'était pas revenu pour leur rendre visite mais pour leur faire mal. Peut-être parce qu'il lui avait parlé méchamment, sans affection, ou qu'elle l'avait vu brutaliser Bonita. En tout cas, elle avait compris.

Avec le recul, tout ça paraissait très logique, mais sur le moment les rapprochements n'étaient pas évidents.

– C'est ironique, disait Towle. Je lui ai prescrit de la Ritaline pour contrôler son comportement et c'est ce médicament qui lui a donné des insomnies, ce qui a fait qu'elle était réveillée au mauvais moment.

– Très ironique en effet, lui renvoyai-je. Bon, il est temps d'entrer à la Casa pour la récupérer. Vous allez m'aider. Quand tout sera terminé, je veillerai à ce qu'on s'occupe convenablement de vous.

Il ne dit rien. Droit comme un I sur son siège, il s'efforçait de paraître digne.

– Vous requérez mon aide ?

– Oui, docteur.

– Requête accordée.

29

J'étais allongé sur le plancher de la Lincoln, caché sous une couverture.

– J'ai mon revolver braqué sur votre colonne vertébrale. Je ne pense pas qu'il y aura de problèmes, mais on se connaît depuis trop peu de temps pour que la confiance soit à toute épreuve.

– Je comprends, dit-il. Je ne le prends pas mal.

Il tourna à gauche, s'engagea dans la voie d'accès menant à la Casa et conduisit en douceur jusqu'à la clôture grillagée. Il déclina son identité dans l'interphone, on le laissa entrer. Un bref arrêt devant le poste de garde, quelques amabilités échangées, beaucoup de « docteur » et « monsieur » de la part du gardien, et nous fûmes à l'intérieur.

Il alla jusqu'au bout du parking.

– Garez-vous loin de la lumière, dis-je.

La voiture s'immobilisa.

– La voie est libre, lança-t-il.

Je me dégageai de la couverture, descendis de la voiture et lui fis signe de suivre. Nous prîmes l'allée, côte à côte. Nous croisions des surveillants qui le saluaient respectueusement et continuaient leur chemin. Je m'efforçais d'avoir l'air d'être son collaborateur.

La Casa était calme la nuit. Des chants nous parvenaient, étouffés par les arbres. *A Hundred Bottles of Beer*, *Oh, Suzanna*. Voix d'enfants. Une guitare mal accordée. Une voix adulte, amplifiée par un micro, donnant des consignes. Les moustiques et les papillons de nuit se disputaient l'espace autour des bornes lumineuses plantées dans la végétation à nos pieds. Dans l'air, un doux parfum de jasmin et de laurier-rose. Par moments une bouffée d'air marin – l'océan, très proche mais invisible. Sur notre droite, la vaste étendue verte du Pré. Pas si désagréable que ça, comme cimetière... Le Bois, sombre comme du chocolat, un refuge parmi les pins...

Nous longeâmes la piscine en prenant soin de ne pas glisser sur le ciment humide. Towle avançait avec l'air du vieux guerrier qui se rend à son dernier combat d'un pas cadencé, le menton en avant, les bras collés au corps. Je gardais mon calibre 38 à portée de main.

Nous atteignîmes les bunkers sans nous faire repérer.

– Celui-là, dis-je. La porte bleue.

La rampe qui descend. Un vigoureux tour de clé et nous entrâmes.

Le bâtiment était divisé en deux pièces. La première était vide, excepté une chaise pliante et une table de bridge en aluminium. Les murs en parpaings nus sentaient le moisi. Le sol et le plafond n'étaient qu'une dalle de béton froid. Une lucarne carrée et noire perçait le plafond en son centre. Le seul éclairage provenait d'une ampoule nue.

Melody se trouvait dans la pièce du fond, allongée sur un lit de camp. Couverture vert olive terne, des sangles en cuir au niveau de la poitrine et des chevilles. Bras coincés sous la couverture. Elle respirait lentement, la bouche ouverte, endormie, la tête penchée sur le côté ; visage pâle, ruisselant de larmes, comme translucide dans la pénombre. Quelques mèches en bataille. Petite, fragile, perdue. Au pied du lit se trouvait un plateau en plastique avec un œuf sur le plat auquel on n'avait pas touché, des frites ramollies, de la salade flétrie et une brique de lait ouverte.

– Détachez-la, dis-je en pointant mon revolver.

Towle se pencha au-dessus d'elle et se débrouilla pour défaire les sangles malgré le manque de lumière.

– Vous l'avez mise sous quoi ?

– Forte dose de Valium. Et en plus, un peu de Thorazine.

L'élixir miracle du Dr Towle.

Une fois les liens défaits, il rabattit la couverture. Elle portait un jean sale et un tee-shirt rayé rouge et blanc avec Snoopy sur le devant. Il lui releva son tee-shirt pour lui palper le ventre, prit son pouls, lui toucha le front – il jouait au docteur.

– Elle est un peu maigre, déclara-t-il, mais elle m'a l'air en bonne santé.

– Remettez-la dans la couverture. Vous êtes capable de la porter ?

– Certainement, répondit-il, vexé que je puisse douter de sa force.

– Bon, alors on y va.

Il la prit dans ses bras, ayant tout l'air du Sauveur. La fillette poussa un soupir, frissonna et s'agrippa à lui.

– Quand on sera dehors, gardez-la complètement dissimulée.

Je commençai à faire demi-tour. Une voix douce et musicale dans mon dos.

– Pas un geste, docteur Delaware, ou vous pouvez dire adieu à votre tête !

Je restai immobile.

– Tu peux reposer la gamine, Will. Prends-lui son revolver.

Towle m'adressa un regard inexpressif. Je haussai les épaules. Il reposa Melody doucement sur le lit et la recouvrit. Je lui tendis l'arme.

– Contre le mur, les mains en l'air, docteur. Fouille-le, Will.

Towle me palpa de la tête aux pieds.

– Retournez-vous.

Le sourire aux lèvres, McCaffrey occupait toute la largeur de l'embrasure de la porte entre les deux pièces, un 357 Magnum dans une main, un appareil Polaroid dans l'autre. Il portait une combinaison vert pomme aux reflets irisés, avec toutes sortes de pattes et de poches à boutons-pression, et des chaussures en cuir cousues main d'un vert assorti. Le faible éclairage lui conférait aussi un teint verdâtre.

– Tss, tss, Willy. On a décidé de faire des bêtises, ce soir ?

Le grand ponte baissa la tête et se balança nerveusement.

– Tu n'es pas d'humeur loquace, Willy ? C'est bon. On discutera plus tard. (Les yeux incolores se rétrécirent.) Pour l'instant, on a du travail.

– C'est ça, votre idée de l'altruisme ?

Je jetai un coup d'œil à la silhouette inerte de Melody.

– La ferme ! cria McCaffrey. Déshabille la gamine, ordonna-t-il à Towle.

– Gus, je... Pourquoi ?

– Fais ce que je te dis.

– Ça suffit, Gus, implora Towle. On en a fait assez...

– Mais non, imbécile ! On est loin du compte. Ce petit malin pourrait nous attirer de gros ennuis... à toi comme à moi. J'ai pris des dispositions pour le faire éliminer, mais on dirait que je vais devoir m'en charger moi-même.

– Des dispositions ? dis-je d'un ton railleur. Halstead est en train de pourrir sur un terrain vague avec une tige de fer dans la gorge. C'était un minable, comme tous vos sbires.

McCaffrey pinça ses lèvres épaisses.

– Je vous avertis une dernière fois.

– Ça vous connaît, hein ? m'obstinai-je en cherchant à gagner du temps.

Je vis sa silhouette massive pivoter pour me garder en ligne de mire. Le mauvais éclairage ne lui rendait pas la partie facile, ni l'imposante silhouette de Towle, qui s'était retrouvé entre nous tellement il ne savait plus où se mettre sous le regard menaçant de son maître.

– Vous avez le nez pour dégoter les minables, les *losers*, les handicapés du cœur et les marginaux. Vous n'êtes qu'une mouche à merde ! Vous profitez de leurs blessures mal cicatrisées, vous plongez vos crocs dedans et vous leur sucez le sang !

– Monsieur fait de la littérature ? me renvoya-t-il avec son accent chantonnant.

Je sentais qu'il avait du mal à se contenir – dans un cadre aussi confiné, s'emporter pouvait être risqué.

– La gamine, Will. Retire-lui ses habits.

– Mais, Gus...

– Dépêche-toi, espèce de merde larmoyante !

Towle se protégea le visage avec le bras, comme un enfant voulant parer un coup. La gifle n'arrivant pas, il s'approcha de Melody.

– Vous êtes médecin, lui dis-je. Un pédiatre réputé. Ne l'écoutez pas...

À une vitesse dont je ne le croyais pas capable, McCaffrey se précipita dans l'espace laissé libre par Towle et fit voler son bras éléphantesque, le Magnum me heurtant en pleine tempe. Je m'écroulai par terre, le visage en feu, me protégeant avec les mains contre une autre agression, le sang coulant entre mes doigts.

– Maintenant vous allez rester sagement là, cher monsieur, et la fermer.

Towle retira son tee-shirt à Melody. Son torse était concave et pâle, les côtes formant deux grilles d'ombres bleu-gris.

– Maintenant le jean, la culotte. Tout.

– Pourquoi on fait ça, Gus ?

Towle avait besoin de savoir. À mes oreilles – qui étaient loin d'être en parfait état (l'une était déchirée et ensanglantée et l'autre emplie d'échos liquides) – son élocution semblait pâteuse. Je me demandai si le stress pouvait franchir le rempart biochimique qu'il avait érigé autour de son esprit malade.

– *Pourquoi ?!* s'esclaffa McCaffrey. Tu n'es pas habitué à voir ce genre de spectacle aux premières loges, Willy ? Jusqu'à présent, tu t'es contenté d'un rôle aseptisé, avec le luxe de la distance. Peu importe, je vais t'expliquer.

Il fixa Towle d'un air méprisant, puis il me regarda étendu par terre et rigola de nouveau, son rire résonnant douloureusement dans mon crâne blessé. Le sang continuait de me couler sur le visage. J'avais la tête en bouillie, comme mal fixée sur sa tige. Pris de nausée et de vertige, j'eus l'impression que le sol montait vers moi. Gagné par la terreur, je me demandai s'il m'avait frappé assez violemment pour m'endommager le cerveau. Je savais ce qu'un hématome sous-dural peut faire à la fragile gelée grise qui fait que la vie vaut d'être vécue... Divaguant, luttant pour retrouver énergie et idées claires, j'imaginai mon cerveau sur le plateau d'un anatomiste, mis à plat, épinglé, et tentai de localiser la blessure. Le revolver m'avait frappé sur le côté gauche – l'hémisphère dominant, vu que je suis droitier... Pas bon. L'hémisphère dominant contrôle les processus logiques : les facultés de raisonnement, d'analyse, de déduction. Tout ce à quoi j'étais devenu accro en trente-trois ans d'existence. Je songeai à ce que ça ferait de perdre tout ça, de sombrer dans le flou et la confusion, puis je me souvins du petit Willie, frappé à deux ans à peu près de la même façon. Lui avait tout perdu... ça valait peut-être mieux. S'il avait survécu, les séquelles auraient été considérables. Côté gauche, côté droit... la marée...

– Mon cher Willy, nous allons monter une petite mise en scène, reprit sentencieusement McCaffrey. Je serai le producteur et le metteur en scène. Tu me serviras d'assistant, pour me tendre les accessoires. (Il décrivit un arc de cercle avec l'appareil photo.) En tête d'affiche : la petite Melody et notre ami Alex Delaware. La pièce s'intitule *Mort d'un psy*. Sous-titre : *Pris sur le fait*. Une pièce avec une morale.

– Gus...

– L'intrigue est la suivante : le Dr Delaware, le méchant de notre histoire, est un psychologue pour enfants très réputé pour sa compassion et sa sensibilité. Toutefois, détail qu'ignorent ses collègues et ses patients, il n'a pas choisi cette profession par profond... altruisme. Non, le Dr Delaware a choisi d'être psychologue pour enfants afin d'être plus près d'eux. Pour pouvoir les caresser et abuser d'eux. En quelque sorte, c'est un renégat, un opportuniste, le pire des pires. Un homme maléfique et profondément malade.

Il s'interrompit et me regarda en gloussant, essoufflé. Malgré la fraîcheur, il transpirait et ses lunettes lui glissaient sur le nez. Un halo de sueur se dessinait sur son crâne. Je jetai un coup d'œil au calibre 38 dans la main de Towle, jaugeant la distance qui m'en séparait.

McCaffrey s'en rendit compte, hocha la tête et articula « non » du bout des lèvres, me dévoilant ses dents.

– Fort de ses motivations dépravées, le Dr Delaware postule pour la Brigade des gentlemen. Il vient à la Casa. On lui fait faire le tour des lieux. Nous l'évaluons et nos tests indiquent qu'il n'est pas digne de rejoindre notre honorable confrérie. Nous rejetons sa candidature. Furieux et frustré de se voir refuser l'accès *ad vitam aeternam* aux petites chattes sans poils et aux petites verges, il bouillonne.

Il interrompit son récit pour y aller de divers bruits mouillés avec la langue. Melody bougea dans son sommeil.

– Il bouillonne, répéta-t-il. Il marine dans son propre jus. Au bout du compte, emporté par sa folie furieuse, il s'introduit un soir à la Casa et arpente les lieux jusqu'au moment où il trouve une victime. Une pauvre orpheline sans défense, seule dans son dortoir parce qu'elle est alitée avec la grippe. Le fou ne se contrôle plus. Il la viole, la déchiquette quasiment. L'autopsie révélera une sauvagerie hors du commun, Will. Il prend des photos de son atroce forfait. Un crime ignoble. Alors que l'enfant pousse des cris, hurle à la mort, nous passons là par hasard... toi et moi, Will. Nous nous précipitons à son secours, mais trop tard. La fillette a succombé. Nous découvrons le carnage avec horreur et dégoût. Démasqué, Delaware se retourne contre nous, un revolver à la main. Nous le plaquons au sol héroïquement, nous cherchons à lui prendre son arme et, dans la mêlée, le meurtrier est mortellement blessé. Les gentils l'emportent et la paix règne à nouveau dans la vallée.

– Amen, dis-je.

Il m'ignora.

– Qu'est-ce que tu dis de ça, Will ? Pas mal, hein ?

– Gus, ça ne marchera pas, répondit Towle en s'interposant entre nous. Il sait tout, pour l'institutrice et le petit Nemeth...

– Tais-toi ! Ça va marcher. Le passé est ce qu'on fait de mieux pour prévoir l'avenir. Nous avons déjà connu le succès, nous continuerons de triompher.

– Mais, Gus...

– Silence ! Je ne te demande pas ton avis. Je t'ordonne de la déshabiller !

Je me dressai sur les coudes et m'exprimai, malgré mes mâchoires enflées et endolories, comprenant à peine ce que je disais :

– Je vous propose un autre scénario. Celui-ci a pour titre *Le Grand Mensonge*. Ça raconte l'histoire d'un homme qui pense avoir tué sa femme et son enfant, et se livre pour le restant de ses jours à un maître chanteur.

– La ferme !

McCaffrey avança vers moi. Towle lui barra le passage, braquant le calibre 38 sur la tonne de gras vêtue de vert. C'était l'impasse.

– Je veux entendre ce qu'il a à dire, Gus. Tout ça me rend confus. C'est douloureux. Je veux qu'il m'explique...

– Réfléchissez bien, dis-je en m'exprimant aussi vite que la douleur le permettait. Avez-vous cherché des signes de vie chez Willie Junior ? Non. C'est lui qui s'en est chargé. C'est lui qui vous a dit que votre fils était mort. Que vous l'aviez tué. Mais a-t-on jamais retrouvé le cadavre ? Vous l'avez vu, ce cadavre ?

Towle avait le visage contracté par l'effort de concentration. Il patinait, lâchait prise avec la réalité, serrait les poings pour se retenir tant bien que mal.

– Je... je ne sais pas. Willie était mort. On me l'a dit. La marée...

– Peut-être. Mais réfléchissez un instant : c'était une occasion en or. La mort de Lilah aurait entraîné au pire une inculpation pour homicide involontaire. À l'époque, les violences conjugales n'étaient pas prises au sérieux. Avec les avocats que votre famille aurait engagés, vous aviez une chance de vous en tirer avec une simple mise à l'épreuve. Mais deux morts... surtout celle d'un enfant... impossible de balayer ça d'un revers de la main. Pour vous mettre le grappin dessus il avait besoin de vous faire croire que Willie Junior était mort.

– Will, dit McCaffrey d'un ton menaçant.

– Je ne sais pas... ça fait si longtemps...

– Réfléchissez ! L'avez-vous frappé assez fort pour le tuer ? Peut-être pas. Servez-vous de votre cerveau. Il marche bien. Vous vous êtes souvenu, tout à l'heure.

– Avant, mon cerveau marchait bien, bafouilla-t-il.

– Il fonctionne encore très bien ! Rappelez-vous. Vous avez frappé le petit Willie sur la tempe. De quel côté ?

– Je sais pas...

– Will, c'est que des mensonges. Il essaye de t'empoisonner le cerveau.

McCaffrey chercha un moyen de me faire taire. Mais l'arme de Towle vint s'appuyer là où se trouve le cœur chez une personne normale.

– De quel côté, docteur ? demandai-je avec insistance.

– Je suis droitier, répondit-il comme s'il découvrait ce fait pour la première fois. Je me sers de la main droite. Je l'ai frappé avec la main droite… je revois la scène… Il vient vers moi de sa chambre. Il pleure, il appelle sa mère. Il vient de la droite, il se jette contre moi. Je… je le frappe… à la tempe droite. Du côté droit.

C'était une torture de parler avec ma douleur au crâne, mais je tins bon :

– Voilà. Exactement. Réfléchissez ! Et si McCaffrey vous avait trompé ? Et si, tout compte fait, vous n'aviez pas tué Willie ? Vous le blessez, mais il survit. Chez un enfant en développement, un traumatisme à l'hémisphère droit provoquerait quel genre de lésions ? Quels symptômes ?

– Lésion cérébrale de l'hémisphère droit, récita-t-il. Le cerveau droit contrôle la partie gauche du corps. Une lésion à l'hémisphère droit provoque des dysfonctionnements à gauche.

– Parfait ! dis-je pour l'encourager. Un coup à l'hémisphère droit pourrait entraîner une hémiparésie du côté gauche. Une atrophie latérale gauche…

– Earl…

– Oui. On n'a jamais retrouvé le cadavre parce que l'enfant n'est pas mort. McCaffrey lui a pris le pouls, a senti qu'il était en vie, mais a vu que vous étiez sous le choc et a décidé d'exploiter votre culpabilité. Il emballe les deux corps, avec un coup de main de vos copains. Ils mettent Lilah au volant de sa voiture sur le pont d'Evergreen et la précipitent dans le lac. McCaffrey garde l'enfant. Il le montre à un médecin, mais pas le meilleur parce qu'un praticien réputé signalerait l'incident à la police. Après l'enterrement, il disparaît. Ce sont les mots que vous avez employés. Il disparaît parce qu'il n'a pas le choix. À cause de l'enfant. Il emmène votre fils quelque part au Mexique, lui donne un nouveau nom, en fait le genre d'individu que seul un monstre peut élever. Son robot.

– Earl… Willie Junior…

Towle plissait le front de plus belle.

– Ridicule ! Pousse-toi, Will ! C'est un ordre !

– C'est la vérité, dis-je malgré la douleur qui me martelait les tempes. Ce soir, avant de prendre vos comprimés, vous m'avez dit que Melody avait un air vaguement familier. Tournez-vous en faisant bien attention à ne pas lâcher ce monstre des yeux et regardez-la bien. Dites-moi ce qui vous a fait dire ça.

Towle recula, gardant son arme braquée sur McCaffrey et observa Melody rapidement, puis plus longuement.

– Elle ressemble à Lilah, déclara-t-il doucement.

– Sa grand-mère.

– Je ne pouvais pas savoir...

Bien entendu. Les Quinn étaient de pauvres gens, des analphabètes, la « lie de la société ». Des « protoplasmes pauvres à chier ». Avec ses idées sur la supériorité génétique de la classe dominante, il ne pouvait même pas envisager l'existence d'un lien entre eux et sa lignée. Maintenant, ses défenses étaient affaiblies et la vérité lui arrosait l'esprit comme une pluie d'acide, chaque goutte lui infligeant une blessure. Son fils, un assassin, un individu conditionné pour être un prédateur nocturne. Mort. Sa belle-fille, limitée sur le plan intellectuel, une créature misérable et pathétique. Morte. Sa petite-fille, une enfant sur laquelle il avait pratiqué son art pour l'abrutir à coups de médicaments. Vivante. Mais pas pour longtemps.

– Il veut l'assassiner. La déchiqueter. Vous l'avez entendu. L'autopsie révélera une *sauvagerie hors du commun.*

Towle se tourna vers l'homme en vert.

– Gus, dit-il en sanglotant.

– Voyons, voyons, Willy, lui renvoya McCaffrey d'un ton apaisant.

Puis il l'abattit d'une balle de son 357 Magnum. Le projectile lui entra dans l'abdomen et ressortit par le dos, projetant une fine pluie de sang, de peau et de cachemire. Towle partit à la renverse et atterrit sur le bord du lit de camp. La détonation du gros calibre fit écho dans la pièce en béton. Un vrai coup de tonnerre. La fillette se réveilla et se mit à hurler.

Pur réflexe, McCaffrey pointa son arme sur elle. Je me jetai sur lui et lui décochai un coup de pied dans le poignet qui lui fit lâcher le revolver. Celui-ci s'envola jusque dans la première pièce. Fou de rage, McCaffrey hurla. Je lui flanquai un nouveau coup de pied, dans le tibia. Sa jambe me fit l'effet d'une côte de bœuf. Il recula dans l'autre pièce pour récupérer le revolver. Je fonçai sur lui. Il bondit, faisant pivoter son énorme masse. Je me servis de mes deux mains pour le frapper dans le bas du dos. Mes poings s'enfoncèrent dans la chair molle. Il bougea à peine. Sa main n'était plus qu'à quelques centimètres du Magnum. J'écartai celui-ci du bout du pied, puis je lui assenai un coup dans les côtes, sans grand effet. Avec un type aussi imposant et baraqué, impossible de frapper au visage. Je l'attaquai aux jambes et aux cuisses, enfin il tomba.

Il s'effondra lourdement comme un séquoia qu'on abat, m'entraînant dans sa chute. Grognant, jurant et bavant, il se hissa sur moi et me prit la gorge à deux mains. Il ahanait, projetant sur moi son haleine fétide, et me serrait le cou, son visage grumeleux tout cramoisi, ses yeux de poisson engloutis dans des plis de chair. Je tentai de me dégager, mais n'arrivai pas à bouger. J'éprouvai la panique que doit ressentir celui qui se retrouve subitement paralysé. Il serra plus fort. Je poussai vers le haut, en vain.

Son visage s'assombrit. L'effort, songeai-je. Du cramoisi au bordeaux, puis au noir rougeâtre, enfin une giclée de couleur. Les cheveux crépus qui explosent. Le sang frais et brillant qui s'écoule du nez, des oreilles, de la bouche. Les yeux écarquillés qui clignent frénétiquement. Son visage grotesque qui prend un air vexé. Un bruit de gargouillis qui s'échappe du gosier enfoui dans les bajoues. Une pluie d'éclats de verre qui s'abat sur nous. Sa carcasse inerte qui me protège du déluge.

La lucarne était ouverte. Un visage apparut. Noir, sérieux. Delano Hardy. Autre chose de noir : le canon d'un fusil.

– Tenez bon, cher consultant, me dit-il. On vient vous chercher.

– Tu fais plus peur à voir que moi, me lança Milo une fois qu'il eut dégagé le corps de McCaffrey affalé sur moi.

– Oui, dis-je, ma bouche souffrant le martyre comme si j'avais suçoté des lames de rasoir, mais dans deux jours je serai bien plus mignon que toi.

Il sourit.

– La gosse n'a rien, dit Hardy.

Il revint de la pièce du fond, Melody dans les bras. Elle grelottait.

– Elle en a été quitte pour une bonne peur, comme on dit dans les journaux.

Milo m'aida à me relever. Je m'approchai de Melody et lui caressai les cheveux.

– Tout va bien aller, ma chérie.

C'est drôle comme les clichés ont la vie dure dans les moments difficiles.

– Alex, dit-elle avec un sourire, tu as l'air bizarre.

Je serrai sa main très fort, elle ferma les yeux.

– Fais de beaux rêves.

Dans l'ambulance, Milo retira ses chaussures et s'assit en tailleur à côté de mon brancard.

Mon héros, dis-je.

Avec ma prononciation, ça donna quelque chose du genre *mouéro*.

– Ce coup-ci, l'ami, tu vas mettre longtemps à rembourser ! Usage gratis de la Seville, à la demande, emprunt de liquide sans intérêts, thérapie à l'œil.

– En d'autres termes, m'efforçai-je de lui renvoyer malgré mes mâchoires enflées, comme d'hab.

Il rigola, me tapota le bras et m'ordonna de la fermer. L'ambulancier abonda dans son sens :

– On va peut-être devoir lui ligaturer les mâchoires. Vaudrait mieux qu'il ne parle pas.

Je protestai.

– Chut ! dit l'ambulancier.

Quelques centaines de mètres plus loin, Milo me regarda et hocha la tête.

– T'es un sacré veinard, mon lascar ! Je suis rentré il y a tout juste une heure et demie et j'ai trouvé le message de Rick me disant de te rappeler. J'ai appelé chez toi. Robin était là, sans toi, inquiète. Vous deviez dîner ensemble à 20 heures, mais son chéri n'était pas là. D'après elle, même l'Alex surmené d'avant n'était pas du genre à être en retard. Elle m'a supplié de faire quelque chose. Elle m'a aussi mis au courant de tes virées... L'abeille n'a pas chômé pendant mon absence, hein ? Je suis passé au poste... un jour de congé, faut-il préciser... et j'ai trouvé le message sibyllin sur Kruger ; rédigé par Hardy de son élégante écriture arrondie et disant qu'il était parti pour la Casa. Je suis allé chez Kruger, j'ai réussi à franchir ta barricade, je l'ai retrouvé, ligoté et mort de trouille. Une vraie loque. Il a vidé son sac sans qu'on lui demande rien. Étonnant ce qu'on peut obtenir avec un peu de privation sensorielle, non ? J'appelle Del sur son bipeur, il est sur le Pacific Coast Highway... il y a encore une sacrée circulation à cette heure, avec les producteurs et les starlettes qui rentrent à la maison... Je fais comme si on avait un code 3 et je m'enfile sur la bande d'arrêt d'urgence avec la sirène. Les pros prennent la situation en main, la suite est connue.

– Je ne voulais pas d'un raid, trouvai-je la force de lui renvoyer. Je ne voulais pas qu'il arrive quoi que ce soit à la gosse...

– Vous feriez mieux de vous taire, me lança l'ambulancier.

– Chut, dit doucement Milo. Tu as fait un super-boulot. Merci. OK ? Mais ne t'avise pas de recommencer !

L'ambulance s'arrêta aux urgences du Santa Monica Hospital. Je connaissais l'endroit – j'y avais fait une série de conférences pour le personnel sur les incidences psychologiques du traumatisme chez l'enfant. Mais pas de conférence, ce soir.

– Ça va ? me demanda Milo.

– Mmm...

– OK. Je te laisse entre les mains des blouses blanches. Moi, j'ai un juge à arrêter.

30

Robin me dévisagea avec mes mâchoires ligaturées et mes yeux au beurre noir et fondit en larmes. Elle me câlina, me dorlota, resta à mon chevet pour me donner ma soupe à la cuiller et me faire boire du soda. Ça dura une journée. Puis elle laissa remonter sa colère et j'en pris pour mon grade d'avoir été assez fou pour mettre ma vie en danger. Je n'étais pas en position de me défendre. Elle essaya de ne pas me parler pendant six heures, puis elle se radoucit et les choses rentrèrent peu à peu dans l'ordre.

Dès que je fus capable de parler, j'appelai Raquel Ochoa.

– Salut, dit-elle. Tu as une drôle de voix !

Je lui racontai tout, en restant succinct à cause de la douleur.

Elle demeura silencieuse un moment, puis me dit doucement :

– C'était donc bien des monstres.

– Oui.

Un silence pesant s'ensuivit.

– Tu es un homme de principes, finit-elle par dire.

– Merci.

– Alex... ce qui s'est passé entre nous, ce soir-là... je ne regrette rien. Ça m'a fait réfléchir. J'ai compris que je devais me bouger pour me trouver quelque chose... quelqu'un.

– Ne te contente que du meilleur.

– Je... merci. Prends bien soin de toi. Guéris vite.

– Je vais m'y employer. Au revoir.

– Au revoir.

J'appelai ensuite Ned Biondi, qui accourut l'après-midi même et m'interrogea jusqu'à ce que les infirmières le mettent dehors. Je lus ses articles plusieurs jours d'affilée. Rien n'y manquait – l'épisode mexicain de McCaffrey, le meurtre de Hickle, la Brigade des gentlemen, le suicide d'Edwin Hayden le soir de son arrestation. Le juge s'était tiré une balle dans la bouche alors qu'il s'habillait pour accompagner Milo au poste. Une fin appropriée, vu ce qu'il avait fait à Hickle, et Ned Biondi ne se priva pas de quelques envolées philosophiques là-dessus.

J'appelai Olivia Brickerman et lui demandai de s'occuper de Melody. Deux jours plus tard, elle avait trouvé un couple sans enfants de Bakersfield, des gens d'un certain âge qu'elle connaissait bien, pleins de patience et avec un jardin de trois hectares pour se dépenser. Pas loin de chez eux exerçait une pédopsychiatre talentueuse, une femme que j'avais connue pendant ma spécialisation et qui avait de l'expérience en matière de stress et de deuil. Tous trois auraient la tâche d'aider la fillette à recoller les morceaux de sa vie.

Six semaines après la chute de la Casa de los Niños, Robin et moi retrouvâmes Milo et Rick Silverman pour dîner dans un restaurant de poissons de Bel Air, un endroit calme et chic.

L'amoureux de mon copain sortait tout droit d'une pub pour cigarettes – un mètre quatre-vingts, large d'épaules, svelte, masculin, beau visage avec une barbe de trois jours, belle tignasse de petites boucles cuivrées, moustache en brosse assortie. Il portait un costume de soie noire, une chemise à rayures blanches et noires et une cravate en laine noire.

– Quel veinard, ce Milo ! chuchota Robin alors qu'ils arrivaient à notre table.

À côté de Rick, Milo paraissait plus dépenaillé que jamais, même s'il avait fait un effort pour se faire une beauté – ses cheveux brillaient comme ceux d'un gamin à la messe.

Milo fit les présentations. Nous prîmes l'apéritif et fîmes connaissance. Rick était réservé et peu volubile, avec des mains de chirurgien qui avaient besoin de tenir quelque chose – un verre, une fourchette. Milo et lui échangeaient des regards amoureux. Une fois, je les vis se toucher la main, furtivement. Au cours de la soirée Rick s'ouvrit davantage, parla de son métier, des bons et des mauvais côtés de la médecine. Les plats arrivèrent. Les autres avaient commandé du homard et des steaks. Je dus me contenter d'un soufflé. Nous continuâmes à bavarder. La soirée se déroula bien.

Après qu'on eut débarrassé nos assiettes, juste avant le chariot de desserts et le cognac, le bipeur de Rick sonna. Il s'excusa et alla téléphoner.

– Si ces messieurs n'y voient aucun inconvénient, je vais faire un tour au petit coin.

Robin s'essuya la bouche avec sa serviette et se leva. Je suivis sa silhouette ondulante jusqu'à ce qu'elle disparaisse.

Milo et moi nous dévisageâmes. Il ramassa une miette de poisson sur sa cravate.

– Salut, l'ami, dis-je.

– Salut.

– Rick est sympa. Il me plaît bien.

– J'ai vraiment envie que ça dure. Pas simple, avec la vie qu'on mène.

– Vous avez l'air heureux.

– Nous le sommes. Nous sommes très différents, mais nous avons beaucoup de points communs. Il va s'acheter une Porsche 928.

Il se marra.

– Félicitations ! Tu vas avoir la belle vie.

– Tout arrive à qui sait attendre.

Je fis signe au serveur et nous commandâmes à boire.

– Milo, dis-je une fois nos boissons arrivées, je voudrais te parler de quelque chose. Au sujet de l'enquête.

Il but une gorgée de scotch.

– Quoi donc ?

– C'est à propos de Hayden.

Son visage devint grave.

– Tu es mon psy. Cette conversation reste confidentielle ?

– Mieux que ça, je suis ton ami.

– OK, soupira-t-il. Demande-moi ce que je sais que tu vas me demander.

– Le suicide. Ça ne colle pas pour deux raisons. D'abord, à cause du genre de type que c'était. Tout le monde m'a fait le même portrait. Un petit salopard arrogant, méchant et sarcastique. Imbu de lui-même. Pas la moindre trace de doute. Ces types-là ne se suicident pas. Ils cherchent un moyen de se défausser sur les autres, se défilent toujours. Deuxièmement, tu es un pro. Comment pourrais-tu être assez négligent pour qu'il arrive à faire ça ?

– Aux affaires internes, je leur ai expliqué que c'était un juge. Je l'avais traité avec déférence. Je lui avais permis d'aller s'habiller dans son bureau. Ils ont gobé.

– Raconte-moi. Je t'en prie.

Il jeta un coup d'œil autour de lui. Les tables voisines étaient inoccupées. Rick et Robin n'étaient toujours pas revenus. Il vida son verre d'un trait.

– Je suis allé le cueillir juste après t'avoir quitté. Il devait être 10 heures passées. Il habitait à Hancock Park, dans un énorme manoir de style Tudor. Vieille fortune. Immense pelouse. Une Bentley dans l'allée. Des buissons taillés façon topiaire. Une sonnette comme dans un film de Boris Karloff. Il est venu ouvrir. Une petite mauviette, environ un mètre soixante. Des yeux bizarres. Sinistres. Il portait une robe de chambre en soie et tenait un verre de cognac à la main. Je lui ai expliqué pourquoi j'étais là. Il n'a pas bronché. Il est resté très digne, distant, comme si tout ça ne le concernait en rien. Je l'ai suivi dans la maison. Des tas de portraits de famille. Des plafonds à moulures, des lustres... je te dis ça pour que tu sentes vraiment l'ambiance. Le seigneur en son manoir. Il m'a conduit dans son bureau à l'arrière. Des boiseries, comme il se doit, des murs entièrement couverts de livres reliés cuir, le genre que les gens achètent mais ne lisent pas. Une cheminée avec deux lévriers en porcelaine, un bureau d'ébéniste, et *tutti quanti*. Je palpe ses vêtements et trouve un calibre 22 que je confisque. « C'est pour me protéger la nuit, inspecteur. On ne sait jamais qui va venir frapper à la porte. » Il éclate de rire, Alex. Je te jure, j'arrivais pas à le croire ! Sa vie est en train de s'écrouler, les journaux vont révéler en première page qu'il tripote des gamins et il se marre ! Je lui lis ses droits, le topo habituel, et il fait mine de s'ennuyer. Il s'assoit à son bureau, comme si j'étais venu lui demander un service. Puis il se met à me parler et me rit au nez : « C'est tout de même amusant qu'on vous envoie, vous, le flic pédé, pour m'arrêter, moi, dans une affaire pareille. Vous êtes tout de même bien placé pour comprendre. » Il continue, avec son petit sourire et ses sous-entendus, puis il me sort la chose clairement : on est du même tonneau. Complices. Pervers. Je suis là, en train d'écouter ça, et je bous de plus en plus. Il rigole de plus belle et je comprends que c'est ça qu'il cherche, contrôler la situation. Alors je me calme, je lui souris à mon tour. Je sifflote. Il se met à me raconter ce qu'ils faisaient aux gamins, comme si j'allais trouver ça excitant. Comme entre copains à une soirée d'enterrement de vie de garçon. Il nous met dans le même sac, j'ai l'estomac qui se révulse. Plus il parle et plus je vois clairement qui il est d'un point de vue psychologique. C'est comme si j'arrivais à voir derrière ses yeux terrifiants, directement dans son cerveau. Et je ne vois que des choses sombres et mauvaises. Rien de bon là-dedans. Il n'y a rien de bon à tirer de ce bonhomme. Il est irrécupérable. À moi de juger le juge. Mais j'anticipe. Et il continue à me parler des soirées qu'ils organisaient avec les gamins, combien ça lui manquera.

Il s'interrompit, s'éclaircit la gorge, prit mon verre et le vida.

– Moi, je vois toujours à travers lui, dans son avenir. Et je sais comment ça va se passer. Je regarde cette grande pièce autour de moi. Je sais que ce type a beaucoup d'argent. On va l'acquitter pour raison médicale et on le mettra dans un *country club*. Tôt ou tard il achètera sa liberté et recommencera. Alors je prends une décision. Sur-le-champ. Je m'approche derrière lui, j'empoigne sa petite tête décharnée et je la ramène en arrière. Je sors le calibre 22 et je le lui plante dans la bouche. Il se débat mais ce n'est qu'une vieille mauviette. C'est comme de retenir un insecte, une putain de bestiole. Je le place comme il faut... j'ai lu assez de rapports médico-légaux pour savoir comment ça doit se présenter. Je lui dis : « Faites de beaux rêves, monsieur le juge », et j'appuie sur la détente. Tu connais la suite. OK ?

– OK.

– Bon. On se reprend un verre ? J'ai une de ces soifs !

RÉALISATION : NORD COMPO À VILLENEUVE- D'ASCQ
IMPRESSION : S.N. FIRMIN-DIDOT AU MESNIL-SUR-L'ESTRÉE
DÉPÔT LÉGAL : SEPTEMBRE 2003. N° 55848 (64623)
Imprimé en France

Dans la même collection

Brigitte Aubert
Les Quatre Fils du docteur March
La Rose de fer
La Mort des bois
Requiem caraïbe
Transfixions
La Mort des neiges
Funérarium

Lawrence Block
La Balade entre les tombes
Le Diable t'attend
Tous les hommes morts
Tuons et créons c'est l'heure
Le Blues du libraire
Même les scélérats
La Spinoza connection
Au cœur de la mort
Ils y passeront tous
Le Bogart de la cambriole
L'Amour du métier
Les Péchés des pères
La Longue Nuit du sans-sommeil
Les Lettres mauves
Trompe la mort
Cendrillon mon amour

Jean-Denis Bruet-Ferreol
Les Visages de dieu

Jan Burke
En plein vol

Leonard Chang
Pour rien, ou presque

Sarah Cohen-Scali
Les Doigts blancs

Michael Connelly
Les Égouts de Los Angeles
La Glace noire
La Blonde en béton
Le Poète

Le Cadavre dans la Rolls
Créance de sang
Le Dernier Coyote
La Lune était noire
L'Envol des anges
L'Oiseau des ténèbres
Wonderland Avenue
Darling Lilly

Robert Crais
L'Ange traqué
Casting pour l'enfer
Meurtre à la sauce cajun

Eno Daven
L'Énigme du pavillon aux grues

David Laing Dawson
La Villa des ombres
Minuit passé, une enquête du Dr Snow

Ed Dee
Des morts à la criée
L'Ange du Bronx

William Olivier Desmond
L'Encombrant

Bradley Denton
Blackburn

Robert Ferrigno
Pas un pour sauver l'autre

Stephen W. Frey
Offre Publique d'Assassinat
Opération vautour

Sue Grafton
K... comme killer
L... comme lequel ?
M... comme machination
N... comme nausée
O... comme oubli
P... comme péril

George Dawes Green
La Saint-Valentin de l'homme des cavernes

Dan Greenburg
Le Prochain sur la liste

Denise Hamilton
La Filière du jasmin

Jack Hitt
Meurtre à cinq mains

Anthony Hyde
China Lake

David Ignatius
Nom de code : SIRO

Faye Kellerman
Les Os de Jupiter
Premières Armes

Jonathan Kellerman
La Clinique
La Sourde
Billy Straight
Le Monstre
Dr la Mort
Chair et Sang

Philip Kerr
Une enquête philosophique

Paul Levine
L'Héritage empoisonné
Cadavres incompatibles
Trésors sanglants

Elsa Lewin
Le Parapluie jaune

Herbert Lieberman
Nécropolis
Le Tueur et son ombre
La Fille aux yeux de Botticelli
Le Concierge
Le Vagabond de Holmloy Park

Michael Malone
Enquête sous la neige
Juges et Assassins

Henning Mankell
Le Guerrier solitaire
La Cinquième Femme
Les Morts de la Saint-Jean
La Muraille invisible
Les Chiens de Riga

Dominique Manotti
Sombre Sentier

Alexandra Marinina
Le Cauchemar
La Mort pour la mort
La Mort et un peu d'amour
La Liste noire
Je suis mort hier

Andreu Martín
Un homme peut en cacher un autre

Deon Meyer
Jusqu'au dernier
Les Soldats de l'aube

Chris Mooney
Déviances mortelles

Dallas Murphy
Loverman

Kyotaro Nishimura
Les Dunes de Tottori

Sara Paretsky
Refus de mémoire

Michael Pearce
Enlèvements au Caire

Michael Pye
Destins volés

Sam Reaves
Le taxi mène l'enquête

Barbara Seranella
Tous des rats

Edward Sklepowich
Mort dans une cité sereine
L'Adieu à la chair

April Smith
Montana Avenue

Mike Stewart
Mon frère en Alabama

Austin Wright
Tony et Susan

L. R. Wright
Le Suspect
Mort en hiver
Pas de sang dans la clairière